闲数落花

XIAN SHU LUOHUA

王一涓◎著

时代出版传媒股份有限公司
安徽文艺出版社

图书在版编目（CIP）数据

闲数落花/王一涓著.—合肥：安徽文艺出版社，2017.11
ISBN 978-7-5396-6226-8

Ⅰ.①闲… Ⅱ.①王… Ⅲ.①散文集—中国—当代
Ⅳ.①I267

中国版本图书馆CIP数据核字(2017)第245054号

出 版 人：朱寒冬
责任编辑：胡 莉　　　装帧设计：张 欧　徐 睿

出版发行：时代出版传媒股份有限公司　www.press-mart.com
　　　　　安徽文艺出版社　www.awpub.com
地　　址：合肥市翡翠路1118号　邮政编码：230071
营 销 部：(0551)63533889
印　　制：安徽联众印刷有限公司　(0551)65661327

开本：710×1010　1/16　印张：20.75　字数：360千字
版次：2017年11月第1版　2017年11月第1次印刷
定价：40.00元

目录

CONTENTS

从《七八个星天外》说起

——序王一涓《闲数落花》

莫砺锋

王一涓的第二本散文集完稿了,向我索序。我对她的前一本《七八个星天外》颇有好感,便一口应承下来。不久她用电子邮件传来几百页文稿,书名是《闲数落花》。我一向怕读长篇的电子文本,便把目录与后记先读一过,觉得无论是题材还是写法,二书都是名副其实的姐妹篇。既然我还没有通读第二本,这篇序言不妨先从第一本谈起。

两年前初读《七八个星天外》,一看书名便笑出声来:到底是辛弃疾专家巩本栋的夫人所写的书,这个书名肯定是本栋的点睛之笔! 但是看到《后记》中说:"大千世界,芸芸众生,人啊,事啊,真是多如繁星。可和你有关的,只能就是那几颗星星。……然而,就是那几颗星星啊,却温暖、照亮了你的人生,并与那满天的星斗一起,闪烁在浩瀚无垠的夜空。这本小书里的人与事,就是我生命中的那几颗星星吧。人尽管平凡,事也无关宏旨,但却都是真真切切的,正像夏夜星空点缀在天际的那几颗星。于是我想到了稼轩的那句词:'七八个星天外。'"原来这是王一涓自己的妙手偶得。这个书名好在哪里呢? 先让我们读冯至的十四行诗《我们准备着》的第一节:

我们准备着深深地领受

那些意想不到的奇迹。

在漫长的岁月里忽然有

彗星的出现,狂风乍起。

彗星是星空中的怪客,有些彗星光彩夺目,据《新唐书·天文志》记载,大历七年(公元 772 年)出现的那颗彗星,“其长亘天”,竟然横亘整个天空,真是壮观。冯至所说的彗星,当指名震遐迩的大人物。这不,张新颖在《能写师友回忆录的人是有福的》一文中,便引用冯诗并认为彗星是指“非常之人”。然而彗星毕竟是行踪渺然的天外来客,我辈肉眼凡胎,家中又没有天文望远镜,一生中也难得一见。还记得 1986 年初,哄传久违的哈雷彗星要光临地球了,人们奔走相告。二月的一个寒夜,我家附近的一个单位不知从哪弄来一架天文望远镜,架在大楼顶上供大家观测彗星。那夜我排了一小时的队,终于凑近望远镜的镜头,经过主管者的再三指点,才在茫茫夜空中找到了哈雷彗星的倩影:模糊的一个小亮点,与旁边的无名星辰没啥两样,也根本没有想象中形若扫帚的彗尾,不禁大失所望。据说哈雷下次回归地球要到 2061 年,我有生之年肯定不能再睹芳容了。所以与其翘首盼望彗星的出现,倒不如随意观赏平常的满天繁星。对于一般人来说,只有北极星、北斗星和牵牛星、织女星等少数几颗星辰能叫出名字,其他的星斗都是无名之辈。古人以为像傅说那样的杰出人物才会变成星辰,民间却传说地上的每个凡人都对应着天上的一颗星,史铁生的《奶奶的星星》便持此说,王一涓也是如此。

《七八个星天外》共分七辑,只有最后一辑《红楼絮语》的五篇都是谈论《红楼梦》中的人物,像是学术随笔,其余六辑的内容全是记人,正像作者所说,“人尽管平凡,事也无关宏旨,但却都是真真切切的”。有几辑写得格外生动,例如第三辑《自行车驮着的岁月》,所收十六篇短文的唯一记叙对象就是她的宝贝儿子。这个孩子的小名就叫“贝贝”,如今已是风度翩翩的青年绅士,但书中所写的都是他高考之前的少儿时代。这是母亲眼中一个男孩从呱呱落地到长大成人的全过程,如有刚当上母亲的女性读者,大可当作《育儿经》来读。至于我自己,最欣赏的是第四辑《我在哪里找到了你》。此辑收文十篇,其中有四篇写的是我熟悉的人物,读来倍感亲切。《书呆》写其丈夫巩本栋,“书呆”当然是谑而不虐的昵称。本栋是我的同门师弟,同事二十多年了,堪称老熟人。王一涓说本栋“是个慢性子”,我深有同感。凡有同事一起出差,大家约好在车站或机场集合,最后一个到达的肯定是本栋。不过他并不误事,有时离进站或登机只有一两分钟了,大家焦急万分,望眼欲穿,本栋不慌不忙地准时现身了。但是王一涓还是让我知道了许多闻所未闻的本栋逸事,比如他读中学时随身携带一把弹弓,读博时写信指示家中购买“黄河牌”彩电等事,十分有趣。《写在蜡梅花开时》写的是师母陶芸先生,她是程千帆先生的夫人。那时我与程先生住在同一座楼里,先生住东头一楼的101室,我住西头六楼的606室,正好构成一条对角线。从我家的阳台探出身去,便可眺望到那个栽着腊梅花的小院子。阅读王一涓怀念陶先生的文字,令人百感交集。《何日彩云归》追念同事王彩云。王一涓与王彩云同在南京大学中文系研究生办公室工作,我曾在电子信箱的收信人栏中把她俩合称“中文二王”。王彩云因患恶疾英年早逝,我有事未能参加追悼会,便代系里拟了一副挽联:“彩云易散斯人斯疾,霁月长明此面此心。”阅读此书,眼前浮现出王彩云淳朴憨厚的笑容。《“非典”教授》写中文系前主任许志英先生。我在南大任教的前十年间,许先生先后担任副系主任和系主任,是我的顶头上司。我对领导一向敬而远之,除了工作关系,与许先生并无交往。有一阵虽然同住一个小区,路上相逢也只是互相点头而已。我只知道许先生有见识、有性格,后来因他请我为他所拟的两副挽联调整平仄从而得知他不耻下问,此外所知无多。王一涓把许先生作为“非典型教授”的一面展露无遗,生动叙述了许先生日常生活中的许多细节,尤其是他退休以后直到生意索然、毅然弃世的晚年光景。读过此书,许先生的完整形象才在我心中清晰起来。《七八个星天外》所写的便是这样的凡人凡事,但无论对于作者,还是读者,他们都是“夏夜星空点缀在天际的那几颗星”,他们不像彗星那样令人震撼、敬畏,而是使人感到亲切、可爱。我相信,这样的书要比名人传记更贴近我们普通读者。我也相信,凡是喜欢《七八个星天外》的读者,一定会同样喜欢《闲数落花》,因为两者的内容一脉相承,而论文笔的洗炼,则后者更上一层楼。

说到这里,读者也许会问:王一涓是谁?就像书中所写人物一样,她也是一个平凡的人。她是徐州师范学院中文系'77级的大学生,毕业后教过十年中学,然后来南大中文系从事研究生管理工作,直至退休。王一涓有两个全系公认的特长,一是普通话说得标准,所以退休后还受系里返聘负责南京大学普通话测试站的工作。二是散文写得出色,文字清新流畅,且擅长将平凡的题材点铁成金。当年许志英先生写作随笔,便特邀王一涓帮他润色修改。许先生的随笔结集以后,曾在后记中指出:“我还要特别感谢王一涓女士。我请她为我的随笔把把文字关,因为她有十年教中学语文的经验,善于‘咬文嚼字’,又写过不少优美的随笔,所以请她帮忙做这件事。现在看来这样做是很对头的。她连我以前写的几篇随笔,也全看了。她的修改很慎重,尽管一般不是很多,却都是改之所当改,往往有画龙点睛之妙。”许先生是专治现当代文学的教授、博导,他的话当然具有相当的权威性。《闲数落花》第一辑中的《从前慢》《文苑人》等篇,去年曾公布在南大小百合的系版上,全系师生莫不先睹为快,好评如潮。所以我认为,王一涓是一个没有加入作家协会的优秀散文作家。古今中外,有许多优秀散文出于业余作家之手,《七八个星天外》与《闲数落花》也是如此,值得一读。

第一辑　文苑人

从前慢

新近换办公室，整理旧东西，发现了一本1997年的中文系暑假值班记录，随手翻看，竟从字面上浮出多少人和事来，不由得随手记下。

七月十四日

一日无事

程丽则

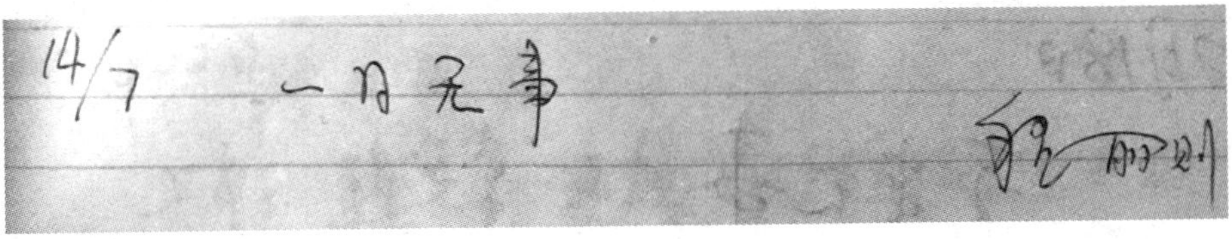

一般第一天值班的都是程丽则。

一般暑假第一天值班的总是程丽则。她负责本科教务，学期刚结束时，总会有成绩登录之类的事情还没完，所以就连带把班也值了。程丽则已经退休十多年了。她刚退时，大家还真不习惯。我说中文系进入“后程丽则时代”了。在“程丽则时代”，系里的娱乐活动是很多的，每年元旦的庆祝方式花样翻新，妙招迭出，而且都是“本地风光”。“摄影比赛”展示的是本系教职工旅游观光的成果；“老照片”让大家重温、见识了同事之间彼此的昔日风采；“猜灯谜”多以熟识的老师姓名作谜底，创作者、猜中者和被编作灯谜的人，个个开心，其乐陶陶。更有趣的是郊游。程丽则发动准备的都是民间活动，每次选地方、联系人，都由她一人承包。尤其是细节，她会考虑得很周到。细节中的细节是吃的问题，又要经济，又要有趣，也是由她一人设计。经常是每人自带一个菜肴，因为出自各家的厨房，味道、风格自是不同，不消说是丰富多彩的。但是，荤素要搭配，冷热要均匀，这也需要调度、沟通，这些都是丽则大姐独立打理的，难得的是她以此为乐，乐此不疲。记得在植物园的那次，程千帆先生都被她发动起来了，以千张为材料做了一个菜，命名曰“横扫千军如卷席”。数年后，看《还珠格格》，为取悦“皇阿玛”，紫薇挖空心思给菜肴命名，就想，这已经是我们玩儿剩下的了！那次别的菜都记不太清楚了，印象比较深的，一个是陆炜带来的香菜拌花生米，一个是吕效平的干切牛肉。陆炜的那个菜是水平比较高，属于色香味俱佳的，且好懂易学。吕效平的是因为偷懒了，从店里买的现成的。又因为是一大包熟牛肉，让我一下子就联想起《水浒》中的梁山好汉了——武松来到景阳冈山脚的一个小酒馆里，要喝酒，问店家，有下酒的没有？店家说，只有熟牛肉。武松说，好的切二三斤来！端的粗豪。感觉我们也做了回武松。

七月十七日

上午：王恒明主任一大早即来检修煤气包，忙至9点多，终获成功，消除了事故隐患。程丽则、周欣展老师来系办公。有人找姚松老师，已告知联系之法。

下午：袁路、姚松老师来系办公。4点校办送来《紧急通知》（七月二十一日下午4点在北大楼2号会议室召开办公室主任会议）。已通知到王恒明主任。杨正润老师来系办公。

一切平安！

值班人：高小方

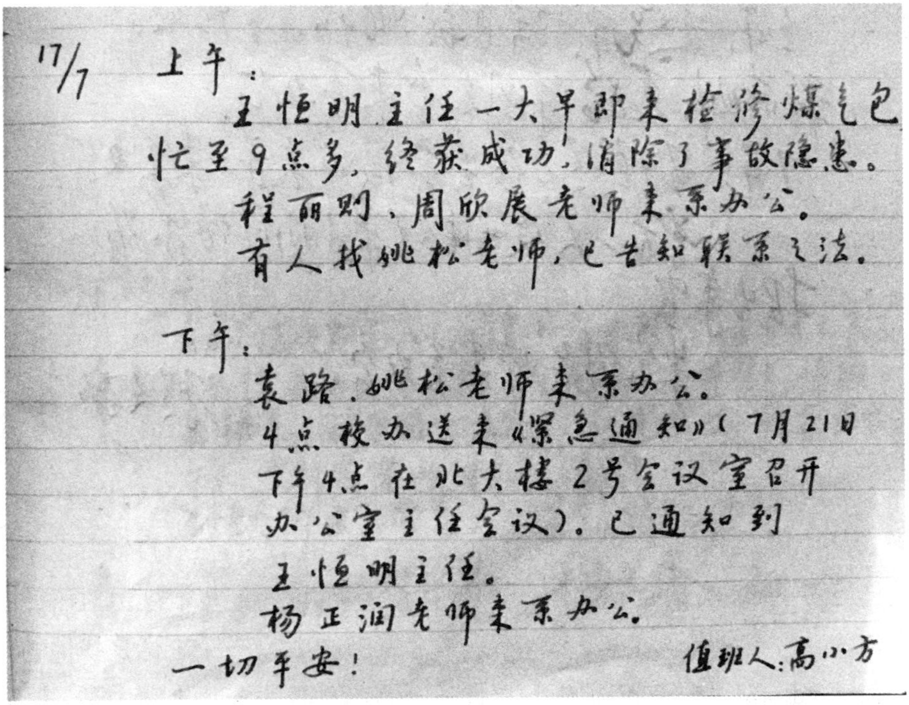

17/7 上午：
王恒明主任一大早即来检修煤气包
忙至9点多，终获成功，消除了事故隐患。
程丽明、周欣展老师来系办公。
有人找姚松老师，已告知联系之法。

下午：
袁路、姚松老师来系办公。
4点校办送来《紧急通知》（7月21日
下午4点在北大楼2号会议室召开
办公室主任会议）。已通知到
王恒明主任。
杨正润老师来系办公。
一切平安！
值班人：高小方

字如其人。高老师总是这么一板一眼。

真是文如其人，字如其人。高老师总是一板一眼，什么时候都是工工整整的，连着装、举止、上课、待人接物，都是。跟人说话必称“您”，对学生也是。进电梯、房间，肯定用手挡着，自己最后一个进门。告别时会连连鞠躬，请你办事时，会“谢”声不断。我常说，高老师是本世纪最后一个绅士了！对于我们这个经过“文革”洗礼后的礼仪之邦，不说是硕果仅存，也是珍稀物种了。最有趣的是打电话，高老师第一句话总是说：“我是小方！”我接电话，往往是对方报过姓名后，习惯性就接着说“某某你好”，接高老师电话时，就得急忙刹车，不然就说成“小方你好”，而这是极不礼貌的。但这种不礼貌，其实不是我存心的，好像有个语言陷阱使你不小心就掉下去了。

七月十八日
平安无事。

郭熙

郭熙老师已经调离南大中文系好多年了。没调走时，他是现代汉语专业负责人。该专业一直人丁不旺，郭熙都快成孤家寡人了。经常是他和盛林都在我的办公室遇见了，就会调侃说：“开会了，开会了。”因为人基本上到齐了。有时需要商量专业里的事情，也谈谈就算了，连教研室也不需要去。郭熙调到暨大后，管的人就多了，担子也更重了，但是做得很好。

想起郭熙，就会想起周维培。这两个人一见面，会互称对方为“土人”，这是我想不通的。周维培是合肥人，合肥好赖也是一省会城市，哪里就土了？但是两个人就是这样互称。周维培做研究生辅导员时，我们接触比较多，每次打电话到他家，无一例外的都是他儿子佳佳接听，然后再转给老爹。佳佳当时不知道上没上小学，但是接电话很老到，或者说也很规范，且态度一流。我曾笑对周维培说：“佳佳真是不容易，明知没有一个电话是找他的，但每次都耐心地接，耐心地转，积极性还一直不衰减。”十几年过去了，佳佳已经海外学成归来，已经参加工作了。听说，还是这么和善、阳光。

七月二十四日
一日平安无事。

周宪

七月二十五日
一日平安无事。

刘俊

七月二十八日

平安无事。能有何事?

余斌

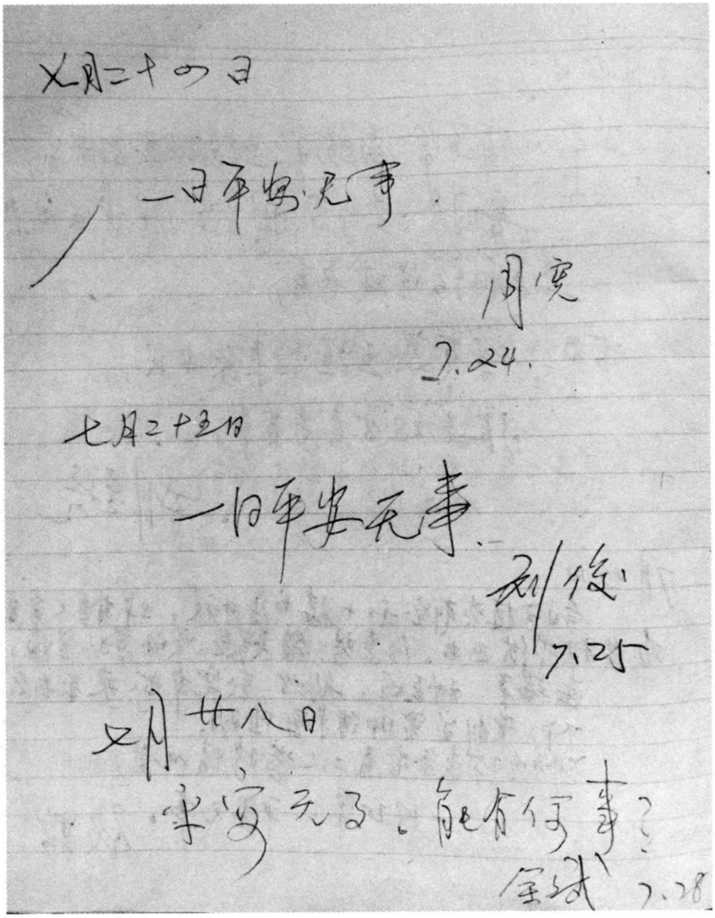
七月二十四日

一日平安无事

周实

7.24.

七月二十五日

一日平安无事。

刘俊

7.25

七月廿八日

平安无事。能有何事?

余斌　7.28

值班一般是没什么事的,听余斌的口气是希望来点事!

值班一般是没什么事的,平平安安是正常的,当然也是最好的结果。听余斌的口气,是觉得寂寞了,希望来点事。还真有不怕麻烦的。记得前一段时间有一次在《扬子晚报》副刊上,看到余斌的一个好友写余斌,足球赛世界杯时，几个好友聚会，余斌到得比较晚，进去时是胳膊吊着绷带的模样，说是因为某某球队（他拥趸的那支）输了。好友说，怎么不砸电视机呢！

余斌刚做硕士生导师时，考进来一个好像是《黄山日报》的硕士生，已经工作几年了，年纪比较大。学生跟我说，最好能给他找个年纪大些的老师做导师，否则比较拘束。我向他推荐余斌，我说这个老师年纪虽不大，但是你跟着他也不会拘束。学生问为什么。我说这个老师有点闲云野鹤，不太食人间烟火。（这是在余斌成家前，大婚以后有烟火气了。）过了一段时间，该同学来找我，说，老师你说得真对。我到余老师家谈作业，余老师家没有开水，递给我一瓶啤酒，我们就一人一瓶啤酒上课的。

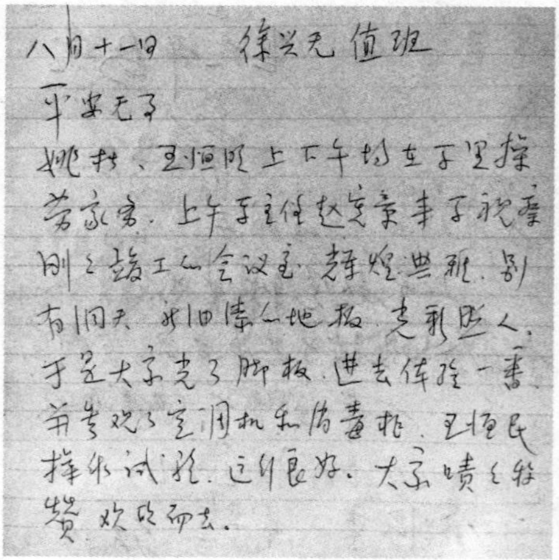

徐兴无是才子，遇人遇事评论一番是必须的。

八月十一日 徐兴无值班

平安无事。

姚松、王恒明上下午均在系里操劳家务。上午系主任赵宪章来系视察刚刚竣工的会议室，辉煌典雅，别有洞天。新油漆的地板，光彩照人。于是大家光了脚板进去体验一番，并参观了空调机和消毒柜。王恒明操作试验，运行良好。大家啧啧称赞，欢欣而去。

徐兴无是才子，遇事遇人评论一番是必须的，且多有妙语。记得一次研究生考试阅卷，有一道选择题，问《牡丹亭》的女主人公是杜丽娘还是杜十娘，多有考生答成杜十娘的。这样的答案多了，兴无老师就有感慨了：“唉！什么时候坏女人都比良家妇女出名！”说得也是，自古青楼女子出名的就多，良家妇女如果不是节妇烈女,以生命作代价换得个贞节牌坊,就只能默默无闻了。而即便是立个贞节牌坊,出大名的也没有,十里八乡的轰动一下不得了了。十娘自是女中翘楚,但确也不是良家妇女。

兴无老师是纯粹文科生,数学好像不太好。也是研究生考试阅卷,有一段时间试卷比较变态,零零碎碎的小题目,竟有八十一个得分点,每次合分都艰难无比。有一年是兴无老师做阅卷组长,还得负责检查试卷分数统计得准确不准确。可怜他一遍又一遍地运算个位数的加减法,却是常算常新,没有两次的答案是一样的。

八月十四日
竟日无事
又逢平安

值班人　严杰

严杰的这个记录,言简意赅,不光文采斐然,连心情也跃然纸上。但其人口讷,又极其老夫子。我有一次在电梯里碰见他,很有礼貌地招呼一声:"严杰!"他不光目不正视,声不高扬,竟然还面壁——就是面向电梯墙壁,含糊地"嗯"了一声,分贝和蚊子哼的差不多。电梯里同时还有几个不认识的人,越发显得我很莫名其妙了。但严杰的工作特别好。周勋初先生说,事情交给他,就放心吧。严杰的人也特别好。一次我在我妹妹的鼓动下,买了一只基金,巩本栋当作笑料在古籍所说。武秀成听了,说严杰也买了基金。武秀成大约觉得严杰比我先"下海",可以指导我,就跟严杰说了。严杰就觉得有责任了,主动找到我,说最近有一只基金,还是国际的,开卖的时候通知我。这期间有几次,严杰见到我时就说该基金还没有卖,到时他一定不会忘。果然,该基金卖的时候,严杰准时通知了我,我就又买了一只。我了解基金的时候有点晚,是在基金正好开始跌而且再也升不起来的时候(我其实一共就买了这两只基金)。于是严杰又觉得指导失误,很对不起我似的,一段时间见面,更加讪讪的。其实一个书呆子,哪能玩得过股市?不过严杰人是真好。

想到严杰,忽然想到同在古籍所的赵益来。赵益研究道家学问,也因此得一雅号“老道”。徐兴无专攻先秦两汉,又是以“谶纬”之学起家,两人便都有些神神道道的。前年八月文献专业举办暑期学校,连续数日,烈日炎炎,酷热难当。开学典礼上,兴无院长致辞兼致歉,说开学的日子是他和赵益两人选的,“没算好”。不知是怎么推算出来的。

想到赵益就想到前不久的一件事。上学期期末,系里在外面有个集体活动,董晓穿了一件黑色羽绒袄,有人揭发说价值不菲。看到董晓穿着价值不菲的羽绒袄抽烟,赵益非常认真地让董晓把棉衣脱了再抽,说烟灰溅到衣服上,会烧坏的。董晓自是不脱,赵益便坚持劝谏,直说是“暴殄天物”。劝说多时没有结果,赵益只好转而求其次,让一旁的陈文杰把自己身上的棉衣换给董晓。陈文杰唯唯诺诺,小心翼翼地说我这衣服是我老婆给我买的。言下之意,衣服就算没有董晓的好,也是自己老婆的一片心意呢,岂能随随便便就换给别人抽烟用?若是也有损伤,回家也不好交代呢。我在一旁听着,就笑得忍不住了,我说,凭什么?为什么董晓抽烟要烧陈文杰的衣服?赵益想想也有道理,又想了一个主意,“我的衣服换给你!”他对董晓说。搞得董晓都着急了,现场打电话给老婆,问:“这衣服究竟多少钱?”赵益的迂与呆,于此可见一斑。

八月二十二日　星期四

上午:

1. 赵宪章 8:30 在系里给研究生班上课;

2. 姚松、李乃京来系搞计算机网络;

3. 周勋初、卞孝萱、周晓扬、杨正润等先生来系;

4. 阮师傅来系分信件；徐有富来系；

5. 吴新雷、钱林森先生来拿信（还有周安华）。

中午：

一部分研究生班的学员在报告厅用餐、休息。

下午：

王继志老师来上课。一切平安无事。

丁帆

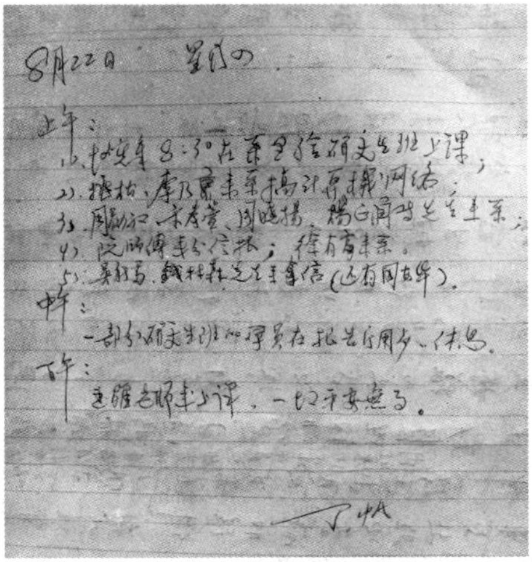

丁帆是美食家，有理论有实践，比起做，他更喜欢说。

丁帆老师是美食家，有理论有实践。不光会吃，也会做。有次请我们办公室人吃饭，在家里，特意请了吕效平、王恒明帮厨，确实不同凡响。如果是在外面吃饭，考验的是别人的功夫，丁老师就以说为主了，在哪个饭店，哪个饭店的菜肴就要被批评，往往厨师长还会被找来接受质问。时间长了，都知道丁老师有这个爱好，就会有好事者帮闲者起哄，等到把厨师找来时，主持考问的自然是专业造诣很高的丁老师，说的都是专业术语，听了也记不得的。一次校工会组织厨艺比赛，丁帆、吕效平、王恒明三位男士代表中文系参赛。三人中，只需两人操作，一人是要去做评委的。征求吕效平意见，吕效平说，还是让丁帆做评委吧。理由是比起做，他更喜欢说。那次比赛其实没有发挥厨艺的余地，只让炒了个土豆丝，真是大材小用了。王恒明操刀，因为刀工过于好，切得太细，土豆丝炒粘了，品相不好。且一律的土豆丝，长得都差不多，所以，尽管有丁评委在，也没拿到好名次。而只评论一个土豆丝，想来丁老师会感到索然寡味了。

俗话说，千里马也有失蹄的时候，又所谓“言多必失”。丁帆老师有一次就“失蹄”了。那次席间有一道菜是多宝鱼。(我孤陋寡闻,好像多宝鱼的频频亮相并不是一直如此,以前似乎不多。)看着鱼平平地趴在盘中,丁老师评论说,这种鱼就得是南方厨师做,北方人是不可能把鱼分得这样整齐的。并说已写了专文论述。有一次有一个场合正好又出现多宝鱼,我转述了丁大师的理论。不巧碰到中文系另一位大师徐兴无,徐大师大笑说,该鱼长得就是那副模样,并未经过分割!

兴无老师自然也是美食家,区别于丁大师的是他喜欢总结经验,把烹饪上升为理论,使菜肴从食材到食物变得具有可操作性。例证是,他的研究生曾在小百合上贴出《徐师说食》的文字,细述了多种菜肴的做法。烹饪其实不是徐老师开的课程,更不是他的研究方向,把业余做得很专业,徐老师确实是才华横溢,烹饪才只是“溢”出来的冰山一角罢了。

中文系其实还有一个美食家,小徐老师是后起之秀。在一段时间里,我认为在这个行当可以和丁帆老师“双峰并峙”的是李乃京。但乃京和丁帆的“主攻方向”不同。丁帆的是各大菜系,乃京的则是甜点零食小吃系列,更带有女性研究者的性别特色。其中甜品是重中之重:各色糕饼,各类冷饮,各种糖果,甚至是儿童喜欢的果冻。其口味、特点分辨得清清爽爽,其来历从产地到经销商,都知根知底。既坚持品牌意识,又能与时俱进,积极接纳新鲜事物,并且会和经销商保持通畅友好的联系,以及时快速地获得真品。我曾说,中文系真可以为此申报一个硕士点或博士点,专业方向和导师都是现成的,闻者莫不首肯。

壹玖玖柒年捌月贰拾伍日,阴有阵雨,风力贰叁级。

值班人张建勤报告如下:上午八点三十分始,赵宪章老师在系报告厅为研究生班学员讲课。不知所讲的内容是什么,但见听者热情高涨,秩序井然。高小方老师亦来系,在大厅内与学生模样的人等交谈。刘可钦来系与张建勤整理教研室。王恒明、杨正润、吕效平（携子）、李乃京、王希杰、丁帆、周欣展、张伯伟、鲁国尧、朱寿桐、朱家维、徐有富等老师来系处理公务或取信件。虽然没有正式开学，但老师都俨然一副紧张忙碌的样子，显示出勃勃生机和强劲活力。下午情形亦如此。不赘。平安一日。

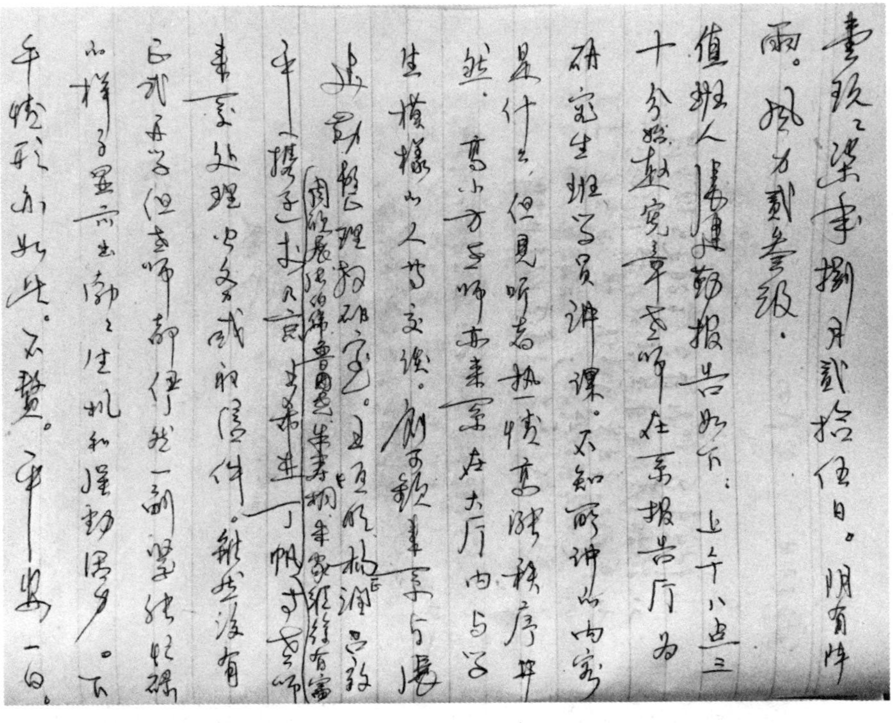

张建勤也是个才子，文思泉涌，连值班记录都写得这样洋洋洒洒。

这也是一个才子，才思泉涌，汩汩往外冒，怎么也压不住，所以连值班记录都写得洋洋洒洒。张建勤的才是文人的才，不是学者的才。以前程丽则组织的那些活动，每次都少不了他。更有一双巧手，布置活动室、展厅，该画的画，该写的写，该题词的题词，十八般武艺都会。活动时，插科打诨，取乐逗笑，活跃气氛，都少不了他。又是十足的文艺范儿，唱歌便唱歌，演戏便演戏，难不倒的。一次学校会演，中文系就出了一个简单不过的节目——男声小合唱。几条汉子齐刷刷地往台上一站，甫一发声，不说是声震屋瓦、响遏行云，反正是把前后的节目都盖了。张建勤就是其中一条好汉。吕效平的校园剧——《歌声遥远》，男一号也是张建勤。更难得的是特别热心。因为程丽则的退出，中文系多年没有民间旅游活动了，大家都很怀念。一天姚松问我，收没收到程丽则的“英雄帖”，言道丽则大姐要重出江湖，准备组织大家再游江心洲。回去打开信箱，果见程氏写得极其漂亮的诏令：

昔日重来(秋游通知)

在刘源同学多次建议下，本人作为昔日郊游活动的召集人决定重现江湖，组织一次继1992年八卦洲，1995年紫金山，1997年梅花山、江心洲之后便偃旗息鼓的群众自娱自乐，借以再发少年狂，重温当年情。

时间定在本国庆节长假的最后一天，地点八卦洲(或江心洲)，交通工具：有车开车，无车拼搭(将提前公布有车人名单，便于无车者自行联系)。

鉴于诸君青春已逝，体力不济，将不举行烧烤活动，亦无须自备食品。聚餐地点随机而定，聚餐费用自告奋勇。

希望老友积极响应，新朋踊跃参加。

凡收到通知者务必尽快回复，告知决定以及可提供车辆情况，以便统筹安排。

张建勤同学乃网上达人，各方联络广泛，故委托其广发通知，昭告天下。

具体集合时间、地点另行通知。

程大姐丽则敬启

2013.09.05

另附旧照数张，你想起来了吗？

从前的旅游

帮助组织的又是张建勤。

还记得那次去八卦洲，那么远，大家就是骑着自行车去了。浩浩荡荡的一干人马，说说笑笑，也没觉得很远，就到了。刘源、张建勤张罗了烧烤的工具和食材，我和赵宪章、孟锡平几个北方人在孟锡平家里包了很多饺子。烤着吃着，还不过瘾，赵宪章竟然带着小林几个人到农民的地里偷红薯。刘源、张建勤当时都还是毛头小伙子，带着足球在江边踢，一不小心，球飞到了江里，变着法子也捞不上来，眼见球随水波越去越远了，正好有只小船撑过来，向足球靠近，两人喜出望外。撑船人用竹篙把球够到船边，弯腰捡了起来，岸上两个年轻人高兴地直说"谢谢"，谁知船夫并不理睬，只管带着球扬长而去。惊得木鸡一样的两个小伙子，气愤，却也奈何他不得（我想起杜甫的《茅屋为秋风所破歌》：老头屋上茅草被风吹落，邻村孩童捡起就走，老头喊放下，小孩子像没听到一样。气得杜老头写诗骂道，"忍能当面为盗贼""公然抱茅入竹去"。身临其境，方知这"当面""公然"的行为有多气人）。刘源、张建勤如今一是校学工处长，一是金陵学院艺术学院院长，还记得当年"陌上谁家年少，足风流"的时候吗？

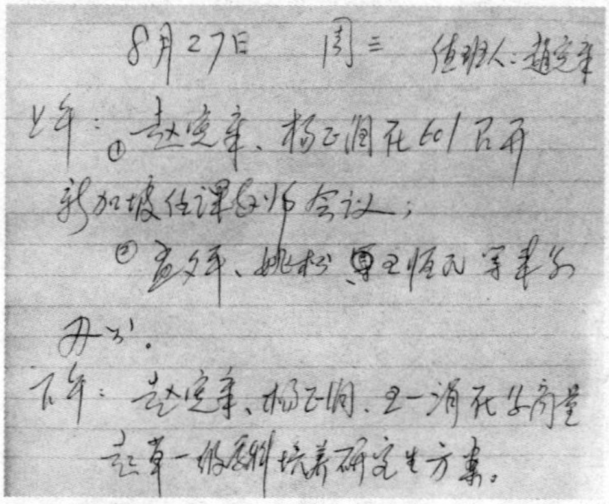
8月27日 周三 值班人：赵宪章
上午：①赵宪章、杨正润在601召开新加坡任课教师会议；
②孟锡平、姚松、王恒明等来系办公。
下午：赵宪章、杨正润、王一涓在系商量起草一级学科培养研究生方案。

我到中文系时，赵宪章老师是分管研究生和科研工作副系主任，我做研究生工作他是开蒙老师。

八月二十七日 周三 值班人：赵宪章

上午：1. 赵宪章、杨正润在601召开新加坡任课教师会议；

2. 孟锡平、姚松、王恒明等来系办公。

下午：赵宪章、杨正润、王一涓在系商量起草一级学科培养研究生方案。

一转眼,中文系一级学科培养研究生已经快二十年了。南京大学中文系是全国文科第一个在一级学科培养研究生的,当年这个事情还上了国务院学位办的简报。记得当时研究生院培养处的张小明处长找到我,说学校想在文科搞个试点,而中文系当时新上任的赵宪章主任年轻有活力,有闯劲,在中文系试验最有可能性,让我到系里游说系领导。我回来把事情一说,主任立刻拍板。1997 年的时候,恢复研究生招生已经二十年了,尽管硕士生的就业,在当时还是"皇帝的女儿不愁嫁",但随着博士研究生培养规模的扩大,高校和科研单位将不再适合硕士研究生,就像我当时在一篇文章里说的那样,硕士研究生的培养已不再是精英教育了。也就是说,硕士研究生的培养必须拓宽口径,以适应更加广阔的就业领域。中文系的这个研究生一级学科培养方案,1997 年暑假提出初步方案,经过一年多上上下下反复研讨论证,1998 年 11 月系学位委员会通过, 1999 年中文系正式开始在一级学科培养研究生。因为培养方案是我负责起草的,在实施该方案时,我还特地写了《关于"中国语言文学专业(一级学科)研究生培养方案"的几点思考——兼论研究生教育改革》的文章,解读我们的培养方案。文章发在《南京大学中文学报》上,赵宪章老师说,就凭这一篇文章,副教授够了!

我刚到中文系时,赵宪章是分管研究生、科研的系副主任,我做研究生工作,他是开蒙老师。记得我写第一篇论文投给《高教研究与探索》,发表时被删削不少,说给赵宪章听,他说,你要熬到我这样,就没人敢删你的文章了!(惭愧!我始终也没能熬成他那样!)记得当时科研工作很少,主要工作在研究生这一块。而这一块的"阵容"是:分管副主任,赵宪章;辅导员,刘俊;研究生教务,林雪梅。我是研究生工作秘书。孟锡平是我的前任。大家配合默契,相与融洽,工作之外,也经常有些小活动。一次晚上在刘俊家吃火锅,边吃边聊,原先看着洗净切好的白菜、菠菜、粉丝之类,堆得小山一样,觉得太夸张了,不承想最后被吃得河干海干的。

俱往矣！我发现我记忆中的有趣的、可乐的事情，近十来年远少于以前。我其实也不是“九斤老太”，想来想去，忽然想到今年春晚刘欢的一首歌——《从前慢》，我想，这便是了！

写于2015年烟花三月

文苑人（一）

程千帆

千帆先生说话极其生动。一句寻常的话，往往能使人物性格穷形尽相，毫发毕见。先生晚年有个弟子，人极热情，做事认真到琐碎的地步，但当用力处，往往忽略了。千帆先生着急又感叹，说："你让他切白菜，他非得去切萝卜，萝卜还切得很细。"这句话流传很广，每每想起，便哑然失笑，而那位被形容的老兄也便神灵活现地立在了面前。国务院学位办第一批抽查博士论文，正好抽到了这位仁兄，勋初先生知道后，说："这就放心了。"所以放心，不是因为论文特别好，而是该同学一笔好字。字好的人也多，该生过人处是十几万字论文从头至尾字迹如一，看着就赏心悦目。那是个用笔书写的年代。

系里有位老师，因为工作上的事情，一段时间觉得备受打击，情绪沉郁。千帆先生知道了，弟子巩本栋前往问学时，先生说："你去跟他说，就说我请他到我家小花园来散散心。看看花，说说话，心情就开朗了。"这件事没来得及做，先生突然发病，进了医院。尽管后来本栋向该老师传达了程先生的厚意，终归是遗憾了。有些事情，过去就过去了，没有机会重来。千帆先生是希望全系同人团结一心努力工作的。

先生晚年眼睛患白内障，视力极差。一天在先生家里，本栋大约坐在亮处，先生仔细打量一会，忽然说："本栋也有白头发了！"语气中说不出的疼惜和感慨，闻之令人动容。

吴新雷

吴老师很有个性，随和起来，十分随和；认真起来，非常认真。平常见人，脸上总是堆满笑容，一口吴侬软语，虽难以听懂，但热情是感觉得到的。而且对谁都不摆架子，最是平易近人，让你觉得，他是没有脾气的。

南大有个学术传统，校庆"五·二〇"时，要举办大规模的学术报告。中文系每年都搞，系里搞，专业也搞。老师学生都参加，有报告的，有评讲的，很认真。有一年吴老师照例参加报告会，可是那一场老师到得比较少，吴老师就很不高兴，可是责备谁呢？组织者还是缺席的老师？他既不是领导也不是负责人，尤其他也没有想好具体到哪一个人，但他就是觉得这个事没做好，或者说是做得不对，于是很生气，不骂人不足以解气，吴老师便开骂了，只见他对着中文系的牌子，声色俱厉。真真是老夫子！问吴老师为什么这样骂，他有他的道理："我是对事不对人！"

吴老师做学问很认真，已经退休多年，八十多岁了，现在还坚持跑图书馆。吴老师实在又是一个很有情调的人。唱昆曲、票戏就不说了，时常在家里与夫人一道演奏乐曲，夫人弹得一手好钢琴，吴老师则擅长吹箫。夫唱妇随，琴瑟和鸣，说的就是吴老师和夫人吧。

现当代的三驾马车

叶子铭、许志英、邹恬三位老师，被称为中文系现当代文学专业的三驾马车。曾听过中央电视台主持人白岩松、崔永元的段子，说见到白岩松，以为要发生多么严重的事情了,等到看见崔永元,才知道什么事情都没有。这大致可以用来了解叶老师和许老师的性格。许老师是举重若轻的,叶老师恰恰相反,什么事儿到他那都是大事。邹恬老师是大家公子,洒脱儒雅,不知为什么,我老是把他跟张伯驹联系起来。三位先生交谊极深,合作很好,现当代专业在他们手里办得红红火火的。但三位都没得享长寿。

邹恬老师走得最早,也最为可惜。那年他六十,刚退休。元旦系里搞活动,他来了,到我的办公室聊天,同时在的还有朱家维老师和另外一位,是谁,记不起来了。别人递给邹老师一根烟,邹老师推掉了,朱老师很惊奇,邹恬老师是"老烟枪"啊!邹老师笑笑,说已经十几天不抽了,并没有刻意戒,就是不想抽了。邹老师小有得意,说,连赵梅君都没发现。赵老师是邹老师爱人。又说最近在家整理书房,连地板都漆了,都是自己动的手。当时大家住房都挺逼仄。记得有一次我向邹老师找一本论文,邹老师说书房堆得满满的,实在没法找。退休以后,终于有了闲暇,邹老师第一件事就是整理书房。元旦过后,只十来天时间,全国硕士研究生入学考试,办公室主任王恒明正在考场监考,突然接到邹恬老师去世的消息,跑过来告诉我,真像晴天霹雳一样。那一天特别冷。这之前邹老师突发心脏病住院,准备做心脏手术,时间也定下来了,天明医生上班以后就做。但是邹老师没有等到,黎明之前,他走了。

少见邹恬老师那样恬淡、宠辱不惊的性格。我有一次看邹老师回忆陈瘦竹先生的文章,觉得字里行间情感像岩浆那样炽热,却是暗流汹涌。我用"不动声色"四个字形容,许志英老师认为很恰当。

叶老师一直弱弱的,就是文弱书生模样。和叶老师一起出过差,叶老师酷爱吃螃蟹,那次是到了产螃蟹的地方,便提出到农贸市场看看,结果被人带到了小商品市场,时间很紧,来不及再换地方,叶老师好不懊恼。说起20世纪50年代一次和夏衍他们一起吃螃蟹,他自己一只没吃完,夏公他们面前蟹壳已堆成小山。原来别人都是"宏观"地吃!叶老师说他们太狡猾。

叶老师是最早的国务院学科评议组文科召集人,学科调整、评估,新学科点的设立,权力都在国务院学位办,叶老师不消说重权在握。那时学术界的风气尽管比现在好得多,但托人找关系也开始了,叶老师不胜其烦且深恶痛绝,对找上门的一律拒之门外。不料还是发生了意外,一次在博士点评审之前,竟然收到"带血的鹿茸"(叶老师原话)。这份大胆的礼物是被董健老师称为"跑点之母"的某高校校长送来的。东西当然是退回去(叶老师这种言传身教很好,后来丁帆老师屡屡遇到类似的麻烦,处理方法与叶老师相同),但叶老师为之震惊、气愤了好久。

中文系对老先生很尊重,有称"老"的传统。比如对程先生,称"千帆老";吴白匋先生,称"吴白老";郭维森先生,称"郭老"……现当代人幽默的多,朱寿同模仿对陈瘦竹先生的称呼,自称"朱寿老"。更有甚者,一次丁帆到系里拿信件,找不到收发阮师傅,大声问:"见到阮老了吗?(阮师傅是一中年女同志)"引来一片笑声。叶老师出道早,名气大,可是对大家称呼"叶老",避之唯恐不及,他说,我没那么老。

叶老师发病是一个相对缓慢的过程。一次我打电话给他,在电话里叶老师抱怨,每天要接很多电话,占去了很多时间和精力。我知道他事情多,身体又不好,就想早点挂电话,可是叶老师不停地说,虽然声音很弱,很疲惫,就是不放电话。及至挂了电话时,我一看时间,半个多小时过去了。我想,这怎么不累不费时间?再过一段时间,叶老师好像变了一个人,见人懒懒的,不想打招呼,甚至像不认识了似的。而后,就住院了。住院之初,对医生的治疗很厌恶却无可奈何,叶老师说,他们老是竖着手指头,问,这是几?话语中很委屈,有受侮辱的感觉。怎么不是啊!那曾经是那么睿智的大脑!临去上海之前,叶老师让护工陪着,到系里转了一圈,到我的办公室时,为了活跃气氛,我有些淘气地问:"叶老师,我是谁?"他笑了,说:"王一涓。"同办公室的王彩云也过来,问:"叶老师,还认识我吗?"叶老师想了想,也说出了王彩云的名字。那是最后一次见到叶老师了,也是叶老师最后一次到系里。

叶老师出七十岁纪念文集时，我曾隐隐觉得不祥，出得那么早干吗？叶老师的生命，终究是定格在七十岁了。

许老师是自己给自己画了句号。后来我跟余斌讨论过这事，我们的看法比较一致。以许老师要强的性格、过人的能力和曾经叱咤风云的经历，他都不甘做生活的配角，他喜欢主宰。但是，退休以后，他失去了事业；生病之后，他失去了健康；老伴离开后，他失去了习惯的家庭。他连自己的身体都主宰不了了，遑论其他。中国人信赖"好死不如赖活着"，但对于许老师来说，不自由，毋宁死。这是需要大勇的。

其实许老师是很能拿得起放得下的一个人。谋事之时，会极尽谋划，但成与不成，都能接受，不会太纠结，所谓谋事在人成事在天，他是信奉也是那样做的。20世纪90年代初，中文系申报文艺学博士点，赵宪章老师带着我们做材料，当时打字复印等技术远不及现在，材料做得很辛苦。那个时候是我们系文艺学的黄金时期，包忠文老师没退休，凌继尧老师没调走，实力在全国高校中名列前茅。申报时，赵老师问许老师可能性如何，许老师老谋深算、胜算在握的样子，"我觉得他们绕不过南大中文系"。可是后来结果并非如此，文艺学的博士点恰恰被"跑点之母"拿去了，赵老师好不沮丧，因为上不了点包老师就要退休(普通教授比博导退休早五年)，等年轻人成长为包老师那样在文艺学圈内举足轻重的人，可不是指日可待的事情。看到赵老师打击深重的模样，许老师倒惊讶了，"我没想到小赵会这样"。可是谁能像他那样想得开啊！

许老师还是个玩心很重、童心未泯的人。他喜欢旅游，却和陶渊明"好读书不求甚解"一样，到此一游即可，他不在乎深度游，但没去过的地方都想去一去。又喜欢美食。不止一次听他说过，去开封，吃开封著名的小笼包。包子种类不同，一笼一笼摞着，端上桌的有十几层，许老师骄傲地说，我吃了一遍又拐回来吃了几个，老叶(叶子铭老师)一遍也没吃完。我后来也到过开封，特地去吃了小笼包，包子尽管不大，许老师吃的数量还是很惊人的。

许老师有两颗标志性的大门牙，一次出差回来，不见了半颗，许老师满不在乎地说，在大连游泳时摔断了。这缺失的门牙，许老师始终也没有补上，他就不在乎。

赵宪章

20世纪90年代初，东风西渐，卡拉OK从日本传过来了，但没到全民嗨歌的程度，仅仅只是有钱人或时尚人的娱乐，跟普通老百姓关系不大。宪章老师的学生有成款爷的了，成了款爷的学生并未忘记根本，跟以前关系就好的辅导员赵老师关系一如既往地好。有一次回到南京，请老师吃饭。吃完饭后，又请老师去唱卡拉OK。学生给赵老师点了歌，然后恭恭敬敬地把麦克风递给宪章老师。赵老师问，什么意思？学生说请你唱歌啊。当时这个事情是怎么结束的，我不知道，只知道赵老师向我们叙述这件事时，还带有余怒："竟然让我唱歌给他们听！"宪章老师那意思，"咱一堂堂爷们，不光不卖身，艺也不卖"！语气中很有被侮辱被损害的愤愤。我说："人家花钱请你消费，你有什么不高兴的？""啊？……"宪章老师老大想不通，自己唱歌，还要花钱才能唱？

跟款爷聊天时，赵老师为学生出息了很高兴，高兴之余又有些好奇，忍不住问学生："你现在每月可以拿多少工资？"学生回答起来很为难，不是想向老师保密，是不知怎么说，因为企业就是自己的，没给自己开过工资。当时私人企业还很少，自己给自己当老板的也不多，学生很低调，很委婉地给老师作了解释，赵老师太惊讶了："那你不是资本家了吗！"

吕效平

效平老师是做过系总支书记的，一次处理学生问题，很让我开眼。

那是一个假造高中和大专学历考入作家班的学生，老婆刚生了孩子，他又在外和一个高中刚毕业的女孩同居，还假冒南大中文系副教授到处招摇撞骗。女孩父亲一天一封控告信写给公安部、教育部。按当时学校纪律，做了这样的事情，肯定要处分的。但是该生和别的学生不一样，一是年龄大得多，一是已经很有社会经验了，咬死口说和女孩没有关系。几乎能判断该学生肯定有问题，苦于没有证据，处理起来很棘手。效平老师决定找该生谈话，让我去做记录。效平老师可以作为经典震得我合不拢嘴一开口便出奇制胜的那句话，是这样说的："你自己说是通奸还是强奸！"两害相权取其轻，该学生想也没想斩钉截铁地说："是通奸。"接下来嘛，水到渠成了。

我后来说起这事，效平老师说，这种手法他用起来驾轻就熟。早上给起床的儿子穿袜子，儿子会挑挑拣拣闹别扭，往往很久没有结果。吕老师经常说："穿红的还是穿绿的？"儿子选择题做得极好，然后，OK！吕夫人可是在省司法厅工作！作为家属，吕老师不可能是法盲呀！这可是明明白白的诱供哎！

效平老师好酒，豪爽，人缘好，这几样加在一起，使得吕老师经常出现在酒场上。今年毕业季，我一天下班回来走到院子里，碰到效平老师拿着两瓶酒，脚步匆匆，告诉我说，出去吃饭。我打趣地说，我吃饭回家来，你吃饭得出去。次日，同样时间，同样地点，同样事情。第三日，又如此。效平老师自己也不好意思了："我也不是天天这样的，怎么老是遇到你！"傍晚出来散步，遇到张亦军，我说："就你自己出来，吕效平呢？"吕夫人说："他吃饭去了。"话音未落，突然笑得直不起腰来。我猜这两天的巧遇，吕老师回家说了。

张宏生

我和张宏生几乎算是"发小"了，大学同学。中保、龙江点房时，同学廖礼平夫妇已住进宁工新寓，极力鼓动我们点一路之隔的中保，于是和宏生又成了上下楼的邻居,两家人极熟。宏生儿子张津,当时还小,但是已经知道在爸爸午睡时挡电话了,可是我每次打电话过去,小家伙从不搪塞。小家伙喜欢和我儿子玩,我不知道我儿子有没有“正能量”影响到小弟弟,只知道张津高中时,家里让他争取加入共青团,被他拒绝了。他的理由是,“巩贝贝也没入”。这真是始料不及,如果因此影响了张津的“进步”,不好意思啦!

记着宏生一件糗事,也是在中保的时候。那天刚到班上,接到宏生电话,说出来倒垃圾,门在身后自动关上了,没带钥匙,回不了家了。他穿着便衣,哪儿也去不了,还好口袋里有一枚硬币,够打一次电话,让我告诉他岳母,给他送钥匙来。我说:“你直接给你岳母打不就行了?”宏生说:“我只这一个钢镚,万一找不到老太太,或者她一次没听明白,我就没辙了。”那次宏生起码要在外面溜达个把小时,岳母住在夫子庙附近。

张宏生在中文系做专业负责人是比较早的,那时各专业负责人都是有资历的老先生,像文艺学专业的包忠文先生,现当代的邹恬老师,汉语史的李开老师等等。古代文学专业,郭维森老师要退,负责人的担子交给了张宏生,因为不是一辈人,算是换代了。还没有正式宣布,我有事要找专业负责人,于是找到张宏生,他连说不行不行。我便开玩笑,说:“必欲正名乎?”他笑接:“名不正则言不顺。”然后大家都笑。宏生做事很谨慎,低调,也很周全。也因此,程先生把《全清词》编纂的任务交给了他。一晃二十年了,宏生没有辜负老师的重托,带领弟子,孜孜矻矻,遍尝艰辛。如是,《全清词》这个浩大的工程,终于即将完工,也是一件造福后代的大事。

周维培

周维培后来调到国家审计署了,官至司长,工作做得很好。可我先前的印象,真不觉得他可以从政。20 世纪 90 年代末吧,他做中文系副主任,分管行政,没太表现出行政能力。有一年学期终了,结算工作量,就是把上课、指导学生之类的事情折合成课时费，分配给大家。这个工作，归行政副主任管。那次分配结束，卞孝萱先生颤巍巍地来到系里，质问："我一学期工作量才×角×分钱？"要说当时课时费确实很低，一个人工作半年大概就几十上百块钱的样子。但尽管不高，几毛钱的工作量也还是太夸张了。周维培不知是计算错了还是把单位搞错了，摆了个乌龙，对象还是老先生。丁帆后来老拿这事取笑周维培，他用扬州方言模仿卞先生的置疑，惟妙惟肖，每次都令人捧腹。

周维培有个同学叫郑尚宪，两人是极好的朋友，周维培对这个朋友很钦佩，我在他谈话中能感觉到。尤其让维培老师佩服的，是朋友对孩子的教育，据说小女孩成长得非常好。维培老师在替朋友欣慰的同时，更为自己高兴，他多次告诉我，以后自己儿子的教育就省心了，可以亦步亦趋跟着走。我其实觉得他的乐观是盲目的，一个孩子一个脾性，有教科书能穷尽得了的？

其实维培老师本质上就是一书生，心思也不在做官上。后来他去哈佛燕京学社做访问学者，副主任不能做了，而当时行政一届还没满，维培老师大约觉得应该给系里一个交代，不能因为个人原因影响工作，于是自己动员杨锡彭老师接任。这大致相当于私相授受了，干部任免不兴这样的，但维培老师不懂，或者说那时不懂。很清楚记得有一天，维培老师领着杨锡彭来到系里，挨个办公室把"新主任"介绍给大家，那情形很像过家家：两个小朋友手拉手地就来了，还很认真。没有考察，没有公示，没有宣布，甚至系里其他领导也不清楚，这档子干部任免，挺严肃的事情，没有麻烦学校组织部门，维培老师自己就完成了。写到这儿，我想起我们家的一个钟点工，在我们家分别做了几段时间，每次她不能继续做了，就很负责地带一个人过来，而且负责培训，不行再换，直到雇主满意了。这是一个极其负责任的钟点工。维培老师是把主任的位子视同钟点工了吗？

唐建清

前几天例行体检，在校医院见到唐建清和滕志贤老师，滕老师说他也住和园，我说：“怎么从没见到？”建清老师揶揄我说：“你是不食人间烟火的，我们常见面，在菜场里。”

建清老师的形象，跟菜场的距离是要多远就有多远，如果说是喝下午茶或听留声机跳华尔兹，这个比较靠谱。建清老师有外国绅士的老派和洋派味道。其幽默机智的谈吐，加上一流的授课，倾倒了无数学生。南大满腹经纶能说会道的教师比比皆是，建清老师能在其中力拔头筹，被学生评为“南京大学我最喜爱的老师”，端的了得。

南大曾经出了一档新闻，被媒体称为“表白门”，一时风头无两。一个男生，在课堂上向一个女生表白，到现在这样的事情可能也没发生过第二例，就被建清老师碰到了。碰到了就碰到了，建清老师云淡风轻，很坦然地就让事情过去了。他说：“这个年龄就是恋爱的季节，挺美好的。”以致学生在网上说：“多年后也许人们会忘记这对情侣，但一定会记得这位老师。”

建清老师做学问随心所欲，与体制不太合拍，可他不管。他的兴致在翻译上。时不时地就在信箱里看到他译的书，开始不以为意，以为他偶然为之。后来竟源源不断，方知他竟做成气候了。说起这事，建清老师并无骄矜之色，淡然一笑。他是真喜欢。

在中保和建清老师住一幢楼，而且是一样的户型。到他家里，感觉和我们家很不一样，可明明是一样的结构呀。然后我就发现，他把最大的房间给儿子了。建清老师的儿子和我儿子同龄，当时刚上初中，小屁孩一个，主卧被他住得空空荡荡的，建清老师宁愿自己挤着。真是舐犊情深啊。曾经有一次，系主任换届，想请他出山做副主任，硬是不肯。后来儿子出国留学，他颠颠地去那儿做了两年孔子学院院长。

潘志强

文学院有几位老师，似乎不在体制内，有的是不理会体制，有的是不很适应，潘志强属于前者。志强老师现在是“资深”副教授，这头衔大约有二十年了。但这职称，严格说来也不是他自己申报的。他从不关心职称、评奖、项目这些“为稻粱谋”的“俗事”。当年他申报副教授，是被叶老师、许老师他们“逼”着做的。“逼”出来的申报表那叫“惨不忍睹”，属于那种交上去肯定就被 pass 的。后来丁帆老师帮着重做一份，连材料都重新搜集一过。发过什么文章，发在什么地方，一问三不知（现在志强老师索性连这样的文章也不写了）。幸亏早年评上了副教授，要是现在，志强老师也只能“转岗”了。尽管他学富五车，还仍旧孜孜不倦地读书；尽管他热爱学生也备受学生热爱。几年前曾听倪婷婷说，她跟潘志强聊天，说到现状，志强老师有个非常形象的比喻。他说，你原来在车上，也坐得好好的，上来一些人，很挤，你把座位让了；然后又上来一些人，索性把你挤下车了；再然后，他们看着车下的你，就当你从来也不在车上似的。这是我听到志强老师最“俗”的一段话，其余时间，他似不在人间。又或者，这话也只是用来安慰别人，就他自己，仍旧不介意。

志强老师待人极好。我那年去韩国旅游，他在庆州东国大任客座教授，我们在庆州的食宿行程都是他安排的，还陪同游览。那天雨下得好大，我们徜徉在大陵苑，浑身都被雨打湿了，却游兴不减。聊天中得知，他在学校和学生相处极为融洽，周日、过节都有学生邀他到家中做客。同在国内一样，他的住处也是学生时常造访嬉戏的地方，更是他给学生传经补课的地方。如此好人缘，志强老师却一直单身，一说给他介绍女朋友，就摆手，就赶紧逃之夭夭。其实他异性缘也好，多少女生粉丝视他为心中男神。甚至有明确表示“妾拟将身嫁与，一生休”的，可志强老师就是不接招。从韩国回来不久，一自韩国来的姑娘找到南京，实在找不到阿潘，向我们询问。我们能帮上什么忙？“落花有意随流水，流水无心恋落花”，奈何！

刘 俊

跟刘俊做了两次邻居，这两次他都是急急忙忙的。本栋博士毕业，分了一间房子，还没有搬进去，刘俊要结婚，没有新房，跟本栋商量，于是我们在南大的第一套房子，实际上是刘俊先住了。从严格意义上说，这次不算是邻居，刘俊直接反宾为主“鸠占鹊巢”了。第二次真是邻居了，都在17舍筒子楼。我们先住进去。我一进中文系，就和刘俊搭档，他刚留校，兼职做研究生辅导员。好像是我告诉他，17舍有家人刚搬出去。刘俊当时急需房子，因为夫人意外流产，要静养。记得刘俊房子拿到手，都没来得及粉刷，就赶紧搬进去了。

跟刘俊是从“布衣之交”开始的友情，虽年长他许多，开起玩笑来却是生冷不忌。刘俊有个标志性的小光头，比现在著名的光头孟非、乐嘉都早得多，而且不是因为脱发不得已而为之。刘俊是得意于自己圆圆的头型，认为自己的光头很帅。大家都对鲁迅的名篇《阿Q正传》很熟悉，所以我经常见着“俊俊”（研究生对自己小辅导员的噱称）就会故作惊讶地叫道：“又亮了！”俊俊自己特别合作地附和，“又亮了！”，然后爆发出刘俊特有的爽朗大笑。刘俊喜欢打太极拳，一次见他白衣飘飘，又比往日“丰腴”了许多，忍不住调侃：“肥了。”刘俊认真地纠正我：“壮了。”确实，是壮了，是我居心不良故意歪曲。

刘俊是现当代专业的，在现当代文学中独辟蹊径，专注于中国台港及海外华文文学，而且在国内几乎是最早开始这块研究的。南大的现当代文学，刘俊的方向不是主流，他几乎是孤军作战，但二十多年的坚持不辍，辛勤耕耘，小苗长成了参天大树，刘俊在他的领域中，已经是领军人物，实实不可小觑了。

董　晓

董晓是做了博后留下来的。虽说各方面条件都符合留人标准，可还是有人嘀咕，这也难怪，谁让他是董健老师的儿子呢。系里一次有个学术活动，来的是俄罗斯专家，文艺学专业的。文艺学专业没有人懂俄语，情急之下，赵宪章老师想到了董晓，董晓搞的是俄罗斯文学，好歹救救急。董晓要做的工作是现场翻译，就是俄罗斯专家说一段，他译一段。如果是日常交往，这个，懂俄语的人就可以应付。关键这是学术报告，用的都是专业术语。如果董晓是搞文艺学的，也没问题，但董晓不是这个行当的。俗话说，隔行如隔山。即便是母语，两个不同行当交流也很难，何况外语？赵老师后来说，其实他原本也没抱着什么希望，到时不冷场就行了。没想到董晓译起来还真是那么回事，不光流畅，还很专业，我是说他不熟悉的那个专业也搞得很专业。拿到讲稿后的董晓肯定是下了功夫的，但基础也不容小觑，那不是三两个晚上就可以搞定的。赵老师后来很感慨，意思是原来多少有些小瞧董晓本人了。可见当名人后人也难。

董晓的字写得不好看。现在人用电脑很多，把书写都给耽误了，太多人的字都不能看了。但中文系的人还是看重一笔好字。每年学位论文答辩，都有大量表格要填评语要抄，以前这些不允许电脑打，只能人工抄写，任务大部分落到答辩秘书头上。董晓在外国文学专业年纪最轻，答辩秘书这一吃力不讨好的差事常由他担任。有一次学位委员会会议，讨论学位，丁帆老师拿起一份学位申请书，翻到后面答辩委员会决议，看到写决议的字不顺眼，就品评起来，并传视给大家。丁帆老师本人的字不是一般的好，常人字很难入他法眼，何况董晓的字确实不怎么样。董健老师当时也在座，一看是儿子手迹,不好说什么。丁帆老师不知情,尽逞口舌之快。我自是知道内情,但那时哪里好说?后来董晓说,回家被好一通骂!嗨,谁叫他是董健老师的儿子呢!

2016.11.11

文苑人(二)

鲁国尧

我经历的中文系汉语言文字学专业在最辉煌的时候,博士生招生简章上曾齐刷刷地排列了八名博导。这在南大中文系文学一向强势的传统中,是极其难得的。可惜好景不长,后来在不长的时间内,掌门人鲁国尧及柱石人物李开、柳士镇几位教授相继退休,汉语言专业就颇有点“三春去后诸芳尽”的味道了,然后走的走,退的退,以致终于简章上无人招生了。当时只剩安徽大学黄德宽教授挂靠南大招生,按南大规定,挂靠导师需得“捆绑”本校导师联合招生,我到研究生院谈这个问题时,半开玩笑地说,我们已经没有“捆绑”的柱子了。

搞语言的人都很有性格,似乎不能以常理视之,往好处说,认真、执着;通俗地说,有些偏执,爱钻牛角尖。我觉得是专业浸润造成的,所以我把它称为“专业性格”。跟张玉来老师谈到这个问题时,张老师一句话说得好,“不是这个性格也搞不来这个行当”!我初听时如醍醐灌顶,诚然,相辅相成,既是专业影响了性格,也是性格成就了专业。

鲁国尧先生是具有专业性格的。这成就了他的学问、事业。在生活中,也能见出鲁先生的性格。以前,我在校园里每每会见到骑单车的鲁先生。鲁先生身体极好,某年系里组织旅游,登天柱山,走在第一梯队前面率先登顶的,就是鲁先生。而当时参加者中鲁先生年龄最大。这着实让人刮目相看,因为鲁先生平时就是一斯文书生模样。鲁先生标志性的一副眼镜,镜片厚得像酒瓶底,一圈圈的波纹看得人眼晕。我见鲁先生骑车过来,从来不敢打招呼,生怕他一分神会摔下来。鲁先生的坐骑是一辆破旧的24坤车,坐垫矮,把手高,鲁先生骑在车上时,腰板挺直,两臂平端,双目直视正前方,极其认真。跟一般自行车不一样的是,鲁先生的车把上分别拴着两只大红塑料袋,很招摇。开始远处看时,我以为是红气球,随风飘扬,觉得鲁先生挺浪漫的,转念一想,他可能为安全计,他看不到别人,希望别人可以躲闪他。及至听他亲自解释时,方知我的想法全错。他说是为了在车棚里可以迅速找到自己的车。车棚里林林总总很多车,想马上找到自己的车还真不容易,我想希望快速找车的人肯定不在少数,可是采取这一招的,也就鲁先生了。

南大曾几次比较大规模地建教工住房,以解决教工住房困难。鲁先生的住房,是20世纪90年代的博导楼,建成不久后,周围的建筑便强势崛起,而且后建的房子条件也越来越好,博导楼早已不光毫无优势,甚至远远落伍了。鲁先生也想换换房子,每次建房时他都关注,做大量的调查了解,可最后都不了了之。港龙建房时也是。他关心的问题很多,比如,秦淮河水是臭的,大堤很荒芜,电视塔有污染,等等,连每间房子从日出到日落光照时间都关注到了,但终究还是放弃了。港龙房子建好后,电视塔停止工作了,秦淮河污水被处理干净,大堤修整一新,花木葱茏,景色宜人,成了绝好的休闲健身的地方,不知鲁先生有没有后悔。和园建房时,鲁先生终于没有放过,房子点到后,鲁先生那天欣喜异常,逢人便说,他房子那个区域,相当于北京城的中南海,他的那个房子,相当于总书记的办公室。要说凭鲁先生的资历,自然排位在先,拥有优先点房权,点个"总书记办公室"一点也不稀奇。稀奇的是,他所谓的"总书记办公室",竟然是顶楼西向,尤其该房型西面有一大落地阳台,夏日炎炎时,无异于蒸桑拿。我不太相信总书记会在桑拿房办公,因此颇怀疑鲁先生对自己房子的判断。不过,和园住人五六年了,还没见鲁先生光临过,不知因为什么。(文章写好后,我见到胡有清老师,他和鲁先生住邻居,我问那个地方现在如何,他说吵死了,房子不少已经易主,或租或卖,因为靠近小学,住进来许多孩子。我问鲁先生为什么不来和园,他说鲁先生说和园不能住。我以为鲁先生终于体会到选错"办公室"了,但鲁先生说的是现在的住处离"大图"近,看书方便。其实新校区校图书馆也很方便,但鲁先生习惯了鼓楼校区。我终究是见识浅,以为了解鲁先生呢。惭愧!)

都说语言专业是文科中的理科,确实语言研究比较偏重逻辑思维。鲁先生虽然是研究语言的,形象思维也很好。理由是他喜欢散文随笔一类的感性文字,既喜欢写,也喜欢看。他知道我有同好,常会跟我聊这类话题。有一段时间,我在《扬子晚报》上发点小东西,他不光都注意到,每次文章登出来,他还会把当日报纸送给我,有时当面给,有时放信箱,还不忘鼓励几句。有一次我发了篇《似水年华》的小豆腐块,鲁先生在报纸空白处题了"似水文章"几个字转送给我。他那样的学者,注意这样细小的事,很让我感动。我书架上有一套书,分别是梁思成《凝动的音乐》、茅以升《彼此的抵达》、竺可桢的《看风云舒卷》、李四光的《穿过地平线》,是鲁先生推荐给我的,我自己本没有注意到这些自然科学家的文学作品。

李　开

李开老师给人的感觉和他做的学问一样严谨、严肃,还有些沉重。他的话题多是工作和学问,即便不是这两者,轻松的话题也能被他谈得很严肃。又总是急急忙忙的,快快地走路,快快地做事,快快地说话,似乎总在赶时间。20世纪90年代,学校办公用房很紧,一个教研室一小间房子,摆两张桌子而已。李开老师当时家住南湖，距学校比较远，尤其是当时交通不便，李开老师为了节省时间，通常都是早出晚归，中午在教研室桌上趴一趴，就算是休息了，他的很多著作、论文就是这样写出来的。唐代诗歌有“郊寒岛瘦”的说法，我觉得李开老师和那“寒”“瘦”都很搭，不是指作品风格，而是他那种苦行僧的生活方式。

李开老师相当长一段时间担任留学生部主任，学校任命时，大家都为他捏一把汗。原因是留学生部出国机会多，经济效益好，人员成分比较复杂，不好平衡，不好管理。李老师其实不善处理人际关系。语言专业曾经有一位老师办理调动，临走时对我抱怨说，联系调动很不容易，某某不仅没支持，还成了阻力。平时挺好的，没想到关键时候那样。这个“某某”说的就是李开老师。我后来听到李老师对我说，该老师调走可惜了，专业缺了一个方向，没有拦下来。我把两件事联系起来想，李老师这情商也不怎么地，为了专业自己落埋怨。但是情商不怎么地的李老师，是留学生部管理岗位上待的时间最长的人，尽管他自己早早“满头飞霜”。

我在港龙时和李老师住一个院子，一次去他家参观，他挺得意他的书房，以往受憋屈的书，终于能站在自己的位置上了。可是我看那书房，真是憋屈李老师了。房子其实不错，错的是李老师书太多，书橱太破，还有他那种排列方式，也挺特别：是图书馆式的，一排一排，房间不够，又接到阳台，因为书橱高低大小不一，没有图书馆的整齐，老实说，显得寒碜。我们正在评论他的书房时，有人进来打扫卫生，是曾在我们家做过钟点工的小包。小包人很精明能干，最早来到我们小区打扫卫生，就租住在小区地下车库。人很热情、勤快，很多人家都请她，时间安排不过来，就有选择地在几家做。我自觉对她挺好，衣服、被褥、电器等等，只要她需要，就都给她，但她还是走了。走时不好意思，说是老公腿摔了，需要照顾。可是怎么到李老师家来了？问了一下工钱，李老师说一小时十二元。我去！当时的行情是刚从四元涨到五元，他一家伙抬高几倍！我回来开玩笑地跟人说，怪不得鼓动人才流动，人才在流动中升值啊!

李老师的夫人施大夫是儿童医院内科医生,我们系很多人都得到过她的帮助。我儿子四年级时有一天肚子疼,我带他到儿童医院,当时医院里里外外全是人,根本排不上队。儿子痛得厉害,我急得没法,想到了李师母。施大夫问了问情况,直接就把我儿子送进手术室了,不久手术大夫用托盘托出一个红紫蓝青的鱼鳔一样的东西,说盲肠差点就穿孔了,再晚一点手术就麻烦了。儿童阑尾炎最易误诊,我当然非常感激施大夫。儿子康复后,我去了一趟李老师家,带了点小礼物,主要是表达一点心意。李老师死活不收,推让了半天。让我没想到的是,过了几天,李老师另备礼物,来了我们家。

李老师这样为人处世,也是他能把留学生部经营好的原因吧。

柳士镇

柳士镇老师是语言专业里的另类。

与李开老师就任留学生部主任的同时,柳士镇老师被任命为校科研处处长。一个专业的两个人同时“当官”,构成了鲜明对比。就算李开老师不是“举轻若重”(李老师的表情绝对沉重),柳老师“举重若轻”那是绝对的。没见柳老师怎么“投身”到管理工作中去,社科处的工作进行得有条不紊,也是有能耐。柳老师的经验是放权,结果是求仁得仁,皆大欢喜。柳老师有句口头禅“晓得了、晓得了”,常常你的话只说一半,他“晓得了”就出来了,而且是边走边说,几个“晓得了”没说完,中文系的走廊被他走了一半。说也奇怪,往往他真的就“晓得了”你的意思。“闻弦歌而知雅意”,是说能听懂弦外之音,连“弦歌”也没有便知“雅意”的,叫什么呢?我说不出来了。

柳老师是有官场智慧的。有一次他看我填表,因为各种数据要求很精确,让我很头疼,他说,你随便编个大差不差的就行了。我说要求很具体啊。他说,越是具体越不需要准确,具体到没法准确时,只能是不准确。连他们自己也没法验证是否准确,你干吗认真呢?确实,很多表格设计得随心所欲,也只能应付了。可是,柳老师的衙门就是负责制造表格的呀!

如果因为看到柳老师一天到晚笑嘻嘻很洒脱的样子,就以为他马虎不认真,那就大错特错了!柳老师可是国家高考语文命题组连续多年的负责人。高考牵动亿万人心,还真不是一般的精细负责能胜任的。从这个角度说,柳老师还真是语言专业的人。

像柳老师这样的年龄,一般都会有几个孩子,可他只有一个儿子。到了儿子这一辈,自然只能生一个,所以柳老师理所当然只收获一个孙子。俗话说"隔辈亲",孙子乔乔就是柳老师的宝贝啦。平时说话的话题常来自乔乔自不必说。最好玩的是,有一次我上班路过草场门大桥,看见柳老师站在高高的桥顶上,极目俯瞰桥下。我问:"看什么呢?"柳老师不很好意思地说:"乔乔上学了,我看看他适应不适应。"桥下面不远处是龙江小学,柳老师想居高临下看看孙子,虽说登高可以望远,但想在密密麻麻的孙子中分辨出哪一个是自己的孙子,还真不容易。柳老师努力了一会,无功而返。

朱家维

朱家维老师是做党务工作的,我刚到中文系时他就是中文系总支书记,到他退休时,也仍旧如此。朱老师是个非常好合作的书记,学校里是铁打的书记流水的主任,可无论系主任换谁,和朱老师都可以"无缝对接",不会有一点障碍。曾听前系主任许志英老师说过,以后无论谁在系主任任上,朱老师退休时,都要留他两年。后来确实如此。朱老师工作任劳任怨,牵涉权利方面,从来不争,倒是比较烦心的思想工作之类,都是他出面的。还有跟新党员谈话,多枯燥的事,朱老师退休多年后,还一直承担此项工作。朱老师退休后,再看到朱老师出现在系里,就知道又发展新党员了!

朱老师是中文系首领,他自己似乎不知道。那年系里忽然想起强调纪律，搞了个打卡机考勤。制度实行之初，办公会议上，朱老师破天荒地很不好意思地为自己提了点要求，他说，我想我可不可以不参加打卡？别人还没反应过来，他紧接着又说，我保证我不迟到。说得那个认真恳切，众人都不好意思了。朱老师当时已是即将退休的年纪，而且他是那种以系为家的人，再说，哪个单位的考勤制度是为书记设置的？朱老师以为自己争特权呢！

其实，你什么时候到朱老师办公室，他什么时候都在，除了学校开会。他连个出差机会都没有。说来令人难以置信，朱老师临退休前一年，我们系与山东师大联合办班，暑假在威海集中授课，许志英老师额外请求主办方邀请朱老师前往，那是我知道的朱老师唯一一次“出差”。那次去的人比较多，我因为儿子贝贝在家没人带，把他也带上了。在威海的几天里，因说可以游泳，贝贝天天盼着，上午水凉，须得等待下午，可是不巧得很，天天到下午就下雨，贝贝就急得要哭，许老师说，你以为只你急呀？有人比你还急呢！他说的是朱老师。我以前只觉得朱老师是个敦厚长者，从没把他跟年轻人的爱好联系起来，后来才知道，朱老师年轻时是运动健将呢！那次去威海，朱老师一件紫红 T 恤，神采奕奕的，好精神啊！连我儿子都注意到了，他词不达意地说，朱爷爷是个风流老头！贝贝的真实意思是想说爷爷很精神，可是“风流”两字现在已被赋予别种意义了，说得朱老师很不好意思。

朱老师是喜欢孩子的。贝贝放学以后无处可去，常到单位找我。朱老师见到他就逗他，没事时还把他带到办公室去。有次贝贝放暑假了，在走廊里见到朱爷爷，兴奋得不能行，大叫，这次我要疯玩了。朱老师跑来对我说，听听，听听！贝贝说要疯玩！他和贝贝一样大声地强调那个“疯”字，快乐得好像被贝贝感染了一样。一次乘电梯下班，贝贝到了电梯里，兴奋得猛地一跳。我是胆小的，怕电梯因此出事殃及大家，想也没想就给他一巴掌，我觉得很自然不过，贝贝自己也没提什么意见，朱老师不愿意了，沉下脸来呵斥我：你怎么能打他！其实贝贝那个时候是淘气的，曾经柳士镇老师出电梯来笑对我说，等会电梯下去是慢车了，站站停。原来贝贝把每一层的键都按红了。我对贝贝这些行为是很在意的，朱老师却不以为然，为了这一巴掌，他说了我多少次，我甚至听到他对别人“控诉”我的罪行，也是宅心仁厚啊。

顾文勋

听赵益说过一件挺有意思的事。一日，他在办公室，来了一个留学生，带来一件小礼物，要送给他。赵益问：“什么意思？”学生回答：“没什么意思。”赵益又问：“没什么意思是什么意思？”学生的回答像绕口令一样：“就是一点小意思，意思意思。”小礼物倒真没什么大不了的。让人惊喜的是，一个小老外，能把汉语的意思体贴入微玩得那么顺溜，也真是难得。我就想起另一件关于“意思意思”的事，那件事的主角是顾文勋老师。

顾老师儿子小升初（那时小升初需要考试）时，考得挺不错，可以上金陵中学，差一分够得上外校（外国语学校）。按说上金中就挺好了。金陵中学原是一所教会学校，历史的悠久大约算得上南京中学之最。一百多年之后，教学质量仍是好的，在偌大南京市，进得了前三甲。可很多人仍旧想上外校。外校之所以很牛，除了高质量的教学，更引人入胜的是毕业生的出路，大部分学生可以保送进高校。所以进了外校，差不多一只脚就算踏进大学门了，因此竞争者趋之若鹜。顾老师的儿子分数距离外校差了一点，本来准备安安分分上金中，并没有出格的想法，偏偏外校自己对外抛出了橄榄枝，说还有一些名额没用完，可以招收一部分分数稍微差一点的学生。顾老师的小宇宙就活动了。于是到外校打听，学校说名额有限，想进来的人挺多。顾老师想，托关系呗。就找了跟外校有关系的自己的朋友。朋友也是有点来头的，说尽管放心。但顾老师放不了心，儿子上学，唯此为大，录取通知书没到手，心里没法安稳。又到外校打听，办公室的人吞吞吐吐地说，僧多粥少，名额给谁不给谁？最好能给学校表示点意思。顾老师赶紧就问，表示多少意思呢？人家就不好说了：“哎呀，就是意思意思。”意思意思是多少呢？

顾老师很想让人家明确表达,自己好照章办理,可是再三询问,人家还只是说:“就意思意思啦!”(这是当初,学校收钱还羞羞答答的,后来就明码标价了。)顾老师始终不得要领,只好回来把情况告诉朋友,朋友很不以为然:“什么意思?我这样的关系,还需要意思意思?”尽管朋友说得豪气冲天,顾老师始终不敢贸然相信,想为了保险,还是意思意思吧。可意思多少是好呢?多了,自己一工薪阶层拿不出;少了,如果意思表达不到位怎么办?那一段时间,顾老师真纠结啊。纠结到最后,还是根据自己的理解,向外校表达了“意思”。可是到了放榜时,没有顾公子,顾老师就急了,赶到学校,找到了让他“意思意思”的那位,问,你不是说意思意思就可以录取吗?人家说,主要是别的人也意思了。“既然都意思了,为什么录人家不录我们呢?”“哎呀,意思跟意思不一样!”“不都是意思吗?怎么就不一样了?”“就是——”顾老师也算是把人逼到墙根了,人家只好说,虽然说都是意思意思,但别人的意思更——就是说,人家的意思比他的更够意思!顾老师郁闷得一句话也说不出来。那天到了系里,我问他孩子上学的事,他说:“别提了!”那一声“别提了”悠长得很,比《智取威虎山》中李勇奇“八年了,别提他”还要沧桑。

我查了一下《现代汉语词典》,对“意思”的意思,词典这样定义:1. 语言文字的意义、思想内容。2. 意见,愿望。3. 指礼品所代表的心意。4. 指表示一点心意。5. 某种趋势或苗头。6. 情趣,趣味。要说这“意思”的意思真够复杂的。这才只是表面。在中国,很多事情,说开了就没意思了,奥妙就在于意思后面的意思需要你自己揣摩。文勋老师以为自己是玩汉语的,没想到被这“意思”弄得很没意思!

我这样理解这件事,可能中文系一些老师不能全赞同,因为文勋老师的性格委实也该负点责任。顾老师,那不是一般的优柔寡断。龙江房子造好点房的那天,已经做了大量前期调查准备工作的顾老师,到了点房那一刻终于不能再犹豫了,于是下了决心点了自己最认可的房子。尘埃落定的一刹那,顾老师还是满意的。紧接着他又不放心了,骑上自行车就往龙江跑,回来时高兴就变成了沮丧，说刚知道某处要修一条路，点房时没考虑这一因素，以后用不上这个便利了。他的老同学吕效平老师听说后，说了一句：你就是让他第一个点房，他还会后悔的。

性格如此，其奈若何？

余　斌

余斌是中国现当代文学出身，他是张爱玲专家。因为系里外国文学专业人少，余斌外语比较好，便被派去支援外国文学了。以余斌大大咧咧的脾气，我猜他当时肯定没有想到这一“学雷锋”的后果会让他很尴尬。申报博士生导师时，按学校规定条件，余斌已经达到，但外审被打回来了，而且连续两次。原因是，余斌的成果“两栖”，现当代不认他的外国文学成果，外国文学不认他的现当代成果，他成了“十三不靠”！第三次又申报时，余斌终于沉不住气了，他让我帮他问问消息，他说“我成了习惯性流产了”，我还从来未见余斌急过，尤其是为这类事情。这次是“伤自尊”了。人无远虑，必有近忧，余斌不是深谋远虑的人。

余斌不会深谋远虑，源于他得过且过的性格，一般事情他不放在心上。他女儿刚出生时，我当时兼管我们系女工工作，跟他说，记住拿孩子出生证去办独生子女证，办公费医疗证。知道跟他说一遍两遍是没有用的，我几乎是耳提面命“谆谆教导”，见一次说一次。几个月后，余斌急慌慌地来找我，女儿生病住院，需要公费医疗证，他没有。告诉他拿户口本、独生子女证到校医院办理。回家找这两样东西，余老师发现独生子女证还没办。于是再告诉他拿孩子出生证去办独生子女证。大约出生证又找不着了。总之，孩子到出院时，也没享受到公费医疗待遇。这也算小事，人民币吃点亏就罢了。更奇葩的是，他女儿高中毕业，按他们计划，孩子不参加高考，申请国外学校，准备出去读书。但申请那段时间，余老师把这档子事给忘了，生生把孩子耽误了一年！

张梦葭告诉我一件好玩的事。博士生面试，余老师找到自己的学生，说：梦葭我借你办公室用一下。余老师当然有自己的办公室，但常年不打扫，里面已经很有岁月感了，不好意思让考生进去。可是用女弟子的办公室，也有尴尬处：里面花花草草布娃娃的，太不爷们。于是每一个考生进来，余老师都要解释：这不是我的办公室。

至于平时丢三落四，对余老师来说是常态，经常不是没了手套，就是掉了钥匙。我们系马骏山老师在这方面也糊涂，但和余斌是两个方向，马老师是认不清自己的东西，但是不会丢，他的错误是常把别人类似的东西拿走。有一次他在我办公室拿走了我的钥匙，害得我锁不上办公室门开不了自己家门，差点没急疯。前不久在同事办公室里，看到马老师在还雨伞，不知在哪儿拿了和自家相似的雨伞，回家发现自家雨伞安在，想把误拿来的归还失主，却记不得是在哪儿"作案"的了！余斌不同，余斌是想不起来把自己的东西带走。在生活中，余斌基本上是"难得不糊涂"。以前校区在浦口，有校车前往，余斌误点然后自己打的去上课是常有的事。因为路途遥远，车资自是不菲，一个月来这样几次，也是不轻的负担。可是避免不了啊！像这样花点自己冤枉钱只要不误事也罢了，有一次，余斌到仙林上课，却坐上了去浦口金陵学院的车子。上课时间到了，生在长江南，师在长江北，思君不见君，共望一江水！

胡有清老师有一次告诉我，他奉教务处之命听课，其中包括听余斌的。上课时，余老师准时进了教室，在讲台上手提包里摸索了好一会，终于没拿出什么东西，然后就上课。课上得行云流水，很精彩。下课后，余斌问胡有清，发现什么问题没有？胡老师说，挺好的，没什么问题。余斌说，我是写了教案的，特意把教案带来了，可是找不到了！有清老师大笑着跟我说，我说他在包里摸什么呢！

余斌健忘，但不是所有事情都忘，他是选择性健忘。看余斌散文的人都知道,他的《旧时勾当》,分分钟可以把你带进几十年前某个时段的某个场景,其中细节的还原那是神记忆啊!他的《南京味道》,是一个老饕的体验,不知引起多少吃货共鸣呢!有一点我佩服到想不通的是,他居然连小时候哪种点心每斤几角钱几两粮票都记得清清楚楚!我的印象里,粮票可是不归小孩子掌握的,他从哪里得到的呢?

2017.5.14

文苑人(三)

(一)

韩国离我们很近,韩国的大学与我们往来很密,有时就像走个亲戚串个门子似的就去了,或就来了。经常是有一段时间没见到某某,一问,到韩国去了。一般是去客座的多,把汉语、汉文化输送给友邦。也有学术活动,基本上是个人行为。但有一次现当代文学专业是多人同时去了韩国外国语大学。其间一次集体座谈,待所有发言结束后,外大友人评价说:“张光芒老师的普通话说得最好。”同行的人都有些纳闷:虽然各人都操着各自本地的普通话,但也不比张老师的差呀!张老师,鲁人,普通话中鲁味很浓,凭什么韩国人认为山东普通话就比别的普通话正宗呢?王彬彬的脑子转得最快:“这些人一定是赵宪章教出来的!”韩国外大几乎每年都有我们的老师去客座,赵老师是去得比较早的,按时间推算,他的学生长成老师也是可以的了。

赵宪章老师,无论在社交场合,还是教学,都注意用普通话。但他是属于激情澎湃型的,话说着说着就热血沸腾了。血一沸腾,话就由普通话转为山东普通话,进而去掉“普通”,而净化为纯粹山东话,然后有所警醒,再转换到山东普通话,然后,就在这两种语系中切换。一般山东普通话都是说话第三句以后的事，前面的都还标准。但赵老师上课是极有感染力的，会给学生留下极其深刻的印象。张光芒一开口，昔日的学生一定觉得“似曾相识燕归来”，倍感亲切呀！

中文系留学生不少，欧美、中东的从外貌上可以见得，东亚的一张嘴便知。当然，东南亚的新马泰华裔除外。学习语言，跟民族性格还真有很大关系。亚洲人性格内敛，羞于开口，看啊写呀都没问题了，可是说话很难，交流起来就别扭得很。欧美学生可能水平并不怎样，但是嘴巴呱呱的。20 世纪 90 年代，一个美国硕士生，刚来中国时间也不长，不光普通话不带口音，连南京方言都会了。“阿要辣油”是最先听他说的，“活丑”也是跟他学的。可是韩国学生即便是来了许多年，讲的还是韩国汉语。曾经有一个女孩跟俞为民老师读硕士学位，学了五六年，话还说不清。好不容易毕业了，还要读博士。我问俞老师，你还敢要啊？俞老师想了想，说她听力还可以，可以听懂吴新雷老师的话。我就无语了。听懂吴老师的话，是有相当难度的。

吴新雷老师，江阴人，虽鬓毛已衰，然乡音未改。他是著名红学家，古典戏曲更是看家本领。更有一绝的是，昆曲不光是嘴里说，纸上写，还可以台上演。一般研究者纸上谈兵没问题，要粉墨登场就难，比较近的知道的也就是俞平伯先生，还有，就是吴先生了。吴老师待人很亲热，每次见到我，就会喊：“小王啊！”“啊”字拖音很长，上扬。除了开头的“小王啊”和结尾的“再会（音 zāi wěi）”我听起来没障碍，中间的内容就得全神贯注地连猜带蒙外加虚心、耐心地再三请教。我没看过吴老师登场，但是《中国思想家评传丛书》前五十部出版新闻发布会在人民大会堂举行时，吴老师作为中国思想家研究中心负责人，到北京参加会议，而后又多留了几天。回来后他告诉我，这一次在北京票戏了，而且是彩扮。我问他演什么行当，他得意地用普通话说：“小——僧。”然后说自己的个头矮，脸圆，扮上不显老（吴老师七八十岁，周勋初先生见了还是喊“小吴”，是同学时的习惯，改不掉了）。又说为什么女的年纪大了也可以演，就是因为脸上线条比较柔和，而男人脸有棱角，老了就不能演年轻人了。我这才悟出，他演的是小生，年轻男子，而不是小和尚！哎呀！这难懂的江阴话！难怪俞老师把听懂吴老师的话作为考核博士生听力的标准了！

（二）

中国文学，往宽泛里说，就是说唱的文学，说嘛，自不用说，唱呢，也是很盛行嘀，诗啊词的，以往都是可以唱的，曲，就更是的了。所以说和唱，应该都是中文系老师的吃饭功夫。我上大学时，在课堂上听过郭广伟先生吟诵韩愈的《左迁至蓝关示侄孙湘》，白皙清癯的脸上，两只深陷的眼窝，泪光盈盈。教室里一时肃穆得很。郭老师说，吟诵韩愈的《祭十二郎文》，往往不能卒读。这是以前，现在嘛，越往新里走，越不会唱了。但是，诗既不用唱，可以唱歌呀。唱歌唱得好的，中文系有几个，唱得不算好，但喜欢唱的，也有。曾听过戏剧影视专业的许莉莉老师唱87版电视剧《红楼梦》插曲《葬花吟》，真让人九曲回肠寸寸裂断。也是该专业的解玉峰老师，继承了中文系的传统，昆剧拍曲子都会。苏昆青春版《牡丹亭》来宁演出后在中文系座谈，小解老师现能挑出毛病，指出不地道的地方，连专家都心服口服。开了一门昆曲赏析的选修课，我儿子以为是文学赏析，就选了，及至上课时，才知是要张口的，而且考试也是考唱功，“小曲好唱口难开”啊，我儿子最后做了南郭先生，逃之夭夭了。但是喜欢昆曲的大有人在，小解老师的生意好得很。

姚松老师也是喜欢唱歌的，且会唱的歌曲还不少。姚松老师是男高音，似乎多高的调门都能唱上去，嗓门又特别大。我听姚松的歌，会想用什么样的词形容他的声音呢？白居易的《琵琶行》中有“曲终收拨当心画，四弦一声如裂帛”，我觉得可以取那个“裂”字。可是我又觉得“裂”的不是丝绸，没有这么滑润。“穿云裂石”，也不对，是形容穿透力，跟音色关系不大。想起以前看过的关于电影《红高粱》的报道。片中插曲“妹妹你大胆地往前走”，据说这首歌开始怎么唱,张艺谋都觉得不对味,后来有一天收工后,姜文吼了一嗓子,张导一下找到感觉了,他说这首歌要往"破"里唱。我觉得这个词对了,姚松的声音就有些"破",很粗犷,独具一格。姚松平时很稳重,不急不缓的,而且很谦让。可是唱起歌来,也不知哪来那么大的热情,整个一麦霸。自己唱就不说了,别人唱时,他也一定要"赞助"。曾经看到张伯伟唱歌,姚松"赞助",伯伟老师是要抒情的,而且是华美的优雅的抒情,可是姚松给他吼得很破,几次试着把声音提高,终于压不过姚松的大嗓门,一个急得无可奈何,一个助人为乐唱得很忘情,我看得那个乐呀!

陆炜老师是能唱的。陆老师算是童子功了,少年时参加宣传队,参军后是文艺兵,退伍后入了戏剧专业,一辈子都跟说唱打交道。以前系里元旦聚餐,吃到差不多时就是娱乐环节,这时总有陆炜的节目,或唱歌,或唱戏,或者就是陆氏独有的南京方言朗诵毛泽东诗词。后来有了陆二少时,还表演了儿歌。陆老师是很爱自己专业的。1993 年我们系去杭州旅游,大家漫步在西子湖畔,看到断桥上一对男女拍照,陆老师触景联想,给我们讲起了《白蛇传》中小青形象的演变,活灵活现。微风细雨,湖光山色,听陆炜老师侃大山,绝对是享受。但陆炜是个好老师,却不是很好的导演。据说他导戏时想法太多,听起来都很精彩,可是没有办法一一在舞台上呈现,所以一台戏迟迟也排不好。这个我信。

董晓也能唱。董晓是比较早的独生子女,独生子女缺少玩伴的孤独他是体验过的。他自己说,20 世纪 70 年代,一段时间连续几个伟人相继辞世,广播里哀乐播放得就多了些,纪录片中追悼会的场面也频频出现,董小朋友看在眼里,听在耳里,记在心里。一日,董晓妈妈听到屋里咿咿呀呀,不知是什么动静,进去一看,只见床上有一布娃娃,身上盖着红布,董小朋友嘴里哼着哀乐,满脸凝重,正围着床认真地转圈呢。董晓是从北师大毕业回来做博士后的,与他同时的还有苗怀明、陈文杰。当时三人中除苗怀明已有妻室,其余两人均是"单身狗",就是苗怀明,夫人也还未过来,因此三人行止常在一处。又因为特殊的处境、心境，三人发明了一种怪理论，叫作“男人、女人、女博士”，意即女博士是第三种人。此怪论一时间还颇有影响，流行很广，乃至中央台的一个栏目（是《半边天》吗？）专门作了专题讨论。董晓是制造、传播该理论的核心人物。其后不久，董晓谈了个女朋友，恰在上海某高校读博士。我知道后问他，怎么恰恰找了个第三种人？董晓回答也妙，说这一个是最不像女博士的女博士！董晓家里经济情况其实挺优裕，可是他本人实在是太简朴了，又不修边幅，一件衣服可以穿若干年，鞋子则是从上脚到退役，中间不兴休息的（成家以后，有夫人管束，好多了）。因为如此，董老师的教授形象就打了些折扣。文学院从鼓楼搬到仙林时，他和收发室阮师傅一起指挥搬运工人装卸，明明他是领导，工人们只唯阮师傅马首是瞻，一口一个“主任”谦恭地叫着，而指挥他跑来跑去，拿东拿西。带领学生把行李装车，一女生喊：“师傅，把箱子搬上来！”可见，董老师“搬运工”形象还是很被认可的。但“搬运工”董晓研究的是俄罗斯文学，是跟“洋鬼子”打交道的。董晓唱的歌曲也多是洋气的俄罗斯歌曲。

还有一个人，平时不唱歌，偶尔露了次峥嵘，可惜我没有听见。说的是莫砺锋老师。据说在一次谢师宴上，莫大先生开了金口，唱了一曲苏州评弹。这我听了都觉得稀奇。莫老师是不苟言笑的，平日话不多，我一直觉得他总是端着，拒人千里之外的样子。但莫老师的口才是真的好，说话、演讲，语言是少有的干净。对他来说，可能“说的比唱的好听”！一次“五・二〇”学术报告会，莫老师的演讲。演讲的题目忘了，大致是由读书中发现问题，到查找文献释疑，到得出结论，应该是讲治学方法的。一般人报告会围绕观点进行论证，莫老师的是倒过来，抽丝剥茧，水到渠成。除了方法新颖，感觉很享受的是他的语言，像云南一首民歌的歌名：《小河淌水》，不疾不徐，淙淙流淌，不滞不涩，不枝不蔓。和他的老成持重反差很大的是，莫老师的反应是惊人的机敏。我有一次在办公室和一位老师说话，该老师刚走，我忽然想起还有一件事要说，就急忙追出去，一边大喊该老师的名字，一边夺门而出，我的那个动静有点像炮弹出膛，恰巧莫老师从门前经过，我急忙收住脚，避免了“撞车”。还没看清是谁，莫老师开口了：“我说你目中无人吧！”我惊魂未定呢，就愣住了。一语双关，可以理解为调侃，也可以理解为责备。亏他想得快啊！

（三）

“新来瘦，非干病酒。”“浓睡不消残酒。”“三杯两盏，怎敌他晚来风急！”李清照的词里是充满酒精味的。连女人也如此好酒！其实，自古诗酒就不分家。鲁迅有一篇杂文，题目就叫《魏晋风度及文章与药及酒之关系》。魏晋文人就没有与酒没有关系的。我甚至觉得，一部中国文学史，好像就是酒泡出来的。所以，研究文学的人，似乎也以能酒为荣。

以前元旦前后，也是学期终了的时候，中文系会有个聚餐，算是吃个团圆饭吧（近几年没有了）。聚餐时总是有酒的，于是气氛就很热闹。一次古代文学和现当代文学两个专业坐临桌，不知怎么就斗起酒来，捉对厮杀，似乎古代文学占了上风，周勋初先生就很笃定，许志英老师就有点着急了，于是派人出来挑战。派出的老师是有酒量的，但体检出脂肪肝后，就刻意控制，现在事关专业荣誉，个人身体就顾不得了。他找了古代文学专业最弱的巩本栋，一字排出六个酒杯，个个斟满，一连干了三杯，然后看着巩本栋。巩本栋确实没有酒量，但后来据张伯伟说，在韩国一年，经他“培养”，酒量见长。其时正是刚从韩国归来不久，余勇尚在。不管此说是否属实，当时巩本栋确实是从容地端起了酒杯，一一喝干。本来现当代专业是想找个突破口，一举解决战斗的，没想到这样，一时也摸不清深浅，于是鼓掌喝彩，见好就收了。巩本栋的“壮举”把我也惊呆了，后来他说，为了专业，为了专业。我就想不明白了，喝酒能给专业增加荣誉吗？

巩本栋其实不好酒，不能酒，所以一般情况下是众人皆醉他独醒。他从来没有醉过酒，也没有因喝酒失态过，但这不能代表他没出过洋相。一次是小范围聚会，已经喝到尾声，基本上是该站起来走人的时候，不知许结说了句什么，把他激起来了，反正是他拿起酒杯一饮而尽，据说酒杯还很大。回到家里起初倒还安静，只说胃不太舒服，然后就直奔卫生间了，然后趴在马桶跟前两个多小时方才出来。

中文系酒量大的老师有几个，其中巾帼不让须眉的是盛林和曹虹老师。二位都是温文尔雅，不露锋芒，不像会喝的样子，但据说都可以豪饮。在程章灿的婚礼上，曹虹老师喝了烈性酒，然后迟疑地发问："这是低度酒?"满座男士"花容"失色。盛林老师是刚留校时参加了一个类似扶贫的工作，在酒乡熏了一年，从此酒量深不见底。一次在淮阴，东道主人特别好客，怕客人酒不尽量，特意找了几个高阳之徒陪酒，当时的系主任赵宪章老师，率两位女将迎战。推杯换盏之际，酒器由杯而碗，对方气势咄咄，曹虹老师淡淡地说："这有何难!"四两拨千斤一般。次日早饭时，主任不知从哪儿搞了枝花儿献给二位女老师，表示由衷地钦佩与感戴，看来没有辱没使命。

"李白一斗诗百篇，长安市上酒家眠。天子呼来不上船，自称臣是酒中仙。"我理解酒与仙的联系是说酒喝到一定时候就飘飘欲仙了。我不会喝酒，所以从来没有过成仙的感觉。但看张伯伟喝酒，似乎确已不在凡间似的。伯伟老师有些酒量，也好酒。听说也常在家中独酌，且一边饮酒，一边高声吟诵"帝高阳之苗裔兮，朕皇考曰伯庸……"，一部《离骚》是用来下酒的。此说没有当面求证。但我确实看过伯伟老师醺醺然时，更加神采飞扬，气盛言直，而且这时，平常不用的英语也会脱口而出。一次伯伟老师又秀英语时，徐兴无一脸坏笑地对我说："一般说英语时，就差不多了。"伯伟老师喝酒之后更加活跃，不太肯安静。一次酒后，非要到我们家，曹虹老师再三劝阻无效，只得陪着他。在楼下他打了个电话，巩本栋看时间太晚，说下次吧。他说"我已经到了"，本栋只好开门迎客。他提出要表演书法，本栋便拿出文房四宝，伯伟老师一张一张地写着，兴致盎然，说要替巩本栋把所有已有的、将要有的、可能有的书名、斋号都题写好，可以一劳永逸了。还殷殷嘱咐说，要好好保存。一次是他和巩本栋一起喝酒，也是喝大了，回到家中，操起电话打给我："本栋喝醉了，哈哈哈哈……"

酒精可能真可以使人在短时间内放松身心、脱去约束、舒展性情，变得比平时更率真可爱。章灿老师在台湾参加学术活动，台湾学者因为"有朋自远方来"，特别"说乎"，所以在招待宴会上劝酒殷殷；章灿老师因为两岸关系血浓于水，便举杯频频。频频的结果是把"骑马舞"（就是当时特流行的一个韩国胖子带给全世界人民的《江南 STYLE》）秀到了海峡对岸，特别地萌态可掬。但是如此张扬个性，章灿老师也就这一次，也可能我知道的就这一次。一般情况下，程老师都会控制得很好，即便是超常发挥，也会控制在清醒状态。一次是同门几人聚会，也是比较尽情了，结束后巩本栋开车，先送章灿，再送陈书录。车开至阳光广场四号楼前，章灿老师下车，巩、陈二人且在车上目送。但见程老师并不径直回家，却向相反方向走去。二人便急忙下车，只眨眼工夫已不见章灿人影。分头寻找，未果，只好找到章灿老师家中。夫人成林自然也着急起来，结果三人在麦当劳店里看到了正在享受冰淇淋的程老师。章灿后来对我说，喝酒后吃冰淇淋，味道特别好。我说不喝酒，冰淇淋味道也好。其实章灿老师是怕酒气太大，吓着了夫人，巩、陈二人不明就里，画蛇添足了。（我把此文发给章灿看，他说细节有出入："比如本栋送我，那次是深入南师虎穴，我一人独对全南师，兴无跑了，本栋开车，不能喝，结果全我包了。还不让我一个人安静地吃一会儿冰淇淋！"按：以章灿自述为准。）

我看电视剧《士兵突击》，两位军人在搏杀演习后因为惺惺相惜，一位说："改日请你喝酒。我酒量，一斤。陪你喝，二斤。"另一位说："我酒量，三两。陪你喝，舍命！"感动得要命。可是一到生活中，就颇不以为然了。一般女人是不希望自己的先生多饮酒的，总会有种种顾虑，起码大陆的女人如此。好几次与台湾清华朱晓海老师吃饭，晓海老师都会认真告诉我："放心，我有分寸的。”但巩本栋举杯时，我仍会不由自主地盯着看，其实也不一定是多担心，本能而已。晓海老师就会奚落地说：“瞧弟妹那眼睛！”有这毛病的肯定不止我一人。徐兴无夫人郑玫是医生，自然更加注意。但兴无老师自有应对高招。他在喝酒之前会说，检讨已经写好了。意思是可以放心喝了。兴无老师自己说，检讨有钢笔写的，也有毛笔写的，视情节轻重，选择性提交。一般交毛笔检讨，是比较慎重的，那就是错得有些大发了。兴无老师的书法很漂亮，这也是习练的一种途径?！（兴无说，交检讨的事是在做讲师时，意即后来不太有了。是职称提升喝酒政策也放宽了?）

中文系不能喝酒的也有。像王恒明，一五尺高汉子，做的又是办公室主任的工作，居然滴酒不能沾。非但如此，一次吃饭，上了一盘醉枣，王先生多闻了一会，居然也醺醺然了。还有一人也是绝对不喝酒的，是吴俊老师。只要集体吃饭，吴俊总是很自觉地坐到女同胞的桌上，任人劝说，哪怕是激将，也不会挪动。吴俊被称为新好男人。吴老师是当得起这个称号的。尽管夫人是全职太太，但吴俊早起烧饭，接送孩子上学，内政外交，亲力亲为。又要做学问，又要忙行政，不知他哪来那么多的精力。吴俊老师是个计划性特别强的人。有一次我到和园看房子装修，他也是，当时和园的交通还不方便，吴俊要了一辆出租车，说一块回鼓楼。当时已近下班时分，吴俊说回家要到幼儿园接小女儿，然后要做饭，因为夫人和大女儿从上海回来，没吃晚饭。做饭时要督促女儿练琴，饭后要赶到江北大吉，8 点钟专业在那儿有个会。吴俊的时间是按分钟分配的。吴俊老师，美丰仪，很注意修饰。到研究生院上任不久，研究生院老师跟我说：“吴院长来了以后，我们×院长开始换西装了。”我知道×院长本来是极不修边幅的。

（四）

徐雁平有一次问我羊肉的最佳做法。他根据我的年龄我的性别，认为这个问题问得很恰当。我没有回答上来。雁平是属于那种特别认真特别严谨的人,这用在做学问上很好。当他还是博士生的时候,这种特质就特别明显了。毕业时,赶上我们系第一次搞论文抽检。这在当时还是新鲜事。正好就抽到雁平的了。我对他说,这次外审了,等评优秀论文时就省事了。那时全国优博也还没开始评,我说的是我们系。果然这一年雁平的论文就中头彩了。雁平把别的事儿也当学问做,比如说做饭。我知道雁平自己对吃也不苟且,经常招生阅卷时吃盒饭,雁平就很勉强。雁平在家也是掌勺的,一次烧菜,大约味道不太好,受到了儿子的批评。儿子当时尽管还小,但批评的语言很老辣,他说:"没用心吧!"

与雁平吃饭风格截然不同的是董晓。董晓怎么说都应该是贵族范,从家庭出身、经济收入、个人经历,都应该。可就不是。董晓吃饭一点不挑不说,胃口还好得很,一般一份盒饭不够。但他吃饭真是吃饭,有米饭就行,菜不菜的,无所谓。要求不高,也许是家风?董晓说过,他在北师大读书时,董健老师去看他。到学生食堂吃饭,董老师不知从哪儿带去的煎饼大葱,众目睽睽,董老师粗放地展开煎饼,卷起大葱,梁山好汉一样吃将起来。回头率太高,董晓同学如芒刺在背。

我说我没有回答出来雁平关于烧羊肉的答案,不是谦虚,其实无论烧什么肉,我也没有经验可资介绍。曾经有一个后生辈,说根据我的介绍,红烧肉已经很拿手了,且说还传授了若干弟子,都已成才。我竟不知道她给我搞了很多再传弟子,可我连自己当初是怎么说的,早已忘却了。我只是纸上谈兵,不知从哪儿看到了,记下了,就说出来了,究竟连我自己也不懂得如何操作。以其昏昏,竟使人昭昭,也是奇迹。前几天和韩国延世大学的金炫哲教授一起吃饭,他说知道我不会烧饭。看到我惊讶的神情,他有点不知所措。我忙解释说,我惊讶的不是你说我不会烧饭,我惊讶于你如何知道我不会烧饭。中国有两个现成的词语,一是美名远扬,一是臭名远扬,我想这两个词我都不沾边。我奇怪的是我没有名如何还能"远扬"!

一次吃饭时，张伯伟说，金程宇的太太可以一年烧菜不重样。我当即表示怀疑，虽说金太太是日本人，可能家庭传承很好，又是全职太太，个人修炼也佳。但是，一年三百六十五天，一天三顿饭，每顿饭两个菜不算多吧，那得多少才能够一年不重样呢？何况作为唯一可以检验其效果的小金老师，实在是论据不充分啊（金程宇瘦得像铅笔一样）！伯伟老师对我的置疑很不满意，认为我有酸葡萄之嫌，并且揭发我只会开罐头。我从来不隐晦我的不会烧饭。其实要说烧饭，从字面上说，我还真会，尤其是北方的面食，几乎全能。但关键是烧饭它烧的不是"饭"，是菜，是各种动物的解剖状态。我倒不是动物保护主义者，主要是胆小。曾经来了客人，我确实是用一堆罐头招待的，开罐头时，手被铁皮划破了，因为伤口不整齐，流了很多血，亏得邻居是医生，浪费她家很多云南白药。怎么说我这也是"血染的风采"，轻易不会忘记，哪里需要别人提醒？

对我来说，后来就好了，因为突然有一天，小饭店大排档，就像雨后春笋，遍地开花，真解决大问题了。从此不再为请客吃饭犯难！正庆贺呢，谁知情形又变了，待客又回归家庭！历史还真是螺旋式发展的啊！

年前许结约大家吃饭，到碧桂园他的新居。许结夫人徐静，烧得一手好菜，中西兼擅，冷热全能。尤其是用心，每样菜式，从选取食材到烹调方法，到餐具搭配，都用尽心思，精益求精，其菜品的口味、摆台的考究，堪比高端酒店，而用餐环境更是宽松优雅，赏心悦目。后来在一次吃饭时，我告诉了徐兴无，兴无就很有点不服气，提出比试比试。我说你可能不行。徐静的厨房里，何止十八般兵器！光是双开门大冰箱就两个，各种蒸烤炸煮的什么炉什么箱，见过没见过的，该有不该有的，琳琅满目，我反正是很震撼。有如此装备，该得对烹饪多热爱！兴无老师鄙夷不屑："你哪知道！好的厨子，就两把菜刀（怎么听着像贺龙两把菜刀闹革命似的）！"他觉得徐静那都是花活，没有真功夫。且说，拟邀上若干食客，专事品尝评判，到时便分出山高水低。很有师出必胜的气概！又一次吃饭，恰恰二徐碰到一起了，我重拾话题，跟徐静说，徐兴无不服气，要与你 PK 呢！徐静笑笑，云淡风轻的。小徐老师便发起攻势，考问淮扬菜大煮干丝的基本功，问徐静一块豆干可以劈成多少块，徐静说有专门工具，小徐老师说算不得能耐，比刀功。大家认为机器可能更规范些，不易发挥失常，且应该与时俱进。几个回合下来，小徐老师再次说到找机会专门比比，但怎么听，气势都没有先前壮了。

写于 2015 年 6 月 2 日

2016 年 6 月 1 日改定

文苑人(四)

两个石头狮子

文学院在仙林校区的楼盖好了,比在鼓楼校区的用房面积增加很多,又单独成院,院内院外花花草草,挺有情调,大家都很高兴。但是美中不足,在整个文科建筑群中,很平庸,体现不出中国文学文化的特点。“院政府”便动了脑筋,不知怎么游说学校的,总之,是要来了两个石头狮子。当然,狮子没有现成的可以买来,学校只是给经费。要把金戈戈变成威武的雄狮,还需要一个过程。这件事交给了时任副院长的徐兴无。一段时间以后,在一次院学位委员会会议之前,兴无老师兴致勃勃地打开面前的笔记本,汇报石头狮子的进展。他出示狮子的图片,说狮子的稿子已经打好了,是仿乾陵的。兴无老师说,清代的狮子都不行,嬉皮笑脸的,一副媚态。还是乾陵的气派。又说,开始做的小样没有神,后来用了姚松的照片,眼神表情都凌厉起来,狮子方才有了生气。徐兴无介绍得正起劲,冷不防莫砺锋老师提了个问题:“狮子是公的还是母的?”这一问是徐兴无没想到的,愣了一下,其余人便大笑起来。莫老师一向不苟言笑,开会时更不开玩笑,这句话从他口中问出,不光出人意料,尤显滑稽,莫老师是像讨论学术一样很严肃地提出了这个问题，但这个问题本身容易让人不严肃。一般两只狮子的标配是一雌一雄，且造型不一。我猜莫老师的意思是担心兴无没注意到怕闹了笑话。后来两个白色的石头狮子端端正正地放在文学院大门口，成了文学院的地标，与其他狮子不同的是，它们都长得像姚松老师。文学院换届之后，兴无老师接任院长，他大约觉得光有石头狮子，中国元素还不够，又把大门的颜色从灰色改成朱红色，便有了现在的模样。

关于石头狮子的来历，坊间另有一种版本，甚是流行。说文学院楼刚建好时，"院政府"组团前往参观，一眼见到大楼，徐兴无便大叫起来："文学院这是前后两把刀，腹背受敌啊！"他指点大门里外，外面对着外国语学院墙体侧锋，里面对着院内报告厅墙棱。他说这是两把钢刀。因为整个文科建筑群的设计追求一种错落美，一种犬牙交错钩心斗角的古典美，所以所有院系的大楼都不是正南正北，且每幢楼庶几都近乎三角形状，所以会呈现兴无所说的状态。据说徐兴无说，须得"破一破"，不然要死人的。如此说来，石头狮子是作为辟邪的壮士来替文学院守门的了。故事至此还没结束。话说这一说法一传出，文学院一些老师便兴奋起来，纷纷出招，有说装一面镜子吧，名曰照妖镜；有说多栽柳树，以柔克刚，一时也热闹得很。这风声传到了对面外院，不巧的是这时外院接连两位老先生辞世，外院人便心慌起来，在一个月黑风高之夜，办公室主任用一瓶硫酸，将一棵疑似卧底的大树烧死，而后连根铲除。此事做得很低调，倒也没什么风浪。但还是作为笑话传了出来。然后又巧了，恰恰此时文学院一位老师生病了，于是轮到文学院紧张了，再于是把大门漆成了朱红色。这是一种传说，文人无行，图个嘴巴痛快，认真不得的。不过，演绎得活色生香，也是文人的能耐。姑且存疑。

我后来在研究生开学典礼上，听到兴无院长郑重其事地解释院门前的石头狮子，他说："我们这两个狮子，绝不同于贾府门前的狮子。我们这大理石狮子的坚硬洁白，象征文学院的品格精神，是要继承发扬的。"说得煞有介事，算是给石头狮子正名了吧。

创　收

20世纪90年代初，有相当一个时段，高校收入很低，社会上形容说搞原子弹不如卖茶叶蛋的。鉴于人心严重失衡，“创收”二字成了高校的热门话题，也成了学校各级政府首脑特头疼却回避不了的大问题。我有幸亲历中文系的“创收史”。

靠山吃山。文人除了肚子里的那点货没别的好卖，只能办班教学生。中文系办班起点很高，开始走的就是国际路线。但印象中与马来西亚、新加坡最早的班都没办成，倒是周晓扬老师去韩国客座，带回一个班。这个班起初报名人数挺多，最后成行，却只剩了六人，而且只是暑假短期班。因为涉外，手续特别烦琐，忙得人七荤八素。付出与收获，极不成比例。但就是这个班，不仅是我们创收的报春花，甚至也是少数几个成功的案例之一，因为接下来的办班基本上都像宋人的诗：“一团茅草乱蓬蓬，蓦地烧天蓦地空。”每一个预期中的班，都很令人鼓舞，但就是，理想很丰满，现实很骨感。我们办过最滑稽的班，是一个没有办成的班。那是郑州某高校找我们联合培养，他们招生，参加南大考试，录取后在郑州当地学习，我们负责授课，成绩合格通过答辩后授南大学位。还记得该校中文系书记亲率一干人马过来，招待宴席上书记大人不知是酒喝大了，还是其人本身就豪放，总之，说出话来都是“语不惊人死不休”的范儿。待考生报名工作结束后，我跟他们说，如果需要辅导，我们可以去教师。当时的招生政策是，命题之前允许辅导。消息传送过去，迟迟没有反应，我以为考生程度很好，不需多做准备。也或者，他们可以帮助考生备考，就没再啰唆。待到考试时，浩浩荡荡的应试大军从河南长途跋涉过来了，当晚，领队打电话给我，问次日监考人是谁，我预感他们想歪了，忙警告说，千万不许胡来！可是，次日考试还没结束，噩耗便传来了，满场考生公然作弊,小抄就明摆在桌上。监考老师当然不是吃素的,抓了现行。事后考生抱怨说受骗了,说好可以搞定监考人员,说话不算话。这次考试成绩可想而知,全军覆没。当然,我们前期工作也白做了。正所谓,不怕神一样对手,就怕猪一样队友。我们不幸选错了队友。

文学院戏剧影视系本科专业,是创收的硕果,却也是创而无收的范例。这个专业的建成,要感谢姚松。姚松时任院党委书记。那年她女儿参加南师大艺术类招生,作为家长姚松去给女儿报名。报名处人山人海,水泄不通,找了熟人还是报不上,熟人说你下午晚一点人少的时候再来吧。姚松下午很晚时去,报名还没结束。这情景触发了姚松创收的灵感,他脑洞大开,想,这么多人报名,光报名费得收多少啊!尤其是,接下来的辅导班、学费……哎呀!姚松像得到“芝麻开门”口诀的阿里巴巴,好像马上可以打开宝库了!“我们要办一个艺术班!”姚松愉快地做出了决定。回来一商讨,“系政府”所有成员一致同意。然后打报告、做论证、报批,然后就招生了。但是报名时,我们没有出现南师大那样火爆的场面,也难怪,毕竟我们只是一个班级,成不了规模;况且第一年招生,宣传不够;同时门槛也高了些,让很多人望而生畏。但无论如何,还是收了一些报名费,少归少,聊胜于无啊。报过名后进行考前辅导,几个老师轮番,讲得口干舌燥,考生、家长都挺满意。次日辅导结束后,看会计还在忙,我说钱还没收完啊?会计说,不是,是退钱。原来,学校来通知,一、报名费上交学校;二、辅导班不许办,已经交了钱的,退回。交了费的家长已作鸟兽散,如今要一个个找回来,还得挨个解释,比收钱时麻烦多了。这事儿弄得!当然,现在我们的戏剧本科专业办得很好,很红火,可还是不赚钱哪!

丁帆在院长任上,几次会议上说,如果我们什么什么做成了(指创收),大家的口袋就会鼓起来。可是大家口袋始终没有鼓起来。一次我拿这事跟丁帆开玩笑,丁帆很尴尬,一时语塞。我后来觉得这个玩笑有些过了,创而不收是中文系历届首领不能触碰的痛,很努力,可是很无奈。其实,秀才的本事就是教书带学生，让他们创什么收呢？

好尴尬啊

香港回归之初，一次国际学术交流在香港进行，董健老师前往参加。回来后，在系学位委员会会议上，董老师感慨万千，讲了他参加会议的遭遇。学术会议一般是需要交会务费的，会议主办方出于友好，免了董老师的会务费。这件事引起了台湾一位学者的不满，他质问主办方，都是中国人，为什么不一视同仁而歧视台湾人？会议主持人问台湾学者："这位教授，你每月薪水多少？你知道董教授每月多少工资？"据说台湾教授后来是哑口无言，心甘情愿地交了会务费。但董健老师难过地说，知道他们是好意，可真的觉得无地自容。无独有偶，卞孝萱先生也说过类似的事。也是那个时候，也是去香港开会，被境外学者好友盛情款待，却因囊中羞涩，连投桃报李回请一顿都不可能。卞先生说，都害怕接到邀请。说得也是，中国可是一个讲究礼尚往来的礼仪大邦啊！其实那时不光学术界如此，记得曾看过文章说电影界组团去日本访问，当时红透中国的演员刘晓庆，须得到北影厂仓库找假首饰，借服装装装门面。国家穷的时候，没法给自己的子民以自尊。所以，套用一句网络流行语，好尴尬啊！现在的年轻学者，是赶上好时候了。

迟到的感谢

2013 年寒假，我去台湾旅游，待了十多天，走了一些地方，所见所闻触发一些感慨，回来写了随笔——《历史的一小步》。写完之后，心中有些惴惴不安，毕竟对台湾并不熟悉，走马看花的观感会不会有舛误疏漏？有天晚上，我看到外子给台湾清华教授朱晓海发邮件，灵机一动，让他把我的文章作为附件发给晓海教授，请他看看。几天以后，晓海教授的回信来了，出乎我的意料，竟是长篇大论，我七八千字的长文，他不光细致地看了，且对其中的错讹、不确定处一一订正释疑，有说明，有感慨，令我很感动。晓海教授 2015 年来南大文学院客座一学期，每次两个课时的课程，被他上成一个下午的课，四五个小时，中间连休息都没有。难为他竟能一口气上下来，这不光需要体力，更有对自己专业的热爱，对自己学问的自信，对传播中华文化的热情。更为难得的是，学生也能一口气听下来。课上得稍微冷一些，怕也留不住学生了，晓海老师的课真是没话说。我便知道，认真、热心，是晓海老师一以贯之的风格态度。

我仔细看了晓海老师的邮件后，惊出一身冷汗，暗自庆幸，亏得给他看了，否则会闹出很多笑话。根据晓海老师的指正，我一一做了订正，心中存大感激。

晓海老师指出的讹误，大概有几类。一是地名、地理方位。在台北参观东吴大学时，特地去看了钱穆先生纪念馆，对于纪念馆素书楼的位置，我误记为“双溪”。晓海先生指出是“外双溪”。我是马虎了，其实钱穆先生在《八十忆双亲·师友杂忆》里对自己的住处说得很清楚，我手边就有这本书，核实一下就不会错了，可我不是认真的人。台静农先生晚年给自己住处命名“歇脚庵”，我想当然写成“歇脚斋”了。“庵”和“斋”两个繁体字都挺讨厌的，我没有细分，想是书斋堂号，便有个先入为主的想法，结果出糗了。我这个人地理没太有概念，觉得台湾已经很南方了，至于台湾还分台北、台中、台南，而且南北气候还有差异，我不会想这么细的。所以当晓海老师的博士郭永吉，说到小时候冬天感觉很冷，我想，台湾还会冷啊？晓海老师仔细告诉我永吉的家乡及家世，顺便给我科普了一下台湾地理。说到王学玲的原籍，晓海老师不如我清楚了。学玲亲口告诉我过，我现在倒记不清了，好像是蚌埠，可以肯定的是属于安徽。因为距离徐州较近，所以学玲会说是徐州，也是省去解释麻烦的意思。地利之便，我对苏皖靠近徐州一带的地名很熟悉，就记下来了。

其次是人物称谓。旧式称谓在大陆几乎绝迹，在台湾倒一直保留着。我们现在如果跟人说话，称呼对方的父母，一般说“叔叔”“阿姨”如何如何即可；对方父母亲如果年龄较大，客气一些，可以说“你们家老爷子”或“老太太”，也挺好的。如果关系较近的，甚至直接说“你爸爸”“你妈妈”，别人也不会觉得不妥当。要是真说“令尊大人”“令堂大人”，倒显得迂腐了。因为风俗如此，旧称谓便没人使用了，所以不要说年轻人，新中国成立以后出生的人，不是专门研究的，想正确自如地使用旧式称谓，还真不容易。所以使用时出现错误甚至闹出笑话，不在少数。我记得曾看过晓海老师一篇论文，好像说的就是称谓的使用。在台北晓海老师的宴席上，听晓海老师和王次澄老师的互相问候、谈论家事，彼此文绉绉的称呼，特别有穿越感。这也是两地文化差异带给我的惊喜。

再其次，关于人物关系的说明。晓海老师特别热爱学生。我自己初当老师时曾感叹过，世上工作，只有医生和教师的工作对象是活生生的人，但医生的是病人，教师的则是健康健全、朝气蓬勃的青少年人，所以觉得何其幸运乃尔。晓海老师感受到的又不仅仅是幸运了。汪曾祺在描述他和父亲的关系时，有一句特别有意思的话，他说，多年的父子成兄弟。所谓师徒如父子，晓海老师和学生的“父子关系”，经过岁月的积淀，也被打磨成“兄弟”了。这在别人，或许不能，但晓海老师宅心仁厚，又生性诙谐善谑，所以看他们师徒一起亲密无间的关系，连外人也觉得很享受。他引用别人的话这样界定自己的学生，他说别人“谑称朱门弟子分四种：嫡出的（硕、博士都是我挂名）、庶出的（外校硕士考进清华，博士班才找我挂名）、私生的（硕、博士都非我指导，但只认我，跟我鬼混）、义女”。如此“复杂”的学生来源，足见晓海老师在学术界、教育界的口碑和名望了。师生们在一起玩笑，以老师这个“皇上”为中心，分别有各自的谑称，郭永吉因是“嫡出”，正宗的“三清团”（台湾清华本科、硕士、博士），其“太子”位置似乎是天定的。但永吉本人极憨厚、寡言，而李宜学活泼促狭、伶牙俐齿，似乎更得“皇上”欢心，晓海老师这样描述他们：“‘太子’是同学们对永吉的戏称。正因为东宫仅容得下一人，所以‘诸王’想夺嫡。宜学恃宠，尤其不甘雌伏。”晓海老师还有几位女弟子，在台湾学术界也是响当当的，被“诸王”称作“长公主”。晓海老师说：“‘长公主’一共四位，指被我收作义女的，学玲、文翠都是。此举乃弟借此对外昭告：绝不‘乱伦’。”这也是晓海老师一向的认真。晓海老师单身以后，热心者、好事者自是不少，但晓海老师把严肃的师生关系看得很重，以至于有收“义女”之举。曾听台湾人嗤笑大陆的干爹干女儿关系，暧昧不清，给人以无限遐想，已与原来的意义大相径庭了。所谓“义父”“义女”，强调的是“义”字，而“干爹”“干女儿”，“干”字很大程度上成为苟且的遮羞布了。

晓海老师邮件中最感动我的，是他的两处感慨。浅浅的海湾，带给两岸人的是深深的思念情殇，但是在政治高压下，思亲思乡的情绪不仅不能表达、宣泄，倒成了罪过，被防范，被打压，对于离乡背井、妻离子散的人，无异于雪上加霜，是永久的治愈不了的痛。王学玲的父亲便是这样的遭遇。晓海老师介绍说："学玲的尊大人是国民党撤退时，被军队'拉伕'到台湾的，连回家告个别都不许。此举不知拆散多少亲子、夫妻，害得多少老人家以为自己儿子失踪或死了。"台静农先生是以另一种方式留在台湾的，没想到一去不返，他的遗憾永远地留在台湾了。想起台先生，耳旁似乎就响起台先生在病榻上的呼叫，他在电话里对老朋友启功先生喊："你快来看我吧！再不来，就看不到了！"两位老先生，终于也没能见面。台先生死能瞑目吗？晓海先生感叹地说："唉！一讲起台先生，令我低回不已的莫过于，他唯一用毛笔写过两幅同样内容的卷轴是《思旧赋序》。其中一幅尾跋特别提到：是酒后微醺，在泛黄灯下书之。别人不懂，我深知其意。"我大致能懂晓海老师的意思，但如有机会，我更想当面请教，愿闻其详。

《历史的一小步》早已发表了，我还是忘不了晓海老师的殷殷教诲，这中间几次见面，想表示感谢，终于没说。还是写出来吧。

2017.5.21

附邮件原文：

本栋兄惠鉴：

因为自己的电脑老旧，无法开启附件档案。请宜学帮忙，方才拜读了弟妹的大作。文笔真好。不会是在宣传部工作吧。

台先生的住处是"歇脚庵"，非"歇脚斋"。

"长公主"一共四位，指被我收作义女的，学玲、文翠都是。此举乃弟借此对外昭告：绝不"乱伦"。

"太子"是同学们对永吉的戏称。（正因为东宫仅容得下一人，所以"诸王"想夺嫡。宜学恃宠，尤其不甘雌伏。）

次澄是东吴毕业的，但她的哥哥，非叔叔，王亢沛担任的是东海大学校长。次澄或弟称自己的兄长一定是“家兄”，称对方的兄长则是“令兄”。

学玲的尊大人是国民党撤退时，被军队“拉伕”到台湾的，连回家告个别都不许。此举不知拆散多少亲子、夫妻，害得多少老人家以为自己儿子失踪或死了。

学玲原籍徐州。

宾四先生的素书楼在外双溪，非双溪。

永吉老家在云林，台湾中部：台中下面是彰化，彰化下面即云林；云林下面乃嘉义，嘉义下面方为台南。永吉乃道地的农家子弟，念大学时，还要回家帮二老收割。

唉！一讲起台先生，令我低回不已的莫过于，他唯一用毛笔写过两幅同样内容的卷轴是《思旧赋序》。其中一幅尾跋特别提到：是酒后微醺，在泛黄灯下书之。别人不懂，我深知其意。

学玲、宜学等人都不是我指导的博士生，所以才会谑称朱门弟子分四种：嫡出的（硕、博士都是我挂名）、庶出的（外校硕士考进清华，博士班才找我挂名）、私生的（硕、博士都非我指导，但只认我，跟我鬼混）、义女。

耑此。顺颂

研祺

冯翠儿

冯翠儿是香港人，香港回归那年到南大中文系读书，从硕士研究生到获取博士学位。冯翠儿来读书时，已经是香港教育学院教师，不能脱离工作，一边工作一边读书，当时叫作“兼读”。二十年前，电子通讯远没有现在发达迅捷，高校的假期又大同小异，翠儿只能忙中偷闲，尽可能挤出时间往南京跑。因为不在学校，因为沟通不那么顺畅，因为不同于正常学生的要求，所以翠儿每次来，都会有一大堆问题。老实说，我那时怕见翠儿。原因是翠儿那一口港味普通话，交流起来实在困难。每次交谈，不说是“鸡同鸭讲”，总得拿出十二分精神。很多学校的规定，可能与香港的不同，翠儿不光要问怎么做，还要问为什么那样做，还得说香港怎么不那么做？我只能回答到我们为什么为止，香港为什么不，我就答不出来。答不出来，好像就很可疑，翠儿会怀疑里面是否有猫腻，是特别针对香港学生的不友善。为了去疑，更要节外生枝地废话好多。工作很忙，为她一人，要分扯许多时间、精力。每次好不容易打发走了她，我便长舒一口气。

我只知道翠儿给我平添了许多麻烦，不知道翠儿心里其实挺委屈的。这委屈终于在博士论文答辩时爆发出来。那是一天晚上，九十点钟样子，五月的南京似乎正下着小雨。翠儿从她下榻的宾馆给我打来电话。是喝了酒的，半醺状态。她问我别的同学论文答辩前都有预答辩，为什么不给她做？这个事儿她应该问导师，其实不归我管。但我知道，翠儿的导师是个极有个性的人，而且实在地说，翠儿那口普通话也容易造成误会，明明正常的询问，她那口气就很像质问，虽说师生年纪相若，毕竟还是师生关系，这语气就显得不礼貌。再说，她与导师打交道频繁肯定远远超过我，我尚且着急呢。翠儿曾为这沟通的不顺利，在我面前隐隐提过，“心灵鸡汤”只能由我奉上了。我对翠儿解释说，因为她远在香港，多来一趟，时间、钱财都要多付出，所以就免去预答辩了。虽说没有预答辩，论文质量导师是要保证的，没达到水平，不会不负责任地让学生参加答辩。而且，为了确保，还请了校内校外很多专家共同把关，所以尽可以放心，绝对没有她担心的歧视、嫌弃等等问题。那天翠儿哭了，委屈得像个孩子，我的车轱辘话来回说了一个多小时，才让她情绪平复下来。

怨不得翠儿委屈，翠儿实在太喜欢传统文化了，由于喜欢，便特别希望自己的努力得到认可，可她那时还不具备判别自己专业水平的能力，又觉得其他同学都很了得，就有些不那么自信。但其实，自己确实很努力了呀。论文答辩顺利通过后，接着是毕业典礼。那些天真像翠儿的节日，每天都开开心心的，跟同学照相，跟老师合影，忙得不亦乐乎。为了庆祝毕业，翠儿特地在香港定制了几套唐装，喜气洋洋地跑来告诉我。翠儿平时并不注重打扮，甚至有些不修边幅，剪得很短的头发，又粗又硬，虽说很爽利，但到底少了些女性的柔软。这次专门私人定制服装，可见其郑重。

其后不久，毕业纪念册发下来了。翠儿十分气愤地在电话里质问我，为什么毕业学生名单里没有她？就因为她是香港人就该受到歧视吗？我急忙找来纪念册，仔细找了一下，真没有她。纪念册是校学工处做的，毕业生名单分别从教务处和研究生院以及留学生部报过去，那时台港澳学生很少，是单独招生，归研究生院管，但不在统招学生名单里。当时界定其实不明确，没有明确规定台港澳学生是跟留学生一样还是跟大陆学生相同，可能因为这个，这极少数的人就被忘掉了。但这个跟翠儿解释不清，她只是感觉又一次被严重伤害了。歧视，当然不是，但翠儿受到了伤害，是真的。

随着时间的推移，随着对翠儿了解的深入，我越来越觉得翠儿的愤怒不是矫情,不是小题大做。她由对传统文化的热爱,进而热爱传达给她知识的学校。南大中文系,有“程千帆奖学金”,每年学位论文答辩后,在两古专业评选出写作最好的优秀论文进行奖励。说来令人难以置信,这个奖学金开始是翠儿提议并独立出资设立的。翠儿不是大款,不是成功企业家,就是一普通公务员。可是她感谢滋养她的传统文化,崇拜前辈学人,作为程门再传弟子,她觉得薪火相传,她有责任。

还有一件事,这话说着,有十几年了。当时才四十来岁的翠儿,忽然宣布退休了,这让人觉得老大不解。直到这次又来南京,我才想起来问她这个问题。她说原因很复杂,可是我听来听去,都是些书呆子的理由。她说,她所供职的香港教育学院,以前因为学校少,生源是很好的,教学很有劲儿,后来一下子起来好几所大学,教育学院的生源就差了,学生好好学习的不多,这让她失去了兴趣。她说教育资源重新组合后,有五所小的学校并到教育学院,人员猛增,人事关系变得复杂起来,她觉得无力面对。尤其是,当时在教育学院,没有办法进行她心爱的专业研究,只能搞些与教育教学相关的课题,这让她不能忍受。结果,翠儿就提前退休了。退了休的翠儿那时很开心,我见她往南京跑得勤多了。一次过来,她高兴地告诉我,受聘于导师的研究所做研究员。我知道这个“头衔”很“虚”,研究所是没有人事权的,翠儿其实没有任何实质性待遇。但是,她自费住旅馆、吃食堂,乐此不疲,仿佛很满足。翠儿对“骑肥马衣轻裘”的生活不向往,对位高权重的感觉没有兴趣,爱好只在学问上。但这次回来,终于听到翠儿感慨了。大陆近年来变化太快了,十年前一文不名的师弟师妹们,都不再是穷书生了,个个房子车子,日子过得挺滋润。倒是她自己,经过 2008 年的金融风暴,财产大幅缩水,当年为了换房卖掉了住房,还没考察好合适的房子,房价便噌噌噌地往上蹿,终于,当初两套房产如今换不回一套了。唉,翠儿,放着好好的公务员不当,钱不多也任性,后悔了吧!可是翠儿说,我要求不高,简单生活就行。有吃有穿,没事。是的,像翠儿这样简单纯粹的人,很幸福。

2017.5.23

我的同学我的班

——微山湖小聚纪略兼怀往事

一个月前，微信群里就吵得沸沸扬扬，说微山湖的荷花开了，马啸作为东道主，要组织一次聚会。杨洪海、田洪声几个人古道热肠，就忙着张罗，于是终于在7月17日成行。

17日清晨，南京的雨下得瓢泼似的，我和杨洪海、秦勇还是在高铁站会合了，乘上北去滕州的高铁。车至徐州，已经云开日出，天晴得很好，想来鲁地天气也不错。果然，9点半，下得车来，滕州的天空一派清朗。更让人高兴的是，徐州的同学已到，高斗梅、田洪声、冯驰、陈家民、徐玉超已经小候一会儿，而且，傅刚携夫人从北京来居然和他们同时到达。再接着，东道主人马啸驾到。久别相逢，激动、兴奋、惊讶，使得冷清的滕州高铁站沸腾良久。连云港的同学还没到，有人提议，先往下榻处吧，让连云港的同学径直去住地。此行住在鲁班山庄，距离景点比较近。刚刚安顿下来，连云港的同学便到了，于是在鲁班故里又掀起一波热浪。连云港也来了五位同学，他们是刘敏、龚际平、龚伟、徐希同、莫立刚。

真是久违了！我的同学们！

“三十八年过去，弹指一挥间。”就一弹指，三十八年过去了！三十八年前，1978年3月4日，一个叫作徐州师院中文系77级(2)班的集体，在云龙山麓诞生，而我们有六十位同学有幸成了这个班集体的成员，我们六十个人，从此成了相亲相爱的同学。异姓手足，情同骨肉。三十八年来，尽管每个人都在自己的生活轨道上奔波，似乎忘却了这个班级，忘却了自己的同学。但是，稍微有点由头，只要有个契机，就会勾起情不自禁的牵挂和怀念。

很久不见刘敏了，有太多的话想说，太多的问题想问，我们四个女同学，叽叽喳喳地说个不停。听到下面喊吃饭了，才急忙下楼。但见傅刚一身透湿地站在楼下。我们住的这个地方，是由四面楼围成的院落，院子中间是一块圆形鹅卵石铺就的地面，中心是一圆形日晷造型。围绕圆形地面的是一圈一两米宽的水渠，水中栽种莲花。傅刚站在楼下，大声地叫着我的名字，可是我们说得太忘情了，没有听见。他往后退一步，又喊，还是没听见；再退一步，一脚踏空，掉进荷花池里了。哎呀！我这个莽撞的小老乡哎！

记得刚入学不久，我们就被安排去农场劳动，这是当时还没革除的“文革”余风，所谓学农。在麦场上干活，我这个小老乡，拿着叉子翻麦子呢，叉子高高扬起时，一不留神，碰到了邵长青的眼睛。邵长青戴着眼镜，玻璃被叉子碰碎了，扎到了眼球，被送到医院去了。傅刚害怕极了，既担心又内疚，心事重重的，饭都吃不下。出了这样的事情，谁都不好受，但这毕竟是无心的错误呀！作为老乡，我安慰了傅刚，又去医院看望了邵长青。不过是尽一点同乡、同学之谊。可是傅刚就念念不忘了，直到这次用餐时，还提呢。

傅刚这些年，专心学问，教书育人，在自己的一亩三分地里耕耘得风生水起，如今已是《文选》专家，知名学者，但是不改初心。这一落水，更见出本色来了。轮到我感动了！

吃饭时，田洪声问：“王一涓你是睢中毕业的吗？”我说：“是啊。”他说：

“我怎么一直以为你是连云港人!”

这真是个美丽的误会。

我入学第一天就认识了刘敏,然后一个宿舍四个人,我、刘敏、秦勇、朱榕,其中一半是连云港人。我与她们朝夕相伴,同刘敏更是形影不离,连带与她们经常联系的其他连云港人,也成了我相与较多的朋友,她们的活动,我也经常参加,再加上我爸妈是淮阴人,淮阴和连云港同属江淮方言区,自觉比别的地方亲近些,所以关系相对也比较厚密。不怪会有这种美丽的误会产生。

大三暑假,我到刘敏家玩,在她家整整待了十天。十天里,去了港口、看了码头、玩了墟沟海滨浴场,到了花果山水帘洞。连云港是个美丽的海滨城市,刘敏的家更是濒临大海。我从打要去时,就准备看海上日出(都是被巴金的《海上日出》闹的),一直到走时也没看成,每天都在睡梦中错过了。但就在这次游玩中,我见到了以前从不知道的栀子花。那是晚上,我陪刘敏去她哥哥家,走在曲折蜿蜒的条石铺就的山路上(连云区在云台山,房屋多依山势而建),忽然有暗香浮动,香气浓烈,刘敏说是栀子花。次日见到有渔家妇女或鬓角、或衣襟斜插着白色花朵,刘敏告诉我,那就是栀子花了。女人以栀子花作装饰,不光漂亮,还可以掩饰汗气,一举两得啦。而在我看来,尤觉带有乡野的气息,古朴而俏丽。

也是这次游玩,我们还到了新浦,秦勇家、龚际平家、杨洪海家,转了个遍。还记得在龚际平家,切西瓜招待我们。西瓜不是很熟,龚际平又切了一个;还不熟,再切一个,还是不尽如人意。看着一堆被剖开的西瓜,我们仨面面相觑,不知如何是好。想想那个时候,好青涩啊!

杨洪海几乎是班里最小的同学,可是我一直觉得这孩子“人小鬼大”:没有他不懂的,没有他不能的。古代文学上到汉乐府,讲到《孔雀东南飞》,老师提问,从不预习、复习的我,坐在第一排,一听就害怕了,生怕被点到名。

可是老师的视线越过我的头顶，看到杨洪海了，我以己之心猜度别人，很替他担心。没想到这家伙居然能以诗译诗，还滔滔不绝，真让我刮目相看了。我难得上晚自习，有一晚到教室里，看到黑板上一幅漫画：叽里咕噜的包子从天而降，还配以仿李白“君不见黄河之水天上来”的诗句，谐趣横生，令人捧腹。据说是打趣崔成柱的。一次不知什么活动，模仿丁院长的胶东话，惟妙惟肖！另一次可能是出墙报什么的，写一篇散文，文字居然很老辣。临毕业时小聚，我拿小酒杯给他喝香槟，当时没有异议，过后笑我：“汽水一样的东西用那样小的杯子！”我怎么知道香槟就不是酒呢！……放假时，看他把用脏的床单被子卷成一大包，带回家去洗，窃笑：也有你不能的啊！可就是没想到，怎么就不能帮他洗洗呢！我到南京以后，新单位、新地方，难免会有孤独之感。几年后他来了，立刻就觉得有底气不孤单了！

中饭以后，开始此次行程中的重头戏——游览微山湖。午后的阳光，照在一望无际的微山湖上，像是给湖面洒了一层碎银子，波光粼粼，熠熠生辉。大片大片的荷叶，把湖面隔出纵横整齐的航道。游船行驶其中，心胸顿觉旷朗。花事已盛的微山湖，堪用杨万里的“西湖诗”来形容：“接天莲叶无穷碧，映日荷花别样红。”但是，西湖怎有微山湖的宏阔？赏荷自然也不及微山湖的壮观！

忽然就想到云龙湖了。有一次班级活动是到云龙湖的。好像是租了几条船，划到了湖中央。拿着船桨的胡恒俊，怕水溅湿了手表，特地捋下来，让我给拿着。我把表戴在手腕上，但一会就忘了自己的任务了，手伸进湖里拨弄水玩，手表更湿了。胡恒俊提醒我，我连忙缩回手，可马上又忘乎所以了。

大学期间的集体活动并不多，但团的活动是组织过的。我这人一向组织观念不强，上了四年学，别人问我学校领导是谁，我还说不出来（有个丁院长除外，他似乎给我们处理过和食堂的纠纷），以至于人家怀疑我的文凭是不是真的。班级里的班长副班长我是知道的，一朱存明，一高淑云，但谁正谁副就不了然了。还有小组长，照理说是有的，但是谁呢？想不起来。再还有团支部书记，是谁呀？一班的是孙秀华，很活跃，连我都知道。我们班的呢？但不管怎样，团的活动还是组织过的。起码是两次。因为两次的主角是一个人，所以记得。

总是大学已经上了一段时间吧，忽然说要开团员会，发展新团员。大家都正襟危坐，以示郑重。一些程序过了之后，新团员代表发言，上来的是路岳。路岳其实也只代表他自己，因为只发展他一个人。班里够条件的也只有他一人，其余要么超龄，要么已经就是。过了两年，快要毕业的时候，又开了一次团员会，是团员退团。退团的还只是一个人，路岳。这次够条件的肯定不止路岳一人，但别人都没想到，也是组织观念不强啦！路岳对团的章程肯定是深刻了解的，但或者他希望，事情在哪儿发生，就让它在哪儿结束；也或者他觉得解铃还须系铃人，就让这事在同一个人的手上终结吧！于是他麻烦了书记两次，也成就了我们班的团组织活动。由一个人单独支撑一个班级的几乎全部组织活动，可能是不多见的。由此也可见出路岳是个很有个性的人。我有一次跟路岳不知因为什么谈起运动，我说喜欢球类，他说喜欢田径，我问为什么，他说单人项目，特有成就感。路岳是个孤胆英雄！毕业三四十年了，竟然一次也没有见到路岳，好像集体活动他不太参加呀！还是个独行侠！

那时不光集体活动少，个人活动也少。曾经费了好大劲，终于联络到几个人，一起爬泰山。可真正成行时，只剩了刘敏、仝金钟和我。那是大二的暑假。坐车到了泰安，已是下午，然后步行到泰山脚下。仰望岱岳，巍巍乎高哉！立刻摩拳擦掌的，马上要征服这“天下第一雄”，想不佩服自己都不行。进得山来，走了一段，见到“孔子登临处”，知道孔子就是在此“小天下”的，立刻豪气充溢襟抱，以为自己也有了“小天下”的资本。但是越走路越长，走了很久，不光极顶遥不可望，连南天门、中天门也还差得很远，不免就鄙夷起孔老头来:就你那也叫登泰山！而且立刻有了上当受骗的感觉。早已暮色四合,但我们想趁着夜凉多赶些路,准备夜里登顶,明朝看太阳从极顶冉冉升起,便不辞辛苦,努力前行。一路尾随我们的,有一队中年男女,似乎是徐州某中小学教师,其中一男性,还背着一个几岁的小男孩。这群“老弱病残”比较狼狈,每人手里拄着一根竹竿,速度也不快。看我们三人,多精干！可是我们走一阵就得休息,坚持不了多久。于是夜色中竹竿敲击石阶的声音就会由远及近,然后是赶上,然后是超越。我们再快走一阵,但只一停下,又被超越,演了一路现实版的“龟兔赛跑”。终于,我们坚持不住了,在中天门歇宿下来,明天早起上山吧。特别不幸的是,醒来时,天已大亮,太阳没等我们,自己先出来了。我们那个沮丧呀！不过泰山还是要上的,总不能无功而返吧。登十八盘真难哪！每上一步都得咬牙！从上面下来的人,因为知道艰辛,便鼓励正在攀登者。在我们气喘吁吁地靠着栏杆向上仰望时,忽见昨晚和我们交替前行的那队“老弱病残”也下来了,小男孩高高地骑在父亲的脖子上,像是胜利的旗帜。“快向后转!”我急忙喊道。要造成一个假象,就当我们是从山上下来的吧,否则,不好意思啦！艰难地爬到南天门,雾大如雨,原来大家都没看到日出呀！无端的我就高兴起来了。但已筋疲力尽,再也走不动了。刘敏说,上玉皇顶吧？我气急败坏地说,是锻炼身体的吗？被我这样一赖,刘敏和仝金钟都没有登上极顶。其实他们是可以上去、也很想上去的。

我是个比较宅的人,大学四年,除了正常上课外,基本上就猫在宿舍里看书,而且看书是躺在床上看,以至于毕业时,学校退还床板押金,孙秀华说:“你的就该不退!”我也觉得学校的床实在被我用得够本了。能够吸引我的活动,基本上就是看电影。当时刚刚开放,是电影的一段幸福时光。解禁的影片,国外的片子,一时纷至沓来,应接不暇。学中文的,又有专业的借口,就看得肆无忌惮了！紧俏的片子票也难买,但总会有热心人从各种渠道弄来。一次是放映《追捕》,票很紧俏,但是我们还是看了两场,一场票是朱榕搞来的，另一场忘掉了。因为紧俏，两场票的场次都不好，早上6点一场，晚上9点一场。又恰值隆冬，天亮得晚，黑得早，这两场电影看得真是披星戴月啦！天冷，加上片中场面的刺激，《追捕》留给我的印象，总是抖抖的。

说起看电影，有趣的段子多了去了。有次在彭城电影院，坐在楼上，朱榕在最前排。是夏天，她穿着凉鞋，大约鞋带没系好。电影还没放映，她坐得无聊，就跷着二郎腿晃呀晃的，一不留神，鞋子掉到楼下了，不知砸着哪位仁兄，一片叫嚷。

一次是去铜山影院，我和刘敏两个人。去铜山影院的路，特别难走，尤其是四院到影院那段，雨天、雪天，尽是烂泥，脏兮兮的。我们俩到得比较早，坐了一会儿，人逐渐多了起来。有人径直向我们的座位走来，掏出自己的票，说我们坐了他的座位。坐错位的事情，如果是我一人来的，很有可能，我是马大哈惯了的。但是跟刘敏一起，这种错误的可能性基本没有。所以很有底气地说不可能。刘敏也拿出票来举证，双方就陷入僵局，想电影院也是，怎么能一个座位同时卖给两个人！这和所谓"一个女儿聘两家"同样荒谬！正僵持着，来人忽然看出点门道来，说你们的票是明天的。仔细一瞧，果然。然后像斗败了的鸡一样，垂头丧气地回来了。

还有一次大约是去看《冷酷的心》，在云龙电影院。这个片子本来不用自己买票的，系里已经组织过，但是有条件的组织。我们军训结束时检查训练成果，一人发了九颗子弹打靶。打靶对我来说本不应成为问题，一是以前打过；二是当时还不近视，视力非常好。问题出在我的大意上。打了几发子弹后，我累了，枕在枪托上闭上眼睛休息一会儿。睁开眼时，发现瞄准的还是靶心，就放了一枪。没想到这一枪瞄准的是别人的靶子。最后计算环数时，我的就不够了，直接后果是，我没能去看《冷酷的心》。附带说一下，打脱了的这一靶也没浪费，支援耿超英了，她有十个弹孔的环数相加，成绩不错。刘敏眼睛近视，电影也没看成，所以我们自己买了电影票犒劳犒劳自己。《冷酷的心》也是最后一场了，因为紧接下来一场是《红日》，班级已经买了票，我们马上要接着看的。《冷酷的心》票只买到一张，我们一起来，是寄希望于买退票。果然，电影院台阶上站着一个女人，旁边一个七八岁大的男孩，女人手里拿着一张票。我们向前询问，她说孩子想看，可是只有一张票。电影已经开始了，并没有别的退票。孩子眼巴巴地瞅着我们手中的票，刘敏心软了，说给他吧！我舍不得。孩子妈妈终于把票递给我们，拉着孩子走了。电影院里很黑，两张票也不在一起。我们各自在工作人员手电的引领下找自己的座位。还没坐稳，我一下惊得又站起来了：画面上出现的是身披大衣的中国军人，他分明是张伐扮演的《红日》中的沈军长呀！早知如此，票就给了那个孩子啦！其实那孩子哭着走了，我心里也不好受。刘敏坐得很远，周围都是不认识的人，我一肚子话想吐槽，没有人听。我的那个郁闷呀！

游湖归来，丰盛的晚餐在等着我们。本来设计形式是篝火晚会，但是天公不作美，下起小雨来，于是改到房间里。席间好几个同学都说，上学时坐在高斗梅身后，时常忍不住地打量她，大家都觉得，“这个姐姐好美呀！”确实，斗梅五官精致，端庄大气，且很淑女范儿。我就想起了我和这个美女的遭遇。

还是那次学农，吃过午饭，同学们早早打好行李，在校门口等校车去农场，却是一等也不来，二等也不来，正是午睡时分，我不耐烦了，就对刘敏说，我回去睡午觉了，车来了喊我。宿舍还是刚开始住的防震棚，离校门远了些，行李上车后，人就被赶上车了，根本没时间跑回宿舍。待我睡醒来到校门口，早已人去楼空，只好次日自己前往。第二天去农场时，碰到了高斗梅，她因为回家，也误了车。于是我们相伴而行。我的行李已被刘敏带走，空空两手，倒也轻松。斗梅却是肩扛手提的。我就学雷锋了，分她一个提包。通往农场的小路很寂静，大约是农忙季节，没有闲人。我们并肩而行，走着走着，她打量我一眼，忽然说：“我跟你一起走很吃亏。”我想吃亏的是我呀！明明是我在帮你嘛！她说，不知道的人还不知以为我们是什么关系呢！我看了看自己，“小兰”我穿的是从果园场带来的行头：一身劳动布工作服，还有劳动布帽子，脚上是我弟弟给我的部队发的深腰球鞋。本以为这身行头去应付学农是很得体的，没想到给她带来“压力”了。她身着蓝底碎花上衣，梳两条小辫，安安静静的神态，一标准小“媳妇”。我忍不住得意地大笑！

大概是性格如此吧，大学四年要上完时，在毕业留言的本子上，冯驰和葛云生两位老大哥共同给我写了一行字：“同行十二年，不知木兰是女郎。”李玉华也说，说不准我像姐姐还是哥哥，妹妹还是弟弟。我的的确确的女性性别都不太被认同，只能说我太不淑女，或者太“二”了。这也是天生的，并非有意为之。为此，做了不少很“二”的事，伤了别人都不自知。上现代汉语修辞部分时，来了个董老师。董老师不善讲，便不停地写，一写一黑板，满了擦掉再写。常是汗水流得浩浩荡荡的，衣服都湿透了。不过字确实写得好。课程结束时，大约心有歉意，或是对自己的字心有得意，便自带很多宣纸，给大家写字。大伙热热闹闹地围了一圈一圈的，董老师写好一张，就被人拿走一张，拿到的多是男同学。女同学也围在跟前，可是一张也拿不到。我自己倒不是很想要，但觉得男同学太不绅士了，眼看一张又写好了，又被男生“捷足先登”，我连是谁都没看清，想也没想就喊了一嗓子：“放下！”是吴桐生，竟然就放下了。

是刚开学的那两天吧，一天，将要上课时，大家都在教室里坐下，等着老师来上课。都是新课，都是新老师，不知是哪个老师的课。就是知道了，那个老师也没见过。有些好奇，充满期待。就在这时，进来一位从年龄到长相到做派都像老师的人，一身蓝色制服，腋下夹着一只公文包，是黑色人造革的。大家立刻抖擞精神，准备上课。谁知这“老师”在讲台前并没有停下，继续向前走、又拐弯、再前行，到一个座位上坐下了。正想不通老师为什么不在讲台上偏去学生的座位时，真老师来了。后来知道，不是老师而特像老师的这个人，也是我们的同学，叫吴桐生。由于吴“老师”的华丽登场，使得我（也可能是我们）几乎最早认识并注意到他。常见他迈着稳重的步伐出来进去，腋下又总不离那个黑色公文包，就对那只包充满了想象，猜想里面放着不知多么重要珍贵的物件。终于有一天，高斗梅神秘地告诉我：“我知道吴桐生的包里是什么了！”“是什么？”我问，为能揭开谜底兴奋着。“是一只瓷碗和一双球鞋！”谜底揭开后好不沮丧。继而我又好笑：这两件东西怎么能相提并“拎”呢！

看到吴桐生放下已拿起的董老师的墨宝，我当时就意识到自己莽撞了，但我是从不解释从不道歉的，我遇到这类事只会尴尬，不知如何处理。二十年聚会时，见到吴桐生，我补上迟到的歉意，吴老兄早已忘却，并且大度地说：“你想要字，我给你写！”那好，兄长，这个字，我现在就订下了！

说到兄长，傅道华真算一个。在校时和傅道华没太有过交集，但毕业后分到了同一所学校——郑集中学。道华兄进校就带毕业班，俨然一熟练工，不像我，还是一青涩的学徒。我听过道华兄的课，上得极好，尤其是议论文，条分缕析，逻辑严密，以至于没两年，就做了教研组组长。也正是此时，我离开了郑集中学。傅兄长遗憾地说，刚说可以照顾照顾你呢！以道华兄这样温良敦厚，谁和他在一起工作，自是很幸运的。这个幸运后来落到我的同桌刘瑞娥的身上了。二十年相聚时，道华兄告诉我，他已调到沛县，做了沛中的校长，和刘瑞娥在一起。刘瑞娥的夫君，也是我们77级校友，物理系的，教学也甚是了得。于是道华兄以照顾教学骨干的理由，安排刘瑞娥离开了繁重的教学第一线，负责学校体育器材的保管发放。我说：“刘瑞娥你太舒服了！”刘瑞娥说：“也不轻松，还要写总结呢！”天哪！真是身在福中不知福啊！道华兄是多子女父亲，孩子个个很出息。最小的一个又考上大学时，道华兄打电话向我报喜，他说“你侄儿考上中国政法大学啦”，接电话时我正睡得迷迷糊糊，一时没有转过弯来，想不起是哪个侄子今年高考。我这人一向迟钝,对人物关系尤其理不清。我在铜山中学时,我妹妹的小叔子跟我复习,一天他转述我妹妹的话,说“大嫂说”,我想你大嫂我也不认得,她跟我说什么呢?就迟疑地问:“你大嫂?”看我冥顽不化,人家只好直呼其名,我才意识到,我的妹妹原来是人家的嫂子!傅兄长大约对我的反应很不以为然了,从此再不理我了。道华兄,我真不是有意的,小可这厢有礼了!

刘瑞娥是我的同桌。我因为不上课便不进教室,课外又有刘敏这样的好朋友,所以和同桌交往没有通常意义上的多。刘瑞娥话也不多,在我们班算比较老实的一个。但刘瑞娥学习很认真,不像我。我除了课堂上注意听讲,课外基本上不碰教科书,更不要说参考书。听说张仲谋同学跟着教学进度读原著,讲到孔子,《论语》《春秋》全读,讲到孟子,《孟子(上、下)》一篇不落。这种有计划有目标的阅读,让我立刻有了高山仰止的感觉,我还在由着兴趣读着玩呢!要考试了,也不着急,我一般是离考试三天开始复习。一次还没到考试前的三天,我看刘瑞娥在复习,随口问了一下要考试的东西,她已经烂熟于心、胸有成竹了!我这边还没启动呢!但我复习就是复习了,很专心,排除一切干扰。一次不知是复习哪一门课,我搬张凳子,在院内找一阴凉面壁看书,其时刚看过香港电影《画皮》,廖礼平从我身后路过,大叫一声“画皮”,我立刻吓得魂飞魄散。那一场考试终究是受影响了。但如果像刘瑞娥那样常备不懈呢?据我所知,刘瑞娥在校四年,起码前三年半是没谈恋爱的。快要毕业时,别人介绍了物理系的同乡。刚一确定关系,就被学校以照顾夫妻关系为名,发配到淮阴去了。重返故乡,不知是在何时。但老实人是有福的,刘瑞娥的生活一直幸福而平静,好像比我们还多“赚”了一个孩子!

那时女生的座位都排在前面,十一个女生,第一排就坐了八个,剩下的在第二排。我这样的个头,居然也在第一排。我除了上课,一般也不在教室，上课时基本上就目不斜视，所以直到很晚，班里的同学我也认不全。一天上课之前，一个男生从身旁走过，一会再一次从门口过来，我就纳了闷了：这一会儿工夫，没见该同学出去呀，怎么又进来了呢？很久很久以后才知道，是两个人，分别是邱林和冯驰。这两人年龄相差十来岁，我是怎么把他们看成一个人的，连我自己也想不通。

王海龙坐在我后面不远的地方，这是一个多愁敏感的家伙，很容易忧郁，他自己也说像小仲马笔下的阿芒。他喜欢写些东西，也常拿给我看，我也会说些不着边际的评语。他是心理学科代表。心理学课程结束后考试，开卷，我自觉题目答得还不错，可是只得了及格，和另外一个谁在班上并列倒数第一。我其实无所谓，但海龙去找了老师。老师回答得很老实，他说，她上课时只看小说不听课。海龙刚毕业就结婚了，没有声张。婚后请我和斗梅到家中吃了顿便饭。尔后他出国，直到现在，再也没有见到过。

酒宴在热烈地进行着，马啸是一贯地谈笑风生，出语惊人。他说起自己一件上学时的趣事。上体育课，几个女同学请假，体育老师是男的，女同学就扭扭捏捏跟老师嘀咕，不知说了什么，老师就恩准了。马啸就纳闷了：什么理由这么好请假？于是他跟老师说："我也不上课。""为什么？""她们为什么？""她们有原因。""我也有原因。""你什么原因？""她们什么原因？""不能告诉你。""我也不能告诉你。"老师实在被纠缠急了，实话实说："人家来例假了。""我也来例假了！"马啸理直气壮地说。老师惊得目瞪口呆，只好让步："好好好！"晚上马啸到阅览室查了辞书，看这"例假"究竟是何方神圣，有如此大威力！一查，好不气馁，原来自己没有这功能！马啸说，要是别的老师，自己断不会这样放肆的。只因这老师是曹某人。曹某人也刚从学校毕业不久，高大、帅气，看着就让人气恼。我能理解马啸的心情，很像现在的大一新生对师兄的憎恨！

在学校里，马啸、邱林、朱榕、刘敏、秦勇和我，都喜欢玩排球，我们经常在一起，或组队跟外班、外系打比赛，或者就我们几个人，一边传球，一边聊天。马啸是我大学四年接触最多的男生。他喜欢猎奇，追求时尚，思想活跃，对新事物敏感，又特别热心。一次组织我们到学校对面文化局学跳交谊舞，场地、老师都是他联系的。做我舞伴的男生烟气熏人，实在难忍，这让我直到现在对跳舞都很反感。（这个马啸是要负责的！）以马啸那样吊儿郎当的性格，我实在想不通他后来居然在政界混，还成绩斐然，能够在自己不擅长的方面做得很好，马啸具有超强的可塑性。

酒酣耳热时，马啸带头，追问女生当年对哪位男生有好感。好感？好感的概念是什么？是指青年男女之间那种朦胧美好的情愫吗？说出来，可能要让男生失望了。记得保尔在回答丽达类似的问题时说，"牛虻和他的革命浪漫主义也有责任"。那么，影响我们这代人的还多了个保尔。还不止于此，应该说，我们还是在对资产阶级思想批判声讨声中长大的。男女爱情，说是资产阶级享乐思想也好，说是资产阶级低级情调也行。没有人敢出格，哪怕是思想上。那时所有的恋爱都指向婚姻，根本没有爱恋。也是在我们读书期间，外语系曾有过一次接待外宾任务。事后，王维佳告诉我，外国友人问他们学生中的恋爱交友情况，他们说，"我们大家都是朋友"。维佳说这话的时候不无得意，为自己的机智。回过头来想想，当时的外国朋友一定是莫名其妙：如此私人的事情，怎么可以集体来做呢！但当时就是如此。我拿起一瓶矿泉水，尴尬地说："我那时很不是东西！我喝三分之一！"

刘敏被围追的时间最长。见刘敏难以招架，龚际平屡屡转移话题，为此，不知被罚了多少酒，直至在酒桌上酣然睡去，据说醉得不轻。次日早晨，当龚际平又神清气爽地站在院中时，斗梅关切地问醉酒情形，龚际平浪漫地说："昨晚就是这样死了，也是幸福的！"斗梅大惑不解，我说："这有什么不省得的？龚际平是把自己当成宝哥哥了。有那么多的姐姐妹妹陪着化灰化烟,自然是幸福的。”玩笑归玩笑,但是龚际平替女生挡酒的劲头,真有股虽九死犹未悔的精神,如同飞蛾扑火般的壮烈,斗梅都感动到不行了。骑士的时代早已过去了,还有愿意当堂吉诃德的吗?但唯其稀缺,弥足珍贵,尽管有些傻。

晚上,躺在床上,挣扎好久,我终于问出了多年来一直想问、一直不敢问的问题:“这么多年,挺难的吧!”这是废话。孀妻弱子,能不难吗?但刘敏云淡风轻地说:“还好。”我一下子就泪奔了!为刘敏,也为斗梅、高淑云。造化弄人,一个女人本不该承受那么多的!但是,她们独立支撑的天空,没有一丝阴霾。她们自己事业有成,她们的子女个个出息,她们为家人营造的环境,温馨祥和……听到她们爽朗的笑声,我就想,这就是中国女人啊!坚强、隐忍、百折不挠,牙咬碎了往肚里咽。

徐玉超受马啸委托,用一副对联总结此行,联云:“赏万亩荷花,修一世清凉。”有人问:“还有横批呢?”徐玉超想了想:“‘聚散两依依’吧!”我私下想,应该叫“浮一大白”。一是写实,二来这应该成为我们今后的人生态度。“人生有酒须尽欢,莫使金樽空对月。”虽然我不善酒,只能喝水,但及时行乐的生活态度,在夕阳无限好这一特定时刻,我是赞同的。辛苦受累一辈子了,趁着“为霞尚满天”,且行且珍惜吧!为此,我感谢微山湖之行,期待四十年再聚首!

2015.7.22 写毕

悼小铁，兼怀我们已经逝去的青春

和王小铁同学四年，可能一句话也没说过，这在我是常态，同学间没交集的不在少数，但对王小铁感觉一点也不陌生，像是没有交往的熟人。王小铁属于那种可以很轻易地将自己从一群人中脱颖而出的人，不是他张扬，也不是颜值出众，他就像一团火，一束光，到哪儿哪儿就热，就亮。印象中他永远是圆圆的脑袋圆圆的脸，脸上是永不凋谢的笑容，那笑容很干净，很明亮，毫无心机毫无邪念。尤其引人注意的是他的歌声，热情洋溢，充满欢乐，而且好像无时无处不在。这么说吧，王小铁定格在我记忆中的印象，就是昂头微笑一边走一边唱的快乐大男孩。

大学四年，尤其是前两年，好像歌声不断似的。那时老电影刚开禁，电影里的插曲，一波一波地挂在大家嘴边，《冰山上的来客》《阿诗玛》，那些优美的歌曲给大家枯燥的学习生活带来多少欢乐啊！唱得最多的，是《刘三姐》《五朵金花》，美丽的苍山洱海、奇特的桂林山水，传奇一般的蝴蝶泉、三月街，就是那时闯进我们的脑海并且烙下深深印记的吧！所有这些歌曲，好像都来自王小铁，他像《中华曲库》一样，有唱不完的歌。这些曾是我们大学生活最有亮色的一个组成部分，它已化作77级中文人的集体记忆，沉淀在那段辉煌的历史中了。

或者，对王小铁感到熟悉，还不只因为这些，还因为毕业后他与马宏结成了伉俪。马宏是我们77级人共同的小妹妹，但是她的认真要强，却更甚于大家，马宏一直充满正能量，这是我不及却也不会去做但仍佩服之处。大三时曾去了一次马宏家。要去马宏家我事先并不知道，我是去刘敏家到连云港玩的。我一向惫懒不愿操心，遇到刘敏，四年大学生活我算是把自己拜托给她了，一日三餐不说，我参加的几乎所有两人及以上的集体活动，也都与她有关，有她自己组织的，也有别人组织她参加并带上我的。去马宏家那次可能属于后者。在往连云港去时，到东海停了下来。在马宏家里，还邂逅了徐放鸣和张勇。那天中午，马宏在家里招待我们，菜肴不消说是丰盛的，但是什么菜，都记不得了，唯有一盘拌豆腐，到现在也忘不了。豆腐切成丁，整齐地码在好看的盘子里，色如脂，润如玉，很养眼。我正心中赞叹，马宏几筷子便把形状搅乱了，然后热情地招呼大家动手。我一下子很沮丧，为瞬间美的陨落，心里埋怨马宏太鲁莽。可是后来想想，再美丽的菜肴，赏心悦目的终极目的还是为了让人吃掉，我的埋怨有舍本逐末之嫌了。但因此记住了那次美好的东海之行。

和小铁的第一次交往，是我有求于他。那是一个暑假，我儿子回外婆家，和几个表兄弟溜到师院打篮球，大约假期里不准许外人进校园，总之是几个小破孩被训了一顿然后是自行车还是篮球什么的被扣了，儿子气急败坏地打电话给我，说在我的学校犯事了。我当时不要说鞭长莫及，就是在场，保卫也不会买我的账。想了一会主意，就想到了王小铁。大热天的，小铁骑着自行车专门跑了一趟。

可是后来小铁让我帮忙的事情，我却没做好。那年小铁女儿高考，报了南大，让我帮着打听分数线。分数线出来时，我想告诉他，碰巧看见任利剑也在关心这事，任是南大校办主任，自是比我了解情况既多又早，我想小铁已经早就知道了，便没有打电话。后来我多次看到家长为孩子上学心急如焚，每次看到，都会想到自己当年没有打出的那个电话，老同学在最需要的时候，我却漠然置之，意识到时，我愧疚不已。

2000年左右,马宏作为访问学者,到南大进修一年,来时给我先生带了文房四宝。他乡遇故知,乃人生乐事,我盘算着组织一次聚会,让马宏和在宁同学相见,大家一起畅叙。但是一是真的很忙,一是觉得一年时间很长,有的是机会,就拖了下来。因为访问学者不需要一直待在学校,后来马宏便很少到校,以至于这一盘算终究停留在盘算阶段了。去年朱榕、徐明搬新家,距离我在徐州住处不远,我说有空聚一聚,徐明说好。我想着这次一定请上马宏、小铁,又是好久没见了。不想,这一愿望永远也不能变作现实了。

锦瑟无端五十弦,一弦一柱思华年。最华彩的乐章,应是大学那一段吧!可是,那一段的历史中,怎么能没有王小铁呢?!怎么能没有王小铁的歌声呢?!听到小铁离去的消息,眼泪像断了线的珠子,没法收拾了。斯人去了,连同我们集体的青春,我们关于青春的集体记忆!

呜呼哀哉!

2017.4.1

第二辑　也算闲情偶寄

池 塘

刚搬到和园的时候,请周勋初先生和师母到家中小坐,一是看新居,二是看校园。南京大学的仙林校区,两位先生还没来过。驱车走了一周,算是走马观花吧,两位先生感慨良多,为学校的发展赞叹不已。回来后,师母觉得美中不足,她说,都好,但是缺一样,没有水,少了灵气。我急忙说,有的,您没看见,在图书馆旁边。师母说,那就好。

南大仙林校区不靠水,没有地利之便,但人工开凿了几条水渠,跟广阔的校园相比,有点不成比例,容易被忽略。最大的水体在杜厦图书馆旁,呈半包围之势,是个人工池塘。据说在设计的时候,二者是统一考虑的,池塘里的投影映衬图书馆的巍峨。池塘另一半放射出去,是文科建筑群,对于喜欢浪漫、热爱情调的文人雅士,是得天独厚了。

池塘也不很大,因为稀缺,因为喜欢,池塘似乎很得园林工人的偏爱,得到了更用心的打理,池塘便成了仙林校区特别漂亮的一道风景了。

池塘的水很清,可以看见水底的草,软软的,不胜酒力的贵妃似的,娇憨可人。出水很高的是密布四周的蒲苇,细长的叶子,随风摇曳,是长袖善舞的飞燕。最好玩的是,蒲苇深处,藏着不知从哪儿来的小野鸭,平时就在水面上优哉游哉,闲适得很。一般见到的,就两只。深冬季节,岸上树木枝叶凋零,水边蒲苇枯黄,池中残荷斑驳,天寒水瘦,凛冽的水面上,两个小家伙来回逡巡，旁若无人。这几天走到池塘边，见到的也还是两只，就很奇怪了，去年的水面上可是热闹得很啊！初夏的一天，我亲眼见到野鸭家族的“盛况”。那天，我刚踏上图书馆前的小桥，就见对岸葳蕤的蒲苇丛中，缓缓游出一只野鸭，俄顷，又出两只，具体而微；一小段距离后，再出一只大鸭，然后，同样跟着两只雏儿。我一时看得忘情，又惊又喜，小鸭的家族添丁进口了！而后整个夏秋两季，水面荷叶的间隙中，时常见到小可爱们的倩影，或结队逶迤，或单个嬉戏。可是今年从开春到现在，水塘里又只剩两只了，其余的哪儿去了呢？莫非到蒲苇深处孵化幼雏了？果然如此，真真是太好了！

刚出水的睡莲，一片一片小小的椭圆，杯口大小，紧贴水面，疏疏朗朗地铺着。

池塘里也有莲。初始，只小小的几片，几年下来，颇有些模样了。这个季节看去，是刚刚出水的睡莲，一片一片小小的椭圆，杯口大小，紧贴水面，疏疏朗朗地铺着。几场雨过后，别名六月神的莲就正式出场了。这种莲的梗比较粗壮，可以将莲叶高高地擎出水面。莲叶刚出水时细细地卷着，两头尖尖，像女人发髻上的碧玉簪，也像古时女侠头上扎的英雄结。而后便如十八女儿，变得婀娜多姿，极有风致起来。莲花开时自然是池塘的美好时光。一直以来，咏莲的文字就多，“接天莲叶无穷碧，映日荷花别样红”，夸其色；“芰裳荇带处仙乡，风定犹闻碧玉香”，美其韵；“出淤泥而不染，濯清涟而不妖”，高其气节。至于黛玉的风露清愁，则是借题发挥了。莲的鼎盛时期过去，会留下一池枯荷。我倒不是像林妹妹那样，喜欢“留得残荷听雨声”。有一年冬大雪初霁，枯荷上顶着残雪，瑟瑟地立于清冽的水中，恰恰是湘云口中的“寒塘度鹤影”，好有情致啊！

莲叶刚出水时细细地卷着，两头尖尖，像女人发髻上的碧玉簪，也像古代女侠头上扎的英雄结。

而后便如十八女儿，变得婀娜多姿、极有风致起来。

池塘南岸柳树下，常年弯着一只小船，船很小，李清照那只“载不动许多愁”的“舴艋舟”，也不过如此吧？小船是铁皮做成的，我老觉得美中不足：池塘里没有这只小舟，是断断不行的，少了很多味道；可如果是木船，就更好了；铁皮的，生冷了些。小船其实不是给人看给人想的，工人要用它打捞水草，清理池塘。夏季，得天地之精华，水草迅速丰茂起来。想来草太多了也不好，少一些是点缀，是清雅；多了，便芜杂了。曾见工人身穿连体皮衣，手执长长竹篙，立在船中，使人能联想到“弄潮儿在潮头立，手把红旗旗不湿”的英雄形象，但是水太小，没有潮，差了点意思。我不知工人用的什么工具，但见小船在池中，满载油油绿草，堆得大半人高，颤颤巍巍的，让人平生担心，生恐船翻人落。倒也没出过什么事，起码我没见过。

池塘岸上是树，里圈多植灌木，外围尽是乔木。灌木开花的多，姹紫嫣红，次第绽放，从初春热闹到炎夏。乔木有香樟，有银杏，还有我不知名的别的树，高而大的树冠，投下匝地的阴凉。介于中间的是桃柳，临水而居，一个灼灼，一个依依，美人梳妆一般。池塘岸边，有细砖漫成的小道，道旁错落地摆放一些条椅，时有情侣并头喁喁。有一段时间，天天有一老妇人，推一辆婴儿车，双胞胎，坐在条椅上，逗弄小娃。这情形在校园里极为罕见，大约是某工人家属。后来，也就看不见了。其实这椅子的真正主人是几只猫，冬天晒太阳，夏天躲树荫，尤其是总会有好事者在此撒下猫粮，猫们衣食无忧，便占山为王了。曾见两只大腹便便的猫，慵懒地蹲卧在条椅上，依偎得很近。

灌木开花的多，姹紫嫣红，次第绽放，从初春热闹到炎夏。

冬天不很强烈的阳光，温柔地照着。一时竟出现幻觉，以为是两个养尊处优的孕妇，在交流心得体会。两个小男生走过，仔细看了看它们，再往前走，又是两只，同样丰腴，男孩停下，又看了看。我忍不住说："这还是猫吗？是猪吧！"两人认同地笑了。池塘边有时也见到听外语背单词的，少。想想自己读书的时候，池边树下，迎朝晖送夕阳的，多是手持书卷的学子，现而今在大学里好像少见了。但是我又想，可能是我多虑了，旁边就是图书馆，超一流的条件，何必非得拘泥于形式！

前几天，刚下过雨，走过池塘边，晚樱开得正好，掏出手机拍了下来。忽然，池塘里响起蛙鸣，蛙虽不多，声音很响亮。太感动了！很久很久没听到青蛙的声音了！总觉得青蛙跟泥土，跟自然，还是近啊！探头向池塘里张望，没有找到。可是，水中的草、岸边的柳、水面上的小野鸭，好喜欢啊！心里涌动着诗情画意，我这个从不写诗的人，突然就冒出诗一般的句子来：

开在池塘边上的雨中晚樱

池清草何名？蒲柳参差行。
野鹜来复去，新雨添蛙声。

算是纪念这段美好吧！

2016.4.22

也算闲情偶寄

（一）

窗外的两棵树开花了，粉粉的满树冠。当然不能算云蒸霞蔚，没有那样的规模，不成气候，两棵小树而已。也不像林黛玉眼中的桃花，“天机烧破鸳鸯锦”“烘楼照壁红模糊”，没那么艳、那么秾，不是粉中透着红，而是掺水稀释了似的，清淡得多。搬来和园三四年了，以往一直以为她是樱花，今天看了报纸，仔细分辨，才知道是紫叶李。理由是她在开花的同时，小小的叶子也跟着探出头来了；且花落以后，叶子是紫色的。叶的颜色是铁证，樱是绿的。

不是樱花，我会失望吗？有一点吧。上大学的时候，有一段时间时兴玩一种游戏，具体玩法记不得了，最后的结果是，你自己送出一些礼物，而后会得到别人的一些回赠。回赠者是谁并不知道，似乎是随机的，碰到谁就是谁；自己要送给谁，也不是先有目标的。因为诸多的不确定性，游戏就显得很神秘，于是越发兴致盎然，充满期待。送出的礼物会精心准备，自然是不能俗气，还应该是有说道的。我送出去的是什么，早忘了，谁得到了，一直也不知道。得到的两件礼物还记得很清楚。一件是徐凤云的两只拴在一起的小贝壳，玲珑雅致，出自她家乡的海。另一便是一朵干樱花，夹在书里做书签的。花是重瓣，繁复的一层叠一层。颜色微淡，褪了些红润。是盛开时摘下的，因此虽干不萎，还能传达出青春时的精神。是斗梅的高谊。当时还没见过樱花，但日本盛产樱花，是知道的。其时日本首相田中角荣已来过中国，中日恢复邦交不过几年，樱花在心头还是新鲜的。斗梅说，她的樱花是辗转从田中带来栽在中国的樱花树上采撷的。虽然后来她澄清这是个玩笑，但这玩笑让我记住了这朵在今天其实寻常不过的樱花，因为在当时，紧闭国门之外的讯息，是随着这早春的樱花气息一同到来的。我一直记得这次活动给我带来的新鲜和兴奋。毕业以后到中学工作，毕业班里紧张的气氛压得人喘不过气来，我可怜我的即将参加高考的孩子们，圣诞节那日的语文课，我让他们把已经准备好的小礼物集中起来，随机分给大家，然后各自说说自己对得到的礼物的理解和心情等等，我也把徐凤云给我的小贝壳贡献了出去，寄意是“直挂云帆济沧海”。那节课的气氛是空前绝后地活跃。若干年后，当年的一个学生来看我，说好多事都忘记了，但那节课历历如昨，是回忆的盛宴。

是紫叶李也好。

李树并不多见，我小时候却栽过一棵。自然也不是特意要栽一棵李树，我那时没有这样的植物知识和环保意识。院子里原有一株桃树，应是有些年头了，不知是谁栽的，我们来时就有。房子和院子大约原来是某地主的私产，后来收归公有了。院子里树并不多，不知是原来就不多，还是后来被砍伐了，我看到并记忆下来的就两棵。一棵大梧桐，很大，就在我家厨房旁，我外婆经常在树下择菜、洗小鱼。印象中之所以是择菜（主要是韭菜）、洗很多很小的鱼，可能是因为这两件事特别麻烦‘耗时’且大都在夏季进行，便与大梧桐一起定格在我的记忆里。一棵就是老桃树。树皮疤疤点点的，长着很多桃胶，很沧桑的样子。我常常把桃胶掰下来，觉得那样桃树干净些，当然也为了玩。桃胶与琥珀相似，一样的颜色，一样的半透明，只是黏黏的，拿在手里，拇指和食指要不停地倒腾，否则会粘在手上下不来。也用桃胶粘过蚂蚁。看着蚂蚁急匆匆忙碌碌的,偏不让它走,有时在它去路上放一根草,或者画一条线,蚂蚁便改变方向,但仍急匆匆地赶路。再三阻止不了,就想起了桃胶,拿桃胶粘。这下蚂蚁彻底完了,除了没有被粘住的一条腿还会挣扎,却再也逃不掉跑不了了。心里有些不忍,但无法挽救,后来就放弃了这种恶作剧。桃树不高,分杈很低,即使在那时,我也能上去,经常就站在树杈上,也不知有什么好玩的,竟能乐此不疲。每年桃子下市时节,总会吃很多桃子,都是外婆买来的,院子里的这一株,只长些小毛桃,吃不得的。每年春天,院子的墙角屋边会长出很多小桃树苗,大约吃下的果核被随手丢下,自己长了出来。我有一年一时兴起,把这些小树苗一棵棵都挖了起来,集中到一起,全栽在我家门前,一尺多远就栽上一棵,栽得密密麻麻的。栽过之后也就忘了,自然也因为小树苗差不多都死了。但是不经意,竟有三棵活了,后来就长到了拇指粗细。这是我第一次栽种并成活了的植物,心中颇有一些在意。有一次我妹妹在树边玩,无意中把一棵拉弯了,我第一时间就冲过去了,我妹妹吓得赶紧撒手。她大约以为要挨揍了,把担心当成了现实,大叫"掏到我的心了",我虽然手伸出去了,但其实离她还远着呢!这件事被我们笑了多少年啊!那三株树中据说有一棵就是李树。但是没等到小树开花,我们家就搬走了。以后又辗转很多地儿。今年年假中,忽然有人提议,去小时待过的地方看看吧,于是说走就走,开着一辆车就出发了。一天跑了三四个地方,都是爸爸妈妈工作过也是承载我们成长记忆的地方。旧地重游,面目全非。唐人崔护有诗:"去年今日此门中,人面桃花相映红。人面不知何处去,桃花依旧笑东风。"物是人非,留下千古惆怅。而我,连记忆中的小树也没有了,消逝得那么干净!

不期窗外竟是两株紫叶李,让我见到了儿时没有等到的李花。

但是,隔了那么长的时间哪!

2016.3.7

（二）

外子在写字台前用功，眼倦时望向窗外，见树上有两只鸟在花间游戏，喊我快看，说是“雅歌丽”来了。我说快把窗户打开，我把它拍下来。外子说那样它就吓跑了！我轻轻走到阳台上，蹑手蹑脚的，生怕惊动了小家伙，把门慢慢拉开，我以为是悄无声息，机灵的小东西还是飞了。正懊丧呢，它却没跑远，只是飞高了些，在旁边大槐树上落脚了。我喜出望外，调近了焦距，“雅歌丽”终于进了我的图画中。

“雅歌丽”当然是鸟。但是什么鸟，好长时间我们都不知道。它肯定是栖息在我们窗前的某棵树或某丛灌木中，而且是“定居”，因为打从听到它第一声歌唱，从此那歌声就没有间断过，从初春直到深秋。我想它一定是只勤

落入我镜头中的“雅歌丽”

奋的鸟，东方第一抹熹微出现时，它就唱歌了。和园的晨曲，第一个音符绝对是“雅歌丽”的。都说早起的鸟儿有食吃，“雅歌丽”有福了。它一定是只诚信的鸟，像司晨的雄鸡一样，每天早上它会准时叫醒我们，从不忘记。在夏季它简直承包了“叫早”的义务。它一定是只欢乐的鸟，因为这鸟儿的歌声里，透着热情，透着喜兴，它会让你鼓舞，让你的血流加快，让你全身心充满喜悦。它还是个出色的歌唱家。没听过哪只鸟儿像它那样，可以一连串发出十来个音节，真让人惊讶。歌喉又好。梨园里说演员的嗓子好，说是“祖师爷赏饭吃”，“雅歌丽”也绝对是得天独厚了。白居易“间关莺语花底滑”的“滑”字，可以形容它歌声的华美流丽；欧阳修“百啭千声随意移”的“随意”，则道出它技艺的高超娴熟。实在的，“雅歌丽”与鸟中擅歌者黄莺、画眉相比，一点也不逊色。我听“雅歌丽”叫时，心里觉得它简直就是个快乐淘气的小男孩，唧唧呱呱，不停地说，不停地笑，像有用不完的精力使不完的劲儿。听它叫得没完没了了，我又好笑又好气，会说，你也停停歇歇，喘口气，又没人跟你抢，急什么！但心眼里实在喜欢它。暑假，长天老日的，懒散无聊时，听它叫了，就会立刻来了精神，兴致高时，还会模仿它的声音——“雅歌丽雅歌丽雅歌丽呢”，和它对着喊，也是一乐。因为这鸟儿越来越多地参与进我们的生活，我给它取了个名字叫“雅歌丽”——它的叫声如此。

秋季有一天在园中散步，外子指着一只全身浅褐头顶一簇白色羽毛的小鸟，告诉我说，这就是“雅歌丽”。并说，可能就是白头翁。我不相信，说：“瞎说！”外子说：“不骗你，我看到它叫了，不止一次。”怎么可能！那一刻，我简直要崩溃了！我心目中的“雅歌丽”是个快乐的孩子，是个调皮的鬼精灵，而白头翁，是个小老头啊！那样快乐，那样争强好胜的“雅歌丽”，怎么可能是个老头儿呢？我一下子被打击得垂头丧气的。可是，没有办法，我不能因为这个孩子丑，就不喜欢它了呀！于是我在心中替它找补：设想，它穿的是一袭香色长袍，裹着一条长围巾，满头飞霜——这大约是民国时期老知识分子形象，可能是诗云子曰温文尔雅的，但太冬烘了不是？换成一身驼色笔挺西装，白色礼帽，再挎一根文明手杖——三十年代上海滩的小开吗！又失之油滑了！那么，咖啡燕尾服，同色背心，白领带白礼帽？十八九世纪欧洲贵族。身份根基是有了，但多了纨绔气！这都不是“雅歌丽”！看看还有什么可以比得上的？哦，是了，新近流行的韩国小哥，白衬衣，外套一身栗壳色行头，紧身，袖子裤管都又短又瘦，最恰当的是头毛染成了白色，跳着街舞或哼着 RAP——对了，就这感觉！我终于有些释然，“雅歌丽”回来了！

我把“雅歌丽”和大槐树的照片放大了出来，咦，不对呀？雅歌丽那标志性的一撮白毛怎么没有了呢？查了百度，知道换毛之前，这鸟儿也是一头青丝。哎呀，白头翁也有年轻的时候呀！

2016.3.9

（三）

喜欢雨。

初春轻寒，小雨有一搭没一搭地飘着，不怕冷的梅花似开未开，林中小

细雨薄寒中的红梅

径已经湿了，花蕾枝干上也结成了圆圆的水珠，风吹过，颤颤巍巍的，盈盈欲滴。走在这样的小路上，不由得就放慢了脚步，轻轻地，不想碰碎晶莹的水珠，不想碰碎花儿玻璃般的梦。也不打伞，任由雨点散漫地造访。可以想些心事，也可以不想，思绪也是有一搭没一搭的。就这么闲闲地走，便有些岁月静好的意思。

曾见黄永玉写过一段他和沈从文的往事。一次聊天，他向沈从文说，很想在春三月时，回一趟湘西，在凤凰老家，邀二三好友，坐在祖屋前，桃树下，小雨淅淅沥沥地下着，桃花湿润润地开着，伴着一壶清茶，赏雨中桃花。但又怕人说做作，倒不值了。沈从文当时已入老境，身体也欠佳，但仍弱弱地说，只要懂得，就值。我为那懂得大感动！从此，古城老屋和带雨的桃花这一组意象就印在我的心底。当然，树下还有一个很老和一个不太老的老头在品茗清谈。

杜甫说春雨是好雨，"随风潜入夜，润物细无声"。春雨确是不动声色。但是不知不觉间，杨柳的枝条软了，活泛了；小草发芽了，绿了；万物在春雨悄悄的耳语中，苏醒了。小学时语文课本中有一首儿歌是写雨的："滴滴答答，下雨了。种子说，下吧，下吧！我要发芽。向日葵说，下吧，下吧！我要开花。小朋友说，下吧，下吧！我要长大！滴滴答答，下雨了，下雨了！"说的就是春雨吧。

我儿子小的时候，周末我常带他去外婆家，有一段路两旁是大片农田。田畴平整如镜，清一色的或稻或麦。插秧季节最是美丽，微风细雨，水光天色，不知名的鸟儿时而高飞时而低掠，稚嫩的秧苗半在水中半在水上，湿润的空气也滋润了心情，心儿变得柔软细腻起来。我慢慢地蹬着单车，儿子在我的怀抱里。我给他念些应景的诗词，他咿咿呀呀地学语。雨衣披在身上，头却露在外面，头发湿了，脸和眉眼也湿了，但只有雨趣，没有淋漓之苦，便觉得这一刻美好得永恒才好。

夏季的雨很有些脾气，说来就来，不兴商量的。小时候在暴雨来临之前，就会特别兴奋。因为院子里的蜻蜓不知怎么就多起来了，飞得又低，自然很想得到几只，拴在蚊帐里，可以吃蚊子的。即便不这么功利，蜻蜓多好玩啊！用线牵着它飞，像操控直升机一样。又那么漂亮，两只大大的眼睛，薄纱般的羽翼，颜色也好看，要是捉住红的就更好了。于是蜻蜓飞，孩子追，一场混战。然后风就大起来了，虽然没有飞沙走石，但是蜻蜓被刮没了。越刮越大的风把孩子们的热情更鼓舞起来，都在风中狂奔，一边嘴里不停地喊着："风来了，雨来了，老和尚背着鼓来了！"再然后，大滴大滴的雨点就砸下来，噼里啪啦，速度越来越快，于是便在家长此起彼伏的呼唤声中，赶紧往家跑。雨已经追到家门口了，还不肯进到屋里面，堵在门口向外张望。只是雨也不肯放松，借着风势，探头探脑，不一会靠着门的地方已经湿了，只好再往后退。雨还在追，于是大人们不由分说，将门关上，把雨挡在外面了。雨不依不饶地敲门，却再也进不来了。但是关上门的房间，光线骤然暗了，无端地就觉得空气不够用了，憋闷得很。好在夏天的雨，来得疾，去得也快，一会儿天就放晴了。被雨洗过的天地万物，好清爽啊！院子低洼处留下的积水，正好供孩子们嬉戏。光着脚丫在水洼里尽情地跳，水花和笑声一起飞溅。

我儿子上小学时，有一次也这样玩水，水把胶靴里面弄湿了，为了不耽误他次日上学，我用电吹风给他吹。后来他说，这一幕给他印象很深，从此他再也不在水里跳了。唉！他比我小时候乖多了。

去年夏天，有一天下雨了，好像雨挺大，下的时间也长，但在家里没出去，就没感觉怎样。但是儿子在台湾来电话了，问怎么样了。我说，好好的，什么怎么样啊？知道说的是下雨，便说，没怎么样。一会儿，我妹妹我同学都打电话来，问的都是下雨的事。次日去上班，走在校园里，开始也没觉得什么，走到池塘边，才发现情形有些不对：一池粼粼清波变得浑浊不堪，原本亭亭玉立的荷叶东倒西歪，清洁的玉盘里一半盛着泥汤，这才知道昨儿的雨下得大发了。然后到网上一看，学生发的雨中图片，大雨把校园都变成汪洋大海了。一下子就想到毛泽东写的那首《北戴河》："大雨落幽燕，白浪滔天，秦皇岛外打鱼船。一片汪洋都不见，知向谁边？"那情景堪与此相类了！再回想昨日的电话,心内满满的都是暖意:你危险的时候,困难的时候,家人惦记你,友人关心你,人生如是,夫复何求!

秋天的雨好性儿,不疾不徐,很有耐心地下着,所谓“秋霖脉脉”,也许几日都不停呢。一场秋雨一场凉,秋雨就是凭着这股韧劲,浇熄了暑气,战胜了炎热,创造一个清凉的世界。而且,金秋的干燥,也确实需要秋雨的滋润呀。至于连日不开,不见太阳,又有什么关系呢?当作日子慢慢过就行了呗。

又是绵绵的秋雨,校园的路面已经有了些积水,我拣台阶走,雨伞在头顶沙沙地响,水滴沿着伞边往下落。远远的前方是图书馆,四面八方的人往那儿聚集,都撑着伞,伞儿各种花色,争妍斗艳,是长在林中的蘑菇,是开在雨中的花。一把把花折伞在移动,进了图书馆门就不见了,然后又一批伞花涌了上来。就好像一朵朵浪花,奔腾跳跃,汇入了海洋一样,一波过去了,又上来一波。那情景,生动极了,奇妙极了。

漫长的冬季,在四季中算不得讨喜的季节,冬雨可能也一样。本就冷飕飕的,加上雨,便是阴冷了,冬雨有些助纣为虐的嫌疑。可是,冬日的雨天,真是读书的好时光。屋外冷雨敲窗,声音时而远时而近,而屋内温暖如春。因为雨天的借口,便理所当然地觉得可以不做事,只要不是要紧的事情都可以放一放。拥被坐在床上,舒适地倚着靠枕,从枕边随便堆放的杂书中,随意抽一本,很快便像老僧入定一般,远离尘世的纷扰了。而如果是清晨,该起床了,又有些惧怕外面的凉,恰在此时,听到雨打纱窗啪嗒啪嗒的声音,这是睡懒觉的多么好的理由啊!你不感激这雨来得及时?不感激这雨的善解人意?于是心安理得地睡去,黑甜黑甜的……

真心地喜欢雨。喜欢得不要不要的!

2016.3.11

（四）

清晨，小雨如酥。漫步到图书馆前，蓦见杏花初绽，此时此地此景，活脱脱就是元人的句子，杏花春雨江南！也是醉了！

“沾衣欲湿杏花雨，吹面不寒杨柳风”，此时之谓也。

我到南京二十多年了，春雨年年经过，总在匆匆上班路上；杏花极少见到，两者出现在同一时空，是第一次！又是如此闲适的心境！忍不住特意去拍了照片，与朋友们分享！

杏花春雨江南

三月四日上午，我在朋友圈里发了上面几条帖子和一组春雨中杏花的照片，有朋友回帖说："春意盎然。景美不如心醉！"说得有理。

"感时花溅泪，恨别鸟惊心"，审美和心情大有关系。

明白这个道理，我是在上大学的时候。大三暑假，刘敏带我登她们家乡的名山——《西游记》中美猴王的极乐世界——花果山。《西游记》中几乎所有的山都是妖精洞府，是唐和尚遇到就倒霉的地方，因此也让人望而生畏、生厌。唯独花果山不然。我小时候对花果山是充满了憧憬和向往的。单就花果山的名字，就让人浮想联翩。花果烂漫，四季如春；还有水帘洞这样神奇的所在，洞内现成的石桌石凳，天然一个好居所。在这里嬉戏玩耍的又是可爱的小猴子。几乎所有美好可爱的东西都集中在这儿了，能不让人心驰神往！登山的那天当然很热，因为是三伏天。而我每到暑假中几乎都是懒懒散散的状态，没太有力气，动一动就很累。上山那天也这样。俗话说看景不如听景，现实中的花果山比起吴承恩在我心中构筑的形象又相去甚远，便没精打采得兴味索然。走到一块平坦地，我不愿意走了，便往地上一坐，进而索性躺了下去，闭上眼睛什么也不管了。山风徐徐，从滚烫的脸颊上抚过，一会儿，身上的汗落了，呼吸逐渐平稳了，心慢慢静了下来。懒懒地睁开眼，茂密的山林，莽莽苍苍，如伞如盖，遮天蔽日，没有了刺目的强光，只剩下清凉。环顾四周，青草连着青草，绿枝接着绿枝，弥望的，都是绿意，似乎连空气也染成绿的了：我们被巨大的绿包围了！于是一下子就爱上了花果山！后来我想，如果还是汗流浃背地在山道上奋力前行，怕是没有这样美好的印象了。

2004 年 6 月间去韩国旅游，去的时间不巧，几乎天天有雨。但既是旅游，就说不得天气了，好坏都得出去，总不能为了躲雨在屋子里待着。去釜山看海那天开始只是阴天，但到了没多久，也下起雨来。海边没什么人，我和外子两人，走到黑黑的礁石上，拣了块平整的地方坐了下来。海水在礁石间涌动，激起小小的浪花。水天一色，灰沉沉的。我们都没有说话，安静地坐着。不用去做繁忙的工作，不用去应对繁难的人际关系，远离喧嚣的人群，远离名利场，就这样静静的、静静的……所谓“偷得浮生半日闲”，且享受这难得的安逸吧！

2012年暑假末，文学院搬家，从鼓楼到仙林。我带领研究生搬宿舍。连续几天都是赤日炎炎，又热又累。中午下班，我昏昏沉沉地往家走，一推门，看到东阳台上，妈妈坐在落地窗前，闲闲地看着窗外的过往行人，神态非常安逸。转眼又看到妹妹坐在北边窗下榻榻米上，静静地绣一幅十字绣，洁白的纱逶迤在腿边。我瞬间就被感动了，觉得这简直是一幅无与伦比的图画，千金难买。2012年，我亲爱的爸爸已经走了，全家人都沉浸在悲痛中，老母亲更是久久走不出来，我把她接过来换换环境。经历了亲人的离丧，懂得了没有什么是永恒的，于是学会了珍惜。还有什么比亲人平静安逸地生活，更让你安慰的呢？

境由心生，心乐景便美。人生哪能没有愁事？但是就像歌手孙悦《祝你平安》中唱的，“洒脱一些过得好”！在平淡中发现美吧，领取你所拥有的当下。

2016.3.13 于和园

柳絮柳絮满天飞

前几天在朋友圈里看到转发的沛县小伙用民歌的曲调演唱的视频，小伙“控诉”家乡的杨花柳絮成灾，给生活带来极大不便甚至是危害。我相信小伙说的是真的，以我对南京法桐毛絮的体会。可我又为柳絮抱屈，唉！她曾经的那些美好啊！

暮春时节，风和日丽，满世界花红柳绿，莺歌燕舞，是人间最美好的四月天。自然界所有植物，花开了，又谢了，落英缤纷，杨柳也如此。但是杨柳的花，小小的，轻轻的，许是眷恋枝头的好时光，不肯轻易离开？或许远方还有梦，要奋力远航。春风是善解人意的，给小小的柳絮插上翅膀，张起风帆，携她去远方。柳絮乘着风，不停地赶路，直到风也倦了，收住了，柳絮便在远方安下自己的家。而这个时节的小孩子，已经卸下笨且厚的冬装，一身轻快，骀荡的春风不光鼓舞了柳絮，也鼓舞了他们，孩子在春风中发现了柳絮，发现了会飞会舞的花，兴奋地和这不安分的小精灵玩起游戏来。

谁家孩子没有参加过这样的游戏呢？谁小的时候没有捉过柳花呢？风吹动着的杨花柳絮，是这个季节大自然送给孩子最好的玩伴啊！飘忽不定的小精怪，无依无托地在空中浮动，轻轻的、缓缓的，她就在你的前后左右，你抓一朵，再抓一朵，忙得不亦乐乎。你屏住呼吸，轻手轻脚，倒不是怕吓着她，实在是她太轻盈了，你走路带起的风，嘴巴呼出的气，都会让她远你而去。你轻轻地跟着，伸出小手，瞅见一朵到眼前了，双手合掌，心里喜欢得很，想着柳花就在你掌心了，慢慢打开，果然真在，你便雀跃，但立刻放弃了这朵，又去追逐前面的。有时你的手心打开了，却空无一物，咦！明明捉住了的，怎么没有了呢？还有时，当你小心翼翼分开双手，却见本已握在掌心的柳花，顺着风，又逸了出去。不过，也没什么遗憾的，再抓就是，漫天飞舞，多的是呢！捉一朵，放一朵，不停歇地追逐春风，追逐柳花，可以玩到满头大汗，玩到很久很久。

唐代诗人白居易有一首《别柳枝》，诗云："谁能更学孩童戏，寻逐春风捉柳花。"捉柳花，是不分时代、不论地域的，孩子和柳花，在春天里是注定要邂逅的吧。

宋人杨万里《闲居初夏午睡起》（二首其一）更有趣："梅子留酸软齿牙，芭蕉分绿与窗纱。日长睡起无情思，闲看儿童捉柳花。"儿童嬉戏的喧闹，让睡眼蒙眬、百无聊赖的诗人困意全消，无聊的情思被盎然的童趣融化了。于是他闲闲地坐着，静静看着忙忙捉柳花的孩子，心底慢慢生长出快乐的情愫。诗人眼里是满院嬉戏的孩子，而我们的画面里还多了个诗人杨万里呢。

《红楼梦》中诗词歌赋很多，我最喜欢的却是咏柳絮的那几首词。说来不好意思，皆因我生性惫懒、自由散漫，所以偏爱词中小令，简捷明快，很对我的脾气。也因此对老杜就不太待见，谁让他动辄就《自京赴奉先县咏怀五百字》，更甚的还有《北征》，光那阵势就把我吓坏了。最爱湘云，当然也包括她咏柳絮的《如梦令》。"岂是绣绒残吐，卷起半帘香雾，纤手自拈来，空使鹃啼燕妒。且住，且住！莫使春光别去。"又是一幅《捉柳花图》！画面的主角换成了贵族少女。也是百无聊赖啊，偏又庭院深深，蓦见活泼泼的柳花，能不让人心花怒放！忍不住就伸出手去了，倒引得杜鹃紫燕叽叽喳喳，绕来飞去。

如此，既美丽，又好玩，又有趣的杨花柳絮，到今天，竟落到了让人厌恶被人指责的地步了！诚然，现在是看不到小孩捉柳花的情形，孩子们有作业要做,有玩具可玩,早已不识柳花为何物了。更何况,现在的柳絮也不是“汉苑零星有限,隋堤点缀无穷”,而是“一团团逐队成球”,而是满天飞雪,给人出行生活都造成灾害了。

这样说来,真要砍伐杨柳?柳絮真要从此绝迹?唉!漫天飞舞的柳絮呀!

2016.5.20

我的舌尖上

芋　头

苏北不产芋头，我认识芋头时已经上小学了。那年应该是个大灾年，受灾到什么程度我不清楚，但由于芋头，我后来想，灾情肯定不轻。有一天已经是吃过饭了，大概是外婆煮了芋头，因为从没吃过，我上学的时候，外婆给我装了几个在口袋里，当作零食。可是到了学校，被老师要去分给没回家的同学吃了。那时中午有很多同学不回家，我没想过为什么，这次我才知道，不回去是因为回去也没有饭吃，与其来回空跑，不如待在教室里，保存点体力。这件事给我印象很深，由此我知道我的同学有些人是没有饭吃饿着肚子学习的，很震惊。

芋头第一次在苏北出现（就我所知），是去救灾的，补充粮食的不足。当地人根据芋头的长相，称之为“毛芋”。与毛芋同类的作物，当地盛产的是山芋，山芋在本土的种植已经历史悠久，当的是“土著民”，芋头新来乍到，资格嫩了点，又有一身不被看好的毛，所以被当作山芋的陪衬，称为假山芋。也因此芋头成了形容词，如果某人不真诚，假模假式的，会被说成“假得跟毛芋似的”。我想起一个流行过的段子，大意是，冰箱里一排鸡蛋，排头的一个看了看末尾的一个跟自己长得不像，于是跟第二个交头接耳地说，瞧那家伙长的！都变色了，还一身毛！第二个又跟第三个嘀咕。依次嘀咕过去，都窃笑。排在最后的那个终于忍无可忍，大叫："老子是猕猴桃！"芋头当年在苏北就是猕猴桃的遭遇。

芋头在苏北后来很常见了，不知是本地已经种植，还是外地流通过去的，总之是菜市场里很多。我是喜欢吃甜食的，芋头成了我的喜爱。胃口这东西是有基因遗传的吗？我儿子周岁时放到奶奶家断奶，两周后我去看他，他已经认不出我，扶着奶奶的腿，站在院子里。我要抱他，他不肯。待说了一会儿话后，他大约想起我来，再把手伸向他，就乖乖过来了。但拉着我就往厨房走，指着桌上的一小碗蒸芋头，让我喂他。我这才强烈地意识到，他可以离开我独自闯世界了。

来到南京以后，一次去夫子庙吃小吃，走到卖甜芋苗的小摊前。那是20世纪90年代，甜芋苗和其他特色小吃一样，在夫子庙还没有登堂入室，就是街头一个小摊点，但生意很好，需要排队等候。好在吃甜芋苗用时不多，无须等待太久。但是食客走了一批来一批，络绎不绝。但见生意人就不停地盛碗、收钱，盛碗、收钱，循环往复，无休无止。甜芋苗味道自然是好的，但那"财源滚滚"的阵势，尤其震撼了我。其时我们一个月两位数的工资，跟卖甜芋苗的没法相比。我很替这买卖人发愁，我想，他这样做，要累死的。外子问为什么，我说，这样挣钱，哪里舍得停下来？于是就成机器了，不停地盛碗、收钱，盛碗、收钱……

芋头好吃，也算好做，可是有一样不好，就是洗的时候，会把手搞得痒痒的，很难受。后来看到一种解法：把手放在火上烤。感觉这方法是坑爹！火烧痛了，自然就不痒了，不是不痒，是被痛的感觉掩盖了！我为什么去寻找出虎口奔狼窝的刺激！还有，长相一模一样的芋头，吃起来口感会很不相同，有的香糯，有的就咔嚓有声，难以下咽。可是你捉摸不准啊！是橘生淮南则为橘，生于淮北则为枳的原因，还是品种不同？可是买的时候你怎么知道啊?

看电视剧《宰相刘罗锅》,广西的官员进贡给朝廷荔浦芋头,刘罗锅担心把皇上的胃口养刁了,以后得年年进贡,老百姓遭殃,就用木薯替代,请乾隆享用,乾隆于是对荔浦芋头印象恶劣透了。当然后来发现上当了。我于是也记住了荔浦芋头。去蒋介石老家溪口旅游,听到叫卖荔浦芋头的,立刻就走不动了。但是没想到是那样狼坑的家伙！那么远的路啊,我还是带回了两个。回来发现其实南京也有卖的。比起做甜芋苗的芋头,我偏爱荔浦芋头,不是因为乾隆吃过,而是因为买荔浦芋头不会上当,荔浦芋头永远都是香糯的,蒸熟,去皮,蘸白糖,绝配!

莲蓬·菱角

“江南可采莲,莲叶何田田。鱼戏莲叶间。鱼戏莲叶东,鱼戏莲叶西……”

乐府民歌《江南可采莲》,一直能给人以无限的遐想:蓝格莹莹的苍穹下,清凌凌的水面上,青碧碧的荷叶中,二八娇娃,划着腰盆,侧身探腰,去够一朵朵莲蓬,采摘下来,放到腰盆里。腰盆不大,可是堪配女娃,若盆里是一壮汉,便很煞风景了。盆随水波晃动,有惊意无险情,却堪能引起女娃的惊叫欣喜。姑娘们呼朋引伴,欢歌笑语便洒落在水面上,逗引得鱼儿东逃西窜,往日静谧的池塘,在夏季,难得地沸腾起来了!

这热闹的情形,属于江南。苏北水少池塘少,可采莲的地方就不多,因此也不见成群少女采莲的场景。但这不能说苏北没有莲。我小时候离家不足两百米的地方就有一处大的池塘,塘里莲蓬、菱角样样都有。池塘近边,常有女人洗衣淘菜,几块磨得溜光的石头,供女人栖足、捣衣。捣衣棒槌打平摊在石头上的衣服,会溅起高高的水花,有的落到水里,有的则溅湿女人自己的头发、衣衫。若是碰巧水珠溅到脸上眼里,女人便急忙抖搂,那摇晃脑袋的模样和淋了雨的小鸡甩头一般无二,挺有趣的。因为池塘近边常受搅扰,几乎“寸草”不生。但稍远处便有莲。盛夏时节,莲叶出水很高,像是擎起来的一把把绿伞。莲花便点缀其中。莲花的红真是好看,周敦颐形容说“濯清涟而不妖”,切中肯綮。虽说莲的红接近桃花,可就不是那样的秾艳,是清水滋养的结果吗?莲花开到极致时,花心里露出了一个嫩黄小巧的圆台,这便是莲蓬了。莲蓬蜂房一样的结构里,住着一颗颗小小的莲子,随着莲子不停地生长,莲蓬便不断地膨大起来。然后,莲花的花瓣,一片片脱落,莲蓬便独自撑起一片天了。

莲蓬长得离岸太远了,可望而不可即,我在塘边转悠的时候,时常有望穿秋水不能近伊的遗憾。如果恰有大人在旁,这人恰好又很热心,求他折一片荷叶,便很好了。可以做一柄漂亮的遮阳伞,可以去梗后戴在头上做遮阳帽,还可以在荷叶中间挖一个圆,套在脖子上,这是戏曲舞台上青衣花旦的装饰——坎肩,臭美得不行。有一年特别好,我的在南京师范学院读书的小叔叔,暑假来探望兄嫂。有一天他举着大把的莲蓬、鸡头(芡实的俗称)湿淋淋地从外面回来,那次于我简直像节日一样。

新鲜的莲子鲜甜清香,可空口吃,等同于水果或是零食。晒干了的莲子,则有药用价值,而且是很好的干果,被列为营养品。干莲子经常的吃法是煮粥做羹。所谓银耳莲子羹,很有名气,但吃着也不过尔尔。不好吃的时候,就会想起《红楼梦》里林黛玉吃的银耳燕窝粥,宝钗把它说得多么好、多么好,想来是好吃的了。虽说燕窝比莲子名贵,可味道还不及莲子呢,怎么就好吃了呢?是因为她们有银铫子?有红泥小火炉?有紫鹃丫头?那就甭比了,我都没有。可又一想,即便如此,黛玉也没说它好吃啊,药膳而已,治病罢了。这样一想,心里又平衡了。

“羞答答的玫瑰静悄悄地开。”我想把这句赞扬玫瑰的诗句送给菱角。

菱天生是陪着莲的,从出生到慢慢变老。池塘里的主角永远是莲,无论是叶、花，还是莲蓬，都高扬着，几乎捕获了人们所有的注意力。菱则一直是背景，是陪衬。三四月里，菱小小的菱形的叶子浮出水面，油油地绿着，但只在水面而已，安安静静的，很本分。五六月里开花了，这本是生命中最绚烂华彩的乐章，菱仍旧那样内敛不张扬，悄悄地开着小小的白花，而且只在深夜里，一俟天明，便羞涩地合拢起来。菱不是自惭形秽，是不愿抢了莲的风头。你看《红楼梦》中香菱和金桂的对话便知。金桂因忌妒宝钗，愣说宝钗给香菱起的名字不通，"菱角花谁闻见香来着？若说菱角香了，正经那些香花放在哪里？可是不通至极"！香菱辩解说道："不独菱角花，就连荷叶莲蓬，都是有一股清香的。但他那原不是花香可比，若静日静夜或清早半夜细领略了去，那一股香比是花儿都好闻呢。就连菱角、鸡头、苇叶、芦根得了风露，那一股清香，就令人心神爽快的。"菱的内心，乐观而自信，只是不愿张扬而已。但努力却是毫不含糊的，只是也以菱的方式。所谓"七零八落"，其实是说菱的生长，七月菱已结实，八月成熟。菱的所有果实都垂生于密叶下水中，须得把菱全株拿起倒翻，方才可见。所以菱又被称作"水中落花生"。

中秋以后，长街上可见卖老菱的了。煮熟后的菱角呈紫褐色，生长在叶子上的却是生命的绿色。常见卖的菱角多是三角、四角，两角的少见。其实两角的才是正宗，三角、四角的不叫"菱"，而称"芰"。只是两角菱小，两只角又特别尖利，吃的时候要斩去两角，比较麻烦。可是这不很招人待见的两角菱，给我的童年带来很多乐趣，而且还留下了惊悚的印象。

就是我家南面那个大池塘里，不光有莲，也有菱。莲蓬不好办，我指的是采摘，菱角却易得。不知是谁想出的办法，好像我们那儿的小孩都会这一招。就是用一根绳子，拴小半块砖头，用力向水中一抛，断砖便挂住菱秧，然后往回拉，牵牵绊绊的菱秧被拖到岸上，翻开叶子，可以找到很多小菱角。带着新鲜水汽的嫩菱角，最是鲜甜可口，又吃又玩，其乐无穷啊。我和我姐姐常加入这个欢乐的队伍中。我们俩的分工，是她负责捞菱秧，我摘菱角。这种分工合作，一直进行得很好。可有一次出了点状况，差点小命丢了，是我姐姐的。

那次本来进行得好好的，可能是近处菱角已被捞光，我姐想把砖扔得远一些，人小力薄，把控不好，她连绳子也扔出去了。砖丢了不要紧，绳子不能丢。绳子是从单位食堂拿的，是一根簇新的井绳，丢了人家就没法打水，这事一定会被家里知道。我们那时特别怕爸爸，他是绝对不许我们在外惹事的，出了事情，不分青红皂白，先处罚我们。其实细数数，从小到大，几乎没有挨过打，可不知为什么，就是时时刻刻担心。绳子丢了，我姐可能马上就想到后果，而且是夸大了的后果，所以毫不犹豫就下水去捞。池塘在枯水季节水比较少时，为了也能得到清冽的水，人们在塘中近岸处深挖一个坑蓄水，这个坑俗称"土井"，自然比别处要深，但是夏天水多了，从水面上是看不出来的。我姐没走两步，就掉入土井中了，顿时就是"灭顶"之灾。岸上孩子虽多，也有比较大的，可是只会喊，不会救人。池塘对面是一片长满青草的缓坡，其时正有一个孩子躺在草地上看书，这孩子是我们邻家的，六年级了，比同龄人长得人高马大，平日很高冷，尤其不屑做我们这种小屁孩的勾当。当我们热热闹闹地摘菱角时，他只作壁上观。但听到喊声后便大步流星跑过来，连球鞋都没脱就下水了，然后像老鹰捉小鸡一样，把我姐姐提上来了。这样惊险的事，谁回家也没说。家长知道这事儿，早已是多年之后了。

端午粽子

一直就把端午节等同于粽子节。端午没有粽子，恐怕是不对的。

小时候家里人多，包粽子似乎是比较隆重的事。大约提前几天，就有人出去采粽叶了，粽叶是碧青的芦苇叶，采回来后要清洗，芦苇上有一种小小白色的虫子，附在芦叶上，密密麻麻的，不动声色，须得仔细刷洗干净，然后浸在清水中，待用。糯米也要事先浸泡，同时用作材料的花生米、红豆、红枣之类，似乎也需浸泡。包粽子时，分别盛着芦叶和糯米的盆子放在中间，一圈围着包粽子的人。裹好的粽子一个一个放到一只硕大的钢精锅中，然后加上水，放到炉子上煮。以前都用煤球炉子，火慢，粽子也不易熟，我外婆都是在端午的前一天组织大家做这些事，煮粽子则已经到了晚上，而想在当晚就吃到粽子，也是万万不成的，须得睡一觉，次日醒来，热腾腾的粽子就上桌了。与粽子同时端上来的，还有鸡蛋。鸡蛋是放在粽子锅里一同煮熟的，濡染了芦苇的青色，更吸入芦苇的清香。端午节，鸡蛋和粽子结伴一起成为这个节日的标志。

我上中学的时候是20世纪70年代，“文革”已经有几年了。那年我爸从学习班里被“解放”（“解放”这个词不知是谁想出来的，好荒诞、怪异！）出来，我妈也从五七干校出来，二人双双被发配，家跟着他们搬走了。我和弟弟正上中学，不想中断学习，我们两人留下没走，就碰上端午节了。正是麦收时节，按惯例停课支农，帮助生产队收麦子。中午回来时遇到一片苇塘，青冥连碧，不知是谁记起要到端午节了，想帮助家里做好事，提出采粽叶。一干人立即像鸟投林鱼入水一样没进芦苇深处。我一时有些寂寞，不知自己该干什么。家里大人都不在，我也不会包粽子，我采粽叶做什么？可是是端午节了呀！还有弟弟在家。更何况，我也不想表现得另类。于是应付谁似的，采了一把粽叶。以前家里包粽子时，也在旁边取一些粽叶裹着玩儿。把叶子折成一个三角，向相反方向再折，然后不断重复，直到一根芦叶折完，最后用尖细的叶梢穿过表面一层，一只三角粽子就成了。但是里面没有内容，玩玩而已。我用这种方法包了一些“玩具”粽子，和弟弟过家家一样，过了一个端午节。

不知从什么时候开始，我姐姐妹妹她们都学会了包粽子，包得有模有样，还会别出心裁，包一些花式的。可我不知哪个环节错过了，始终没有机会学习实践。一直到成家之后，还是不会。但是没有问题，我们家会的人多，不会的少，所以照顾人的就比被照顾的多，我就是属于那少数。每到粽子飘香时，我可以吃到很多家的粽子。有一年我心血来潮，自己动手，想给儿子包些粽子，积极性太高，包了很多，也像我外婆当年那样，放到炉子上煮，同样也放入一些鸡蛋。次日清晨，我到厨房，扑鼻的清香弥散满屋，揭开锅盖，粽子真熟了，但是不太有粽子的模样，米和粽叶分离了，鸡蛋在“米饭”中糊里糊涂的，又黏又烫，既不好下手，也不好下口！自作自受，我一人吃了很久。

端午除了粽子鸡蛋，似乎没有什么了。像插艾、涂雄黄、绣荷包、扣丝绒，似乎都没做过，听妈妈说她小时候有，感觉不知有多遥远，女娲、伏羲时的事儿一样。我们赶上了一个没有传统的时代。我儿子小时候，有一年我妈妈带他回老家，在我舅舅家过的端午。回来时，穿着一身簇新的衣服，手腕上还系着已经洗褪了色的五彩丝线，这让我感觉他把老家的端午也带回来了。

当然早就知道端午是纪念屈原的，我们每年是替屈大夫吃了粽子，或者说是托他老人家的福，每年都有粽子吃。中国的节日，基本上都与吃有关，什么节日吃什么，自有一定之规，不能乱吃的。但几乎所有的节日，都是为了庆祝什么，而被庆祝的这个便是吃的理由。但没有一个节日像端午这样，纪念、怀念、悼念一个人，却吃得如此理直气壮，喜气洋洋。近日看到邵燕祥1983年6月15日写的一首诗《端阳》，诗曰：“要吃粽子就吃粽子，要赛龙船就赛龙船，干吗要挖空心思，硬说是纪念屈原?”看了不觉莞尔，也是和我一样，吃得不好意思了？或者说，吃就吃了，还找什么理由！开个玩笑啦！邵燕祥也是借题发挥而已。

以前的端午节和中秋节一样，都在学期中间，那时不兴放假，忙忙碌碌一天就过去了，很充实。在忙忙碌碌中再挤出时间做一件不大不小的事儿，就更显得忙碌了。先得惦记着，然后做准备，糯米啊、红枣啊、花生啊、小豆啊，诸如此类，当然少不了买两把粽叶——粽叶只能靠买了，想像少年时找一片乌青碧绿的苇塘，一是没时间，再就是也没有闲情了——就在琐琐屑屑的准备中，在忙忙碌碌的操持中，节日的气氛一点一点走向高潮了。当然很多时候不是自己包粽子，我们家毕竟包粽子高手多啊！这个送一袋，那个捎一包，节日没到呢，心已被亲情暖得发烫了。

现在的粽子，其实不用自己包了，也不需要别人送，超市里多的是，想吃，一年到头都有，冰箱里头一直都放着呢。现在的端午节也不忙，三天假呢，专门用来过节，做什么来不及啊！偏偏又不需要做了！可是专门过的这个节，怎么就那么不像个节了呢？

中秋月饼

有一段时间，院子靠大门处的一间房子里，住着一位老人，好像没儿没女，从没见过他家有孩子出入。老头儿眼睛大约接近失明，我现在想想，他可能是白内障。有时可以看到老头儿在门前晒太阳或者乘凉，自然是依季节而定。但大多数的时候见不着他。见不到时也感觉不到少了什么。对他之所以有印象，其实跟一个中秋节有关。那次，外婆让我帮这个老爷爷买月饼。我是第一次接受这样的任务，当然这也没什么，商店离家很近。我奇怪的是，他只买一块月饼。常见买来的月饼，应该是这样的，一张正方形的纸，不是很白的那种，正中摆放四块月饼，两层，共八块，包成一包，纸交接处，用一块小一些的红纸盖住，用纸经扎成十字，这应该是一个单位，怎么可以只买一块呢？我担心人家不卖，但外婆还是让我去。我有些硬着头皮，不过也买回来了。当时对一块月饼可以买，很不理解，我记住了那个老爷爷。

月饼是中秋节不可或缺的应景食品，以往的月饼品种，远没有现在这样丰富。印象比较深的，大约五仁、豆沙的居多。喜欢嚼馅里的冰糖，咯吱咯吱的，很甜。对青红丝就不太有好感，觉得是多此一举。从小到大，吃的都是苏式月饼，我喜欢月饼外面的皮，酥、香。月饼从纸包里拿出，会散落很多饼屑，我小时会直接把头埋在纸上舔这些饼屑，沾得满脸满嘴都是，并不在乎形象。第一次吃广式月饼，已经上大学了。中秋前夕，同宿舍的赵桔，她妈妈黄宗英从上海给她寄来月饼，便是广式的。人多饼少，当时是用刀切开分食的。也就是广式月饼了，如果是苏式的，都没法切。

20 世纪 80 年代以前，月饼的价格好像是恒定的，当然也与当时品种单一有关。调价、涨价都是以后的事。像现在，天价月饼也不足为奇。可一开始涨价时，人们还真不习惯。我那时刚工作，在一个镇上中学，每次周末回家都会承担帮人采购的任务。一次也是快到中秋节了，一个青年教师刚谈了女朋友，中秋节需要拜访岳家，委托我给他带些好月饼。想到他第一次到岳家亮相，自是马虎不得，寒碜不得。于是很用心地给他选了月饼，都拣最贵的买。那次是月饼品种刚刚丰富起来，价格也才刚涨上去，我交月饼时，听到所用人民币数目，该老师脸都绿了——他大半个月的工资都贡献给月饼了。我那时是那样地不懂人情世故。

我一直是不很心仪广式月饼的，直到 20 世纪 90 年代末。我参加学校组织的一个考察团，到香港各高校参观学习，回程经深圳略作停留。深圳有校友招待用餐。深圳开发是走在全国前列的，当时已经很繁荣了，在南京没见过没听过的，在这里算是开了眼。其中之一是吃饭时有陪吃小姐。我们一行五人，东道主一人，加上两位小姐，座位很宽松。用餐开始后，两位小姐不停地给客人布菜、倒饮料，很热情周到。可是慢慢地我觉得不对劲了，就是尽管都是客人，同行的四位男士都被小姐们的热情包围，独独不包括我。开始我没在意，我对吃什么菜，很无所谓，可是点心中有我喜欢的一盘月饼，是酒店自己做的很小巧的广式月饼。我向来对甜点比大菜有兴趣，就想着搛一块过来。让人沮丧的是，月饼转到我面前，我刚一举箸，盘子就被转走了。好不容易等过来了，又被小姐转走了，如是者再三，到最后也没吃成。东道主后来送了我们每人一盒，弥补了我的遗憾。月饼很好吃，替广式月饼正了名。与月饼留给我美好印象相反的是陪吃小姐，倒是一律深刻难忘。

月饼是美味的，但喜好也因人不同。我们家对月饼的态度分成截然相反的两派，大约一派随爸爸一派随妈妈。我一次跟妹妹在千岛湖旅游，回来途经苏州,因是中秋将近,我提议买些月饼,想苏式月饼,自然苏州最正宗。不料我妹妹惊讶地问:“买它做什么?”那神情,似乎月饼是多么不堪的东西。在热爱月饼的人面前露出这副表情,实在是太可恶了!我想起我们系一次旅游,记不清是去安徽的哪座山,总之是爬山,因为太累,袁路轻装,把带去的月饼扔掉了,晚上住宿时说到这事,薛遴惋惜得不得了。想来薛老师也是月饼爱好者。

什么节日吃什么东西,能够一一对应得很周全的,可能在全世界,也只有我们大中华了。诸如端午的粽子腊八的粥,冬至的饺子祭灶的饼,年夜饭是美食大全,元宵节索性以元宵命名。到了哪个节日,就想起哪样食物;想到那样食物,也会想起那个节日。这些传统节日,都深深烙上了中华文化的印记,而这些节日本身,也已经融汇在中华传统文化里密不可分了。我一个老同学,到德国女儿家探亲,适逢中秋佳节,到处买不到月饼,急中生智,在自己家中蒸了一个大大的月饼,晒到朋友圈中。“独在异乡为异客,每逢佳节倍思亲”,一块小小的月饼承载了家国情怀呢!于是就想,吃月饼真幸福,享受了美味的同时,捎带把国也爱了!

烙　馍

“文革”中间,我们院新搬来一家人,家中有四个孩子,老大老二也是女孩,和我年龄相仿。那个年代,父母先是忙工作,后来参加运动,此时孩子停课在家,所以家家基本上都是小鬼当家,她们家的家务便是由她们两个承包。小姐妹俩有一手绝活——烙馍馍。我家当时住的那个地方不吃烙馍,也没人会做。我看到做烙馍,是从她们开始的。每次烙馍,阵势还挺大,一般都在院子里,搬一张矮小方桌出来,是擀烙馍用的,旁边用三块碎砖支起一张鏊子,鏊子比较小,不像当地人烙煎饼的那种。然后两人一个擀一个翻,配合得很默契。我觉得挺有意思,经常看。

上大学是在徐州，学校一路之隔的三民街路口，有一个固定摊点，是卖烙馍的。烙馍是徐州人的真爱，几乎每天都吃，做烙馍便是徐州主妇们的寻常技艺。但能作为一门手艺并以此为生，那就不是一般的水平了，“进乎技矣”。我每次走到这个摊点跟前，便停住脚，往往看很久舍不得走开。我的注意力一般都集中在擀烙馍人的手上。只见她从事先和好的大块面团上切下一块适中的面，揉成团，再搓成条，然后揪成剂子，不用特别在意，揪出来的剂子就大小一致。然后一个一个揉搓成球、压扁，这是擀烙馍之前的准备工作。再然后就是擀烙馍了。真正好看的是这个环节。女人拿过一个面饼，抓一把面粉按上，用一根特制的小擀面轴，双手持两端，在面饼上压擀，随着擀面轴转动，面饼旋转并逐渐变大。（使面饼旋转的技巧，是一手用力，一手辅助，双手力量的分配，需在实践中自己摸索。）而后把面片裹在擀面轴上，擀一下，放开，换一边，再擀，再放，三两个回合，一张直径30厘米大小薄如蝉翼的烙馍便成了。女人手法很娴熟，做起来不光收放自如节奏流畅，还很有韵律。她把面片裹在轴上用双手推出，退回来时放开，左手接面，右手提杖，再卷面时，右手放杖会用一些力，落在面案上便嗒然有声。而每次把面片从轴子上退下的时候，都有一个甩面的动作，手起手落之间，面片便如素练般翻飞、水袖样舞动，配以当当作响的敲击声，真是视觉听觉的享受呢！

我真正自己操练做烙馍，是嫁人之后。公公是只吃面食的，嘴巴又刁，要经常换花样，小姑子便掌握不少“白案”的技能，其中也包括做烙馍。暑假我回去，见到做烙馍的一切工具很齐全，便有些心痒，终于忍不住自己动手了。我上手的时间并不长，很快就做得很像样了。我想这得益于我长时间的见习。但是，无论怎么见习，很多窍门，还是靠实践才能获得。比如，做烙馍和面就很有讲究。和面不能用冷水，冷水和出的面擀不动，须得用热水烫面，当然也不能是开水，那样面就烫死了。面也不能硬。烙馍与其说是擀出来的，其实更多是“甩”出来的，在于从轴上放开的一刹那。当然是巧劲儿，劲儿小了擀不开，劲儿大了，甩出去了呢！因为是烫面，偏黏，要“舍得”用干面粉，否则面粘在轴子上下不来。我说的这些，都是“独门秘籍”哦，起码是我亲自操练时悟出来的心得体会。

烙馍一般不单独食用，虽筋道，但吃起来费力，所以配菜方好。刚烙出来的新馍，放在鏊子上，涂一层油（荤素皆可，荤油更佳），撒上葱花和作料，打两只鸡蛋，均匀摊抹其上，然后再覆一张（此时火要小），随即翻过来，略一煎熥，左右内折（约掌握在饼的三分之一处），再对折，此即为“菜盒子”。是徐州人素常吃法。此时，新烙馍的香味和葱油、鸡蛋的鲜香，弥漫在空气中，诱人味蕾。趁热食用，绵脆适中，回味无穷。这种做法已推广到小吃摊上，因做法方便快捷，演绎为中国式快餐了。此外，徐州人喜欢用烙馍卷馓子，以馓子的香酥脆，配烙馍的绵软筋道和特有的焦香微甜，亦佳。烙馍以前是寻常百姓家的寻常饭食，用于佐餐的小菜也很寻常，几乎所有菜蔬都可以，诸如豆芽粉丝、香椿鸡蛋、韭菜鸡蛋、辣椒鸡蛋、蒜苗鸡蛋、西红柿鸡蛋（怎么都离不开鸡蛋？是我知道的少，还是会做的不多？）等等。随着餐饮的复古，以往不登大雅之堂的烙馍，现在已经堂而皇之地走上宴席了。酒店里的烙馍出场，一般陪同的是京酱肉丝、烤鸭，也有迎合老胃口的，把烙馍做成“菜盒子”，卷好切段，以点心的形式亮相。历史悠久的烙馍，不光丰韵犹存，而且风头还越来越盛呢！

困惑我的食物

有几样吃的东西，不经意间困惑我多年。有的糊涂就糊涂了，有的真给我带来过为难。这几样食物分别是猪肝、莲藕和两种蔬菜。

我想可能是我外婆习惯性地喜欢买卤熟了的猪肝，或者她不喜欢打理生猪肝，总之，我小时候对猪肝的印象，就是表皮绛紫切面米灰有孔边缘呈涡线形状口感发面的东西，吃的时候需浇上酱油一类的作料。我这人很讨厌，所有动物的内脏和动物几乎所有内脏，都不吃。只有一样例外，就是那个“几乎”里不包括的东西——猪肝。其实还需要进一步界定，我只吃卤猪肝。一个人的胃口，是小时候培养出来的，很难改。可是我不能接受猪肝的别样吃法，就是我自己的问题了。我对动物内脏那样颤颤悠悠抖抖霍霍的形状天生恐惧，如果一开始我看见猪肝就是原生态的，肯定这“几乎”以外的唯一，我也不能接受了。

中学时有一次学农，住到农家，偶见一小孩，手里拿着一块猪肝样的食物啃。那是冬天，风冷飕飕的，小孩也瑟瑟地缩着脖子，小鼻头冻得通红，还有两条清亮亮的鼻涕。说实话，形象并不美好，可是我觉得他很幸福，理由就是他手里那块疑似猪肝。我心里想，农民哪里就穷了？猪肝当零食吃，我觉得挺奢侈的。我们平时吃猪肝，就是一盘菜放在中间大家吃，从来没吃得像他那样豪放。后来知道孩子吃的不是猪肝，而是山芋面窝头。山芋面蒸熟了的颜色发黑，切面极像切猪肝。

上大学时一个寒假，回家在菜篮子里发现一块绛紫色软塌塌的东西，我问，是什么？妹妹说，连猪肝都不认识！我说，猪肝怎么会是这样？不该是硬的吗？妹妹是学医的，随口说，你说那猪肝是肝硬化。吓我一跳。可是转念一想，是我糊涂，哪有天生的熟猪肝？而且，如果这样硬的肝放在肚子里，猪老二可能天天硌得慌呢。

莲藕给我的印象也是混乱的。我三四岁的时候，住过一个地方，产得好藕，当地人习惯煮熟了卖。我那时别的事情没记住，但有一个画面常驻我脑子里，就是我和姐姐在院子门口玩，外婆买菜回来，从篮子里拿出紫红色的热乎乎的藕段，分给我和姐姐。那是个黑色的双扇木门，并不大，但门槛很高。我后来说给妈妈印证，妈妈证实那时住处是这样的院门。后来换到别的地方，很久也没见过紫色的面藕，倒是白莲藕很多，煲汤、凉拌、烹炒皆宜。我便以为藕有两种，一是红色，一为白色；红者面，白者脆。这误会一直到我到了南京见到桂花甜藕，方才解除。所谓红色者，也是煮熟了的缘故。瞧我笨的！

猪肝也好，莲藕也罢，都只是惹点困惑而已，并无妨碍。芹菜和芫荽真把我害苦了。小时候其实经常接受的任务，就是掐芹菜叶子，尤其是星期天，一大把芹菜交过来，一个叶子一个叶子掐掉，需要好长时间呢。最后剩下光秃秃一把茎，倒也清爽。我小学里食堂师傅准备食材喜欢在院子里进行，我没事就凑到旁边看。有一次他打鸡蛋，一盆鸡蛋，敲碎壳将蛋液放到另一只盆里。我听大姐说过，学会打鸡蛋，就会做饭了。我一时心血来潮，想趁机实习一下顺便学会烧饭，就要求帮着打鸡蛋。师傅欣然答应。我两手沾满蛋液，不知算不算是会打鸡蛋了，做饭却是一点感觉也没有。一次他打理芹菜，菜很多，比我周末接受的任务多多了。他不是像我那样一个叶子一个叶子摘，而是一次拿起一把，用一双筷子抽打，芹菜叶子便纷纷落下。尽管不是很干净，而且还有芹菜的茎断下来，但速度快多了。

芹菜叶子是摘掉不用的，根也需斩掉。但芫荽不是，芫荽恰恰是留叶留根。可是这两个冤家长得太像了，相当长一段时间，我买菜对这两样是不敢问津的，即便买回来了，也很为难，不知究竟该去叶去根，还是留叶留根；是留根去叶，还是去根留叶。特别纠结。尤其两种菜用途也不相同，一是食用，一是用作配料调味，但它们各自司职我不清楚啊。现在这些当然都是过去式了，所谓“此情可待成追忆”了，可是当时很惘然啊！

2016.11.29

“鬼子”进村

我们这一代人对鬼子进村是很熟悉的，当然是从电影上看到的。像《小兵张嘎》《平原游击队》《地雷战》等等，都有这样的情节。最耳熟能详的是《地道战》，老村长发现鬼子即将进村，冒着生命危险，拉响钟声报警，最后牺牲在鬼子枪下。那一段音乐紧张得扣人心弦，我们这个年龄段的应该人人都能哼得出来，好像还有好事者配上歌词，似乎也还挺流行的，可见其认可度。歌词是：“老头，后面有鬼子来追你，老头，后面有鬼子来追你，快跑！快跑！老头快跑！老头快跑！跑！跑！跑！……”歌词紧扣画面，情景相生。原创可能并不知道这个版本，不过也没什么，人家也只是义务劳动，牵涉不到版权而且还锦上添花了。鬼子进村，无外乎烧杀掳抢，我这次要说的和这基本不沾边，唯一相似处，可能是那个“抢”字，也不贴切。最大相似处应该是一种淋漓尽致的“劲头”，这用语言不太好表述，但是，你懂的。

丈夫堂姐的女儿，在农业部申请到一个项目，花木种植类的，通过土地流转的途径，在县城边上，租了二十多亩农田，盖起了硕大的暖房，还有颇具规模的一些塑料大棚，栽种培养花木，也销售盆景盆花。有人提议去看看，因为很近，又值暑假，反正闲着也是闲着，开上车便出发了。

二十多亩地，原先以为很小，可是作为一片开阔地，又是个人所有，我一眼看到时便感觉到奢侈了：这在城里得多少人才可以拥有啊！但是现在，它属于一个人。在广袤的(这个词想象中比较夸张,可是就眼前所见,可以用来形容)原野上,朝向公路的一面,是玻璃暖房,暖房里地上、架子上井然有序地摆放着盆景、盆栽和盆花,供观赏和销售。暖房中间,有一座宽阔的平房,是商务洽谈的地方。暖房后面,南北向顺序排列几架大棚,这是种植基地,目前尚未投入使用。大棚南边的土地,因为还没有纳入规划,所以便凸显农家田园风格。有一片种了葡萄,因为刚栽培,还没有坐果。一片不知名的苗圃,小树苗只一人来高,已经郁郁葱葱了。更多的地方是随意挥洒,绿豆、花生,各种蔬菜,还有一片西瓜。仲夏时节,所有作物都奋发向上,蓬勃生长,勃发着原始的生命力,连野草也如此。

空闲地辟出一块,养了许多家禽,鸡鸭鹅都有,但并没有给小鸭准备池塘,也没问题,说是旱鸭子。我一向理解"旱鸭子"是说不会水的人,没想到是鸭子里的一个品类,天生不需要水也可以生存。这次长见识了。所有家禽都放在一起,倒也能和平共处,见有人来,群中一阵骚动,"叽叽叽、嘎嘎嘎"地欢腾起来。鸡鸭鹅们的饮食好像很容易解决,野草野菜、草籽、虫子、瓜果等等,属于自产自销,不需要成本。想来家禽的粪便,还可以作用于农作物,算是互利了。

花房东侧靠墙处,并排停放三辆汽车,一辆货车、一辆轿车、一辆洒水车,据说货车和洒水车是项目要求的标配。我问这样的大车谁开?因为丈夫的外甥女婿是公务员,不可能做专职司机。外甥女自豪地说:"我开!"这个外甥女我以前见过,当时还没结婚,清清秀秀腼腼腆腆的一个小姑娘,在政府招待所里做服务员。这次见到,一扫以往腼腆羞涩小女儿态,豪放开朗起来,能干得不得了。她说,即便不忙,他先生也不可能帮她开车,然后讲起了先生的糗事。说先生一次参加应酬,喝了一斤多酒,还敢开车。开到红绿灯前,停了下来,睡着了。后面车无论怎样鸣笛,都叫不醒他老人家,便报了警。警察来了,他以为有人劫车,迷迷瞪瞪就出手了。外甥女婿身高一米八几,体重不光与身高匹配,还有盈余。警察不是对手。后来,外甥女婿就"进去了”。我说：“是车管所?”“不是，是看守所。”说外甥女婿做的这个事有一个专有名字，叫“袭警”，还有一个“醉驾”，结果就在看守所里剥了好一阵子大蒜，还当了一个副班长！这件事，对农业部的项目损失最大的是该同志驾照被吊销了，大车只好由外甥女独自操作。

沿车辆停靠的东墙向南，几十米处之外，正在建主人的住房。几棵绿树掩映下，一所小小的院落，中国普通四合院的样式，由正房和厨房、卫生间、客房组成。厨房、卫生间、客房皆在外面，与正房相对。房子皆平顶，给以后向上建筑留有基础。据说现在不允许建高，不知为什么。房屋内部却是现在楼房单元房的格局，只是客厅、卧室、走廊一律宽大，不似普通楼房的局促。房屋基本建好，包括装修，奇怪的是门都没有装，说是便于晾干。这也是自己建房的好处，根据需要自由安排，以往也没见过。

美中不足的是，周遭环境的美化措施还没来得及实施。我在想象中帮她完成。应该有曲曲弯弯的小路，当然是在林中，小路要通向树木花草围绕的池塘，池塘里可以有几只鹅，也可以没有，当然更好的是水鸟。岸边树下系着一条小船，可以到荷花深处摘荷花、菱角，也可以泛在清波上捞星星和月亮。这有点像茵梦湖，带着德国树林中特有的潮湿的诗意。或者养几匹马吧！主人手执短马鞭，骑着马，漫步在乡间小道上，身后跟着一条狗。路旁有飘落黄叶的银杏树，并不多，隔三岔五的一棵。更多的是庄稼，空气中弥漫着植物的气息。一轮孤月高悬，露水已经染到青草上、野花上、庄稼上，散发出微微的凉意。说着说着，简·爱初次见到罗彻斯特的环境出来了。反正，怎么说呢？我就是想在都市里找到庄园的感觉！而这里是有希望实现的呀！这个项目才开始建设，以后，会有的吧！

我们这次来，不是替农业部验收的，也不是只看看而已。我们是来“扫荡”的！

花木基地尽管刚刚建设，副产品却已见成果。架上累累的黄瓜、长豆角；地上趴伏着圆滚滚的西瓜、南瓜；油紫的茄子、青绿的辣椒、橙红的番茄、白里泛青的葫芦。更可喜的是，遍地马齿苋、银苋菜，叶子肥厚，汁液饱满。丈夫的嫂子，酷爱烹饪，对蔬菜的爱有一种宗教般的狂热，见之两眼直放绿光！于是，不论什么菜什么瓜，来者不拒，且自己动手，一会儿摘瓜，一会儿剜菜，忙得不亦乐乎。见到银苋菜肥嫩的叶子大得出奇，忙说，给我留些种子；听说葡萄是美国什么品种的提子，又说替我准备两棵树苗明年栽种。我对银苋菜也情有独钟，以前在钟灵街买过种子种了没出，这次自然也不愿撒手宝山。我又特别想种知了，请她们把知了产过卵的枯树枝给我准备几根。丈夫的妹妹打趣地说，这两家都是有地的！说我们家有地，我还不太惭愧，好赖院子里还有个十几平米。而兄嫂住在楼上，娘家一楼房屋墙根一两尺宽的地方，都被她种上了菜蔬，那也算得上“地”？别管怎样，有点土，就是地主！

果蔬瓜菜装了几大袋子，放到车上。东道主说洗洗手，进屋凉快凉快。进到用作商务洽谈的办公室里，房间很宽敞，空调柜机在工作，冷气很足。房间斜对角两张硕大的老板桌前，趴着外甥女的一双小儿女，互不相扰，都在玩电脑。刚上小学的孩子，放暑假在家，悠闲自在得很。中间一张大圆桌上，外甥女婿抱来几只西瓜，都是现从地里摘来的，洗净放在桌上，喀喀几刀，清甜带有水汽的味道便弥漫开来，大家大快朵颐，吃得淋漓酣畅。我觉得特别有土豪味儿！构成“土豪味儿”需要几个因素：一个人剖开一个西瓜，用勺子慢慢挖着吃，不行；多个人围着餐桌，一片一片搛着吃，也不行。唯有人多瓜多地方大气势足热情高干劲大，互相造势互相鼓舞，方可吃出“土豪味儿”。

离开外甥女家，大家还情绪激荡意趣盎然。有人说像到了农家乐，我说到农家乐客客气气的，没有这样随便；像胡汉三的还乡团？也不对。胡汉三说“吃我的给我吐出来，拿我的给我还回来”，是一种反攻倒算。而我们拿的可不是我们自己的东西，那只有像鬼子下乡扫荡了！不过，此鬼子非彼鬼子，切切不要误会。我说的是一种恣意妄为、淋漓酣畅的感觉！

2016.7.16 徐州

一片冰心在玉壶

今年的天是成心与人过不去了。好友退休后住广州女儿家，年初就抱怨，大雨没完没了地下，虽住高楼，仍是免不掉的潮湿，墙上水汽像大暑天的汗，层出不穷。雨缠绵在南方，赖着不走，不是以天计，而是盘桓月余。后来虽说一路北上，但是行程缓慢。而且所到之处，气势汹汹，都很惊悚。手机群里，一会儿是"湖北只剩下湖——找不着北了"的消息，一会儿是"廊坊大街变成条条大河，成群鱼儿摇头摆尾畅快游泳"的视频。至如今已是七月末，大雨还没有撤退的意思，轮到华北东北告急了。且说真正汛期还在后面，要做好抗击最大洪涝的准备。

在人类创世纪的传说中，有过女娲补天的故事，想必这天原就不周全，很容易漏的。女娲炼就的五色石照常理说当然也有个保质期限。如今多少个沧海桑田轮回过了，怎么着保质期也过了，接二连三出事，从南漏到北，也是题中应有之意了！

南京今年也是不一般。诗词里的江南雨总是迷人的，她是雨巷中打着油纸伞的丁香一般的姑娘，温婉含蓄。即便是"梅子黄时家家雨"，有些过分了，那也是与"青草池塘处处蛙"结伴而来的，还是有情有趣。可是今年南京的雨，不是处子，竟成泼妇了。冬天曾连续多日阴雨连绵，有人惊为"冬黄梅"；春夏之交，又有一段疑似黄梅。以为黄梅结束了，报上忽然说"南京人梅了”。闹了半天，结束才是开始！自打真正入梅，雨就不停了，连个间歇也没有，一直把七月中旬过完。雨，终于停了！久违的太阳，露头了！可是可能憋得太久，太阳一出来就凶猛得很！连矜持一下都不屑表现，直接就把热力放到最大。《扬子》播报天气的女孩坏坏地说，原先你对下雨有多么讨厌，接下来你对它就有多么想念！当然，蒸晒模式，好像也不是只南京如此，除了下雨抗洪的地方，全国绝大多数城市都改名了，共同叫一个洋气但比较拗口的名字——塞德尼玛·屈黑！

小时候曾听家里人说过一句谚语，叫作“六月六，晒龙衣”。是说农历六月初，梅雨已过，天气晴稳了，把雨季中潮湿了的物件摊到太阳底下晒晒干。那时看大人晒“龙衣”也挺“隆重”的。总会揭掉几张床，抬到院子里，院中原有的晾衣绳擦擦干净，然后把冬日的棉被衣物摊在床上、搭在绳子上。床上的席子、垫子也会拿出来，靠在墙根；掏空的箱子，干脆掀开盖一起晒。后来看书看到一些世族大家，暑天还会晒晒藏书字画什么的，觉得挺有趣味，但这和当时我们的家没有关系。现在因为饭碗的缘故，书是很多了，却从来也没晒过。不知对还是不对。如果真要把书们请出书橱再请回来，想想也头皮发麻。但那时看着大人忙进忙出，看着院子里突然多出来的而且还有自己以前没见过的东西，总是莫名地兴奋，在晾晒的被褥衣物中穿来穿去，尤其喜欢钻到被褥床单这样大的物件中。吸饱了阳光的棉织品，热烘烘的，大汗淋漓的脑袋、身子贴上去，是一种少有的体验，无端地很快乐。空气中弥漫樟脑丸的气味和霉味，并不嫌弃。可是这种快乐很短暂，不一会儿就被大人喝令进屋里去了，不光怕孩子满身汗水弄脏了衣物，更怕太阳底下暴晒，孩子身上起痱子。

今年被雨水泡了这么久，“晒龙衣”是必须的了。从“出梅”次日开始，每天一晒，一个一个橱柜清。怪不得“梅雨”又被称为“霉雨”，名实相符，梅雨天就没有什么不霉的！桌子板凳茶几沙发，甚至用不着的锅碗瓢盆切菜板，都能长出毛来。被褥床单衣服，也一律湿漉漉的。这么说吧，就是屋子里几乎所有东西，都该请出去见见太阳。院子太袖珍了，地方也很有限啊，每天拿出去的东西就得是限量版的。于是连续多日重复一件事，早上洗、晒，晚上收、整理、装。有时想想，既然都需搬出去，不如掀开屋盖，敞开来晒，来得痛快！高温持续不减，且稳中有升：38度、39度、40度……今天竟然说外面体感温度48度！就想起池莉的一篇小说，说夏天的武汉，从药店里买一支体温表出来，温度直蹿，直接爆表了！池莉用了武汉的“市骂”，说“婊子养的武汉”！今年的南京也该享有武汉同规格的待遇了！

今天下午三点，正是“烈日炎炎似火烧”的时候，丈夫去学校主持学生论文答辩，回来说，从龙江、鼓楼乘地铁来的两位老师从地铁站走到文学院，几乎要休克！在这酷暑天，儿子夜以继日，做博士论文的最后冲刺！说全家就我一个闲人。但我在玩游戏之余，总还有些事情要做做的。这种热死人不偿命的暑天，以前人都要“歇夏”的。好像很多地方都有风俗，出了嫁的女儿，这时可以带着孩子回娘家住一段时间。究其根本，应该是炎热的夏天，本就做不了什么事，不如给媳妇儿放个“暑假”，回娘家团聚，做个顺水人情。所以“歇夏”，与其说是人情，不如说是天意。望着窗外灼灼白日，我就想，如果现在有人问我想要什么，我就用王昌龄的诗句回答他：“洛阳亲友如相问，一片冰心在玉壶！”不是想像王诗人那样为自己辩解表白，只是看中他诗句中“冰心”和“玉壶”那两个词；不是取“冰心”“玉壶”洁白无瑕之意，而是直觉这两个词，看上去吱吱冒凉意，可以解暑啊！

2016.7.25 南京

一次散步的遭遇

傍晚，五点半左右，我一人出去散步，就在我们院子里转圈。出了家门，向南，拐弯，向东，一共走了三百来米的样子，再拐弯，向北，刚转过去，就见一条大狗迎面跑来，中匀速，主人在后面，有点远。我迅速在心里估算了一下，估计会与狗单独遭遇，万一发生点什么，指望不上狗主人，于是果断掉头，向相反方向疾走。走了一会儿，回头看狗没跟上来，回到正常速度。向西，拐弯，向北，过了西大门，继续向北，想着刚才差点发生的险情，心里还抖抖的，不敢放松警惕。还好，一条直路，一览无余，没有情况。一直提起的心，打算把它放回原处。走到了两栋楼之间，突然横向里出来一条大狗，直接就到我跟前了，一点回旋的余地也没有。眼见狗的两条前腿要搭上来，我急忙后退，急切中看到狗带了笼头，想还好，不会咬到我。这念头才刚一闪，又一条狗跟上来，没有措施，是一条“自由”狗。我一下子腿就软了，不由自主发出的声音把狗吓住了。好在主人接着就出现了，一边哄狗，一边教育我：“你正常走路就没事了，你越怕，它越咬你！”

狗的主人我认识，七十出头一老太，养了三条狗。以前只是两条大狗，每次遛狗时，她都拿根棍子跟在后面，她没有力气，只能被狗牵着走。可是棍子也不起作用，就像慈祥的老奶奶舍不得把高高扬起的巴掌真的落到淘气的小孙子身上一样，她也舍不得真打。光靠命令，狗也不听，她似乎没太大权威。前天我出来看到两个小姑娘站在路上不敢回家，又听到狗儿狂吠，问是怎么回事，小姑娘指了指前边不远处，说狗追猫，猫吓得趴在窗台上发抖，狗隔着灌木丛过不去，又不肯罢休，拼命地叫。她们也不敢过路。我一瞧，是老太和她的两只宝贝。老太也是尽全力了，可是管不了两只正在兴头上的狗。一般一只狗会老实些，两只狗相互鼓舞、造势，胆儿就特别肥。老太的这两只，也是这样。因为其中一只常常惹事，出来时便戴上笼头。但就这，我也是见它们躲着走。有一天我看老太单独带了一只小狗出来，壮着胆子问，这一只也是你家的？老太点头说是，我差一点晕倒了！

类似老太这样关于见到狗要保持平常心、平常态的教育，我其实接受过不少，也竭力想实践之，就是一到关键时候就掉链子。为此也被狗的主人批评过。有次也是散步，一条中等黑狗，在主人跟前走得好好的，见我过来，招呼也不打就扑上来，按主人的说法，它是向我表示友好，可是我不会看狗的眼色，猝不及防，所以没有准备，“哎呀”一声就叫出来了。小狗也没有准备，吓得往后一缩，但随即又第二次扑上来。主人及时把它叫了回去，批评我说：“喊什么？它比你胆还小呢！”我很惭愧，吓着人家的狗了。

我怕狗，除了遗传原因，也与我两次与狗近距离接触有关。第一次是上小学时。学校离我家很近，但是中间路边有一家人养狗，那里是我的必经之路，绕不开，每次我都小心翼翼地通过，有点像八路军过敌人封锁线，大气都不敢出。一次放学后有什么事耽搁了，回家就比较急切，把狗的事儿忘了。出了校门就跑，经过那家时，狗斜刺里就蹿了出来，我本能地加快速度，可是没有它快。它一口咬到我的裤管，撕破了还不罢休，幸亏主人急忙喝住，方才停了下来。还好，是厚厚的棉裤，腿没有受伤。但人的胆子都吓破了。另外一次是有惊无险。其时我已经上中学，先是一条狗发现我，它一叫又引来了一条，我于是被围攻。好在当时我手中有一书包，便据此抵抗，且战且退，跟狗跳墙的急劲也差不多，也是超常发挥了。坚持到被解救出来，可能战斗时间也不长，但我已一败涂地，不仅花容失色，书包带子也甩断一根，更是留下了巨大的心理阴影。

怕狗不好，一般情况下只是自己吃点苦头，并不影响别人，也就罢了。但有时也会影响到别的什么，这就不好。我下放的时候，我们场有个知青叫杨晨明，总是利用自己的休息时间，悄悄地帮助一个生产队的“五保”户老太，很长时间大家都不知道，是学雷锋做好事又不留名的那种无名英雄。这事后来场里知道了，当然要表扬。场里希望这件事影响大一些，让广大知青都来学习。于是派我去那个生产队采访，写篇报道，投给县广播站。我接受任务后次日吃完早饭就出发了，也不是很远，就几里路。我一路想着找什么样的人开座谈会，从哪几个方面着手采访，正想得投入，突然一个念头冒了出来：“村子里面有狗！”立马脚就停下来，再也走不了一步了。我在村口站了很久，想这是工作这是任务，我不能当逃兵；想杨晨明默默做了那么长时间的好事，如果他当了典型了，可能就有出路了，他的家庭出身不好，想回城很难，我不能耽误人前程；想我自己一向也是一不怕苦二不怕死——哎！毛主席也没说三不怕狗呀！吾其还也！

与现在比较，20 世纪都算我的幸福时光，那时养狗人家不多，尤其是狗们没有像现在这样密切地参加进人的生活。进入 21 世纪，国人生活好过了，当然也跟空巢家庭日益增多有关，被宠养的狗越来越多。我后来住进的港龙小区，紧临秦淮河。秦淮河长长的大堤，被修成景观大道，还装有健身器材，专供市民散步健身。周围的人都欢欣鼓舞，早晨傍晚，就会云集到大堤上锻炼，甚至好友同事间聊天碰头，也会约在河堤上。但是好景不长，没过多久，堤上便狗满为患。当需要在狗中间挤行躲闪时，对我和与我一样怕狗的人来说，相信不是健身，是添病了。

我有一个很要好的朋友，最是喜欢猫儿狗儿，又特别善良，见不得猫狗受一点委屈，不光自己身体力行，养了一条流浪狗，还参加了拯救流浪狗的协会一类的组织，大把大把的银子和时间，都奉献出去了。她把救助流浪狗当作慈善来做，见人便宣传，进而募捐。一次她代流浪狗向我募捐，我坚决拒绝了，并讲明原因，我说我是人道主义，你是狗道主义，我只捐给灾区的人。我其实没有恶意，只是说明我们俩关注点不同，因此关怀方向也不同。至于说到“狗道主义”，只是临时说到这儿随便用了个拈连的修辞手法便于说明而已。不料她大怒，一拍桌子，说：“你胡说！”我见她急了，就息事宁人地走了。我想我没错啊，哪一个养狗的不是把狗当作儿子孙子的宠着？何况我也只是说她以狗为本。我想起我儿子小的时候，看书讲故事，说到小动物，无论说自己是小猪小熊小狗小猫，都很坦然，绝没有被歧视被侮辱的感觉，那才是真的平等真的热爱呢。

秦淮河大堤，我后来就不去了，受不了那份惊吓。好在家又搬到和园了。初到和园时，小区住的人很少，虽说有些空旷，对于散步，却是十分好。没过两年，现在也不行了。如今和园的狗啊，是“大小路上寻常见，楼里花间处处闻。最是一天散步时，战战兢兢又逢君”。我这样说绝对没有对李龟年的大不敬，实在是和园的狗，让我太害怕了。可是总不能窝在家里不出去吧。我现在散步时，会拿着一把伞，尤其在冬天以外衣服穿得少的季节，遇到不测时可以抵挡一下，没有情况时则可以壮壮胆。

被老太教育过之后，虽说明白了该怎么做，可还是不争气地克制不了害怕。散步就打住了。很近的一幢楼前有健身器材，去那儿活动吧。楼前花荫处，一中年男子手拿一罐头盒站立其间，专注地看着眼前。看什么呢？走近一看，乖乖！一堆猫在进餐呢！细数一下，六只！一般在和园，四只一群比较常见，六只算是大群了。又往前走，到了器材前，开始活动。这里每天都有猫咪在此用膳，现在正是时候。果然，已经有了三只，还没到齐。一小男孩很热心地把远处的一只引过来，待四只都到齐了，对一旁的妇人说：“奶奶，可以照相了。”妇人掏出手机拍照，然后说：“完成任务！回家吧。”祖孙俩高高兴兴离去。四只猫继续晚餐。忽然，面前小院里有动静，我的视线被吸引过去，是两只鸡，引颈向外张望，做跳跃运动。终于，有一只成功出逃，另一只跃跃欲试，咯咯咯咯地叫着。猫们吃饱了，跳到凳子上懒懒地蹲着。一只小一些的，做“饭后操”：两只前腿用力向后压低，腰身高高弓起，然后两条后腿奋力后伸，身体努力前倾，难度高，柔韧性也好。伸完懒腰后，小猫满意地抖了抖身子，一副踌躇满志的样子。然后，就听到鸡的叫声了。它好奇地走过去看看，结果看到的是自己从来没见过的另一种动物。此刻鸡也发现了猫，本能地警惕起来。小猫试着往前移动一下，鸡咯咯地叫，小猫往后退了一步。双方都按兵不动，对峙了一会儿。猫又往前动了动，鸡再哆嗦地叫。几番试探之后，猫终于知道鸡害怕自己，便大着胆子向前一冲，鸡极度恐惧飞了起来。鸡当然是不能飞的，扑腾了一下就掉下来了，但是成功地把猫吓退了。我看到了现实版的“黔之驴”，于是不怀好意地想到大苏《蝶恋花》中句子：“墙里秋千墙外道，墙外行人墙里佳人笑，笑渐不闻声渐悄，多情却被无情恼。”想着可以把这句改成“墙里寂寞墙外闹，墙里鸡娃争着往外跳。猫儿有意结欢好，多情却被无情恼”，当然，是恶搞。

我无心观战，回家了。脑子里萦绕着挥之不去的是和园的猫。刚住进和园时，是见不到猫的，这两年，雨后春笋一般，已经成群结队了。身型硕大，类猪不似猫。行动迟缓，也与猪相似。懒，也一样。但有区别，猫的懒比猪的有气质，猪是惫懒，猫是慵懒，像唐代美人，还应该是贵妇。曾见两只怀有身孕的猫，一起坐在条椅上晒太阳，眼睛眯眯的，一副懒得理你的神情，傲骄、高冷。更多的时候是，几只猫咪一起吃猫粮，相安无事，谁来了就安静地吃，吃饱就默默走开，互不搭理，也决不争抢，个个都很绅士。当然，也有食物不充足的时候，饿到一起跳垃圾桶，就那也不争。在和园没见过哪只猫儿跑过，都是老成稳重地踱着方步。像美国动画片中杰瑞那样的猫，和园没有，当然也可能因为和园没有汤姆。我也是杞人忧天，想要是汤姆来了，和园的绅士贵妇们会怎么样？

想多了，还是想想自己吧。明天再散步，记得把伞带上！

2016. 3. 14

家 园

南大和园小区真好，一年四季繁花似锦，树木葱茏，瓜果飘香，鸟雀和鸣。在享受时尚方便的都市生活的同时，还有世外桃源般的美景可以怡情悦性，真是太好了。

住进和园小区，心情无疑是和乐喜悦的，可是有时你正高兴着呢，突然就乐不起来了。

今天早上，下雨了，雨中樱花开得很精神，竹子绿油油的，很有韵致，二月兰已经开很久了，还是那么兴致勃勃，没有疲倦的意思，一切都那么美好。我与先生拟开车出去，经地下室通道去车库取车，打开墙上开关，黑暗的走道亮了起来，眼睛看得到的一刹那，我不由得倒吸一口凉气：不是很宽阔的走道上，逶迤着新鲜的狗屎。咳！差一点儿就要“交狗屎运”了。不用说，为躲雨狗狗散步也选择了这条通道。

和园爱狗人士不算多，但狗狗不少，大约是想一次爱个够，所以养狗人家一养便是两条、三条。既是作为宠物养，都挺宝贝的，舍不得让它们受一点委屈。小区电子屏上关于养狗有明文规定，舍不得执行的不在少数。一次晚上，我与先生散步，碰到一对夫妇遛他们两只爱犬，迎面走来，大老远就听见狗狂吠，其一狗对一壮年男子紧追不舍，男子快步躲避，边走边不停地说：“这狗疯了！”话说着，狗离我也很近了，我是怕狗的，忙喊：“快把狗叫住!”女主人鄙夷地说:“人还跟狗计较!”我是真心没想跟狗计较,只是想让狗主人管好自己的狗,便据理力争,说:“物业明明有规定,一家只养一只,出来要上绳。”女人说:“你上物业告我好了!”我很少遇见这种理不直气很壮的人,也是难以理喻了。这当口男主人发话了:“你指它它不咬你吗?别说是狗,你指人人也不愿意!”这番话是教导了,但听着怎么那么别扭!他们家的狗比人更自尊?我认识男主人,虽然他是教授,但不是学逻辑学的,我原谅他。当然我也知道,学问和教养和公德不一定成正比。

说到狗,就联想到猫,和园是猫的天下。想当初,刚来和园时,是没有猫的,过了一两年后,见到一只黄猫,就一只,有点孤独求败的寂寞,但被大家宠得肥成了猪。那年寒假过后回来,看到黄猫成功“减肥”了,两三尺的腰围瘦成了杨柳小蛮腰,很笑了一阵。而后就多见了,几个猫粮固定撒放地点,常有三五只不等。我曾说,和园的猫很贵气,高冷、傲骄,用餐绝不争抢,没一个吃相不雅的。可是,去年情形就变了,路上几次见到有猫咪喋血在车轮下,路过垃圾箱时,常见接二连三跳出来的邋里邋遢的小可怜。不过就一年,王子变乞丐了。前几天,是猫的恋爱季节,被爱情燃烧的猫,热情地叫着,此起彼伏。我不会像鲁迅那样,因为憎恶拿着竹竿追杀,却又深深地忧虑。管子说,仓廪实,知礼节。猫们食不果腹了,也就没有体面了。一个个垃圾箱被翻得乌烟瘴气的,无疑是二次污染。

其实翻垃圾箱的,还不止是猫,更多的是人。我的一个同事说,垃圾是可以换成钱的,只要动动手,就有收获,是无本生意。就像钱在面前,不捡,是罪过。所以垃圾有人捡。这道理我懂,可是,被翻过的垃圾箱周围遍是垃圾,看着真不舒服。我曾见一妇人,领着蝴蝶一般的孙女,路过垃圾箱,把里面的塑料袋拿出拆开,拿走想要的东西,塑料袋随手扔在地上,遍地雪白。我走过去一点一点捡起来,放到垃圾桶里,妇人不好意思了,说,我来捡吧。我想说,你以后别随便乱扔就好了。

乱扔垃圾的,也不少。去年夏天,在院中见一少妇,端着一锅坏了的冬瓜汤，经过自己门前的垃圾箱，倒到远处的垃圾箱里。我没想到她能将一锅汤倾倒在垃圾箱里，等她过来，就说，你可以把汤滗掉装塑料袋放垃圾箱。事后我先生说，可能是租房子的人。我说，不是，以我对我们国民的了解，如果是租房子的人，就直接倒进自己马桶了，或者倒进自家门前的垃圾箱，因为她糟蹋的是别人的东西。这个人宁愿走远，分明很爱护自家和自家环境，可见是业主。先生愿意乱倒垃圾的人是租客，他是觉得和园人文化层次高，不应该做不文明的事。他太乐观了。

和园确实有不少房子是租出去的，房客也是良莠不齐。我们五楼一套房被隔成七八间租出，于是我们小院里经常出现食品袋、空易拉罐、面巾纸、香烟头等等，五花八门，不一而足。去年有几天，不知中什么邪，房客跟物业杠上了，整个的西瓜往下砸，盒饭倒在路上，还故意撒得很分散，气得打扫卫生的大妈直骂。

要说打扫卫生的人，也分三六九等，有勤有懒，不能一概而论。曾经很长一段时间，分管我们这个楼道卫生的人，真懒。一周能来个三两次，就算客气的。好玩的是，她们天天有考勤。现在考勤是集中点名，以前不是，是把考勤表贴在楼道里，被考勤者自己打钩。那时，明明楼道经常没人打扫，可是考勤表都填得满满的。考勤表就在我门口，每天出门就见到。我是习惯性地有字就看，经常看到考勤表上没来得及打钩的，过两天就补起来了。有一天竟看到了“考勤将来时”，就是未来几天的出勤也都画满了。我看了不觉莞尔，继而很生气，想，你缺席不来打扫就罢了，你可能忙，可能累；你考勤表弄虚作假也就罢了，你怕砸饭碗，你要养家糊口。这些，我都能原谅你。你不该得寸进尺，预谋作案，这是公然挑战我们的宽容，践踏我们的善良，藐视我们的智商。如此恶劣，我岂能容你！本着奇文共欣赏，疑义相与析的原则，我把考勤表送到物业了。可是，第二天，补救得天衣无缝的考勤表，又贴在我的门口了，我几乎怀疑我曾经的愤怒了。

和园的绿化很好，高的是树，矮的是花，灌木丛一片一片的，到处都能营造出曲径通幽的意境。经常是晴空丽日之下,花团锦簇之上,美不胜收的景致,往往就有被褥衣裤晾晒其间。记得北宋大文豪苏东坡曾列出最煞风景的几件事,其中就有“花上晒裤”一宗。一千多年过去了,国人的这个爱好竟然还在。和园家前屋后,随处点缀了一些果树,柿子树、枇杷树、桑树、桃杏树,都有,最多的是银杏。可是,想在秋色中看到那一抹金黄,竟成了痴心妄想,更不消说见识桃李芬芳了。我始终想不明白,没有成熟的果实,摘它干什么?去年我先生种下七棵香椿苗,几天不见,只剩下四株。我解颐地说,种得太密了,替我们间苗呢。园子里一株南瓜,结了三只瓜,都挂在篱笆上。一天中午,隔着窗子,听外面窸窸窣窣的,先生抬头一看,有人替我们收南瓜呢。那人也很大方,笑着说:“给你放到这儿啦!”让人劳而无获,不好意思啊。

我常想,我们这么美好的家园,我们和园人共同的家园啊,别糟蹋她,不好吗?

2017.4.7

七彩云南

天 梯

出了昆明长水机场，乘面包车前往蒙自。一路虽是高速，然两岸群山连绵，没有尽头，正所谓一山放过一山出。山巍峨崇高，阻断目力，看不到的山那边，令人遐想。途中两次休息，问当地人，陪伴了我们一路的山是什么山，都说不出名字。或言之，就叫"西山"，因其山的方位在西边。当地人说，祖祖辈辈生下来就面对这山，不知山那边是什么样子。听得心中无端发闷，像被大山堵着，喘不过气来。生平没见过这么大的山，江苏的山与之相比，真像小泥丸了。邻省安徽山不少，也玲珑许多。而山东泰山顶着"天下雄"的桂冠，则是因为独立平原，周围无所比附而已。想云贵高原，便是这些崇山峻岭铺垫起来的。

我还是好奇，到红河学院，问了有研究的人，终于知道，是哀牢山。哀牢，我沉吟着，这两个字，无论是读音还是字形，都让我产生那么强烈的疏离感，因为心理的距离而产生巨大的时空距离，似乎穿越到了遥远的南诏、大理国时代。从洪荒时代走来的先民，世世代代走不出大山的山民，我对于他们是那样的生疏，由生疏产生了哀怜，我不知这贫瘠落后的大山，怎么养活他们。

联合国教科文组织亚太地区的负责人理查德,有一天来到了云南省元阳县,当他看到哀牢山密密匝匝层层叠叠的梯田时,完全惊呆了！后来他对别人说:“我一见到它,魂好像都丢了!”他说那“简直是人与自然高度和谐的典范”。很见过些世面的加拿大摄影师毅·亨利,闻其名而专程造访元阳梯田,看过之后感叹:“世界上再没有一幅这样好看的油画!”

诚然！元阳梯田当得起这样的美誉,看过哈尼梯田的人没有不被其震撼、没有不为之感动、没有不陶醉其中的!

元阳梯田又称哈尼梯田,它是哈尼族人世世代代的杰作。远在千百年前,红河畔上的哈尼族先民,为了生存,在重峦叠嶂沟壑纵横的哀牢山上,筚路蓝缕,垦山造田。他们随形就势,因地制宜,在坡缓地大处开垦大田,坡陡地小时耕作小田,甚至连沟坎石罅也不放过。所以,开垦出的田块,大的有数亩,小的只有簸箕大。清嘉庆《临安府志》这样记载:哈尼人“依山麓平旷处,开作田园,层层相间,远望如画。至山势峻急,蹑坎而登,有石梯蹬,水源高者,通以略杓,数里不绝”。大大小小的田块连缀成片,终于蔚为大观,往往一面山坡上就有成千上万亩！今天我们看到的哈尼梯田,规模宏大,气势磅礴,从山脚到山顶,累计近两千级;连绵纵横,层叠交错,方圆有几十万亩。哈尼梯田的造就,绝非朝夕之功。它是哈尼人世世代代前赴后继持续不断辛勤努力的结晶,是时间、力量和精神共同打造的作品,自然也是“人与自然高度和谐的典范”。从这个意义上,说哈尼梯田是空前绝后不可复制的,一点也不过分。

我们是冬季来看哈尼梯田的。此时一年一熟的稻子已经收割,稻田被重新修整过,已经放上水,静待来年播种,孕育新一代生命。这时的梯田,仿佛刚参加完一场盛大的演出,才脱去金色的华服,此刻静静地躺在浅水中小憩,一如处子般恬静。亚热带明丽的阳光照耀着,水面闪闪发亮,虽隔着很远，但有些刺眼，尽管已是岁末。

东道主说我们这时看梯田是来着了，因为收割了庄稼以后，梯田回复了本色。没有绿色黄色的遮盖，黑褐的梯田确实极富立体感，犹如木刻、版画、雕塑，坚定而稳固，静穆又生动。而在阳光、空气和水的作用下，田中升起的岚气，像雾，像纱，像梦，朦胧迷离，梦幻神奇，是一种直抵人心的感动。但是也有人说，还是春夏两季好：那时的梯田，漫山遍野皆绿，恣意泼洒着青春的颜色，张扬着生命的原动力，是青绿山水画，是青春圆舞曲，是对生活热情的召唤，是对生命诚挚的礼赞，由不得你不热爱它。当然，还有偏爱秋景的：梯田的秋天是油画，弥望的都是金黄！金灿灿的阳光普照，飒飒的金风飞舞，大块大块的金黄，把整个梯田都染遍了浸透了，从天到地，浑然一色。而那

哀牢山上的哈尼梯田，是哈尼族人世世代代劳作的结晶。冬日的梯田，静静地躺在阳光下，像木刻，像版画，像诗，像歌。

些黄澄澄的稻穗，更是把金色的希望一直送到哈尼人的心上。

他们的话，我都相信。因为哈尼梯田，就是这样一个梦幻而神奇的世界！

因为哈尼梯田像神迹一样不可复制，我便隐隐有些担心。在迅速城市化的过程中，我知道很多年轻人抛下生养于斯的热土进城了，知道很多古老的村庄悄然消失了，便担心哈尼梯田的命运。梯田耕作起来实在是不容易，地块大大小小高高低低，无法利用机械化，全部仰仗人力。窄且滑的田埂，人走尚且不易，牲畜可不可以借助，我也不敢想象。以往唱台湾校园歌曲，有“赤足走在窄窄的田埂上，听着脚步噼啪噼啪响”的句子，觉得大有意趣。但身临其境，想象挑着满载的担子，或是拉着不听话的耕牛，可能也走不出潇洒和精彩来。况且，梯田也只能种水稻，还是一年一熟，所以哈尼人的日子辛苦却并不富足。走在大山深处的寨子里，还能感受到宁静原始的农耕

大山深处的哈尼人，燃料基本靠柴草。

落日余晖中，劳作一天的农妇，带着也劳累一天的耕牛回家，这一刻是安闲的。

夕阳西下时分，山路上常见砍樵归来的老妪。

社会的气息，沿途零星散见一些山民或牵牛劳作归来，或背负砍柴倚着路边山石歇息，他们的生活与大山之外很有些距离。我是既希望哈尼梯田能保持世外桃源的古朴，又希望哈尼人民享受现代文明，这似乎挺矛盾。我把我的担心告诉了东道主，他们说，哈尼梯田在2013年已经被列入世界遗产名录，被重点保护起来。处于元阳县的哈尼梯田，已经开发了三个风景区，分别是坝达、多依树和老虎嘴。游客可以在这儿眺望梯田，欣赏千古奇观，但不破坏梯田。而旅游业的发展则让山民们的生活得以改善。我看到，尽管冬季是旅游淡季，仍有不少观光者，几个景点车辆、游人都络绎不绝。更有不少专业摄影师、画家专程过来采风创作。他们往往在此安营扎寨，景点中那些角度好视野佳的地方大多被他们提前“占位”，他们在等候最佳时机，比如日出、日落的时候，等到最佳景致，创作最满意的作品。

哈尼村寨近观

新建在梯田中的哈尼族村寨

返程时天已尽黑，峰回路转，车子在山路上蜿蜒。我向窗外眺望，每一个黑漆漆的山头上，都有璀璨的星星闪烁，感觉星星像坠落了一般，离地面很近。似乎是树上的果子，伸手就能采几颗，更像田里的瓜果，可以直接捡起来往篮子里装。我便觉得如同仙境一般。从远古走来的大山深处的山民，创造了千古奇迹的勤劳智慧的哈尼人，真心祝愿你们，生活像哈尼梯田一样阶阶升高，如仙境一般富足美好！

2016.11.20 续完

盛装的哈尼族小姑娘站在村口，引来游人拍照。小姑娘弱弱地说："拍照是要收钱的。"

云南味道

过桥米线

从前，有个书生，当然，是云南的书生，他住在红河蒙自的南湖。他和所有的书生一样，天天读书，连吃饭都得人伺候，每顿饭要送到跟前。但是他读书的地方离家有些远，远得他妻子每天送饭要走很多路。这还不是主要问题，问题在于每次饭送到时，热的就变成凉的了，而这很不利于书生的健康。大概冷饭吃得久了，书生肠胃有些受不了。书生的妻子是个聪明的姑娘。她有一次给书生送了鸡汤米线，因为鸡汤放得比较多，宽宽的鸡汤里厚厚的鸡油，把米线覆盖在底下。这次书生吃到了热腾腾的米线。不用脑补也能猜到，书生很高兴。后来书生的妻子就如法炮制，这样书生天天可以吃到热米线了。书生吃热米线的结果是他考中了状元！这"军功章"也有他妻子的一半，于是，姑娘做米线的方法就广为流传了。因为姑娘每次送饭需走过一小桥，人们便把这种米线叫作"过桥米线"。

过桥米线种类很多，据说只在蒙自，一个月吃下来，可以天天不重样的。

过桥米线，汤好，是第一要义。首先，一定是高汤。云南民族大学一个老师告诉我说，米线的高汤是用猪腿筒骨慢火细熬，然后加牛腿筒骨熬，再加鸡继续熬……光是这许多食料，用这样长时间，食料下锅还要排列有序（次序似乎不可改变），我想，如此复杂，再不好吃是不应该的了。其二，一定得是宽汤。初去云南吃米线的人，都会为必须浪费大半好汤而惋惜，但是没有办法。汤的这两种特点是为了保障配菜和米线的再加热，具有和火锅类似的功效。其次才是米线。米线制作过程从略，因为我看到的都是米线成品。米线有红米和白米之分。在云南，一般粳米做饭，糯米做糕、汤圆之类，磨面用籼米。做米线的米面则是粳米和糙米混合制成。红米线相较白米线,似乎就是颜色的区别,口感差别好像不大。米线一般都是煮熟后分装在碗里,吃的时候随便拿,丰俭由人,只付一碗汤钱即可。我说的这种情形可能只限于蒙自,别的地方没看到,而在大理,作为火锅材料的米线,一小团的价格是8元。然后是配菜。配菜的种类是说不尽了,基本是什么都可以:蔬菜、肉、蛋,均可。

过桥米线可以吃得隆重,也可以吃得简约。简的时候,简直是方便食品,街头巷尾百姓餐桌处处可见,小吃店里一张小方桌上可以趴上好几个人,有汤有米线有浇头就可以。隆重的时候,米线确也可以登大雅之堂的。米线正宗的吃法极具仪式感:一大碗(也有盆、土罐)高汤,一小碗(或数碗)米线,一盘配菜;需要长时间煮熟的食材已事先放在汤里煮熟,像牛羊肉、鸡鸭腿等(我还吃过兔子肉、猪脚爪,不过猪脚爪被我省略了)。至于蛋类,因是生的,要自已敲开蛋壳,把内容放到汤里,蔬菜也如此,顺序是蛋类先放。汤的温度极高,一会儿工夫,这些东西就都熟了。然后才是放米线。米线不能径直倒到汤里,免得溅到自己烫伤。正确做法是用筷子挑起,慢慢放入汤里。米线从小碗挑到大碗的过程,叫过桥。(我疑心"过桥米线"的"过桥"含义由此而来,大约与什么书生没有关系)当你的米线"过桥"时,如果旁边有人凑趣地来一嗓子:"过桥了!"便觉得喜兴、隆重,似乎还有被祝福的感觉。

过桥米线是云南人的最爱。一日三餐,都吃米线可以,要有一天不吃,便像没见到亲人一样地惦念。云南人离开家乡久了,最想念的家乡味道,就是过桥米线。

竹　虫

云南味道当然不只是过桥米线。我在看《舌尖上的中国》时,印象很深的是一种叫"竹虫"的竹节小动物,色白,二三厘米长。当地山民沿着曲曲弯弯的山路,在莽莽竹海中找寻竹梢发黄的毛竹,然后用锋利的砍柴刀剖开,

上了央视《舌尖上的中国》的云南竹虫

便可在竹筒内觅到一窝窝蠕动的竹虫，一只只拣出即可。通常一棵竹子的收获似可盈握。这种竹虫专门寄生在竹筒内吃嫩竹，从竹尖开始，一节一节往下吃，最后便藏在根部筒内，不再吃东西，等待蜕变成蛹。竹虫停食在每年11月左右，这是捕捉的最佳时机，晚了就变成蛹了。竹虫富含高蛋白，是餐桌上的一道美食，当地人会用来待客。我听到过类似的有江苏赣榆等地的“名菜”油炸豆丹。“豆丹”据说就是生长在豆叶上的虫子。村民家中来客，往往临时挎只篮子，到庄稼地里，随手捉上一些，拿回家中，处理一下，就变成盘中物了。这听起来多少有些像传奇，可与竹虫两相参照，似乎又像真有其事。我们在元阳吃饭时，餐桌上就有一盘油炸竹虫。这种爬行类软软的虫子，我一向是惧怕的。但这次竟没有畏惧感。大约是央视的纪录片铺垫很久，片中解说词又很有魅力，被煽呼起来的勇气加上好奇，当然还和竹子本身给人的高雅清洁印象有关，总之，我的筷子伸向盘中时没有太多的犹疑。油炸以后的竹虫，焦香松脆，还挺好吃的！我把照片发到朋友圈中，我姐姐说：“像化肥养大的蛆虫！”太煞风景了！我一下就想起上大学时，外语系的徐华,晚饭时边看书边吃馒头,以咸鸭蛋佐餐。看书间歇偶看一眼咸鸭蛋,发现半条蛆虫,另半只不知去向。接下来是,她的好友我的同学耿超英架着她,在操场上溜达了半夜,黄疸都吐出来了!从云南回来以后我查了一下百度,发现竹虫还有两个别名,一“竹蜂”,一“竹蛆”!叫“竹蜂”是可以的,叫“竹蛆”则万万不可!我这样想。不过,以我这样过敏,也还不能把竹虫等同于竹蛆!

烤豆腐

“煮豆持作羹,漉菽以为汁。”建安时曹子建的七步诗,本意是以豆和萁比喻手足之情,哀求哥哥不要相煎太急。但“漉菽以为汁”,却说出了磨豆腐的一半过程。磨豆腐,需选上好的黄豆,洗净,浸泡,待豆粒吸饱了水分,用石磨磨成糊状。石磨有两种,一种是锡剧《双推磨》中的那样,由两人操作,一前一后,前面的掌握方向,并向磨眼里投放豆子,后面的则负责发力让石

无处不在的云南烤豆腐

磨转动。这种磨不能太大，以圆的直径不超过成人手臂长为原则，否则没法操作。另一种石磨北方较多，可以比较大，一人或两人推着转圈，向磨洞里投放材料的，可以是推磨者，也可以专人做，需配合默契。也有借用畜力的，经常担当这一任务的牲口是驴。驴在拉磨时，要把眼睛蒙起来，不知为什么。是为了防止头晕？连续转圈头晕，是人的体会，难道是推已及驴的人道主义措施？不得而知。也可能是为了防止驴偷嘴，果真这样，就说不上慈悲了。但奇怪的是，蒙上眼以后，并不妨碍驴正确行走，这一点，人做不到。豆子磨碎后浆状的东西经过滤放到锅里煮，煮熟后可以食用。建安时吃的大概就是这个了，也可能他们并不过滤，连豆渣一起吃掉。煮开的豆浆，添加卤水或石膏，也有地方用草木灰，浆状的东西便凝固，这一阶段可以吃的成品叫豆花、豆腐脑。如果进一步深加工，挤压掉水分，就做成了豆腐。根据水分留存的多寡，分别是嫩豆腐、老豆腐、豆腐干……云南制作烤豆腐的豆腐介于老豆腐和豆腐干之间。烤豆腐的做法，是将已做成的寸来许长宽半寸厚的豆腐方块，放到铁架上炙烤，烤熟后佐以调料食用。一般都是现场加工。最常见的，一张矮腿方桌，靠一侧凿一方洞，装一排细铁棍，铁棍间隙以不漏掉豆腐块为宜。桌底有木炭火盆，方豆腐放在铁架上。经营的人坐在装有铁架的一方操作，用餐的人就围着方桌，要一碗米线，加几颗烤豆腐。豆腐是边烤边吃，吃不完的可以退掉，不算钱。在云南到处都有这种烤豆腐方桌，可以出现在饭店，也可以在街头巷尾，卖烤豆腐的基本是女人。女人在经营的同时，一般都会带着针线，忙里偷闲地做上几针。最常见的针线活是绣绣片。彝族、哈尼族、纳西族的服饰，没有不装饰绣片的，通常衣袖裤腿上都有。至于围兜、婴儿的襁褓等等，到处也都用。这些美丽的绣片，都是勤劳手巧的女人偷空做出来的。云南少数民族妇女真是勤劳，在旅游点兜售纪念品的女人，没有手里是空着的，游客多的时候经营，没人时便绣花，一刻也不闲着。从大理往丽江去时，一大清早，接客的中巴就到了，走街串巷钻了几个胡同，把要接的游客都接到，然后送到班车点。

开车接人的是个胖胖的中年妇女，干练得很有些“女汉气”。停车等待班车的时候，很自然地从包里拿出一块绣片，斯斯文文地绣了起来。很颠覆呀！

手撕干巴

附带再说一样美食：手撕干巴。我对这种食物不很熟悉，但吃起来觉得还好，也说两句。我理解，干巴就是干牛肉；手撕干巴，就是油炸干牛肉。我说得这样轻松，民族兄弟大概会很生气的，因为，干巴做起来很不容易。要选用毛色光滑、肥瘦均匀的菜牛宰杀，取上好的精肉切成条状，抹上盐、辣椒、花椒、八角、草果面等佐料，再用酒腌渍一两天，然后用竹签穿起来，挂在灶房或火塘上方熏烤，待水分蒸发完，收存起来备用。干巴在当地的一种吃法是，用木甑蒸熟或用芭蕉叶包裹起来放到火塘灰中焐熟，和姜蒜辣椒一起放到木臼内舂碎成肉末，据说异香满口，味道独特。我们吃的没有这样复杂，就是把熏制好的干牛肉条油炸。套用一句老话：味道好极了！

云南好吃的东西很多，我不是吃货，更不是美食家，介绍起来比较勉强。真想知道云南味道的，自已去一趟吧！

2015.12.26

在蒙自，寻访西南联大

1937 年的中国，半壁江山在日寇的铁蹄下遭受蹂躏，偌大的华北，已经放不下一张安静的书桌。北大、清华以及天津的南开三所大学，遂组成西南联合大学南迁，一路辗转，终于 1938 年 5 月 4 日在昆明开课。而其文学院、法商学院，却迟至 8 月才到昆明与其他院系汇合。中间这段时间的这两个学院去哪儿了呢？其实，1938年的历史，选择了蒙自。

蒙自是云南省红河州的一个小城，地处珠江与红河分水岭两侧，与东南亚国家毗邻，滇越铁路从其境内穿过，北距省会昆明不足三百公里。特殊的地理位置，使蒙自在云南近代史的发展中走在了前列：这里曾经是云南省对外贸易的重要口岸，全省80%以上的进出口物资从这里转运，因此，中国第一条民营铁路出现在这里，云南省第一个海关、第一个电报局、第一个邮政局、第一个外国银行、第一个外资企业、第一个驻滇领事馆、第一个火车站……都诞生在这里。1938年的战火此时还没有烧到这个边陲小城，宁静的环境，便捷的交通，使得西南联大选择校址的眼光，投向这里。时任西南联大蒙自分校校务委员会两院教授会代表的朱自清先生在《蒙自分校记》中有记载："1938年初的蒙自，远离日寇的铁蹄，岁月静好，现世安稳，对于刚从炮火的威胁下脱身的联大师生而言，这个静而美的环境，无疑是一块读书的乐土。从某种意义上，蒙自就像波涛汹涌的大海中宁静的小岛……"

由于西南联大在昆明的校舍不够，于是在蒙自设立了分校，文学院和法商学院进驻蒙自。蒙自分校的校舍，今天已经不复存在，在昆明云南师大的校园里，还保留了西南联大当日一间铁皮屋顶的教室，可以窥见联大当日办学条件的简陋。雨天，雨点打在铁皮上如走珠一般叮咚作响；如果是骤雨急降，噼里啪啦的声音，往往盖过了老师讲课的声音。这个时候，学生只有埋头自己看书，或者，就只有听雨的份儿了。但是尽管条件艰苦，联大师生们工作学习的劲头可一点没减。

在今天作为联大蒙自分校纪念馆的当年的法国奇胪士洋行，我们看到了那时联大师生的住所。奇胪士洋行为两层建筑，楼下做男学生宿舍，楼上住着十多位教授。闻一多先生就住在二楼。此前，在从北京到昆明的大转移中，闻一多先生参加了由身体健康的学生组成的步行团，历时六十八天，横跨湘黔滇三千多华里，一路颠簸，来到蒙自。到了蒙自，闻先生抓住这难得的"静而美的环境"，一头扎进象牙塔中，研究、写作，终日伏案，不是上课、

今日的西南联大蒙自分校纪念馆。巩本栋和他的学生。左，张勇；右，傅宇斌。

吃饭、如厕，连楼都不下。同住在二楼的郑天挺教授对闻先生说："一多啊，你何妨一下楼呢！"旁边的几位教授也说："是啊，你何妨一下楼呢！"这个故事后来在联大师生中流传开来，"何妨一下楼"成了闻先生的雅号了。在闻先生当年的住处，现在有个标牌，就叫"何妨一下楼"。

蒙自有一个特别清幽的所在——南湖（南湖现在可不清幽了，周围盖满了建筑），具有传奇色彩的云南米线的传说故事，便发生在这里。湖水明澈，风景幽雅，是师生们上课之余都爱到的地方。大家在这里或读书，或讨论，或吟诗作赋。爱好文艺的一些同学发起组织了一个诗社，就以"南湖"命名。诗社经常把各人的诗作、散文以壁报的形式发表出来，这个壁报，便是南湖诗社的刊物——《南湖诗刊》。诗社经常举办诗歌讲座，请教授们做讲演。闻一多、朱自清、罗庸诸位先生常在被邀请之列。在流亡的日子里，诗歌是抚慰心灵的药,更是参加战斗的武器。南湖诗社产生了许多脍炙人口的优秀作品,更培养了一批著名的诗人。

蒙自虽然远离战火,仿佛世外桃源,然而就像朱自清先生说的那样,“师生们十分清楚,他们来到这个秀美的地方并不是自由的选择,而是侵略者入侵的结果。平静的南湖与汹涌的红河正是这群流亡知识分子心灵的写照。在远离战争的宁静之中,实际上弥漫着流亡的苦楚”。

在蒙自的一条街上一家老商号的院子里,我们找到了陈寅恪先生在蒙自时的故居。房屋已经比较破败了,二楼的房间也无法真正上去,只能在院子里凭吊而已。但是陈先生在蒙自留下的诗作,不会因为岁月的磨蚀,而光芒消逝。

老屋院内东侧二楼,陈寅恪先生曾经的住所。《蒙自南湖》诗写于此时。如今已经破败,楼梯吱嘎,不堪承重,只能缅怀,不可近瞻。

蒙自南湖

陈寅恪

风物居然似旧京，荷花海子忆升平；
桥边鬟影犹明灭，楼上歌声难醉醒。
南渡自应思往事，北归端恐待来生；
黄河难塞黄金尽，日暮关山几万重。

民国二十七年夏

菘岛上作

家国命运，风雨飘摇，前途渺茫，忧思忡忡，即便身处桃源，但仍心系家邦。

联大蒙自分校的女生，住在周公馆。周公馆位于蒙自城东，是一幢带有围墙的楼房。房主周伯斋，一位富商，当时住在昆明，蒙自的房屋闲置，学校便租了一部分作为女生宿舍。每当夜晚来临，昏黄的烛光灯影摇曳飘忽，身处异乡的女孩，思家乡想爹娘，担忧国家命运、自己前途，往往夜不成寐。多少不眠之夜就是在听着窗外风声中度过。这幢见证思念忧愁的小楼，被女生们称作“听风楼”。

西南联大蒙自分校存在的时间并不长，从 4 月建校，到 7 月学期结束，总共不足半年时间。8 月以后这块地方让给了柳州航空学校，联大的文学院和法商学院返回昆明。迁校的事务工作，由中文系主任朱自清先生负责。朱先生把一批批师生亲自送到碧色寨车站，安排他们坐上火车，再返回蒙自学校。来回往返，不厌其烦。一介书生，一个能把散文写得那么清秀隽永贮满诗意的文人，处理起繁杂琐碎的大小事务，竟然细致周到，井井有条，也真难能可贵了。

尽管联大在蒙自时间很短，给蒙自带来的影响却是划时代的。联大师生在蒙自,不仅宣传抗日救国的爱国主义思想,传播反帝反封建的革命精神,更让蒙自成为历史上中国文化的一个高度传播点,从而对蒙自的文明进步起到了巨大的推动作用。她开化了蒙自封闭的社会风气,改善了落后的公共卫生,使男女同校的中学得以建立。同时,直接影响了当地年轻人,追寻联大师生的足迹,北上昆明报考联大。联大毕业生也源源不断地进入蒙自,提高了当地的教育水平,输入了进步的思想理念。从这种意义上说,联大带给蒙自的影响,又是源远流长生生不息的。这种影响,朱自清先生当年已经觉察并预料到,他的《蒙自分校记》最后说:"半年之后,当联大人收拾行李离开蒙自时,这座滇南小城在社会与教育方面的重要变化在联大人的影响下业已开始。一曲未央歌在蒙自悄然奏响。"

2016.5.5 立夏

"吾道南"

张勇、刘湘兰、傅宇斌,都是南京大学中文系的研究生,与外子有师徒之分。如今一在红河学院,一在中山大学,一在云南师大。张勇研究中国小说很有心得,红河学院为其著作《中国小说古今演变研究举隅》专门举办了研讨会。为一个青年学者、为一部学术著作举办专门研讨会,这在红河学院尚属首次,即便在全

云南的云(清晨拍摄于红河学院校园中)

国，也很少见。因这次学术讨论会，大家在红河学院相聚了。

刚到红河学院那天晚上，恰逢学校第五届“水灯节”。“水灯节”在东南亚是很隆重的节日，尤以泰国为盛。泰国的水灯节每年泰历12月15日（即公历11月15日）举行，按照泰国民间风俗，每到这天晚上，家家户户都带着制作精美的水灯来到河边，诚心祈祷河伯把水灯连同心愿呈献佛前，以消灾纳福。有情男女，更望红绳紧系，地久天长。这一风俗，老挝、柬埔寨也很盛行。红河学院东南亚留学生很多，每到水灯节便举行活动庆祝。白天经过校园时，便见到很多学生在忙碌，搭台子、圈场地、拉横幅，不亦乐乎。到了晚上，才知道有晚会演出。学生得知有远道客人，更增添了兴致。整台晚会从主持到表演，几乎全是留学生，而且用汉语表演。所以从某种意义上说，演出也是学习成果的检验。听着留学生们或圆熟或不那么流利的汉语，看那一张张热情的青春脸庞，觉得世界就像一个地球村一样，亲朋好友欢聚一堂其乐融融。演出结束后，又一庆祝高潮迭起——放水灯。水灯都是留学生亲手制作，状似莲花，花心置放一根小小的蜡烛。花灯放在一块泡沫小平板上，轻轻放到池塘水中，一盏盏寄托美好心愿的水灯，缓缓地越漂越远，不久池塘中便闪闪烁烁汇成一片了。

同东道主一起吃饭时，说某某老师来不了了，听其原因，是要主持读书会。读书会是雷打不动的，所以只好抱歉了。张勇说，他今晚也有读书会，因为老师来了，只好请假了。红河学院并不是很著名的学校，因为地处偏远，和国内一流高校甚至还有不小差距。但在不那么优越的条件下，他们自强不息，努力做好工作，其精神很感人。说起读书会，是张勇毕业回来组织的。他说在校读书时，觉得读书会很好，回来便也组织了一个，已经十几年了，坚持到现在。让他没想到的是，如星火燎原一样，读书会竟然开枝散叶，在学校里蔓延开来，在文学院更已经蔚然成风了。前面说的那位老师，是参加张勇读书会的一个体育老师，后来他自己又组织了读书会。在人们普遍深受网络诱惑远离阅读的时候，还有人坚守一片精神净土，着实让人感动。

第三日，我们告别了蒙自去建水，当然，是吃了云南米线以后离开的，这次吃的是土罐兔肉米线。

建水是张勇的老家，他的高中在建水一中，有三年时光，他是在建水城里度过的。建水是一座历史名城，古称步头，亦名巴甸。唐南诏时筑惠历城，汉语译为“建水”，隶属于通海都督府。宋大理国时期属秀山郡阿白部。元时设建水州，明代称临安府。清乾隆年间改为建水县。建水保存了大量的儒家文化的古迹。如果说，因为滇越铁路的铺设，蒙自这个边陲小城因之崛起，从而在云南近代化过程中显示了自身的价值和地位，那么，建水则更多地体现了传统文化的濡染和浸润，处处散发着古老汉文化的气息。

闻名遐迩的建水文庙，始建于元朝至元二十二年(1285)，至今已有七百多年的历史。经历代五十多次扩建增修，占地面积已达一百一十四亩，它的现存规模、建筑水平和保存完好程度，都仅次于山东孔子家乡的曲阜孔庙和北京孔庙，在全国大型文庙中名列前茅。新中国成立以后，文庙一度成为建水一中校址，张勇也因此在这里学习三年。现在一中已经迁出搬到新的校址，文庙的本来用途正在恢复。徜徉在建筑物繁复的文庙中，张勇故地重游，熟悉地为我们指点每一处建筑在第一中学时代的用途，包括他用过的教室、操场、级任老师的办公室等等，很有代入感，让我第一次感觉到古老建筑与现代生活结合得如此紧密，而去除了本该有的陌生、神秘感。

闻名遐迩的建水文庙

建水文庙也是庭院深深的。

文庙的建筑风格，堪用杜牧对阿房宫的描摹：钩心斗角，檐牙高啄。

建水境内还保存了很多寺院，其中比较著名的有指林寺、燃灯寺、清真寺和云龙山寺等。位于城内建中路的指林寺，因为靠近文庙，我们得以近观。在建水有“先有指林寺，后有临安城”的说法，可见其历史悠久。据碑刻记载，该寺院始建于宋，建成于元，兴盛于明。全寺原有一坊一阁二廊二塔，我们看到的，仅剩前殿而已。据说民国时，后殿还在，1950 年，国民党第八路军俘虏被关在后殿，天气寒冷，俘虏们烤火，不慎烧毁。幸存的大殿建于元代元贞年间(1295～1296)，至今已有六百九十多年。新中国成立后，这里用作县委党校所在地，现在机关也已撤出，相关建筑正在恢复。

在中国的历史上，儒、佛、道交融的中心一直是在北方，而云南，作为少数民族聚居地，直到元代，才被正式纳入中国版图。之前，汉文化的影响力是非常薄弱的。自元代开始建设在建水境内的大型文庙以及一系列庙宇寺院，明确地标志了中华文化文脉的向南延伸，是民族融合团结的有力佐证。

北宋时期，福建人游酢、杨时曾“立雪程门”，拜师于二程。他们学成南归时，其师程颢意味深长地说：“吾道南矣！”意思是自己的学问、学术主张，将由弟子带到南方发扬光大了。这次在云南，张勇、傅宇斌都不约而同地说到这一学术史上著名典故，表示薪火相传不忘师恩。其实我想，所谓“吾道”，不是专指哪一个人的学问，它应该是一个更加广阔的概念，甚至涵盖所有的中华文化。而传播中华文化，把先进的学术理念、前沿的学术成果，推广到祖国的边陲，越来越多像张勇、刘湘兰、傅宇斌这样年轻的学者正在辛勤努力，他们的努力也正在开花结果，他们为南北文化一齐腾飞奉献自己的智慧和汗水。而且今天的“吾道南”的“南”，也不只是局限于祖国南疆了，让中华文化走出国门，走得更远，让古老的汉文化在人类活动中焕发青春，发挥更大的作用，已成为时代发展的必需，很多人为此辛勤地学习、工作，即如红河学院的老师和留学生们。

2016.5.20

第三辑　读书郎

读书郎

小呀么小儿郎，
背着那书包上学堂。
……

清晨，太阳刚露红，我和我二姐就被叫起来，要上学去。学校离家不远，出了院子拐个弯儿，直走两三百米的样子，就到了。我二姐只比我大一岁，二年级时太淘气，加上年龄也小，就留级了。而后我就赶上她，和她一班，直到小学毕业。

外婆把我们叫醒后就做事去了，我和姐姐在似醒还睡的状态下起床。磨磨蹭蹭起来后，临出门时，二姐还忘不了一件事，就是到馒头筐里拿一只馒头。有时是一块发面饼，这种饼子很厚，是用发面做的，我们老家的面食，当地人不会做。也有时是一张煎饼，这是我外婆不会做的，当地人很擅长的食物，我们家要吃，需要请人帮忙。食物尽管放得不算高，我二姐也还得踩着板凳才能够得到。再大点时就踮着脚尖伸着胳膊在筐子里摸索。总之，会拿出一个或馒头、或煎饼、或烙饼来，一分为二，另一半是我的。我俩嘴里机械地嚼着东西，睡眼蒙眬摇摇晃晃地上学去，速度自然是极慢的。这么点路程，走到操场跟前，早没人了，已经做完早操训完话回去了。走到校园里，也没有人了,都进到教室里早读了。各个教室里都是琅琅读书声,这时我和姐姐差不多就醒了。到教室门前,照例是不能进去的,等着挨批。三年级时班主任姓金,叫金美玲,当时还未结婚,是个姑娘。但人极凶。金老师不是嘴巴说说就算了,一般都要有肢体动作。她习惯抓着人的头发往墙上或门上撞,或者拧耳朵。除她之外,没见别人这样做过。有一次我姐姐的耳朵都破了出脓了,不知怎么,家里人竟然还不知道。我们受了惩罚,是不会跟家里说的,说不清是理亏还是害怕,还是就没心没肺,总之就是没说过。爸爸妈妈也忙,整天见不到他们。如果碰巧他们在家,又有老师告状了,爸爸一声呵斥,我们都会吓得噤声半天,一直等到他离开。爸爸管我们是极严格的,只要和外面小孩口角,不分青红皂白,先训斥我们。有一次一个叫小龙子的男孩,捉了蚯蚓吓唬我姐姐,挨训的还是我姐姐。所以,不告诉家里,也可能是担心招致第二次惩罚。金老师后来结婚了,生了孩子,我们到她家里玩(她先生王石老师是我们五年级数学老师,人极好),看她对孩子那个细致!每天孩子几次大便,什么颜色,都仔细记录在案(我当时很纳闷,屎巴巴有什么吸引力?)。不知对别的孩子为什么这么狠。每次挨打的基本上都是我姐姐,她总是走在前头,我在她后面。老师训话也是一样的内容,没有到我这儿再重复一遍的道理,又不是放录音机!所以,一般都是她独自受过,我算是"陪练"。奇怪的是,这么隆重的"仪式"之后,到了第二天,我们仍是重复前一天的光景,仍旧是懵里懵懂的又迟到了!

从家到学校,一条直路,宽阔,路面很光滑。平时一边走一边玩,很惬意。但是雨天过后,路上会出现很多蚯蚓,横七竖八地游着;还有癞蛤蟆,极丑陋,却也大模大样地爬着。走路便要极小心,一不留神踩着了,能吓得魂飞魄散。路两侧多柳树,清风下依依着,不光情致好,尤其遮阳挡雨。夏天树根旁,阴湿处,会有很多大小相似的圆孔,是蝉的幼虫叩开的生命之门。在这些小孔的附近仔细寻找,往往能发现极小的洞口,只一层薄薄的壳覆盖着,用小指头轻轻一挑,洞口便豁然开朗,可以看见知了的幼虫。跟居住面积相比，蝉蛹算是庞然大物了，几乎充满了整个洞穴。如果洞穴很浅，就用拇指和食指将猎物直接拿出。但一般不那么容易。洞穴可能比较深，且小，容不得两根手指。须得以一根手指或是一截树枝作钓饵，待蝉蛹抓紧后，慢慢提上来。此时最忌讳的是性急，如果蝉蛹没有抓牢，往往前功尽弃。偏偏蝉蛹也多疑，会迟迟按兵不动，那就是考验耐心的时候了，像两军对垒，决一雄雌。也有因为心急，把蝉洞破坏了，泥土掩埋了蝉蛹。这时如果可能，以水灌洞口。经不起水淹的蝉蛹会顶着一身泥土，自行出洞，狼狈就范。听说蛇和癞蛤蟆也喜欢吃蝉蛹，会伏在蝉蛹的洞里。我没见过，但是很相信。见到比较深的蝉洞，是不敢贸然下手的，连用树枝试探一下的勇气也没有，生怕引出可怕的东西来。所以发现疑似蝉洞，总是又怕又爱，惕惕然看一会，不甘心地离开。

路近旁有一人家，屋前有一小片地，一次是种了玉米。夏天，玉米长到大半人高了。不知为什么，我要拐到玉米地里。这是没被发现，要是看到了，人家就不愿意了，会把庄稼碰坏的。我自然想不到这些，就从玉米地里穿过去了。是早晨，玉米身上挂满了露珠，晶莹剔透，初升的太阳照着，新鲜的绿叶上闪闪地亮。我百无聊赖地走着，鞋子和衣服都濡湿了。我虽然在里面穿行，但还是往前走，因为学校在前面。不意竟在一株玉米上发现一只知了，刚褪去壳，通身柔柔的浅绿，翅膀也才舒展开，像羽纱，半透明的。我迟疑了一下，还是把知了摘了下来，刚褪壳的知了是不能飞的。我一手虚握着，鬼鬼祟祟地带它去学校。知了一会儿就不安分了，几只脚在我掌心里来回地蹭，痒痒的。我依旧不撒手，一直握着，直到进教室放到抽屉里。这家伙很不甘寂寞，在抽屉里振动双翅，飒飒然有声，让我的心一直提着。好不容易挨到放学，才带它回家。这次与知了美丽的邂逅，给我留下极深的印象，到现在还能时时想起。

曾经有一段很短的时间，家搬到了学校的西边，上学时要经过一个大水塘，水塘边有时有人撒网捞鱼，我就会驻足不前，一定要看出个结果——就是要看到把网拉上来、打开来，看到里面的收获为止。打鱼的人，在腰间拴着一只鱼篓。鱼篓是柳条编的，口小腹大。渔人先把网收拢起来，全抓在手中，然后向空中抛撒开，圆圆的一片，落入水中，罩住一片水面。稍停，然后小心翼翼地往回拉，一把一把，直到全部拉上岸。渔人一手抓着渔网上部，一手陆续打开最下面部分。被网住的鱼都是钻在网眼中的，渔人把它们抖落在地上，捡起来，一条一条放进腰间的鱼篓中。一次渔人网上来两只青蛙，一只浅棕色带深棕条纹，比较大；一只青绿，较小。渔人是不要青蛙的，不能卖钱。看我站在旁边，就随手递给我，让我拿到街头做烧饼的地方烧熟了吃。我很害怕，不知所措，但还是听话地接过两只青蛙，用两只手紧紧地抓着，走到打烧饼的炉边，递给了做烧饼的人。那人用草纸浸上水，包裹了青蛙，放到炉子里烤，一会儿便熟了。然后用夹子夹出，剥出了青蛙大腿上的肉递给我。什么味道，或者我敢没敢吃，都忘了，但这件事我还记得。那时的人真好！

四年级时，学校流行腮腺炎，我和姐姐都中彩了。害怕传染，得了腮腺炎的同学被命令在家隔离，不许到校。我们家里除了我和二姐，还有别的孩子呢，所以在家里我们俩也得被隔离。家里就那么点地方，怎么隔离呀！我妈妈就把我俩的床挪到外间的窗户底下，我们只能在床上玩，不许下地。因为是在大家活动的地方，可以交流，可以看人做事，又可以看见窗外，所以可以忍受。那时得腮腺炎的人时有所见，有一种治疗的办法很莫名其妙，是用墨汁涂黑整个肿了的半边脸。我妈自是不会信这些，她是怎么给我们治疗的，我想不起来了。但有一种土办法，她也用了，这是我记得的。就是用一种叫“猫儿眼”的野草煮鸡蛋吃。猫儿眼有毒，茎秆折断处有白色的汁液流出，据说那汁液不能碰到眼睛，否则眼睛会肿得看不见。用它煮鸡蛋治病，是以毒攻毒吧！病愈之后，我俩回到学校，第一天就有音乐课，先复习先前教过的歌。歌云：“太阳出来一点红，人人去做工。钢铁做成犁和锄，石子铺成路。手脚不停大汗流，工人叔叔最光荣！”可是我不会唱。我不在的时候，他们都做了多少我不知道、我没参与的事儿啊！这样一想，就觉得离开得太久太久了！

我那时喜欢音乐课，不是因为音乐本身，而是因为音乐课上老师会讲故事。索书琳老师讲得最好。每次她上音乐课，都是先让同学们学唱歌，只要歌会唱了，剩下时间就讲故事。讲故事时间的多寡，是同学们自己“挣”来的。所以索老师的音乐课，课堂纪律最好，学习效率最高。有一学期，讲的都是《林海雪原》：“智取威虎山”“奇袭奶头山”“活捉小炉匠”“神话四方台”，等等。每次我都听得意犹未尽，就下课了，于是巴望着下一次音乐课。

小学里还有一个音乐老师，会唱黄梅戏。她给我们排练过《对花》《打猪草》。黄梅戏其实也是从民间小调脱胎而来的，很有民歌风，比较容易唱，所以可以拿来教小孩。但那时太小，很多词是只知其音不知其意。近年来黄梅戏很成气候了，看得也多，可以把小时候不明就里的意思弄清楚了。会黄梅戏的老师叫庞玉玲，年轻、貌美。她在全校学生中挑选几个人排练。《对花》其实是《打猪草》中的一部分，原是两个孩子的对唱，被抽了出来，排成了表演唱，是集体项目，也算是一种创造。这个节目有我，我那时刚一年级。《打猪草》也经过改编简化了情节，因为对于孩子来说，原来的太长太复杂了。表演《打猪草》的，是四年级的两个女生，一个叫沈飞，女扮男装，演“小毛”；一个叫许月霞，是我同学的姐姐。许月霞很漂亮，用“花容月貌”来形容应该是可以的，她确是满月脸，脸色白里透红（把《红楼梦》中描述薛宝钗的搬过来形容她好像是很像的），她妈妈最疼她。“文革”时她上初中，演样板戏，“阿庆嫂”“李铁梅”都是她。很可惜她自小就有哮喘病，每次犯病时，都要吃一种叫“氨茶碱”的药，方能止住。她最后一次犯病时，家里没药了，就等她爸爸领了工资去买药，但是没等到。她在爸爸发工资的前一天，上厕所后起来得猛了些，栽倒在地下，人就没了。她那时的年龄和李铁梅的差不多，许大姨哭得死去活来。其实“氨茶碱”并不值多少钱。庞老师排《打猪草》时她演陶金花。沈飞是个淘气的像男孩子的女孩子，记得我们排练的地方有棵石榴树,《对花》里有句歌词,“一口钟是什么花”,接下来对“一口钟是石榴花”。唱到这句时,沈飞淘气地指着石榴树唱道,“一口钟是那个花”,引得众人大笑。真正演节目时,她演的金小毛有一个脚踢金花猪草篮子的动作,哪知她脚下一用力,直接把篮子踢到台下去了!沈飞小学没毕业,她爸爸就调走了,她们全家都跟着走了。后来又见过一次,是在“文革”中,她的那个中学宣传队巡演,她还是主力。其时她扎着两只小短辫,一身红卫兵的军装,“英姿飒爽”堪可以形容她了。再以后,就没有见过了。

我们班里有个男生叫朱方平,和我同年,是班上年龄最小的。个子也矮,调皮得很。我们虽是小学生,但也做过支农的事情,是帮助生产队摘棉花。那天是下午,老师带我们到棉花地里,交代过注意事项后就把我们撒开,开始摘棉花了。带队的老师是我们班主任岳老师,也是我们的语文老师。岳老师长得太像《小兵张嘎》里的胖翻译了。每天上语文课,就像复习了一遍《小兵张嘎》电影。他教我们李太白的“日照香炉生紫烟”,最后一句“疑是银河落九天”,他把“落”读成“lè”,还读得激情澎湃的。害得我以后一背到这句诗时就要很警惕,否则一下就会滑到“lè”字上。岳老师带我们摘棉花,自已也摘。摘到一株棉花时,棉花身上都是水,沾了岳老师满手。岳老师疑惑地自言自语:“怎么到现在露水还没干?”其时秋天的太阳大好,金灿灿地普照着,所有棉花和棉花地里的我们都正沐浴在阳光下。岳老师想不到,那株棉花上的液体,是朱方平撒的尿,特为捉弄他准备的。

班里还有个男生叫李存余,白白胖胖的,圆圆的脸上总是拖着两条鼻涕。鼻子底下也是肉啊!搁不住天长日久地浸润,竟变成红红的两道沟了,在李存余白胖的脸上,异常鲜艳。有一次下大雨,到校的学生很少,只有学校附近的几个人,老师便停课了。不上课的我们无所事事,外面下着雨,也没法出去玩儿。于是就聚在一起胡说。不知是谁起了一个严肃的话头,谈自已的理想,就是长大以后做什么。这样的话题估计是从语文老师那儿逗来的,作文里不知见过多少次,说起来自然是驾轻就熟,无非是当解放军、做科学家什么的。每个人具体的理想是什么，包括我自己的，统统记不起来了，但李存余的我记得，他说，长大以后卖豆腐。别人的理想大抵都没实现，李存余的按说要实现是可能的，因为比较容易，也可以由自己控制。但估计也没真的去做。年少无知时说的话，哪里算得了数？但李存余的反潮流的务实精神，给我留下了深刻的印象。虽然我当时也和大家一道嘲笑他。

第28届乒乓球锦标赛在南斯拉夫举行，那一次中国人特别扬眉吐气，拿了几个冠军。报纸上登载了男团、女团的照片，女团成员是林慧卿、郑敏之、李赫男、梁丽珍，教练是帅气的容国团。男团的队员有庄则栋、徐寅生、李富荣，还有谁，记不清了。教练是傅其芳。乒乓球在当时是很热的，每个学校都有几个水泥台子，打球的时候连网子都没有，摆上一排横立起来的砖，便可以了。学校当然也有乒乓球室，有正经的球台和网。没人的时候，我们也会进去打几盘。就是在乒乓球室打球的时候，我们看到了刊登乒乓国手照片的报纸。和我一起打球的同学傅岩，忽然指着傅其芳说，"这个人满脸横肉"。我仔细瞧了瞧傅其芳，觉得和我们的语文老师傅继元很像。傅继元老师是傅岩的爸爸，我没敢把这一观点说出来。但是我记住了"满脸横肉"这个词。

今年四月，我二姐电话我，说小学的同学要聚会，并说他们特别要见我。小学以后，我们家离开了那个地方，而后，我再也没有见过他们。小学同学！小学同学！哦！那曾经的小小读书郎呀！

2015.6.17

小鬼当家

“文革”的时候，“停课闹革命”，我们家一帮小学生，没有学上了，也没人带我们革命，只好在家里待着。其时我外婆已回老家，爸爸妈妈要参加“运动”，家务事没有过渡地就落到我们身上了。此时年龄最大的是我姐姐，13岁，因为最大，自动就升格为管家了。有相当一段时间，爸爸妈妈为了“躲”运动，住在远离单位的地方，家中便只剩几个孩子，名副其实的小鬼当家。

我姐姐当领导的最大好处是自由，最大的坏处是专制。自由是共享的。比如，都喜欢睡懒觉，便可以想睡多久睡多久，什么时候肚子饿了，再起来烧饭。不用上学，没有大人催促，而且一点也不担心挨骂。吃喝拉撒，必要的事情可以做，但不想做时可以有限制无限制地往后拖。最讨厌的是抬水。没有自来水，要去水井打水，这件事很需要体力而且有一定危险，尤其是冬天，洒了水结了冰的井台很滑，很吃力地把水桶往上提，更增加了危险系数。我们那时很有合作精神，一人一把接力。但因为这事太讨厌，我们都尽量避免用水，像缺水地区的山民一样。那个时候好像还没有提倡节约水资源，我们环保意识是从那时培养出来的？还有一些事基本不做，像打扫卫生，差不多从略。大人们要回家了，便突击一阵，搞得尘土飞扬。像现在迎接领导检查一样，做些表面文章。但很多时候我姐是专制的。她负责烧饭，负责所有技术含量比较高的事情，但不论需不需要助手，她一定要配备一个，这助手就是我。她生炉子，点火、加劈柴、加煤球的事归她，扇炉子的事就归我，而这是持续不断地工作，一直等到火旺。如果是她烧菜，剥葱洗姜一类，就由我来做。但准备工作总是在先，我做完了就想走。尤其那时我看闲书特别着迷，恨不得所有时间都趴在书上。可我姐很霸道，她不断地一样一样地绞尽脑汁地想事情支使我做，我不能违抗，总是以最快的速度做完，为自己争取自由支配时间。这样表现也不行，实在没有事情可做，她就说，在旁边看着！很决绝，没有任何可以谈判的余地。没有大人在家，她就是最高领导，我一点办法也没有，但心里很抗拒，虽然在旁边看着，也算是见习了，我一点东西也没学到，倒是因为反感，我对烧菜一直没有兴趣，直到现在亦如此，不知是不是那时种下的因缘。

我姐姐在家"执政"时间最长，即便是"复课闹革命"都去上学了，操持家政的还是她。她已经很习惯地考虑每月的伙食费支出，一日三餐饭菜安排。曾经有一次在课堂上，她旁若无人地口中念念有词，双手还比画着："这样长？这样长？"老师大喝一声，想什么呢？她在想，买多大的鱼做今天中午饭合适呢？我读书时从没为这些事烦过神，这是应该感谢我姐姐的。

我们家姐妹，除我之外，每个人都在家中管理过一阵家务。表现最差、被投诉最多的是老四。老四聪明劲都用在别的方面了，就是不喜欢做饭。有一阵子老四儿子在南大读书，在我们家吃饭时，我问他："我和你妈妈谁烧菜好？"外甥先替他妈妈谦虚一把，说："我妈妈做不好。"我立刻挺高兴，原来我们家我不是最差。谁知他又接了一句："你是不会做。"这就是说，没有可比性。我晕。但老四在"执政"时，是公认的差。她那时人很瘦小，没有力气，就怕和发面。她做出来的馒头是限量供应的，不许多吃，因为吃完了还得做。那时我和姐姐已经离开家，还有两个小妹妹归她管，也是只有气愤不敢还嘴。大冬天的，她想学自行车了，专等着小学放学，两个小妹回来帮她扶车子。每次到点，她先推出车子，拿上两只馒头，在大院里等着，然后一人手里塞一只，不由分说，练车子去。一次她练习下车，腿一甩，她倒是下来了,老六鼻子被她碰出血了。她忘了后面还有个兢兢业业扶车子的,而且她穿着军用大头棉鞋,而且是那么冷的天!

"小鬼当家"是不得已而为之,但确实锻炼人,有了那一段实习,后来再管理一个家,小菜一碟啦!

2016.11.20

难得不糊涂

今年冬天其实很暖和,据说是南京气象史上第四个最暖的冬天。但是中间也有几天奇冷,堪比南京最冷的冬天。我就是在最冷的那天,拿出了最厚的羽绒大衣来穿上。这件衣服一般不穿,利用率低到可能一年也穿不上一次,况且现在式样也过时了,更是有日子没碰它了。如果不是奇冷,还不会启用它。衣服穿上以后,习惯性地手往口袋里一伸,竟摸到一个纸袋,掏出一看,却是一个几年前元旦聚会时人人都能摸到的三等奖——一百元的苏果超市购物卡。看到这张有些历史的苏果卡,一系列往事就跟着出来了。

我一区区上班族,靠工作换薪水,钱自然多不到哪儿去,而我天生对奢侈品不太看得懂,倒也吃穿无忧,对"金戈戈"这东西就没有太上心,有时莫名其妙就做出一些让别人不太能看得懂之事。我刚成家那几年,其实日子过得挺紧的,先生在外读书,我一个人的工资除了养活我自己之外,还得负担儿子,有一段时间还有保姆。但是钱多多用,钱少少用,日子也就这样往前走,也没太痛苦。其间一年暑假,我爸妈有一天在我家,随手帮我收拾屋子。尔后老爸问我:"你是真没钱还是假没钱了?"我说好像是真没了。老爸拿出一只废信封递给我,我一看,里面是我两个月的工资。那时工资兴发现金,因为暑假没人上班,所以假期工资是提前发的。我当时的生活状态是"月光仙子",两个月的工资没有了,我居然不知道!不过失而复得的感觉真好，就像天上掉馅饼了。我问，是哪儿来的？爸说在字纸篓中捡的。唉！真是知女莫若父啊！看到纸篓中的信封稍微齐整了些，就拿出来检查一下，岂料我的俩月工资安安静静地躺在里头呢！这个惊喜还没完，老爸又变戏法似的拿出一本书来，打开，里面是一张崭新的十元钱。这是什么时候当作书签随手夹进去的，自然是忘了。当时我每月的薪水也就几张十元，用来作书签，于我来说有点奢侈了。看着眼前的铁证，我有些惭愧，作为一名主妇，主管一个家庭的财政，这样的不敬业有些不太能说得过去。

随便乱放钱、乱扔钱，是我改不掉的毛病，丢就丢了，反正也不知道。不知道就不心疼，于我也没什么痛苦。不光不痛苦，有时还有意想不到的开心和帮助。比如，我经常会在洗过没洗过的衣服口袋里发现钱币，看到洗得洁净还没有损坏的纸币，会忍不住赞叹，人民币的纸质还是好啊！有一段时间还养成了一种习惯，没钱时就去翻翻衣服口袋，一般不会失望，不是在这件就是在那件衣服里，总会有些收获。而这时的钱基本上是救急的，得到了就可以解决问题。然后会觉得幸亏自己有这个毛病，从而感激自己，进而觉得这实在不算得缺点，甚而成为不可多得、救急救难的优点了。

我看书一向不是很认真地使用书签的，我没有那样细致。因为是随便在什么地方、随便是什么姿势，随便摸起本书就看，看到需要停下来的时候，就随便放一样东西隔一下，做个记号。自然也不是什么地方随便就有张书签正好搁在哪儿等着你用，所以只能是手边有什么，什么就权当书签一用了。纸币，尤其是新的纸币，其形状、材质，都可以代替书签，用它也是可以理解的。但我绝不会经常使用，因为我不可能经常手边恰好有钱。但类似的错误肯定也是有的，我自己也在书里发现过汇款单之类的“书签”，只是这还不如使用纸币，纸币没有过期的时候，自身的价值不会贬损，汇款单就不行，苏果购物卡也不行。

你说我一穷人家的孩子，长大后又是良家妇女，从来手中也没有几个大钱，凭什么“视金钱如粪土”？其实还真不是，我没到那种境界。我也挺喜欢钱的，给我钱我肯定也很高兴，可是对于钱的去处，我真的不是很关心。我也不知道这毛病是怎么落下的。在财政大权移交之后，钱来钱往的不要我操心，对钱就更没有感觉了。至于现在，发钱也在卡上，用钱也在卡里，来无影去无踪，摸不着看不见，就连一点幸福的感觉也没有了。

我这样描述我的金钱观，其实并不准确。我不在意的只是我自己的钱，对别人的，我岂止是在意！我高考时在当时为数不多的可供选择的学校里，有一所对我来说很靠谱的学校——东北财经学院，因为怕跟钱打交道，我连考虑都没考虑。这样说来，其实我本来也是有机会成为富人的，我没要这个机会。钱能成事，也能败事。最能毁人清名的，也是钱。所以，不只是防微杜渐，我连滋生腐败的土壤都不给自己留一点。我是属于太爱惜自己羽毛的那种鸟。

有一次我到研究生院办事，是下午将近下班时，同事让我帮他交份报名材料，因为过了交材料期限，需要通融一下。我接过东西就去了，是骑自行车去的。到了先说好话，得到允许，方把材料拿出。可是拿的时候发现，报名表和报名费丢了。可能是在车篓子里飞出去的，没在意。没话可说，重新填了表格，交了报名费。两天以后，在办公室被这位同事喊住了，问，报过名了？报过了。报名费交了？交了。怎么我这儿还多了一百元呢？原来我去研究生院后，不久地科系王淑君也去了，路上捡到了我同事的报名材料，就顺手交给研究生院管事的老师了，该老师看是我们系的老师丢的，按照姓名退回来了。我同事把钱退给我，说，你贴了钱，也不说一声就拉倒了？我说当然。丢东西赔偿，天经地义，有什么好说的？非得让人家心里也别扭，有意思吗？那不是我的风格。

像这样可以补救的丢钱真不算什么，要是无法补救的，就很危险了。一次我送论文给一个老师评审，论文里夹着评审费。该老师正在古籍所会议室上课，我就在旁边的房间里站了一下，跟一个老师随便说两句话。不一会，程章灿走进来了，说我跟在你后面，眼看着你手里的钱掉了，你一点也没发现。我一看，可不是，论文里的评审费没有了。这一下让我害怕极了。设想，我把论文给了评审老师，我以为评审费是给过了，以后不会再给他了，因为钱在论文里很显眼，我也不会特别交代的。而评审老师没有拿到评审费，尤其是没有拿到他也不会问我要，觉得区区小钱不值得。正因为不说，就没有澄清的机会。天哪！我的一世清名哪，差点儿毁了呀！越想越后怕。

我从来不会为钱的事情别扭，吃点亏又怎么样呢？可有时还真不是吃点亏的事儿，也还真的能让你很受伤。实行津贴的时候，生生被压得很低，且是明明白白的事，也知道是人为的因素，心里自然不平。不是钱的问题，而是被藐视的感觉。想找领导谈谈，可是要谈的，就是钱的问题。你要为不是钱的问题去谈钱的问题，是非常难堪的。心里的挣扎、煎熬，其实无论多少钱都弥补不了。更难堪的是，好不容易鼓起勇气，为自己鸣一嗓子不平，不光不能解决问题，还招来讥笑，说你这个人斤斤计较。而讥笑你的人，自然是既得利益者。饶是占了便宜，还占领了道德制高点，你就败得一塌糊涂了，受到的是双重伤害。后来系里说津贴加上去了，加了多少多少。我想也罢了。若干年之后，一次不知为什么说到这回事，我说我的津贴是多少多少，会计说，没有这么多。我说就是这么多啊。会计说，你这个人，说你计较呢，真正结果你又不管了。我计较的是钱吗?！这事儿也过去了，那时还没有修到“耳顺”“知天命”的境界。搁到现在，我连那点虚荣心都没有了。管别人怎么看干什么？图个心安罢了。

2015. 3. 20

被选举

又到了人民代表大会换届选举的时候了,大街小巷都有宣传提示。这个过几年就有一次的事情,一直都是别人的事情,感觉跟自己关系不大。今天路过布告栏,蓦地想起一件陈年往事,原来我也曾被选举做过人大代表的。

那还是我刚参加工作时的事儿。也就到学校一年多吧,就遇上了选举这件事。上面给学校三个名额,两个教师代表,一个工人代表。教师中的一人,不知怎么就是我了。刚开始投票时,动静也不算大,大约就是各教研室、各班级分开投,然后汇总。我都不知道自己选上了。可是后来因为工人代表票数太低,又投一次票,这一次是开了全校大会动员的,所以我觉得是被拿出来又烤了一次。这么兴师动众大动干戈,投票结果,依然故我。当时选的工人代表是食堂职工,这人工作确实不错,皆因学生与食堂矛盾太深,说什么都不投人家票。城门失火,殃及池鱼了。

学生跟食堂是“天敌”。我上大学时,因为这样的矛盾,几乎酿成学潮。那时 77 级大学生是天之骄子,别人捧着,自己端着,苦尽甘来的兴奋劲儿还没过。与我们几乎同时进校的,还有返城知青,而且是本校教职工子女,他们大部分被安排进了食堂工作。本来是同一种人,两种截然不同的走向,让进了食堂的小师傅们心意难平,而 77 级这些新晋秀才感觉又太良好,于是终于有一天隔着窗子就开战了,里面的稀饭泼出来,外面的菜汤泼进去。外面的“火药”终究不如里面的充足，里面却不如外面战斗人员多。更有一招，秀才们口诛笔伐是天然优势，工人们弗如远甚。于是铺天盖地的大字报，都是一边倒。最后怎么平息的，我不太清楚，我一向不关心热点。但校领导出面安抚学生，我是知道的。

中学的学生到底小，能量就小多了，又有班主任的弹压，一般也不会出什么幺蛾子。但学生对食堂还是有气啊。我曾经在学生的作文里看到，对食堂工人直接蔑称“伙夫蛋子”。在课堂上批评时，学生还不服气，对食堂的怨气可说是同仇敌忾。说服教育半天，勉强同意把“伙夫”的后缀去掉，但对该名词本身，仍是高度认同，而且不明白，对食堂那些人，除了“伙夫”的称谓以外，还会有别的？

工人代表票数不够的问题后来如何解决，我当时就不清楚，现在更不用说了。就我自己，被选上这么个代表，实在是太意外了，我说的是我自己的感觉。所以，当教研组组长把有关表格递给我填写时，我随手就放到一边了，大约态度有些轻慢，组长当时就不高兴，板着脸训了我好久。他的意思是我对他不礼貌，其实我一向不通人情世故，哪里想了那么多。只是觉得，比我做得好的人有的是，偏偏选上的是我，很有些对不起众人的感觉，正难为情呢。一肚子难堪不知怎么排解，又平添了委屈，这个人大代表当的！其实除了开会，并没做什么事，倒是这种感觉，让我久久不舒服。

我是真心觉得很多人比我做得好。初中教外语的樊老师，也是校工会的，人热心得不得了，帮别人排忧解难是常事。我想她选不上的原因是高中的学生不了解她，初中的孩子太小，没有选举权。还有，她做的好事，学生怎么会知道呢？高中张老师，南大德语系毕业的，“文革”中被胡乱分到中学，改行教英语，工作一直兢兢业业，不是很难得吗？还有教数学的陈老师，南方人，在苏北坚持二十几年，离乡背井的，付出多大牺牲啊。

我举的这些例子，都是女老师。因为我觉得，我之所以能选上，可能得益于我的性别。于是我说，还不因为我是女的。我们办公室老师很厚道，像安慰受了委屈的孩子一样宽慰我、夸奖我，说我工作很好。

我的工作应该是好的吧。我同班一位同学，也分到了重点中学，一次见面时，她向我诉苦，校长是多么不通人情，对她苛刻得很。她那时想考研究生，每天下午把自己关在宿舍里复习。当时学校老师青黄不接，人不够用，所以不允许考研。看到她不进办公室，校长便到宿舍去找，门擂得震天响，人不出来不收兵。我同学恨死了。又说，你们学校对你多好啊。我说没什么特殊的呀。她说："我们校长说，到教育局开会，都是分管教学的副校长，对新分去的大学生交流看法，你们校长提到你，高兴得合不拢嘴。所以我们校长对我更生气。"我只因胸无大志，想做好工作也是本分，再说，在那个人生地不熟的地方，也没什么好玩的，可不就剩下工作了，没想到间接影响到我同学了，真对不起。可是，其实校长也没表扬过我呀。倒是教务主任夸奖过我，却也不是在公众场合，更不是以主任的名义，只是因为他是家长。那次是初中一个男老师计划生育请假，我给他代了半个月的课，班级里有几个本校老师的孩子，其中就有该主任的儿子，大约回家有些言语。我在食堂排队买饭的时候，该主任转告我一些。再有就是我们语文组一老师升任教务主任（学校不止一个教务主任，不知谁是正副），杂事较多，经常他一有事，就让我替上课，反正我当时是单身贵族，有的是时间。

我工作认真，这不假，可是千真万确，当时人人工作都认真。尤其我比不上的是，我才工作几天！所以我说，我沾了性别的光。好玩的是，一个比我晚半年进来的78级的，也算是学弟了，居然拿我的话正儿八经地对别人说，她因为是女的，才选上了人大代表。仿佛如果他不是性别有误，这个代表就非他莫属了。又令我好笑了。

你瞧，当了一次人大代表，没行使什么权力，没进过什么忠言，没做过一件有意义的事，只剩下一些无关紧要莫名其妙的记忆了，白白辜负了信任我投我票的人。我就想，真的，他们凭什么相信我可以代表他们呢？

2016.11.8

小小学童

幼儿园的老师告诉我,你儿子很奇怪,每次举手发言,让他起来,却一声不吭。我问贝贝为什么,贝贝说:“老师说‘小朋友请举手’,我就举手了。”敢情举手和发言是两项任务,我儿子只准备了前一项。

幼儿园的老师给小朋友进行爱国主义教育,苦口婆心说了半天,然后激动地问:“作为一个中国人,我们骄傲不骄傲?”贝贝说:“不骄傲。”老师气坏了,居然有这样小的反革命! 我也很气愤:“我们这么伟大的祖国,你怎么能不骄傲呢?”儿子振振有词地说:“骄傲不是好孩子!”

快要从幼儿园升小学了,进行适应性训练。回到家中,我问贝贝:“今天做了什么?”“坐练习。”“做了什么练习?”“坐练习。”“我知道做练习了,做了什么练习?”我耐着性子问。“就是坐练习。”儿子也耐着性子回答我。“到底做的什么练习?”我都要崩溃了。“就是小朋友不说话,只坐着。”天哪! 闹了半天是练习坐。

一年级语文,给“不”组词,儿子起来说:“布衣。”老师很纳闷,“不衣”是个什么东西? 我懂,儿子被古代文学熏过。

还是一年级,有一段时间很粗心,于是跟妈妈君子协定(对贝贝来说是不平等条约),写错一个字,打一巴掌。一次,错了很多,要认真履行条约有点残酷,先以教育为主。我说:“要是你是家长,你的孩子这样,你怎么办?”

贝贝认真思考一下,不太有底气地说:“我教育他。”这个意思是说,打,就免了。我没有采纳他对他孩子的处理方法,毕竟这是我的孩子。我的孩子我做主!我说:“怎么打?”他把自己的小拖鞋拿了来。该拖鞋是泡沫鞋底,腈纶绒布鞋面,一只没有二两重,小玩具一样,这是刑具吗!我再也忍不住笑了,说:“你倒是很疼自己啊!”

二年级,下午放学以后,贝贝照例天黑到家,脸热得红扑扑的,头上冒着热气,兴奋地告诉我们:“今天学雷锋了!”我们问:“做了什么好事?”回答说:“我们帮助老奶奶爬墙头了!”细问后知道,放学后,贝贝一如既往地一边玩一边回家,同行的还有另外两个小朋友。有一个老奶奶要进到南大里面,问他们怎么走。他们当时正走在平仓巷的路上,一墙之隔就是南大校园。其时,靠近文科楼附近的围墙恰有一个缺口,又有投机者垫了几块碎砖在地下,常会有图省事的翻墙而入。于是他们熟练地告诉老奶奶,有一个地方可以过。老奶奶功夫不太好,动作有些笨拙,上不了墙头,三个小伙伴齐心协力,把老奶奶往上顶。最终结果,儿子有些垂头丧气,老奶奶没有上去。但雷锋是学了,好事也做了!

也是放学路上,这次是走到南大校园里了。球场上篮球比赛,激战正酣,一记传球,球员没接到,直接砸到贝贝胸脯上了,力道很大。顿时,贝贝的小背心和没有被背心遮住的胸脯上,一个清晰的球印,胸脯被砸得红红的。“肇事”的学生过来哄了哄,贝贝忍住眼泪离开了球场。走出来正好碰见张伯伟,张叔叔问:“贝贝你放学了?”贝贝哇的一声大哭起来——刚才人多,没好意思,再说,都是生人,哭给谁看。现在可以补上了。

贝贝舅舅到广州出差,回来给他买了个非常漂亮的铅笔盒。上课时,贝贝忍不住多摸了几下,被老师用教鞭敲凹了,然后扔到楼下。下课后贝贝去捡了回来。放学回家,不敢说实话,但实在心疼铅笔盒,终于没忍住,把铅笔盒拿出来给我看,希望我能安慰他。贝贝说同位小朋友没遵守纪律,老师敲桌子,不小心敲到他的铅笔盒了。言下之意,他的铅笔盒是城门失火被殃及的那条小鱼。这个事我一直没搞清楚，但我更相信的是他自己注意力过多地投放到新铅笔盒上招致的结果。

小学生语文试卷，补足歇后语，其中有“井底蛤蟆——”，答案应该是“没见过天”之类，贝贝很认真地给人纠正，不是蛤蟆，是青蛙。因为有成语叫“井底之蛙”。

也是小学生语文考试，阅读回答问题。文意大概是：八路军战士“我”被日军追赶，跑到一个村庄，情急之中推开郭大娘的家门。郭大娘让“我”躲进炕洞，自己应付敌人。她说：“鬼子是来追你的，我是老百姓，不要紧！”然后是问题：郭大娘为什么要救“我”？贝贝说：因为敌人是追“我”的，郭大娘是老百姓，不要紧。老师“恶狠狠”地给他一大红叉。

六年级了，作文还没太开窍，最要好的两个朋友已经情商很高了，一个知道作文可以虚构，一个则已经多愁善感得像林黛玉了。对于前者，贝贝想不通，没有的事也能说得跟真的似的？怎么可以无中生有呢？对于后者，贝贝是看不懂了。（该小孩抒发的情愫，连我看来都是灰色的、颓废的，贝贝对这种情绪太生疏了。）听说，该小孩喜欢一个小女孩，晚上常常在人家的楼下仰视很久。（虽然没唱小夜曲之类，就这样静静地守候，也让我惊讶，这实在是个早慧的孩子。）有一天贝贝拿回一封信，说是这个同学写给那个小女孩的，请同学交转。该信已经数次转手，转了一个多礼拜了，结果转到贝贝手中了。贝贝把它带到家里，给我看，想在我这儿讨主意。我怕榜样的力量太大了，但给他打预防针，看他懵里懵懂的，也无从说起，于是打了一个迂回战，故作惊讶地说：“这封信这么长呀，要赶上三篇作文了！”对于写一篇作文还嫌费事的贝贝来说，三篇！太吓人了。贝贝的表情马上变得凝重起来。（如果后来他因此不敢写情书了，他的女朋友要怪我了！）

小学最后一学期了，老师对毕业班抓得很紧。贝贝回来说，老师说，把班里的同学分成三部分，分三段时间抓，第一批先抓考金中（金陵中学）的，然后是考四中的，最后是考青岛路（青岛路中学）的。贝贝五年级起转到拉萨路小学,拉小人称“高压锅”,以抓名校升学率著名。贝贝是“考金中”的那批,是第一批要抓的。班级开家长会,班主任和家长一对一地开。我们家的家长出动的是我。届时,老师把我喊到一间教室,又叫出巩同学,指着该同学告诉我,他哪儿哪儿不好,我自是虚心接受,谁叫这是咱的娃呢! 贝贝听老班历数他的罄竹难书的罪过,有点反应不过来,愣愣地看着老师。老师看他那神态,忽然很激动,用手晃着他的脑袋,对我说:“你看看,你看看! 他到现在还不服气呢!”我知道巩同学是怕老师的,谅他也不敢公然藐视老师。可是也确实感到他的态度不显得谦虚。仔细打量一下,明白了:巩同学个子太矮了,需要仰视老师,但他鼻子上架了副大眼镜,正面仰头不太方便,他的姿势是歪着头。他当时写作业用的是2B铅笔(我也是粗心,竟然不知道铅笔也分很多种,2B是不适合写字的),写错了用橡皮一擦满纸乌黑,手也染得乌黑,天气热,擦到脸上,胖乎乎的脸上就一道一道的黑印子。这副尊容,加上那好像反抗的神态,让老师出离愤怒了。待老师离去,我忍住笑给贝贝出主意说,以后再近距离看老师,头不要歪,那样显得态度好些。

2015.4.14

你长大了,我很感动

北方的春天,风很大。我骑着单车,贝贝坐在他的专座——车前大杠上的小椅子里,头上戴着小头盔,很威风的感觉。周末,外婆家是一定要去的,风雨无阻。贝贝没出生时,丈夫便出外求学,等到博士帽戴上,贝贝快上小学了。爸爸不在家的日子,小朋友会缺少阳刚之气的熏陶吧,那就到"总部"(贝贝小时把外公家称作"总部",倒很形象,确是我们兄弟姐妹聚集处)去吧,那儿哥哥弟弟舅舅姨夫,热闹得很。现在玩了一天,我带他回家。路上,风扬起的沙尘,一阵阵地扑面而来,贝贝有面罩遮挡,没关系;我有时就不免被沙尘迷了眼睛。当我停下来擦眼睛时,儿子发话了:"妈妈,等我长大,我给你买眼镜!"哦!这小人儿,长大了,知道疼妈妈了。

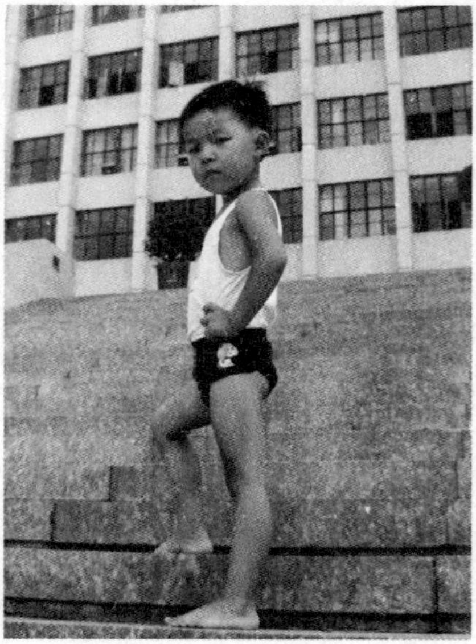

幼儿园的小男子汉

也是周末,几个小朋友在舅舅的房间里"造反"。正常的周末,贝贝都是和舅舅家的小表姐、小姨家的小表弟玩,玩得比较斯文。这天在外地的小表哥可可来了，淘气就升级了。可可是我另一个妹妹的孩子，他是那种做的比说的多的小孩，尤其是勇于冒险。关于这方面，事迹特别突出。有一次他被妈妈锁在家里午睡，睡醒之后想出院子打不开门，看到墙边靠了把梯子，就上去了。爬到墙头上，想也不想就往下跳，结果嘴巴里衔着的香蕉、脚上套着的拖鞋，一起飞出老远。一次我妹妹上班，把自行车推出院外，让他先等着，自己锁门。锁好门转身，他不见了，连同自行车。四处看看，一点踪影也没有。我妹妹就急了，到处找啊，连上班都耽误了。担心迟到，我妹妹打电话给单位请假，单位说，可可已经先到了。可可是“骑”着自行车到妈妈单位的。我问他是怎么骑的，他把右腿斜插到车右边，一拐一拐地蹬得飞快。天哪，他是幼儿园小朋友，这样在路上飞车，得吓坏多少行人哪！还有一次，他见路边停着一辆货车，神不知鬼不觉地就爬上去了，司机师傅哪知道啊，就开走了。他一见车开了，急急忙忙就往下跳。这一次是在行进中作业，难度有些大，结果摔了满脸满嘴血，直接送医院了。有他参加的活动，一般动静比较大。我爸爸听到了，就过去看看。可可看到外公来了，担心挨批评，赶紧关门。我爸头已经进去了，被门猛地一撞，额角受伤了。从医院回来，我爸躺在床上休息，其时不知是谁给了孩子们钱让他们自己去门口街头买烤串吃，所有小朋友都举着自己爱吃的羊肉串回来，唯独贝贝，用他自己的那份钱，买了鱼肉串，拿到外公跟前，说：“爷爷，这是鱼肉，可以嚼得动，给你吃。”他知道外公额头受伤，咀嚼会痛，特地买了鱼肉，我爸感动得眼睛都湿了。我也没想到，一个三四岁的孩子，想得这样周到。

贝贝四年级那年，暑假，我出差，也带上他。因为是同几位老先生一起，一些琐碎的事情自然是我做。列车已经开了，我大约是为着票的事情，在别的车厢里。贝贝就急了，一连声地说：“还有我妈妈呢！我妈妈呢！”以为妈妈还没上车呢，恨不得让火车停下来。在出差期间，我感冒了，不想吃饭，让贝贝自己跟着几位老先生用餐。当时一起去的许志英老师的女儿许爱军，多少年后还跟我说，贝贝真是孝顺啊！自己先不吃饭，拿只干净的碗，扒了

获得“自由”了的小学生

些饭，又把各种菜往碗里搛，跟大家解释说：“我妈妈病了，没吃饭呢。”然后自己赶快把饭吃完，给妈妈送饭去。

他上初一那年，南大建好了一批房子，点到房子的老师陆陆续续搬进新家。孙蓉蓉老师搬家后把用过的纸箱收拾起来放好，给我搬家时接着用。我去拿的时候，蓉蓉说一个人拿不完，正好贝贝放学，我就带上他。俞为民老师很细心，纸箱已折叠整齐，他帮我们捆在自行车书包架上。贝贝坚持在自己的车子上多放，我和俞老师都说，你带不了那么多。他就是不听。纸箱很沉，在车后边摇摇晃晃的，车把都掌不稳，我都感到吃力。贝贝的小脸，已是努得通红，我说，让你别装这么多！你不听！他说，总是要拿回去的呀。我说，不是还有妈妈吗？他说怎么能让妈妈拿多的呢？我说要是爸爸就可以拿多的吗？他想了一下，说，可以给爸爸多一些。我听了真是又心疼又好笑。

在儿子眼里，妈妈是女人，所以要被照顾，他和爸爸是男人，理所当然要担当起男人的责任。而和爸爸在一起时，同样是男人，爸爸是大人，自己少做一些也是可以的了。所以我们家出游是最有趣的，往往我收拾好了包，就自己背着了。在我和我先生两个人时，我拿着，很正常，也不是多累人的事。可是如果儿子加入了，就一定要从妈妈手里夺过去。先生心疼儿子，会接过去自己拿着。如果我再接过来，就会再循环一圈。为此我先生很气愤，说儿子是“母党”。其实也不是啦，儿子尽管还小，但全家人都在他心里呢。

我上初中了。

有一年暑假学校工会组织去井冈山接受红色教育，儿子正好初中毕业，理所当然该休整，我便带他一同去，也是为了受教育。那天参观烈士陵园，看图展，看雕塑。是雨天，陵园里人并不多，苍松翠柏，很肃穆，听了很多烈士的事迹，心里也挺压抑的。晚上，狂风大作，暴雨倾盆，电线被刮断了，宾馆里一片漆黑。什么事也做不成，我们便早早睡下了。连续累了几天，儿子一会就睡熟了。半夜里，他忽然起来了，我听到动静，问他干什么，也不回答，径直出门去了。我连忙起来，跟在后边，随他走到院子外边，还继续走，一直到湖边的一个电话亭前停了下来，用IC卡拨通了家里的电话，听到爸爸稳稳的声音，才回来。夜漆黑一片，只有水洼泛着光。我知道儿子是胆小的，一个人在这样陌生的城市、漆黑的深夜寻找电话亭，若非有什么大事，他不可能这样做的。次日他告诉我，做了个噩梦，恰巧白天给爸爸打电话时，爸爸不在家，他担心出了什么事。我问他为什么不告诉我，他说跟你说了就不让去了。是的，半夜三更人生地不熟的，去哪儿找一个电话亭啊？可是他，再难也要做，一定要知道结果才放心。

大约因为我性格的大大咧咧，家里的两个男人都觉得有些事是不能交给我做的，而他们两个人可以互相托付。我和先生两家的老人都在徐州，兄弟姐妹也是在徐州工作的多，就在徐州靠家的地方买了套小房子，节假日回去住住。刚装好回去的时候，先生有事走不开，我和儿子一起回去。临走的几天以前，我就问先生，电闸、水阀在哪里，热水器的开关及其操作，等等问题，我想先生不回去，这些事情自然是我做，先问清楚了，省得到时抓瞎。可是先生就不回答，每次都像没听见一样。到走的时候，先生把儿子拉到一边，一五一十地交代，什么什么在哪里，什么什么怎么做，都是我问过他不回答的东西。我气坏了，准确地说，是一种被忽略被轻视的感觉，于是大声嚷道："什么大不了的！还'传男不传女'啊！"儿子一脸坏笑，拍拍我说："也不是'传男不传女'，是传聪明人不传笨蛋！"儿子就是这样"化干戈为玉帛"的！

研究生毕业以后，儿子选择去台湾攻读博士学位。这期间，有一学期先生到台湾东华大学客座。我准备去旅游。儿子不让我办"自由行"，一定要

初中毕业暑假，犒劳犒劳，去江西井冈山。

高中毕业了！再犒劳犒劳，到新疆旅游。

我以“探亲”的名义去台湾。所谓“探亲”就是探他。因为在台湾的大陆学生，其直系亲属可以赴台。我不想费这个事，“自由行”的手续我一个人在南京就可以办了，“探亲”则还需要在台湾申请，两头麻烦。可是儿子宁愿麻烦，也是孩子气啦。不过心情我懂。当时刚搬家到和园，好像水电、电视什么的手续都要办。先生那边开学早，这些手续没办完就先走了。到儿子开学时还没办完，任务就落到我这儿了。知道我做这些事特别弱智，儿子便准备若干信封，信封封面写上某事名称，里面装上办某事的材料，另有一纸说明，交代某时某地以及相关程序。最让他操心的还有我去台的事，从办理手续，直到抵达台湾。临行的前几天，就反复提醒，需要携带的证件，某某、某某、某某……准备好了吗？等到前一天，已经装了行李，又打来电话，说：“我现在报名字，你逐一检查证件。”听到没有遗漏，说，“把它们放在一处，装进随身包里。”又嘱咐把他开学前写好的如何去机场的说明带上。其实这些我自己已经准备好了，一是因为自己一人出远门，少不得多考虑些；二则这些天他也已经反复交代过了。为着他的不放心，我又细致地检查一遍。次日一早，便接到他电话，说该起床准备上车站了。一会儿又来电话，该出发了。再过一会，说应该到新街口转一号线了。然后……总之是，每一步都有一个提醒，直到登机。我就纳了闷了：他一向是晚睡晚起的，上午是他的“下半

上大学了。港龙的家，杨柳依依处，是窗外的秦淮河。

夜”，正是好睡的时候，怎么这么有精神？原来他提早在电脑上设置好，每次都是电脑叫醒他，他再提醒我的。当然不用说，我到了桃园机场，出了闸门，他已经等候在那里了。

儿子没出生前，我想要一个女儿，有一次和邻居闲谈时说到这个，我说“女儿是小棉袄”，贴心哪。邻居说，儿子可是顶梁柱！贝贝当时还小，但也理会了我的话意，有些黯然。我没想到他一个小孩子会介意这个，心里老大不忍，忙安慰他：“你既是儿子又是女儿，一个顶俩！”方才解颐。真应了那句话了，顶梁柱、小棉袄，他一人全担起来了。一路走来，看着他越来越强壮的身影，我真的好感动！

2016. 3. 19

母亲手记

当我准备写下这些文字的时候，我心里清楚地知道，我是为了一个重要的日子，那天，我的儿子奚若，将要完成他人生的成人礼，携手他心爱的姑娘，走入神圣的婚姻殿堂。

给儿子成家，是每一个母亲天经地义的责任，这责任，化成希望的种子，随着儿子的出生成长而萌发、壮大。待到种子成熟为果实的时候，母亲的心是欢悦的，但似乎又不仅仅如此。

我仔细端详着儿子的结婚照，视线却透过照片，走进从前，我看到儿子一路走来的清晰的脚印。

儿子来敲他的生命之门时，情形并不顺利，外婆和几个姨妈急切地守候在产房门外，迎接新生命的到来。

满月不久，爷爷拿着刚让木工师傅做好的放风筝的线轴，兴冲冲地从寒风里回来，奶奶问谁放风筝，爷爷说，贝贝。

上幼儿园之前，外公外婆照管。一天，外婆拿着一张字纸给我看，说是贝贝写的，可是一个字也认不出来。我说他哪里会写字。接过一看，忍不住乐了：稿纸上每一个方格里，被他用圆珠笔涂了一个个黑疙瘩。四百字的稿纸，大半页，均匀齐整，极像写得工工整整的文字。

四五岁吧，晚上，漆黑的天，我带他从学校开会回来，他发着烧呢，坐在我的自行车上，我问："怎么样？"他豪气地说："大子汉，男丈夫，我不怕！"

要上小学了，教育局扣着我的工作不能调动，和平一人带他到南京上学，我自是不放心。那时电话还不普及，和平打给在电信局工作的二姐，说贝贝在南京很好，也不想妈妈。贝贝一把抢过电话，委屈地说："二姨，我爸爸说的都是假话，我怎能不想我妈妈呢！"

从上了小学开始，"笼头"就算是套上了。求学的路上，有欢欣鼓舞，也有疲劳厌倦，别人看见的都是光鲜、辉煌：从拉萨路小学，到金陵中学、南师附中，到南京大学的学士、硕士，到台湾交通大学的博士，但是个中甘苦，唯有自知。

我是个另类妈妈，儿子四年级，我带他旅游，请假时老师说自己看着办。我说让我们自己决定，那就去旅游吧。转拉萨路小学时，要求提供所有作文，可是我们一篇也没有，老师说这样的学生哪个班都不会要。数学考试后，对着已录取的儿子，老师自我解嘲，谁让他数学这么好呢！六年级学习累了，我说，坚持这一年，上了中学就可以休息了，小学、初中、高中各辛苦一年，其余时间尽可以玩。大一时，为了我一句没说清楚的话，儿子从浦口骑车到溧水摘草莓，草莓没吃到，半夜三更才返回学校，还累了个贼死。对着在电话里抱怨的儿子，我说，年轻时不做点疯狂事，到老了都没有回忆的资本。到台湾读博士时，我嘱咐说，你把读书当成日子过，该干吗干吗，该恋爱恋爱，该结婚结婚。其实，儿子，我就是想让你快乐，虽说"书是吾家事"，可书是读不完的，日子得过。

结婚，又叫成家，标志一个小家庭的诞生。儿子，你有了属于你自己的家，有了妻子，以后还会有孩子，同时又增添了很多亲属。你所面临的是全新的社会关系，你要学会处理，尽快适应。你肩上多了份责任，从被人照顾，转变为照顾人，希望你能担起这份责任，顺利完成角色转变。

婚姻是两个人乃至两个家庭的事情，需要用心经营，要学会宽容，学会理解，多一份耐心，用真情和智慧减少矛盾、化解矛盾。

你的长处是细致，你的弱点是过细。过细容易流于琐屑，被细节淹没，要学会抓主要矛盾，学会放弃，人的精力时间都是有限的，不要舍本逐末。

你生性耿直，易怒易冲动，要加强修养，要有平常心。

虽说家庭是休憩的港湾，男人是一定要有事业的，要善于处理事业和家庭的关系，努力做到兼美双赢。

要说的话很多，其实也不多，我的儿子，妈妈只愿你幸福。

2017.2.10

第四辑　天若有情

天若有情

民国十六年，浙江杭州佑圣观巷191号方家，一个普通的女婴诞生了。家里不知出于什么考虑，竟给这个眉清目秀的小姑娘起了个很伟岸的名字——大同。"大同"，毫无疑问，是取"天下大同"之意，但这么个宏大的愿景，寄托在闺阁弱女身上，胆子也够大的。这个名字究竟是曾祖父云荪公的憧憬还是祖父伯龙公的创意，不得而知了。但有一点旁证，可资推测，那就是两年后出世的长房长孙，被曾祖父亲自命名为敬同。这是这位大少爷晚年很骄傲常挂在嘴边的一件事，他说："我的名字是曾祖父亲自取的，到现在全国也没有和我同名的！""敬同"自然是由"大同"顺序而来，由此推测，大同名字的版权应是云荪公的。只是我由年龄推算，亲自命名云云，有点悬，只怕是曾祖遗愿，也未可知。又或者，老太爷其实很长寿，是我的猜测有误。

小姑娘长到该读书开蒙的年龄，学堂的先生瞅着她的名字不顺眼，说，一个女孩子家，叫什么"大同"！没有征得命名者认同首肯，擅自改为"志伟"，没太改变原意，只是含蓄温婉了许多。这名字陪伴了小姑娘一生。

虽说"大同"也好，"志伟"也罢，都不是出自姑娘本心，不过，终其一生，这姑娘的信仰、从事的工作，也没有走得太偏，算是一直为"天下大同"努力，所谓"解放全人类，实现共产主义"，为之畅想奋斗了一辈子。但不知是否合乎云荪公本意。

我知道方志伟坚持不变的信仰和兢兢业业努力不懈地做事，是因为她后来成了我的婆婆。我上大学时，她利用一次开会讲课的机会，召见了我。那时我和外子刚确立男女朋友关系。虽说以前有一段时日，我们两家只一墙之隔，但鉴于当时两个院子满坑满谷都是孩子，我想她对我没有印象。当然，虽说她是我同学的母亲，我对她也不熟悉，我没有那样的先见之明，对后来竟成为我婆婆的人，早加关照。总之，我们是在比较生疏比较尴尬的情形下见的面，在时间不长的谈话中，她殷殷嘱咐我，积极向党组织靠拢，争取早日成为伟大光荣正确的党的一员。这在当时很使我吃惊，以这样的关系，在这样的场合，谈这样的话题，似乎不太合常理。后来我知道她对我的这个嘱咐，也是她自己的心愿并一直孜孜不倦努力的目标，算是与我共勉的话。可是我终究完成了她的嘱托，她自己却一直在党的门外站着，直到离休回家。这样说来，婆婆对她曾祖父的遗愿，其实没有很好地完成，不知有没有遗憾，我没有问过她。但我知道她已经尽力了。

我对婆婆比较年轻时的印象，就是一个标准的机关工作人员，衣衫整洁，仪态端庄，剪着齐耳短发，提着公文包上下班。但比一般女干部多几分书卷气。我婆婆一直是喜欢读书看报的，现在也是，一份报纸，可以被她分解成一张一张的然后堆成一摞，大约所有铅字都被她数过来了。还喜欢分专题剪报，装订成册，有针对性地分发给孩子们。对国家大事，不光关心，还有观点见解。我儿子的女朋友前去拜见，回家后被妈妈问道：“他们在一起都聊什么呢？”小姑娘想了一想，说：“政治。”

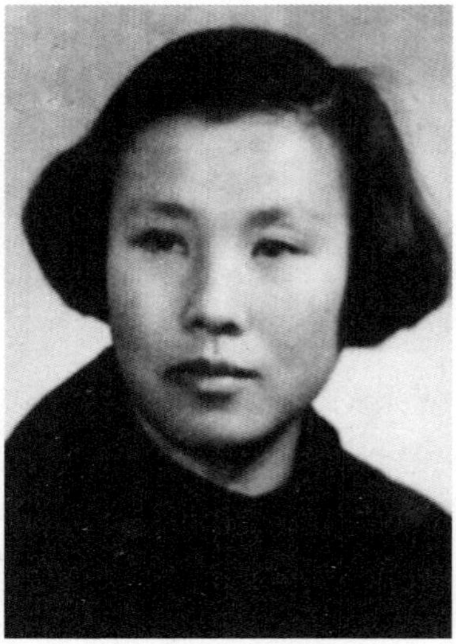
婆婆方志伟

婆婆对于工作近乎病态地认真。我加入丈夫家后，常听他们兄妹控诉以前家里的保姆。该保姆在他们家中掌管家政一二十年，一直到最小的妹妹上高中时，方才离开，所以每个孩子都是在她的魔掌中长大的。按说他们家工资收入不算低，人口也不算多，可是每月剩余工资几乎都用来买计划外粮食，还是不够吃。即便是小孩子长身体时，每人每顿只许吃一个馒头，伸手拿第二个时，就会被筷子打回来。施此刑罚的便是保姆。院子里人都知道，他家保姆管孩子是出了名的严厉。我公公后来常说的一件事是，有一年他到北京学习，是不短的一段时间，回来看几个孩子，不仅没长高，比原先倒像缩了。为此很生了一阵子气。直到保姆走了以后，街对面的鞋匠魏大爷家才说："你们家口粮吃不完啊！每月都是保姆拿来让我帮着卖。"又说，"三年自然灾害时，多亏了你们家，她女儿一家才没饿死。"提及这些事情，我有一次半开玩笑地说："怎么能由着保姆胡作非为！那么多年，就没发现？妈妈作为妈妈，是不作为！"但丈夫兄妹都能体谅妈妈，会异口同声地说："那时候都是一心一意地工作了！"

婆婆的工作认真敬业，专业能力强，在她那个系统内是有口皆碑的。常常是系统内业务培训，就由她上课。我刚结婚那年，开始评定职称，暑假回去，看她很认真地复习迎考，她以接近花甲的年龄，一举过关，成为首批受聘的统计师。丈夫兄弟，都接受过良好的高等教育，人家都说"巩家的孩子会读书"，基因应是来自母亲吧。

刚到夫家时，惊讶于公婆吃饭口味的截然不同。公公是地道北方人，一粒米不沾；婆婆却是离开米饭不行。我以为做饭很难，没想到长期生活，他们也找到了很好的解决办法：一般是大家吃米饭时，在汤里放一把面条；如果吃面食，在蒸锅里蒸一碗米饭。我想，这南北融合的过程，恐怕其实不易。我问过婆婆怎么会从南方都市来到北方小城。

婆婆说，她八岁时，母亲带着她离开杭州老家，到父亲谋事的地方武汉。抗战时逃难，全家再一路辗转到昆明。婆婆说，一次敌机轰炸，炸弹就在她旁边落下，震得耳朵很疼。至于房屋倒塌、血肉横飞的场面，她都亲眼见过。

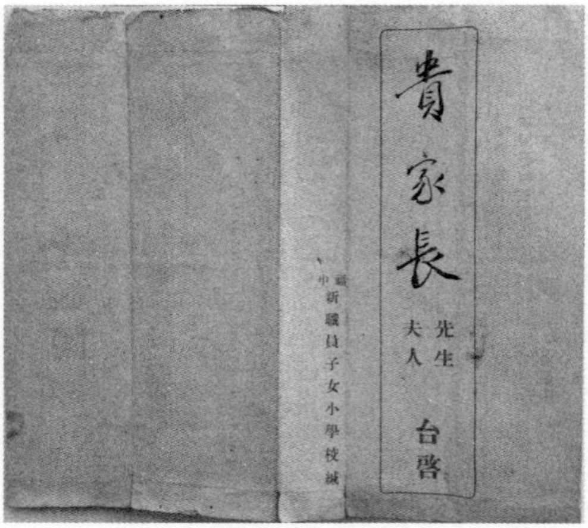

婆婆的家庭成绩报告书。在昆明逃难时,被敌机轰炸过的废墟上,手提箱居然还在,让我们现在还能看到80年前的成绩单。

在昆明时,父亲病逝,撇下孤儿寡母,度日很难。婆婆说:“看过样板戏《红灯记》中李铁梅捧在手中那个卖香烟的盒子吗?我也捧过。”再后来一路北归,全家在南京落脚。再后来,婆婆参加了工作,嫁了公公,最后在苏北扎根了。我公公是红军时期参加工作的老革命,当年和他一个部队一个支部的存活下来的老同志,解放后都身居高位,唯独他,一路向家乡挺进。为了他的一意孤行,全家人都深受其害。我奚落先生时说过,老爷子说到底,就是一农民。先生苦笑着认可。

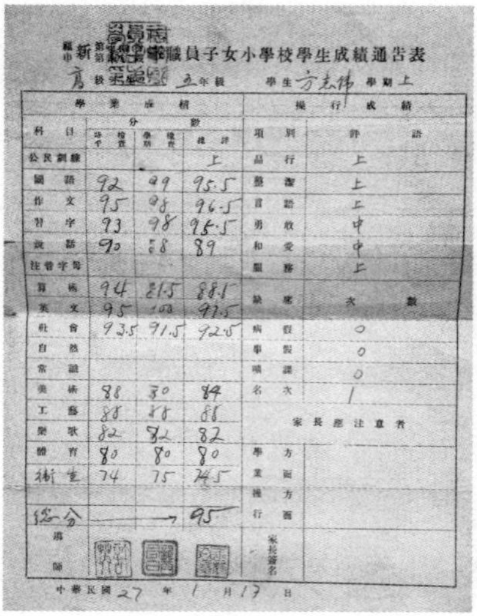

新[illegible]職員子女小學校學生成績通告表

高級[illegible] 五年級 學生 方志偉 學期 上

學業成績				操行成績	
科目	分數 [illegible]	分數 [illegible]	總評	項別	評語
公民訓練			上	品行	上
國語	92	99	95.5	整潔	上
作文	95	98	96.5	言語	上
習字	93	98	95.5	勇敢	中
說話	90	88	89	和愛	中
注音字母				服務	上
算術	94	81.5	88.1	缺席	次數
英文	95	100	97.5		
社會	93.5	91.5	92.5	病假	0
自然				事假	0
常識				曠課	0
美術	88	80	84	名次	1
工藝	88	88	88	家長應注意者	
樂歌	82	82	82		
體育	80	80	80	學業方面	
衛生	74	75	74.5		
總分	→	→	95	操行方面	
導師				家長簽名	

中華民國27年1月17日

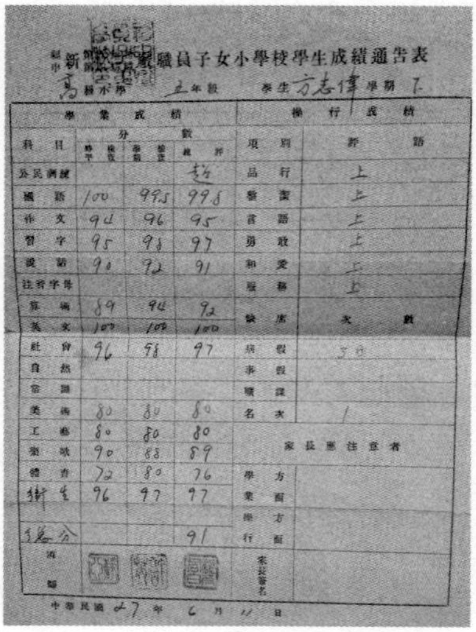

新[illegible]職員子女小學校學生成績通告表

高級小學 五年級 學生 方志偉 學期 下

學業成績				操行成績	
科目	分數 [illegible]	分數 [illegible]	總評	項別	評語
公民訓練			超	品行	上
國語	100	99.5	99.8	整潔	上
作文	94	96	95	言語	上
習字	95	98	97	勇敢	上
說話	90	92	91	和愛	上
注音字母				服務	上
算術	89	94	92	缺席	次數
英文	100	100	100		
社會	96	98	97	病假	[illegible]
自然				事假	
常識				曠課	
美術	80	80	80	名次	1
工藝	80	80	80	家長應注意者	
樂歌	90	88	89		
體育	72	80	76	學業方面	
衛生	96	97	97		
總分			91	操行方面	
導師				家長簽名	

中華民國27年6月11日

80年前的“学霸”

我大致理清了婆婆这一生的轨迹，但是且慢，我忽略了她八岁之前的经历，以及杭州那个生她养她的老家。

我知道丈夫外家的这段往事，是在一个非常偶然的场合。在丈夫小舅的丧礼上，我第一次见到了大舅。耄耋之年的大舅，一口纯粹的绍兴话，我听得似懂非懂，但他提及的内容，让我惊心动魄。他说到的家族兴衰史，不光我闻所未闻，即便是外子以及他的兄妹，无人能道其详，甚至连蛛丝马迹也不知道。我以前听到的类似大舅说的事情，说是别人家的事儿，都有点像套近乎了，真切的感觉是，应该存在于古书里、影视剧里，起码是封建王朝那些脑后拖着小辫子的遗老遗少的事情，弥漫着一股浓浓的樟脑丸味道。

大舅，婆婆的大弟弟，亦即前面说过的有着独一无二名字的那位方家长子长孙方敬同，告诉我们说，方家是官宦世家，因为读书而做官，从河南祖籍到安徽，到杭州。几代人奋斗的结果是，出了榜眼、探花各一人，进士四五人，这些都有金匾做证。大舅说，杭州佑圣观巷家里的大厅，就专门用来挂这些匾额和摆放轿子。除了标志先贤们荣誉的这些匾额，还有一块皇帝钦赐的“福”字匾。这些匾额现在当然毫无踪迹了，但大舅凭印象给我们画了那幅“福”字匾：五比三比例的长方形，中间一个“福”字，四周蝙蝠蟢子环绕，镀金。

我像听着天方夜谭。“榜眼”“探花”之流，很难望其项背的，还出在一个家族里？但方敬同说来，煞有其事。

他还说，可以记得的方家先辈，从他的曾祖父开始。曾祖父名讳云荪，为杭城有名的举人，据说学问极好，曾进考场为多人代考，一个题目，他能为多人写出不同的文章。考场作弊，越地风气尤盛吗？我记得鲁迅的祖父便是因科举贿考案下狱的。云荪公似乎不止一次违纪啊！配夫人陈氏。陈氏出自名门望族，是个有钱人家的小姐，但是享年不长。关于这位曾祖母，有个著名的传说。太平天国时，乱军到家里索要财物，陈氏夫人拿出一副金手镯，乱军发现不是一对，说还有，再拿。又拿出两只，越发对不上了，于是继续索要。最终的结果，把陈氏藏在枕头套中所有镯子都拿走了。“是满满一枕头套啊！”说故事的人强调地说。陈氏夫人育有二子，为祖父方伯龙，二祖父方鹓先。鹓先公后来去了上海发展，其后人在新中国成立前多去了海外。伯龙公则一直留在杭州，娶了崔氏祖母。伯龙公究竟是经商还是做寓公，说不清楚，但反正是不做官了。我说的这两种可能性，都来自大舅的讲述。大舅说，听他祖母崔氏说，家中原来房子很大，光是大厅，便可以办一百来桌酒席。但后来与好友对换了。对换过的便是佑圣观巷191号的房子。该处房屋有十间店面，每间都有楼有底，还有宽敞的后房。据此，我推测伯龙公可能经商。但大舅还说，除店面外，房子还有大厅、二厅、花厅。大厅专门用来挂匾及停放轿子。想来便是那些榜眼、探花之类的光荣匾了，有些像荣誉陈列室。轿子想必是祖上留下的交通工具，也带有些辉煌历史的意思，伯龙公还会有坐官轿的资格吗？再说，已经进入20世纪，轿子也不时兴了。二厅和花厅都是三层楼加后厢房的建筑，基本是用来居住的。大舅说他们住在花厅，三楼三底，加上二楼二底的后厢房。后面有座花园，前面则是个很大的天井，天井里摆放十个石缸和若干小花缸。此外，从侧门进来，还有一组建筑，呈竖立的“品”字形，皆为三层楼房。纵向排列的两幢楼房，前面一幢大，后面的小一些。旁边有口饮水井，大舅称水井的作用是夏天用来冰西瓜。后来因为人口少，房屋多，便出租了一部分，每月可有一百五十多银圆的房租进账。这是我说伯龙公可能做寓公的凭据。我查了一下二十世纪初银圆的购买力，上海地区，一银圆可买上等大米三十斤，或者猪肉八斤，或者棉布十尺。同期上海物价比北京高10% ~20%。杭州物价应当也低一些。如此说来，生活当是宽裕的。但无论如何，作为一个累世官宦家庭，已经走向没落是不争的事实了。大舅说，伯龙公很爱吃肉。七十岁时生发背（一种生在后背的毒疮）而死。伯龙公还算是死在好时候，据说丧事很风光。伯龙公去世时，大舅五岁，我担心他记不清楚，特地求证于婆婆，婆婆也说确实排场很大。

伯龙公娶崔氏夫人，生一子二女，唯一的男丁叫方馨吾，他便是婆婆的父亲，我应该称之为外公了。

婆婆的爸爸方馨吾

外公在浙江中医学校毕业，本来应该做大夫的，但在上海发展得不错的二爹爹给他找了桩美差，他先后在江西、广西的一些地方做过税务局局长、烟草局局长，收入颇丰。远在杭州老家的大舅，曾到他任上去过，还记得他那时汽车、洋房、司机、女佣、门房，一应俱全。但这似锦的前程，外公没有守住，原因是他太花！抽大烟，嫖女人，他竟然拥有这两大爱好！其时伯龙公已去世，崔氏夫人鞭长莫及，无计可施，为了让儿子安生下来，这才让儿媳带着孙女前往。至此，婆婆和她的爸爸妈妈一家方才团聚，大舅则因为祖母溺爱，留在了身边。也因此，姐弟俩此后的记忆，便成了两条永不相交的平行线，各是各的内容了。

婆婆和她的妈妈顾鸿范

大舅的记忆，深深烙上了那座深宅大院的印记。

最深刻的印象，是大屋子里的狐狸。大舅说，屋子大，狐狸很多，都住在天花板上，有白鼻子的，有黄鼻子的，还有一只是“白鼻中”，就是白色的鼻子中间带一条黑纹。每天晚上，都从楼梯上下来。他当时睡在前厅左面的后房，楼梯恰在旁边，晚上便可听到狐狸下楼的脚步声。夏夜没睡着时，还可以从窗子看到狐狸在假山上乘凉。大舅的这段记忆，当是在他十几岁之前，因为日本人占据杭州以后，这房子便易主了。我脑补当时的情景，深院高墙，闲庭寂寂，花木扶疏，月华满地，在大屋里憋闷了一天的狐狸们，终于等到了自由的时刻，来到了自由的所在，她们或在花间撒欢，或倚山石小憩，这情景，有点聊斋的意思了！当然，如果大舅当时是正值青春期的思春少年，狐狸还是变成花样少女单个造访比较好，但可惜他尚不解风情，当没有作如是想。相反的，一家人不胜其扰，不胜其惊吓，每逢初一、十五，都要隆重供奉祈祷，着实变成精神负担了。

深刻印象之二，是一次有惊无险的失火。那年大舅十三岁。家里花厅隔壁是一间纸仓库，不慎着火，被大舅称作“火老鸦”的火苗迅速从隔壁窜过来，火势很猛，但墙壁硬是没有坍塌，可见其坚固，当是归功于用糯米打浆作为黏合剂的好处。但崔氏老祖母认为是她求了观音菩萨，才没有遭难。

时光流转到二十世纪三四十年代，日本侵华战争爆发，家境开始艰难起来，房子出租也不容易。崔氏老祖母有了想把房子卖掉的念头。这消息被杭州日本特务机关65号得知，他们图谋乘机霸占。是上海的二爹爹托了上海76号特务机关，钱总算是拿回来了。二爹爹当时是国民党上海市输出入委员会主任。

祖宗留下的基业，士大夫门第的标志，至此改姓易主，乱世中的方家，距离破败，还有一步之遥。

房子卖了以后，崔氏老祖母带着孙子方敬同迁到三桥址居住，房子缩小到三楼三底加侧房三间，余下钱款交给三女婿朱仲安保管。朱仲安开始开

崔氏老祖母

木行，做木材生意，后来干脆把方家的房子卖了，全兑换成金子，每月支付方家利息。再然后就更加利令智昏了，他居然相信国民党，把所有金子都兑换成金圆券！那是国民党最后疯狂的时候，物价飞涨，金圆券狂贬，方家终于一无所有了！

1949 年 6 月，二十岁的小伙子方敬同结束了少爷生活，进入浙江干部学校学习，参加到革命队伍中去了。后来在绍兴卫校以高级讲师职称退休。

我 2013 年在台湾鹿港小镇参观辜振甫的祖屋时，曾生发感慨，大陆再没有这样保存下来的贵族了。不要说过往那些簪缨世族钟鸣鼎食人家，就是近代的资本家、大地主，也早已气断脉绝，不复遗存了。我把这些归结于土地改革、工商业改造、公私合营等历次运动，却忽略了大时代的风云变幻。如今，我站在时间的隧道口，向过去遥望，我努力拂去历史的尘垢，让事实变得清晰一些，再清晰一些。于是我清楚地看见，那个赫赫扬扬几代的官宦府第，如何一步步把自己变成了平民。我甚至惊喜地发现，方家姐弟，殊途同归，最终都恰好在正确的时候，获得了正确的身份，从而投身到新的时代中。焉知这不是塞翁之福呢？

正当我得意于自己的发现时，一丝挥之不去的阴霾，却牢牢萦系我的心头。这么多年，没有听到婆婆只言片语谈到自己的家族，将自己连根拔起，血脉斩断，不很痛苦吗？想起哪吒剔骨还肉给父母，想起鲤鱼精拔鳞剥皮救夫君，那是何等的勇气何等的煎熬！婆婆这么多年就生生地忍了过来！我们一直都以为她城市贫民出身，遭过战乱，苦大仇深。所以公公会说，是他把她那样的受苦人解放出来的。在家里，公公的气焰都可以说有些嚣张，有些跋扈！婆婆却从不置一词。不过，公公确也有其嚣张跋扈的理由。

公公是个传奇式的人物。他第一次给我讲他的英雄事迹，是在一次过春节的时候。他喜欢忙年，大约是为了节日气氛吧。平日孩子都不在家，难得有相聚时。其实忙年他做的事情很固定，我结婚后连续几年寒假回去，看他热爱的事情基本上是贴春联、炒年货。那次就是炒花生时，他拿铲子不停翻动，我参观。他说的是他最得意的一件事：被围困在老乡家成功突围。那是 1943 年 12 月，老百姓给部队筹集好粮款，放到一个老乡家里。老乡把粮款藏在锅灶里烧过的草木灰底下，伪军找不到。公公前去取粮款，被敌人盯上了，然后包围了老乡的院子。公公说他拉开门闩，冲出去，一口气跑出两百多步，跑到"抗日沟"前，停下脚步，敌人还没缓过神来，端着枪在那发愣呢！他冲着伪军大骂："有种你们来追我呀！"伪军这才想起开枪，公公早跳进沟里跑掉了。我看公公得意的样子，丝毫没被感动。在我一贯的想法中，英雄人物还是有光环有距离的，眼前这个小老头，太过普通平凡，而且他毫发未损，哪里就壮烈啦？但是后来，随着细节知道得越来越多，我到底被震撼了。那天，他进了老乡的院子，老乡递给他一只小板凳，想让他坐下歇歇。他刚接过板凳，还没来得及放下，在外面放哨的小女孩跑回来了，慌慌张张地说："来了很多穿灰衣服的！"知道被包围了，敌人荷枪实弹，自己手无寸铁；敌人冲进来，是死，自己冲出去，也是死。那一刻，情势紧张得一触即发。公公就这么举着板凳，僵僵地站着，半个时辰，一动没动，脑子急速地转着。敌人不知里面的情形，不敢贸然闯入，又想抓活的，便死死地围着，也不行动。公公想，与其坐以待毙，不如冲出一条生路。他想到距此百来米的地方有条"抗日沟"，只要进到沟里，敌人就没有办法了。于是他成功突围。而几天以后，另一位同志带着交通员又去取款，交通员甫一靠近，便被抓住。交通员很英勇，无论敌人怎么拷问，都坚贞不屈，最后，被活埋了。交通员是个孩子，叫郑大孩，死时才十二岁。他大约是最年轻的烈士了！

以为公公一直是做地方工作的，跟敌人就是暗中周旋，没想到他还真在战场上拼杀过。羊山阻击战，他一人拼弯了几把刺刀！丈夫的哥哥讲这段往事时，眼圈都红了。想想也是，都白刃格斗了，面对面，你死我活，刀刀带血，战斗得多激烈呀！刺刀拼弯了，再换一把，这刺刀肯定是从牺牲的战友手中拿来的，场面得多惨烈呀！

我知道公公是硬骨头。他八十高龄罹患癌症，手术后放疗，病房里年轻人都忍受不住，他一声不吭，眉头不曾皱一下。要知道，那是 20 世纪 90 年代，还没有现在这样的先进技术和药物的跟进治疗，缓解痛苦，基本上是属于硬生生扛着！

公公调到地方工作是 1943 年，在那之前，他是湖西根据地独立营营长，在准备南下时，被调离部队转到地方。原因是徐州北部微山湖地区，属于三角斗争地，日、伪势力都有，情况非常复杂，不是本地人，口音不同，人头不熟，极易暴露，好多同志因此被捕。但其实公公在家乡，也无法隐蔽工作，他在对手那里是挂了号的。只是对敌人，他就从来没有怕过。20 世纪 80 年代，贵阳中医学院副院长千里迢迢来看他，口称老首长，让家里人很纳闷，问了才知道，此人是他当年在独立营时的通讯员，随军南下留在当地了。

公公巩立武

于是知道,原来他也曾一身戎装横枪立马驰骋沙场过的!

“文革”时,时兴外调,就是你的历史不能由你说了算,都要重新调查,当然是指“走资派”。由外调党员的真伪,牵出一大批人来:公公的入党介绍人,是河南南阳地委书记孙世昇;支部书记,是山东省委书记梁步庭;同一党小组的,有外交部礼宾司副司长葛步海;而当时的直接领导人,则是新中国成立后任云南省省长、南京大学校长的郭影秋……看着这些闪着耀眼光环的名字,真没法跟公公联系起来。公公后来的履历,从刚解放的县委秘书到劳动局局长,到工会主席,最后在轻工业局副局长位上离休,“官”是越做越小。工资从1955年定级到离休时,硬是一级没长。离休后若干年,一个偶然机会,在档案里发现一张纸条:“内右,控制使用。”这让公公无比愤怒,也使得他后来相当一段时间的生活变得单一起来,就是不停地写材料,不停地反映,几乎变成祥林嫂了。可是,毫无意义。有关部门说,你这事没法办。说平反甄别吧,你也没戴帽子;改善工作待遇呢,你都离休了;处理做错事的人吧,他也已经退了。

无语。

多年以后,我重新审视这段历史发现,1938年,当公公在青纱帐乱坟岗举起拳头庄严宣誓为共产主义奋斗终生的时候,杭州深宅大院里的那个小男孩,安闲地做着封建士大夫家庭的阔少爷,婆婆则在汉口洋学堂里无忧无虑地当她的女学生;1943年,公公已经拼弯了几把刺刀、从敌人包围圈中突围出来,大舅还躺在床上百无聊赖地看窗外狐狸嬉戏纳凉,婆婆则怀着家仇国恨流离失所在昆明成了难民;但是到了1949年,百川归海,这三人在不同的地方,以不同的身份,进到了同一支队伍,做起同一件事来,一直到后来……

当我重新审视、沉思这段历史的时候,我不禁怅惘了……

2016.9.23

怕过清明　怕过清明

寂寞！没有父亲的父亲节，近了。

献上心香一束，给在天国的父亲。

不能告别

“黯然销魂者，唯别而已矣。”因为离别意味着情感的断链、缺失，随之而来的必定是思念、痛苦、担心、忧虑……所以离别便成了文学作品中永恒的话题。《九歌》甚至对离别这样定义：“悲莫悲兮生别离。”屈原认为人世间最悲痛的事情莫过于生离死别。因此，在文学作品中最动人心弦的永远是告别的场面。

最悲壮的告别发生在易水边。燕国义士荆轲，为了国家的利益，以个人生命作为赌注，前往强秦刺杀嬴政。这一去啊！你懂的。前来送行的人们，身穿孝服，白茫茫地覆盖了易水河畔。“风萧萧兮易水寒，壮士一去兮不复还！”那场面，那情怀，何其悲壮乃尔！

最让人心碎的告别故事在《汉乐府》中。乐府诗《焦仲卿妻》，说庐江府小吏焦仲卿，与妻子刘兰芝相亲相爱，可是婆媳不睦，不得不分开。兰芝离开焦家时，丈夫赶来送行。这一别啊，从此萧郎是路人了！“生人作死别，恨恨哪可论?”

最深情的告别在安徽桃花潭。“李白乘舟将欲行,忽闻岸上踏歌声”,汪伦在岸边且歌且舞,目送小舟渐行渐远。李白这一路啊,浸在桃花潭水里怕是出不来了。

最著名的告别,是在两个男人之间。元二出使安西,王维给他送行,千言万语,都在杯中了。山水迢迢,从此天涯孤旅!去那么远的地方,不知道还有没有再见的时候。“劝君更尽一杯酒,西出阳关无故人”了!王维的这首《渭城曲》谱就的歌曲又叫《阳关三叠》,自唐代起就成了送别的专用曲目,现在也还如此。我从重庆乘游轮回南京,到三峡时,轮船上蓦地放起《阳关三叠》,音乐一起,“猿鸣三声泪沾裳”的感觉就出来了,我是旅游的尚且如此,遑论那些去国怀乡的失意人!

最无奈最不甘的告别在张珙和崔莺莺。成就难,分别易,不是老夫人食言,怎么会有这恼人的新婚别!“碧云天,黄花地,西风紧,北雁南飞。晓来谁染霜林醉?都是离人泪!”皆因此一去,“伯劳东去燕西飞”,所以“未登程先问归期”。“虽然眼底人千里,且尽生前酒一杯”吧。可是“未饮心先醉,眼中流血,心内成灰”。

最缠绵悱恻的告别当数柳永和他的情人。骤雨初歇的“都门”,已是送行的最后一站,终于到了“送君千里,终有一别”的时候,“执手相看泪眼”,却一句话也说不出来,由着心绪翻腾:待这酒醉醒来时,我在哪儿了?大约是“杨柳岸晓风残月”处;可是“此去经年”哪,又是“暮霭沉沉楚天阔”的千里之外;彼时彼地,伊人不在,“便纵有千种风情,更与何人说”?这一番思前虑后啊,怎一个愁字了得?“多情自古伤离别,更那堪冷落清秋节”,况且还有这只蝉,叫得凄凄惨惨戚戚。

最洒脱的告别,应是现代诗人徐志摩。著名的《再别康桥》,是徐志摩离别英国的告别宣言。“轻轻地我走了,正如我轻轻地来,我轻轻地招手,作别西天的云彩。”“轻轻地我走了,正如我轻轻地来,我挥一挥衣袖,不带走一片云彩"！没有泪，没有酒，何其潇洒！可是有依依惜别的深情，有无可奈何的离愁，貌似洒脱而已。

离别几乎是人生中不可回避的际遇。见多了告别，就以为告别是最艰难的、最痛苦的。前天晚上看电视，连着看了两个节目，一个是李安拍的电影《少年派的奇幻漂流》，一个是央视综艺节目《越战越勇》，其中有情节触动了我，忽然意识到，还有比告别更令人心碎的，那就是不能告别。

经历了227天的海上漂流，九死一生，派和与他一起生存下来的孟加拉虎，终于漂到了墨西哥海岸。劫后余生的派本应该庆幸，应该高兴，但他却伤心地大哭起来，只因为那只曾经相依为命的老虎没有回头看他一眼。"我以为它会回头，但它只是朝着森林深处望去，然后永远消失了。……它就那么头也不回地走了。"派哭得很厉害，"如果没有它，我不可能活下来。"派说。不能告别的离别，让派伤心得要死。

这一期《越战越勇》节目中，选手讲述自己的经历，她说因为突然生病，被推进手术室手术，生死未卜，那一刻，她突然意识到有好多事情都还没有来得及做，她想老公出差在国外，什么都没来得及说一声；她想宝宝刚刚几个月，都没有来得及陪他稍微长大一点；她想双亲已年迈，自己是他们唯一的孩子，来不及陪伴他们寂寞的晚年……她说："我没有了，他们怎么办？"可是，她那时无人可说，没有机会可说。忆起不能告别的离别，选手泣不成声。

离别自是撕心裂肺的痛，但是无论怎样痛，总还可以倾诉，可以表达，可以感知，可以分担。当无处倾诉、无以表达、无法感知、无人分担时，剩下的就只有无奈，只有绝望了。而这种无奈，绝望，就是不能告别吧……

2016.3.24

写于父亲祭日前两天

碎　片

人生的第一次记忆，与爸爸有关。

是在医院里，我从一个人的怀里，被一个身穿白大褂、戴一顶和手术室医生形状相同但是白颜色的帽子的男人接过去，在腾空的一刹那，我挣扎、哭号，不愿被陌生人带走。而后是坐在小床上，面前有一只小碗，里面装着好像是切细了的千张丝。再然后就是走在明媚的阳光底下，我和家人一起。最后这个印象和我姐姐的可以叠印在一起了，我妈妈也说，是接我出院。不知为什么，我认为那个阳光和煦的地方是云龙山。是出于姐姐的回忆？这不太可能，她那时也不该有关于地名的记忆。是妈妈说的？也不是很确切了。我那次是百日咳，属于传染病，去的是儿童医院，住院了。那时不要家长陪床。医生应该是从我爸爸怀中把我抱走的。那时我两岁多。

比这还早关于我自己的记忆不是影像，是传说，因为家人说得多了，所以似乎变成我自己的记忆了。有一段时间，大约是奶娘刚走，我不是很习惯，或者是家人也不太习惯我，总之是每夜必哭。哭的时间很不对。爸爸当时在市检察院工作，不知是因为运动还是什么，总之是案子特别多，天天加班，每天回到家中都是下半夜。他刚入睡，我就开始哭，一时半会还停不下来。正在困头上煎熬的爸爸，忍无可忍，照着我的屁股上给一巴掌，我才清醒过来，止住啼哭。可是爸爸又不忍了，总是塞一块冰糖在我嘴巴里，再去睡觉。我含着冰糖，马上也睡着了。这个每晚必演的节目，大概进行了不短的时间，给家人印象很深刻，所以作为我和爸爸的不良记录，保留在我们家的传说史中。

我做的可厌的事可能也不止这一件。还有一件令我一直伤痛至今，算是自作自受啦。三四岁，出麻疹，病初愈时，赶上搬家。爸爸从市检察院调到县法院主持工作，没放下行李就被派下乡锻炼，二十天后直接就留在那儿了。然后我妈工作也调过去，我们家就搬过去了。搬家时，全家人坐汽车，唯有爸爸骑单车先走，我哭着闹着一定要坐爸爸的车子。大夏天，我又是大病初愈，妈妈自然不让我在烈日下暴晒；也正是因为大病初愈，妈妈又不忍太逆着我，结果妈妈妥协了。我这一次任性的结果是皮肤晒伤了，永久性的。还丢掉一条垫在我屁股底下的床单。当然，把爸爸也累得够呛。这也是我妈妈常常说起的故事。我没想到我小时候如此任性。我的印象中，比较刁蛮的是我姐姐，我是家人公认的憨厚。唉！任性也不挑个时候！

再一次，是我自己的印象了。刚到新到的地方不很久，可能到冬天了，晚上，特别黑，爸爸抱着我，深一脚浅一脚地走着，我抱着一包炒米，姐姐走在旁边，也抱着一包。炒米用印花纸包着，形状像热水瓶胆，不重，但体积不小。其实商店早就下班了，是爸爸敲开门买的。爸爸白天是没有空闲的，也从不会去商店买什么东西，这样的事应该是我妈妈的事。这一次是我的眼睛生病了，爸爸带我去医院，治疗以后，我的一只眼睛上多了个眼罩，成了“独眼龙”了。因为生病，爸爸给的慰问品吧。

六年级了，特别喜欢看杂书，学校有个小图书室，老师让去帮着整理图书，像入了宝库一般，只顾贪婪地看书，顾不上什么整理。班级里有杂志，拴上线，挂在墙上的钉子上，一排，月月换新的。通吃，一本都不会少。可以借书，每次老师从图书室把书借来，我们从老师那儿拿，轮换着看，一段时间后，再换一批。很过瘾。课外书看多了，可能影响到成绩了，其实也不一定，但是老师告状了。一天下午放学，我顶着一张小席子，是在学校午觉用的，腋下夹着一本书，是《讲故事》，上海出的丛书，带回家晚上看。上台阶时没注意，被门槛绊了一下，一跤摔到屋里了，书飞了出去。爸爸恰巧在家，一般他这时是不会回来的，这次真巧了。我这跤摔得动静有些大，爸爸从里屋出来了，他肯定看到我的书了，我的意思是他看清了是什么书，一脚盖在上面，然后问：“是语文书吗？”当然不是。然后，我就被罚跪了。再然后，我和姐姐被带到学校，教导主任拿出两张数学试卷，现场考试。我没有考满分，主任跟我爸解释说,是中学升学试卷,里面有我没学到的。又写了保证书。时间已经很晚了,我和姐姐都还没吃晚饭。爸爸敲开了机关食堂的门,我和姐姐一人抱着一只大馒头,边吃边回家。等到我们的孩子上学时,我爸常说一句话:小孩子别的可以原谅,学习不好不能原谅。跟孩子一起忙高考的时候,我才真正理解我爸的这句话,别的事情家长可以帮助孩子,甚至替他去做,但学习不行,替不了。

六年前的这个时候,爸爸走了,从此,他只能在我的记忆里出现了。但是,在我的记忆里,爸爸从来没有离开过。也永远不会离开,直到我没有记忆。

2016.3.28

陪爸爸度过的最后日子

2010 年寒假,和往常一样回家陪爸爸妈妈过年。爸爸再一次提起,不想吃东西,以前喜欢的肥肉,现在见了就恶心,一点食欲没有。这事之前爸爸在电话里说过,轻描淡写的,都以为是胃的问题。爸爸的胃没有毛病,一向胃口也好。有时因为着凉或者吃东西不对拉肚子,人家遇到这种毛病,都是减食,让肠胃休息休息,爸爸跟人不一样,他会说快炖只鸡补补。晚年时有胃酸,他有自己的治疗办法,切一块生姜吃吃,似乎立马见效。我听到过他把这种疗法推而广之,应该是他的经验了。当他再次说起胃口不好时,妈妈说,都怪山西的一家卖药的。爸爸前列腺不好,老毛病了,一直也没有什么有效的办法治疗。山西的这家,说专门治疗前列腺,效果如何如何。因为宣传得神乎其神,当然也因为医院也没有什么切实有效的办法治疗,爸爸就买了他们的药。是什么药我没见过,但据说一次要吃很多,都是胶囊。我妈胃不好,吃到带胶囊的药,总是把药粉倒出扔掉胶囊。我爸仗着自己胃好,又怕麻烦，且怕苦，就连着胶囊吃。我妈说，吃了那么多胶囊，什么胃吃不坏？我问此药效果如何，爸说也没见出来。我说那还吃！爸说，没有办法，人家太热情了，你不买不好意思。唉！我爸这辈子，既不贪便宜，又不信迷信，按说一般不会上这个当的，真是老了！假药还堆了一堆，我们说，无论花了多少钱，这钱就算丢了，把药扔了吧，胃好好养养。至于前列腺，还是去医院。之后的几天，我和外子便陪着爸爸到医院做各种检查，其间烦琐折腾，一言难尽。总之，让爸爸对医院望而生畏。

这样说着说着，新年临近了。爸爸的一个本家孙女过来看望，她是内科医生。我妈把我爸的情况告诉了她，侄女以职业的敏感，说节假后上班时去医院检查一下肝脏。

可能连日的检查让爸爸很疲惫，加上胃口不佳，爸爸呈现出一种前所未有的衰弱。爸爸是喜欢热闹的，最喜欢儿孙绕膝，笑语声喧，有时闹腾得我妈说屋脊盖都要顶破了，我爸反而更开心。很多时候的热闹，他都参与其中。这次他没有这么大的精气神了，多数时候只是安静地坐着，脸上露出笑意，看着别人说笑。为了让爸爸开心，这次的新年气氛被渲染得格外浓重。弟媳妇买来很多布置新年的装饰，楹联、福字、贴画，门楣、墙壁焕然一新；客厅里重新换了鲜花，大株的发财树上“结”满了红灯笼和彩色灯泡；院子里的石榴蜡梅枝条上装饰的绢花几可乱真，春意盎然；门前廊柱上高高悬挂起红红的大灯笼，到处年气拂拂。年夜饭后，大家坐在沙发上看电视，爸爸精神很好，兴致勃勃地唱了一支我从来没听过的歌，是他少年时代的歌吧？赞美春天的。歌曲很长，那么多的歌词他居然没忘，一字不落地全唱出来了。我听过爸爸唱歌，都是一句半句的，似乎没有一首完整的，这次是破例了。但是嗓音有些嘶哑。我当时不明白是为什么，后来想，其实是因为病。但当时大家，包括爸爸自己，都不知道原因，也没有在意。

尔后开始的春节晚会，照例是陪伴大家守岁的必看节目，只是我们家向来是分成两派，大部分人是看春晚的，我爸却喜欢看戏曲晚会。我也喜欢戏曲，可是比起春晚来，首选还是春晚，希望在第一时间看。而春节的戏曲晚会，可以看重播的。那天晚上，楼下客厅的电视转到戏曲晚会，自然是为了照顾爸爸。不一会，愿意看春晚的都换到别的房间电视机前了，妈妈和以往一样，在自己的房间里看，其实她看的也是戏曲晚会。客厅里只剩下我和爸爸，我选择陪爸爸看戏曲晚会。我大约心中有一种预感，好像觉得以后不可能陪他老人家看几次戏曲春晚了。晚会不是多精彩，我的兴致也不是很高，但我选择了坚持，直到结束。我和爸爸都有些如释重负。后来我想，爸爸对晚会也未必多么有兴趣，尤其他的身体，坚持几个小时，也很吃力了，再说，他当然也可以去卧室躺在床上看省些力气。他的坚持，其实也是为了我，他以为我很喜欢，不愿我一人在客厅里寂寞。这样长时间坚持下来，挺辛苦的。我们两人其实都会错了意，为了对方而辛苦自己。但我的辛苦我不后悔，这确是我陪爸爸看的最后一次戏曲春晚了。

年假刚过，我们便送爸爸去医院检查，直接拍了腹部的片子。检查的结果是我们谁都没想到更不愿意接受的，但是必须面对。接下来几天是迅速找人会诊确诊，确定治疗方案。最后决定做靶向治疗。第一次治疗也还顺利，只是反应比较强烈，一昼夜的高烧折磨得人很难过。伤口做了固定，一条腿动弹不得，只能躺着，很累。后来可以半躺侧卧了，爸爸马上让我们告诉妈妈，电话接通后，他亲自对妈妈说，可以侧身了，感觉好多了，让妈妈放心。其实爸爸和妈妈这时都不知道爸爸究竟得了什么病，我们给他们看的是特意做的假病历，医生也是一直帮着瞒着的。但是爸爸还是有些怀疑，他对我们几个人都说过，如果真的是什么大病，不要瞒着他，给他准备一瓶安眠药。他说他不怕死，怕受罪。唉！要是知道后来的结果，还不如照他说的做呢！可是，怎么忍心！再说，心里也还存着侥幸，希望奇迹出现。有一丝希望，也不愿意放弃啊！

住了一个礼拜医院，第一疗程结束，就回家了。真是病急乱投医，那时我们关注所有的相关医疗信息，凡是有益于身体恢复的，有益于治疗的，都想试一试。有一种药剂是白色乳液,价格昂贵,据说涂在背上有治疗效果,于是千里迢迢快递过来。冬天,药液是凉的,尽管有暖气,涂在身上终究不舒服,可是爸爸克服了。冬虫夏草,喝起来是苦的,爸爸叹口气说:“我命真苦!要喝这样苦的东西!”妈妈不明就里,体会不到爸爸心情,说:“这是营养保健的东西,小孩子买来的!”爸爸就不说什么,违心地喝下去了。唉!要知道一点用处也没有,让他受这些苦干什么!真是肠子都悔青了!

那些天,我们姐妹轮流帮他洗脚,其实以前我们都没这样做过。爸爸到老年时身体发福,尤其是肚子大了,弯腰洗脚、修脚,都不太方便,但他从来都是自己做,不让任何人帮助。这次真的是因为病了,没有力气了。每天晚上我们还帮他做的一件事是给他把假牙洗干净,放到净水里养着。这在以前自然也是不需要的。爸爸年轻时抽烟,牙齿早早就坏了,做了满口假牙。后来随着牙龈萎缩,先前的牙齿不很合适了,又陆陆续续做过几副,因为不习惯,所以一直还戴着旧的。由于没有支撑,原本很挺的鼻子,都往下塌了,搞得鼻头向前伸着。爸爸曾自嘲地说:“年轻时人说我像周恩来,老了人说我像杨尚昆了!”他说的也是杨尚昆老年时的形象。说实在的,爸爸年轻时实在是很英俊的。

爸爸个子很高,年老时又胖,衣服不太好买,尤其是羊毛衫之类。以前都是我用毛线给他织,后来觉得终不如成品好看,还是尽量买。但往往就小,不很合身。妹妹给他买的一件牛绒衫很合适,就整天穿着。我这次寒假终于淘到件大的,穿着很好,这才把那件旧的换了下来。我看袖口都磨损了,就拿到二姐家,想补一补。二姐是心灵手巧的,她找出一块深咖啡的绒布,剪裁好,镶在袖口上,又剪了两块椭圆,缝在袖肘上。配在爸爸米色的衣服上,倒像是刻意的装饰,很和谐。只是,我们俩在飞针走线时,心中都隐隐不安,真怕是给爸爸做的最后的针线了。可是我俩都不敢说出,害怕一语成谶。

寒假结束了,我要回学校了。

靶向治疗预定三次,每次间隔一个月左右,因为需要恢复。第二次的治疗,应该在清明前后,我想,清明节放假我要回来,能在爸爸住院期间陪伴他。

走的那天,全家人照例送我,爸爸妈妈也出来了,其实天很冷,他们都不该出来的。和大家告别后,我上了车,摇下车窗,爸爸过来,说下次什么时候回来。我说清明。爸爸立刻说出还有多少天。他总是这样,未曾登程问归程,心里不知盘算多少次呢,算计着哪个孩子什么时候可以回来。可是如果你忙,没有回来,他从不说一句责备的话,也绝不会把失望表露出来。我常常木木的,以为他无所谓呢！唉！我是这样的没有心肝啊！每次来来回回,都很无所谓,以为这样的情形长远着呢,谁知有一天它就成了绝响了呢！我意识到了这是爸爸最后一次送我了吗？我想到这是爸爸跟我说的最后一句话了吗？我心里其实有一种很不祥的预感,我怕下次再见不到爸爸了。但这样的念头刚一冒出,自己就狠狠地把它压下去,对爸爸一丝有害的想法都不许有,我的爸爸要长长久久地活着！人在这时都变得唯心了。我的眼泪再也忍不住了,对外子说:开车！

这一去再回来,我就要没有爸爸啦……

2016.4.10

怕过清明,怕过清明

爸爸第一次介入手术之后,便在家中休养,寒假结束后我已回学校。人在外,心却系着爸爸的病情,电话里一直都说还好,恢复得不错。已是三月下旬了,清明将至,再过几天就可以回家,届时爸爸将进行第二次介入治疗,希望这种先进的疗法,可以驱走病魔,即便不能除根,延长生命总是可以的吧！24 日,家里来电话,说爸爸准备提前做第二次介入,这样到清明假期时,就可以恢复得差不多了，可以在假期里多陪陪孩子们。手术在25日上午进行。25日深夜，电话铃声大作，在静谧的夜晚，显得那么刺耳。拿起耳机一听，说爸爸病情危重，已经进了ICU了。这实在太出意外了！依照上次的手术看，头两天因为固定伤口不好翻身，比较难过，忍受一两天，就比较平和了，起码是没有危险的。且就他这病本身，即便不治疗，这么短时间内也不会有任何问题。怎么突然就危重了呢？没有时间多想多问，我和外子立马开车赶回徐州直奔医院。

家里除了瞒着妈妈，能到的人都到了，还包括几位做医生的亲戚。连夜往回赶的，除了南京的我们和侄女，还有上海的外甥和在北京开会的弟弟。爸爸躺在ICU，不准进去探望。无助，无奈，ICU里的爸爸，ICU外的我们……

听姐姐他们讲关于这次手术。

介入手术前，照例是要做药物过敏试验的，皮试呈阳性，我姐说不可以吧？主治医生说，这批药假阳性的多，没有关系！要是都不能用，那医院还亏大了呢。没问题！在之前商量手术方案时，我姐说，上次用药后高烧，这次药量减少点吧。医生说可以。但是手术时，他把之前我姐的提醒忘了，不光没减量，反而增加了。结果术后反应特别厉害，高烧烧得人难过极了，不久呼吸便出现困难。主治医生此时正在做另一台手术，关于我爸，没有任何医嘱。护士叫来呼吸科医生。于是上了呼吸机。我妹妹是学药的，因为介入药中有碘，她怀疑是碘过敏。我的一个妹夫上次陪夜，证实当时也有这个症状，并且已经告诉了值班护士。只是这次更厉害。我妹妹让护士把值班记录调出来，记录上没有任何记载。妹妹把自己的怀疑告诉医生，医生也不理睬。他们判断是栓塞。爸爸的伤口需要凝血，而栓塞则要求溶栓，是相反的治疗方向。而碘的过敏，根本被忽略了。结果爸爸的呼吸越来越窘迫，就送到ICU了。

ICU是重症监护室，不让进去探望，爸爸的情况无法得知。我们请姐姐的亲家帮我们看看,她是这个医院的退休护士长。亲家回来说,因为高烧,病人会忍不住翻动身体,所以医院的措施是把四肢固定,其实就是捆绑起来。又因为是上了呼吸机,也无法说话。见到亲家,我爸用眼神询问,亲家只能含糊其辞地安慰几句,就被催促出来了。亲家说,那一刻,我爸流泪了。她还说,实在无法直视我爸的眼神……

心如刀绞……

妹妹说,爸爸对这次手术是乐观充满希望的,他自己选择这个时间手术,计算好了时间,一周后出院,回家恢复恢复,我们就放假到家了。为了这一个礼拜的住院,他自己去理了头发,认真地刮了胡子;自己洗了澡,还剪了脚指甲。今天一早出门时,妈妈帮他把漏掉的扣子又仔细地扣扣好,给他整理了围巾,信心满满地送他上车。在医院里,因为前面临时加了个小手术,他耐心地等了一会。轮到他时,他面带微笑,自己走进了手术室……

谁料几个小时以后竟是这样……

我爸是爱整洁的。他的胡子很茂密,但从来没见他胡子拉碴的样子。每次剃须,他会用浸泡了热水的毛巾捂一会,然后用刀片刮脸。四妹小时候很淘气,最好学爸爸的姿势,把一边脸鼓起来,做着刮脸的姿势,往往逗得家人大笑。爸爸的脚有灰指甲,指甲很厚,经常要用锋利的削脚刀修理。我们家人长灰指甲的也多,爸爸经常自告奋勇帮我们修脚,我妈妈和我们姐妹都受过恩惠。可是没人可以帮得了爸爸,都得他自己亲力亲为,到了晚年发福,肚子很碍事了,也还如此。我的灰指甲没治好之前,爸爸曾亲自给我选修脚刀,亲自把刀磨快,送给我。

至于微笑,简直成了爸爸晚年脸上的标志了。他爱每一个人,从家人到邻人,甚至是陌生人。年轻时爸爸是急脾气,但对部下,对老百姓,态度好得很,说和蔼可亲一点都不过分。严厉都留给家人了。年纪大了以后,对子女,对第三代,也从不疾言厉色了,实在急了有脾气的时候,大约只有我妈能感受到了。爸爸跟人相处的原则一向是“宁人负我，我不负人”，宽和、大度。教育我们也如此。邻里矛盾，在我们从来不会有的。

爸爸带着一如既往的微笑，走进手术室。只是这一次，接受这微笑的人，真真辜负了！

熬过了折磨人的夜晚，天微明时，我趁着护士不注意，进了 ICU，走到爸爸床前。已经被折磨得没有一丝力气的爸爸，眼睛闭着，很安静。我摸了摸爸爸的额头，有些汗，已经退烧了，低于我的手温，微凉。我不知是凶是吉，但直觉爸爸已经命悬一线，预感爸爸大约撑不过去了。我的心很悲凉，担心大于希望。我想告诉爸爸，我来了。可我怕他心里是清楚的，知道我连夜赶来，会怀疑自己的病很重了，丧失意志力。我凝视着爸爸，心里祈祷，祈祷奇迹出现，让爸爸闯过这一关。护士发现我在，立刻让我出去。这竟是我见到爸爸的最后一面。再见时，已经天人永隔了。我无论是担心，是期盼，他再也体会不到了……

26 日整整一天，其实就是在拖延时间。所有的抢救，徒有形式，安慰家人罢了。错误的诊断，使得一切治疗都是南辕北辙。等到确诊是碘过敏时，已经回天无力了。下午六点，终于宣告不治。我的爸爸，就不明不白地这样走了。

他是微笑着自己走进手术室的，他想到过这竟是一条不归路吗？他微笑着感谢每一个给他治病的医生、护士，他会想过他们如此地不负责任、草菅人命吗？他是那么信任他们，可是他们对生命连起码的敬畏都没有，对工作连应有的责任心都没有。从皮试阳性，到径自加大药量，再到拒绝碘过敏的提醒，这其中哪一个环节他们经心了，都可以避免这次事故。但是没有，他们一而再，再而三地错下去。更为卑劣的是，事故发生以后，他们没有吸取教训，引以为戒；没有向家属表示起码的歉意，却急急忙忙篡改处方，编造假记录，掩盖事情真相，已经卑劣怯懦得近乎无耻了！

人总有一死，可我爸不该这样死！每每想到爸爸那一晚炼狱般的煎熬，都不敢深想下去。手脚不能动，有话不能说，身边一个亲人都没有，不明不白地受折磨。他心里该有多少不甘？有多少委屈？有多少疑问？有多少担心？他其实胆子很小，最怕孤独，偏偏最需要亲人的时候，谁也不在。每念及此，痛彻骨髓。

人总有一死，可我爸不该这时死！我一千遍一万遍地悔恨，如果不是为了我，爸爸不会选择提前手术，如果错过这个时间，可能就避开了这批劣质药；可能换个时间医生不那么糊里糊涂地用药过量；可能主治医生不需要紧接着另一台手术，以致出了问题时无法找他；或者可能，如果他有些时间，又有些责任心，能够留下医嘱，或是能跟抢救医生沟通一下，不至于出现误诊……我无法左右这些庸医，只能寄希望于偶然，如果避开了这个偶然，我的爸爸能回来吗？我无法改变别人，只能寄希望于躲开。爸爸，如果我们躲开了呢？不就没有这场灾难了吗？

悔！肠子都悔青了！可是世上哪有后悔药啊！

清明！清明！清明成了我永远的痛了！

怕过清明……怕过清明……

2016. 4. 19

无风无雨过清明

2010 年的清明，于我有了特别的含义了。

这之前的清明节，我从未注意过。小时候学校会组织给烈士扫墓，回来照例是一篇作文，大都是“在烈士墓前”“踏着先烈的足迹前进”之类。后来长大了，这些活动也没有了。再后来，重新兴起的祭祖扫墓之类，和我们也没有什么关系。爸妈这代人，少小离家，老大也不曾落叶归根。到了我们，生在外，长在外，是反认他乡是故乡的一代。祖坟在哪儿，别说不知道，连想也没想过。“文革”中曾看到抄家抄出的“四旧”中有祖先牌位之类的东西，除了本能地反感之外，还觉得怪异，因为从来没见到过。那年月，不兴讲这些的，何况家庭出身一直是道迈不过去的槛，躲还来不及呢，爸妈更是讳莫如深。清明节于我们的全部意义就是一个节气，到了这天吃煮鸡蛋而已。

我刚工作的那一年，清明时学校还兴给烈士扫墓，我所在的郑集中学附近没有烈士墓，要到马坡去。祭扫完毕，我忽然想到我爸恰在马坡，就顺路去看他。爸爸让食堂给我煮了几只鸡蛋。吃着鸡蛋，我都有些惊讶了。我从下放当知青，到上四年大学，成人之后，没人给我煮鸡蛋的，我都把这风俗给忘了。再说，以前在家，也不是爸爸煮鸡蛋，何况我都这么大了！工作时候的爸爸是极其严厉的，很少见到这么温情的一面。

2010 年清明，是个阴雨的日子，很少有人到系里来，我的办公室只有我一个人。望着窗外的雨，一时又呆住了，爸爸的死，点点滴滴，又来到心头。那些天，特别煎熬，睁眼闭眼都是爸爸，正所谓才下眉头，又上心头。我的眼泪不知不觉簌簌地流了下来。忽然，张宏生进来了，我来不及擦掉眼泪。他是我以前的同学现在的同事，关系自然近些。说了几句话，他就出去了。不一会，我在南京的同学杨洪海、廖礼平都打电话来，和我聊天，安慰我。我知道是张宏生告诉他们的。是老同学的友谊，陪我度过了那个难熬的清明。

对于爸爸的意外离去，我们久久不能释怀，心里一直自责，觉得是我们的决定，把爸爸送上了不归路，杀害爸爸，我们也参与了，而且是与刽子手合谋，手上也沾了爸爸的血。我更不能原谅自己的是，如果我不说清明回来，爸爸会那么急急忙忙地去手术吗？心里整天像压着块大石头，沉重得喘不过气来。想到爸爸到走时都不知道是因为什么，想到他老人家死不能瞑目，我无论如何都不能原谅自己。

刽子手的认错道歉，让我们心头轻松了一些，算是对爸爸妈妈的一个交代吧。我们可以选择宽恕,但杀人不偿命,连悔改之心都没有,于情于理于法,天地不容!

但是我的心,仍旧放不下来。

写出事情的真相,是我义不容辞的责任,我不能让爸爸死不瞑目!

可是,不要说写,想到这事,心都痛得要死掉!我一再拖延着,每每鼓足勇气下笔,临了又逃脱了。爸爸最煎熬的那一夜,是我绕不过去却一直不敢直面的死结。我很想知道,那一夜,爸爸究竟经历了什么,想了什么,我又害怕知道。那炼狱般的一夜,不光煎熬了爸爸,也煎熬着女儿的心。

写下这组文字,我如释重负。我写这些,写前不敢想,写后不敢看,我没有勇气一次次撕裂并未愈合的伤口。我尽量平复自己的情绪,使自己可以坚持长久一些。我终于写出来了。至痛无文,我无法写得稍微好些。

人生就是不断地放下和告别,是放下的时候了。我这样对自己说。

今年清明,我捧着一束素菊,去看爸爸。多少年来,在爸爸墓前,我都不敢告诉他,我来了,如同那天清晨在他病床前一样。我一直耿耿于不能告别!今年,我鼓足勇气,终于说出:爸爸,女儿看你来了!爸爸一向是仁爱的,包容女儿的一切,包括最后这一次……

今年的清明,无雨无风。

2016. 4. 20

小鸡小鸡叽叽叽

每年桃花谢了梧桐花开的时候，外婆就会买上十来只小鸡雏，撒在院子里。圆圆的毛茸茸的小家伙，绒毛玩具一般地可爱。就像一滴墨汁不小心滴在水里，越漾越开，就成了黑灰的、浅灰的小雏鸡。而那种最常见的亮黄色的小鸡，则如一小球蓬松的黄毛线落到地上，滚来滚去，很有弹性似的。小鸡崽的喙，短而尖，鲜红圆润的一点。两只黑黑亮亮的眼睛，满满的好奇要溢出来了。每次小鸡来到家里的时候，都像孩子们小小的节日，看啊摸啊，可以兴奋半天。小鸡在青草上追逐嬉戏，在泥土里争斗觅食，都是一幅幅活泼的图画，新鲜又生动。小鸡小的时候，需要精心爱护，不能和大鸡住在一起。我外婆都是用一只旧了的笆斗，铺上松软的草，晚上把小鸡捉进去，早上再放它们出来。过了一段时间，小鸡强壮一些了，就可以自己跳进跳出了。遇到雨天，也要把小鸡捉回来避雨，呆头呆脑的小东西，还不知道怎么保护自己呢。如果是老母鸡孵的小鸡，就没有这样的担心了。任何一只母鸡，做了母亲，都会非常尽职。经常可以看到这样的画面，一只老母鸡，领着一群鸡娃娃，优哉游哉地散步，好像日子过得波澜不惊的，有点小康的满足。如果大雨来临，鸡妈妈就会咕咕咕地发出紧急集合令。没见过世面惊慌失措的鸡宝宝，听到妈妈的召唤，从四面八方跑过来，然后挤挤挨挨地依偎到妈妈身边。鸡妈妈便把硕大的翅膀展开，所有孩子尽揽麾下，鸡宝宝们便风雨无虞。说也奇怪，一只温文娴静的母鸡，一旦做了妈妈，性情立刻大变。如果你想逗小鸡玩玩，或者你根本没有什么打算，只是不经意的一个动作让她误会你对小鸡有什么企图，她就会像轰炸机袭击目标那样，挓挲着翅膀，向你俯冲过来。往往有小孩莫名其妙被攻击，吓得号啕大哭。所以在母鸡做母亲的时候，离她远点为妙。小鸡跑起来的时候，看似急急忙忙的，其实速度不快，且极没有章法，所以觉得它就在你脚边转，搞得你一转身一抬脚都得小心翼翼，稍不注意，可能就会踩到一只。再小的孩子，那一脚小鸡也禁不住。我的记忆里，似乎每年都有小鸡因此夭伤。每每这时，外婆就会用一只铜盆，把那个倒霉蛋覆在底下，然后敲击盆底，发出很大的哐哐哐的声音。用这个方法，确实有把去往天国路上的灵魂召回来的情形，但很多时候，它们不肯回来了。我很愿意承担唤醒小鸡的任务，用小木棍当当当地敲击铜盆，一边敲，一边不时翻开盆，看看小鸡醒来没有。不停地敲，不停地看，心里又焦急又盼望。当然，结果是有时惊喜，有时失望。

小鸡长得很快，到天气炎热的时候，它的小翅膀已经可以派上用场了，这时的小鸡是很淘气的。那时暑天，我们家晚饭经常把小饭桌搬到院子里。此时天色尚明，小鸡还没进窝，见到饭桌上摆上饭菜，不用邀请，就想先分一杯羹，会争先恐后地往桌子上跳。早防着它呢，外婆已派了我们在桌旁看守，但是小鸡并不害怕，像惯打游击战的高手，伺机就跳。真有得逞时，那样一碗饭或一盘菜就毁了，可是有什么办法呢？它就是淘气啊！可能很多孩子都有这样的经历，你手里拿着吃的东西，站着或者走着吃，小鸡跟着你，一跳老高，啄你手上的东西吃。如果恰巧啄到食物，吓了你一跳；也很可能啄到的是你的手，你一疼，食物也掉了，你就只有哭了。还会有“三英战吕布”的情形：你的周围团团围了几只小鸡，你争我夺地进攻你手里的目标，此起彼落，你高高地举着手，招架不了，又哭又喊，等着大人解围。可是哭过之后，你和小鸡还是好朋友。

母鸡到了夏季，似乎母性就苏醒了，生蛋生着生着，就趴在窝里不肯出来了。这样状态的母鸡被称为抱窝鸡。不是每只母鸡都有做母亲的幸运的,绝大多数的权利都被剥夺了。但这时母鸡的执着与奋不顾身的抗争,简直可以用惨烈来形容。最常见的是被拴起一只脚吊起来,只一脚着地。也有被抓住翅膀把脑袋往水里闷的。种种方法都是为了让母鸡清醒过来,不要再沉迷于做母亲的梦。听过一个侥幸且轻轻松松就做了母亲的母鸡的故事。是一个熟人家,主人单身,也养了两只鸡。恰在暑天回老家探亲,一月时间。把鸡关在屋里,放足了食物和水。不在家的时候其实也还是担心鸡们的,不料回来时收获一大惊喜。能干的母鸡,利用九天时间生了九只蛋,再用二十一天孵出了小鸡,待到主人回来时,恰恰好,一屋子的小生命,热热闹闹的。

我十一二岁那年,有一天我爸交给我一个任务,让我到农场刘伯伯那里拿几只鸡蛋。我当时刚学会骑自行车,便骑车摇摇晃晃地前往。刘伯伯交给我一只用大号手绢包起来的小包,里面是五只雪白的鸡蛋。他小心翼翼地捧过来,嘱咐我路上当心,不要摔了。我有点被他郑重的神情吓着,但也因此很注意地拿着。回到家中竟然一个没破,十几里地呢!我爸也有些喜出望外,和妈妈仔细说着那几只雪白的鸡蛋。过了一段时间,我家抱窝的老母鸡领出了一群小鸡,里面有五只小雪团。再过一段时间,小雪团都长出了长长的小尾巴,和平鸽似的,与其他小鸡迥然不同。爸爸说,那小鸡叫来克杭,是新品种。小鸡长大后也是纯白的,生出的蛋特别大,也是一色的白。爸爸那时主管县农业局,对小农场的试验信息算是得风气之先。鸡蛋虽是刘伯伯自己家中的,但这好像是我见到的唯一一件与爸爸职务相牵连的事。

也是在这件事前后,苏北进行"旱改水",试验种植水稻。春天,在小范围试验播种育苗,这种育苗有一个很专业的名字叫"小秧落谷"。爸爸带领全县的技术人员开现场会,返回时,乘坐的大卡车被人恶作剧地把车厢后的挡板插销拔掉了,我爸不知道,上车时车挡板下翻,我爸腰摔伤了。简单的治疗以后就是睡硬床板,三个月不能下地。爸爸惦记他的试验心急如焚,刚能起床时便练习走路，那一段时间，天天在家一走一顿地从屋里到屋外。好玩的是，到爸爸可以练习走路的时候，我们家养的小鸡，也长到半大不小该换毛的时候了。其中一只小鸡，特别难看，稀稀疏疏的几根毛还翻着长。这只翻毛鸡很不受待见，别的小鸡都不搭理它，一入群便被又追又啄地赶了出来，整天形单影只的。大约我爸可怜它喂它吃东西吧，它视我爸为知己了。每天我爸一步一顿地在前面走，小翻毛鸡一步一拐地在后面跟着，很怪异滑稽的场面，看得大家都发笑。

外婆离开后，我们家好像没再养过小鸡。每年春夏之交必有的那种热闹，似乎也被外婆带走了。我儿子很小的时候，有一天我和外子带他出去玩，经过一个地方，有人用自行车驮着只大大浅浅的竹筐，里面满满茸茸的小鸡崽，叽叽叽叽地叫着。我儿子一下子被吸引了，坐在爸爸的自行车上，惊喜地大叫："这么多刚断奶的小鸡呀！"儿子稚嫩的声音、奇特的形容词，让我大笑，而那一筐毛茸茸的小生命，一下子把我童年的时光拉到我的面前了。

我大学毕业后，分配到郑集中学教书。郑集中学虽在苏北小镇，但它是老牌省重点中学，校牌上的字还是郭沫若题写的呢。学校里的教师，多是外地人。其中实验室老师王一杏，家在无锡。分管教学的杨副校长，也来自苏南。我刚去的时候，杨校长见到王一杏老师，调侃地说，你妹妹来了。王老师特意找到我，仔细询问我的家世。在一杏老师呢，自然是因为身在异乡希望能他乡遇故知，可我和无锡没有半毛钱关系，八竿子也打不着。但从此和王老师就算认识了。王老师对事认真得有些"过于执"，做事常招致嘲笑，当然这些嘲笑也没什么大的恶意，就是人没事了的时候闲磨牙而已。我遇到的王老师的认真，除了为了我的名字郑重接见我一次之外，还有一次。那天是周末，我从家里刚回到学校，吃过晚饭，出来开会。郑集中学的惯例是周日晚上一定要开个例会，其实就是要求老师在那时都要到校，以免影响周一上课。我洗过澡换了夏装出来，也是因为天刚转热，我穿的是衬衫和裙子。

走在路上，听见一杏老师在后面喊我，声音很急，便停下等她。一杏老师身材高大，其时也已经不年轻，急匆匆地一阵小跑过来，气都喘不匀了。我以为有什么急事，哪知她指着我的衬衣窃窃密密地说："小王，你的胸罩露出来了。"当时的情形是，化纤面料早已取代棉布，所以内衣肯定是若隐若现的，大家都如此，不光女人，男人也是。我也不可能买到不如此的衣服。一杏老师惊骇于我的"不检点"，我惊叹于她的与时代脱节。其实说了半天，我是想说一杏老师和鸡有关的一件事。一次学校例会上，校长说，家属院的鸡，要关好，不要跑到教学区，有碍观瞻。校长又多余地加了一句，说："如果有鸡跑到外面，谁抓住归谁，宰了吃掉。"谁知次日，一杏老师就提了一只鸡到校长室。我不知后来校长是如何处置那只鸡的，但一杏老师的逸事，在坊间又添加了新内容。

关于养鸡的糗事，我也有。我只养过一次鸡，是被动的。而且严格地说，那也不算养，我只是名义上的监管人而已。我儿子出生以后，我调到了铜山中学。该学校是新建的，但是在城郊，离家近，方便被照顾。当时不知是因为什么，人家送了几只老母鸡给我们家，是煮汤吃的。几只鸡表现得都很好，到我们家就忙着生蛋，我妈就不忍心杀它们。可是城里不许养鸡，恰在其时我到了铜山中学。因为是新建的学校，除了教学楼外，其他建筑都带有临时性质。比如没有院墙，代替院墙的是一圈的平房，临时用作教工宿舍、学生宿舍、食堂等等。围在中间的操场还处于半蛮荒状态，在一圈还算正规的跑道里面，是大片的青草，葳蕤而茂密。草丛里的虫子和草籽，学生吃饭掉下的饭粒菜渣，是鸡们取之不尽用之不完的天然美食。于是，在住房与操场之间的空地上，雨后春笋一般立起了一间间鸡舍，每一间鸡舍里都"鸡"丁兴旺。我妈于是提议，鸡就放到我这儿养，我儿子还可以吃到新鲜的鸡蛋。于是在新分得的两间宿舍前面，我们开始"大兴土木"。当时是暑假末还未开学，丈夫正好在家，这事自然归他。学校正在搞基建，有的是砖。丈夫便借了一辆板车，运了很多回来。丈夫是读书人，对于垒鸡窝这事，不仅是“没吃过猪肉”,就连“猪走路”也没见过,全凭自己感觉。结果,他把鸡窝建成了猪圈的规模。我说怎么这样大呀?“垒墙的时候很小呀!我说怎么需要那么多的砖!”累得很萎靡的丈夫一脸无奈。大就大吧,推倒重建不是更费事吗?再说,开学在即,还有很多事要做,这间超吸引人眼球的鸡窝就存下来了。丈夫很尽责地搞来很多青草,晒干后铺在鸡窝里,母鸡生蛋的地方也有了。然后鸡就入住了。我在铜山中学时,一个人带着孩子,还带着毕业班,身体也不好,学校很照顾我。校长吩咐食堂采买每天帮我买菜,除了上课外学校其他活动也不让我参加。当然,再忙再累,我带学生总是认真的,我开的公开课也让学校觉得很骄傲。本来学校开会之类都没我什么事儿,但一次因为次日教育局要来检查,校长有要事布置,我也“与会”了。晚上,天热,当时也没有空调,就把队伍拉到外面开会。刺眼的白炽灯光引来很多虫子,不知怎么有那么多的蝼蛄和金龟子,尤其是金龟子,飞过来像做自由落体运动,砸在地上,嗒嗒然有声。我便被吸引了,拿了一只瓶子,把落地的金龟子一个个装进去,一会就装了一大瓶。校长说的什么话,没太听进去多少。次日,我上完课后回家,抱着儿子溜达呢,来了一群衣冠楚楚干部模样的人,我们校长领头。我这才想起是官员视察。校长边走边介绍情况,忽然,听他迟疑了一下,然后像是自言自语地说:“咦!怎么会有鸡出来了呢?以前从来没有过啊!”我注意地一看,不好意思,是我的鸡。猛然想起,昨晚似乎也讲到今天要把鸡关起来。我压根没往心里去。再说,我的鸡窝门,我是从来不关从来不开的,鸡们出来进去全靠自治。我也没把会议精神传达给它们,早上它们一如既往地出去了。校长后来并没有追查这事,但他那一句“此地无银”的解释,让我在好笑之余,意识到我可能给校长添麻烦了!我的完全自治的养鸡法,不光方便了鸡,也方便了我的一个邻居。一天我右边的邻居告诉我,左边的邻居趁我上课的时候,进我的鸡舍偷鸡蛋,经常如此,甚至连垫鸡窝的干草也拿。我不禁莞尔,一大男人,还为人师表!仔细想想,他家人口多,负担重,而我,显然鸡蛋是吃不完的,以多余补不足,也罢了。我始终没有言及此事，该邻居以为我到走都不知实情呢！唉！都沦落到这种地步了，给人留点自尊吧。再说，养鸡本身，我也没付出劳动呀。

20 世纪 80 年代后半叶，好像各个单位都“破墙开店”致力于创收。我所在的铜山中学也做了几次尝试。第一招就是在学校后面办了个养鸡场，小鸡都长到好大了，突然就生病了，天天都有大量的死鸡要处理，后来害怕全军覆没，就把没死的鸡低价处理给教职工了，每家两只。鸡处理完之后，场地用来干什么呢？有人想到了养鸽子。鸽子场是办起来了，但也草草收场，据说是折了本钱。处理鸽子我没有看到，因为没有分给大家。再然后，那片场地上办起了幼儿园。这个比较长久，一直到我走后，都没有听说处理小孩，如同我先前担心的那样！“百无一用是书生”！信然。

离开铜山中学后，我再也没有养过鸡。

2016.4.14

心结

是冬天,应该是隆冬时最冷的天气,否则外婆不会不让我们起床的。她自己自然是起来了,却让我们都老老实实地待在被窝里。肯定也已经放寒假了,用不着早起上学。外头落着雪,隔着窗户也能听到簌簌的声音。还有风,呼呼的。爸爸妈妈不和我们住在一起,印象中他们要么下乡蹲点,要么出去搞运动(曾经有个“四清”运动,他们在不同的地方,经年累月也见不着他们),即便在家,也是住在别的房子里,而且作息时间和我们不一致,所以很多场景他们俩是缺席的,但外婆总在。不用上学的早上,我们反而醒得早了,醒了就不安生,在床上叽叽喳喳的。那时我们那个房间铺了两张床,我和二姐一起,妹妹跟着外婆。曾经有一次捉迷藏,妹妹躲起来,我们找。凡是能找的地方都找遍了,就是没有。想会在家里吗?回到房里,看外婆盖着被子歪在床上,到处也没有妹妹。问外婆看见了没有,外婆回答说没有,若无其事地很镇静,就垂头丧气地走开了。是妹妹自己憋不住,从外婆被子里钻出来了。但这是她自己出来的,算不得我们找到,于是她那个得意呀!气得我和姐姐直埋怨外婆偏心。想她也没掩护过八路军伤病员之类,怎么如此临危不惧呢?不过也不是“临危”就是了。如果是夏天,床上张起了蚊帐,凭空多了层帷幕,又激发起我们的想象了。晚上在院子中跑啊玩啊,在一遍遍的催促以后回家,洗完澡,被赶上床。兴奋劲还没过去,于是把蚊帐当成剧场里的幕布，床就成了临时舞台。只要不闹腾得太晚，总是被允许的，而且外婆还是最忠实最热心的观众。外婆的笑声是最好的鼓励，有时笑不可支时，外婆会笑骂“鬼小鬏”。“小鬏”是外婆老家的方言，我理解是和“小丫”“小妮子”一个意思，对小女孩的昵称。我自作主张把“jiū”写成“鬏”，是临时受“丫”的启发，因为这都是女孩的发型，用作女孩的称呼，是一种借代的用法吧。外婆离开我们之后，没再听过“小鬏”这个称呼。我们家那时养了只猫，狸色的底带有黄、白色斑纹，黄和白分布点缀得恰到好处，因此比较漂亮。这只猫是我们家刚搬到这地方就有了的，后来几次搬家，有时走的时候它恰巧不在，但后来都自己找回来了，是只聪明的猫。这只猫每年都要生小猫，每次都是四只。有一次它自己裹在蚊帐里睡觉，我们闹的时候没注意，我妹妹被帐幕绊倒了，一屁股坐在它身上，它大叫，声音很凄厉，身体里流出血，把蚊帐染污了。外婆说它肚子里的小猫死掉了，特地煮了豆芽汤给它补养。

外婆起来去烧饭了，屋子里剩下三个“鬼小鬏”，缩在被子里开始胡说八道，天南地北地胡侃，都说了些什么，早记不得了。但至今仍清晰地留在我们姐妹记忆中的，是妹妹的两句歪“诗”。不知是谁提议的，开始大约是背诗，也不会几首，比赛着一会就词穷了，大约就开始“创作”了。哪里懂得诗是什么呀！又没学过对仗，更不知道平仄，但感觉是七个字一句，要押韵。当时自然连“押韵”这个词也没听说过，只是因为学过的诗都很顺口，所以自觉诗应该是这个样子的。我和姐姐的“诗”，再也回想不起来了。妹妹的那两句是“大雪花花飘，翠花她爸叫薛标”（还是“长短句”呢）。翠花是妹妹同学，翠花的爸爸好像也比较有名，不知是因为什么出名，总之是小孩子的我们也熟知这个名字。哎呀！这个“诗”也来得太现成了！外面就在飘雪，她正好有这么个同学，同学的爸爸就叫这个名字，这个名字正正好就和“飘”字“顺口”。可是，这是什么“诗”呀！把我们仨都乐疯了！笑得怎么也止不住。现在，这笑声，似乎穿越了几十年的光阴，又送到我的耳朵里了！

外婆从外屋进来，裹挟着一身寒气，走到每个人跟前，一人分了几块烧熟了的山芋干。山芋干是精心挑选出来的，光洁如玉，没有一点斑痕。吃起来甜甜的，还有一种焦香。这是外婆头天晚上就准备好了的。那时烧饭用煤球炉。在冬天，外婆总是忘不了在头一天晚上封火时，放几只山芋什么的在炉子上，到第二天早上就熟了。记忆中出现次数最多的是山芋干，也有过栗子、黄豆、花生什么的，比较少。如果是馒头片，则不需要头天晚上准备，炉火捅开后烤一烤就行了。总之，在漫长的冬夜过后，早饭还没好时，外婆会给我们加一些这样的小点心先充饥。

那个时候，一是物质极度匮乏，一是家中人口多，爸妈的工资每月除去柴米油盐外，所剩并不多。外婆要用有限的菜金让我们吃饱，尽可能地吃好，还不时给我们这些馋嘴猫买些零食尝尝新鲜。每次外婆买菜回来，菜篮子里总会有我们感兴趣的东西：青凌凌的枣，黄澄澄的杏，歪着嘴巴笑的桃，龇着牙齿乐的石榴，老菱角，熟藕，莲蓬，鸡头米……都是新鲜的时令果品，总是让小孩子喜出望外的。有一种很小的菱角，两只角尖尖的。吃的时候需要用刀一劈两半，挤出半边菱角米。也可以不劈，用牙齿挤。菱角尾端有一小孔，挤出来的菱角肉像牙膏一样，细细白白的长。老菱角粉粉的面，很好吃，但角尖很锋锐。有一次二姐和妹妹拌嘴，恰逢吃了菱角之后，剩下很多菱角壳，二姐悄悄放了几只在妹妹床上，妹妹碰上一只，痛得鬼喊（老四喜欢夸张，以博取同情），于是二姐被外婆训斥了几句。看到自己的阴谋得逞，看到妹妹的狼狈样，尽管受训，二姐还是喜不自胜。那晚是在外面乘凉，溶溶的月光朦胧地照着，微风轻抚，快乐的时光就这样进行着。

以前住过一个地方叫双沟，当地盛产一种藕，适宜煮着吃，街上卖熟藕的很多。煮熟的藕紫红色，吃起来面面的，算是孩子的一种零食，我外婆经常买。我的记忆中有一个画面是定格的：在一个院子门口，两扇黑漆的门，并不大，有一道门槛，好像挺高，几个孩子在门口玩耍，我伏在门上。外婆从外面进来，挎着一只竹篮，篮子装满菜蔬。外婆从篮子中拿出来递给我的，就是紫红色的面藕。那时我三岁多。后来印证那个地方的面貌，妈妈说是对的。离开那儿以后，因为爸妈工作调动，我跟着换了好几个地方，都没见过这种藕。后来所见，都是白莲藕之类，基本上是用来凉拌或炒或做藕饼吃。所以我一直以为藕分两种，一是红藕，面的；一是白藕，脆的。直到来南京又见到桂花甜藕之后，方才知道红藕其实是煮熟了的藕。

大约是20世纪60年代初，好像是要缩减城镇人口，很多非农业人口要下放。我们家按政策是不应该下放的，但是为了工作开展顺利，我爸就带头把我们家的人下放了。于是家的一部分搬到了菜园场。当然在菜园场住的时间也不长。因为那时城镇供应也不丰富，于是有人提意见说我爸的带头下放是为了占生产队便宜。那就再回来呗。其实"下放"的那年，恰逢当地水灾，麦子几乎绝收，生活是很苦的。我爸妈工作很累，自然是要让他们吃好的；我们姐妹还小，也不能饿着；就苦了外婆了。巧妇难为无米之炊！记得一次吃的饭叫什么"菜豆腐"，好像是把黄豆磨成小颗粒，与大量的蔬菜做成的饭，想来自然是粮食不够才用"瓜菜代"的。我倒无所谓。我历来不挑食，对食物也没有很大热情，所以没有障碍。我二姐和妹妹就死活不吃。我外婆急得没法，就树我为榜样，让我吃给她们看。但是收效甚微。那样的年月，真难为外婆了。

在菜园场时，我和二姐跟爸妈还住在原来的地方，每天要回去睡觉。两个住地相隔一二里路，其间要穿过菜园场的菜地，沟沟坎坎的，并不好走。那年冬天偏下了很大的雪，铺天盖地，沟沟坎坎都填平了，整个世界茫茫一片（后来好像再也没有过这么大的雪）。外婆让我和二姐晚上就住在菜园场，可是我们俩就是不肯，非要睡自己的床。僵持很久，到底还是跟着妈妈走了。雪真深哪！一脚下去，几乎没膝。天漆黑，就靠着雪的反光，我们套在大人的脚印里往前走。我心里很怕，想着才看过的《白雪红心》的故事。那时我们家订着"两报一刊"，一份《新华日报》是爸爸妈妈的，一份《中国少年报》、一本《儿童时代》，是我们姐妹的。恰巧《中国少年报》上才登了一篇报道,说的是一个产妇在雪夜难产,一人自告奋勇去请医生,被请来救治的老医生在赶来的途中掉进了雪窟窿,英雄用自己的身体顶起老医生。老医生脱险了,并成功地救治了产妇和孩子,但是英雄献出了自己的生命。我还不想牺牲,尽管敬佩英雄,也不想这样牺牲,觉得牺牲在雪里太闷了,很怕一下子被雪埋上,别人找不到我,于是就越发地恐惧,后悔没听外婆的话。

“文革”中的一天(外婆“文革”初期回老家了,有一段时间是在我们和舅舅家往返,后来又长住我们家了),是8月里,一年之中最热的天气,外婆给我们做了面条,然后把我一人拉到一边,悄悄塞给我一个煮熟了的咸鹅蛋,并且要看着我吃下去。我本来对食物就不热爱,又是天热最没胃口的时候,很不愿意吃。但外婆坚持让我吃。我把鹅蛋剥开,鹅蛋放得比较长久了,有些微咸蛋臭味,我说:“不好吃!”外婆还是哄着让我吃下去了。我才知道,那天是我的生日。本来过生日时应该吃鸡蛋面的,但我出生得不是时候,天气太热,鸡们都休假了(天太热时鸡是不生蛋的),何况那个年代,什么东西都买不到。我的生日让外婆为难了!这只鹅蛋,外婆不知收了多久了呢!没有哪一次生日比那一次再寒碜的了,也没有哪一次生日让我记忆更深刻的了!外婆是用心、用智慧抚养我们的啊!

外婆对我们疼归疼,却从不娇惯。我们从小到大,该做什么,该学什么,是一件也不会少的。

小时做得比较多的事情是团煤球。那时煤球都是自己家里加工出来的。一般是买来散煤,按一定比例加土加水搅拌成糊状,然后团成煤球。加土是为了增加黏度,否则煤不能成形。加土也有讲究,土多了不利于燃烧,少了则不易结合,容易散掉。搅拌是个力气活,一般是大人们做。但把一堆散煤变成煤球,虽不很累,却是要花时间的。一天三顿饭,顿顿要烧煤,所以煤球的需求量也是可观的。而这样的事情让大人做,似乎大材小用,又浪费时间,给没事做的小孩子好像比较合适。记得每到周末,外婆就会和好一堆散煤在院子里,我和姐姐便会被分派去团煤球。一人一个用坏了的搪瓷盆,一把小铲子。先把散煤装在盆里，搬到一块干净的空地上（这块地一般是过一会太阳可以照过来，一天可以把煤球晒干，否则不好收拾贮藏），然后一小铲一个，把煤团成球形，行列整齐地排在地上。经常是因为外面有人等着玩，心里焦急，看着煤堆小山一样总不见小，对周末这样的安排特别气愤（那时还有一件事，也是周末常做的，现在想想可能是夏季特有的，因为厌烦，所以感觉经常做，那件事是择韭菜！）。有时因为无聊，又会把团煤球当作游戏玩，把一个一个煤球，搞得光滑圆润，排得整整齐齐，竟也很快乐。用煤球炉烧饭，晚上是把炉子封起来的，次日早上捅开，比现生火要快，且节省劈柴。印象中好像煤可以买（是不是也是按计划供应的？），劈柴就无法解决，所以封炉子是个好办法。但封炉子是技术活，不是谁都可以做好的。我小学六年级时，我的同学傅岩，家就住在学校里，而且是我们教室隔壁。他爸爸是我们语文老师兼班主任，妈妈是我一年级老师。他尽管是男孩子，但是家中老大。我们那一代人，似乎父母的时间都是奉献给公家的，家中如果没有老人，家务便都落在孩子身上。每天到校后（那时早上也要上学的），都能看见傅岩在生炉子，被烟火熏得一把鼻涕一把泪的。“文革”时我外婆回老家了，我姐姐便要天天生炉子了，也是搞得狼烟遍地。但我外婆可以把炉子封得很好。

我到了五年级的时候，已经学会了纳鞋底。那时穿的鞋子基本上都是自己家里做的，对于淘气的孩子来说，鞋子好像格外不结实。记得很清楚的是，二姐早上穿着新鞋子出门，晚上回来时，鞋口已经被她一天连蹦带跳地炸开了口子，所以做鞋子是我们家很繁重的负担，也是常做不懈的家务事。我第一次学习纳鞋底，外婆让我和二姐在一批鞋底中每人挑一只来学习。拿到鞋底，很新鲜，兴致很高。照猫画虎，好像没什么难的。纳到结尾时，很想立即见到成果，已经是吃饭的时候了，还不愿停下来，一定要坚持纳完再吃。我选的是我外婆的鞋底，她是裹脚，鞋子是前面小，后面大，开始进度很快，我只说很容易，结果是“老鼠拉木锨——大头在后呢”！结尾反倒迟迟不完，不好意思，只好先吃饭啦。二姐更绝，纳到最后她不耐烦了，干脆纳了两个字——“完了”。鞋子脚跟处是最易磨损的，一般应格外针脚细密，方才结实。她很得意的创新没有得到肯定，在众人的惊讶中返工了。我纳鞋底出手就被肯定，针脚匀、密、平整，而且速度快，压倒很多成年人。邻居纪大姨居然求我外婆，让我给纪叔叔纳棉鞋底。我不可能把星期日玩的时间奉献给棉鞋底，尤其是这么大的鞋底！但是外婆让我做，只好做啦！鞋底纳好后，纪大姨给我买了5毛钱糖块，一大包呢！哎呀，早说呀！早说我不就有积极性了吗！

比纳鞋底更早的是参与做饭。像包饺子、做馒头、包包子等等，外婆都会让我们动手。常常是她带着几个“小鬏”，围在桌子一圈，如果是做发面，或馒头，或发面饼，外婆就先把发好了的面，放上碱水揉匀，然后揪成大小均匀的面团，我们便一个一个地揉搓成形。孩子们在一起，会把正经事也变成游戏，每次都是一边做一边玩。有一次是说笑得太忘情，乐不可支了，我把手中正在揉搓的面团向对面的姐姐扔了过去，她觉得好玩，也回赠了我一个。两个面团就都掉到地上了。外婆赶紧制止，也笑得喘不过气来。外婆从来不会因为这样的事情骂我们，只是跟着收拾残局罢了。包饺子时，我常常擀饺皮，人来疯一上来，擀得飞快，可以供几个人包。外婆的饺子包得很细致、漂亮，但速度也慢，每次我都会说，您就别包了，就跟着我拾（捡起来放好）饺子吧！外婆也由着我乱说，反而很乐。我们就是在这样玩笑中，学会了很多事情。

“文革”了，我外婆回老家去，爸爸躲风头，跟造反派请假，到镇江做痔疮手术，我妈妈跟去照顾。大姐刚进工厂。家里二姐最大，十三岁，真正是小鬼当家了。旧历年底，爸妈还没回来，年货一点也没置办。二姐手里拿着一把票证，不知如何操作。过年供应，都是按人头发票证的，肉、油、糖，甚至是豆腐一类的副食品，虽说有票，但得把它们变成实物呀！如果是外婆在，肯定就买回来了。可是外婆不在。院子里的马大姨、吴大姨结伴去排队，把我二姐也带着。大清早，天还没亮，二姐就被喊走了。寒风肆虐，空气凛冽，人一出去似乎就要被冻僵了。二姐挎了一只篮子，小小的身影，拱肩缩背，小跑着跟紧大人的脚步。没有外婆的卵翼，我们就像没有老母鸡庇护的小鸡雏，再大的风雨也只能独自面对了。

再后来，我们渐渐长大了，外婆也渐渐老了。我到果园场当知青，恢复高考后上大学，大学毕业后教书。每次回家，外婆都会做我喜欢吃的饭菜。知道我爱吃豆制品，只要我在，饭桌上总会有。想我在学校里伙食单调，和妈妈一起给我做茶面，炒熟的面粉，加了很多猪油和白糖，装在饼干桶里，给我带到学校，真是比任何点心都好吃。

1982 年，初夏，我刚工作不久。周末回家，看外婆躺在床上，稍微有点诧异：一般她都是在忙碌着。我到床边看她，她对我说："小涓，差一点你就见不到奶奶（我祖母去世太早，我们都没见过，一直把外婆叫奶奶）了！"我这才发现她的嘴有些歪了。我没想到她刚经历一场生死搏斗，才从鬼门关被拉回来；更不会想到，她从此就只能躺在床上，再也站不起来了。那天她和邻居贾大妈一起去买菜，出门不久，一头栽倒在地，便昏迷过去。是脑溢血。她血压高，但之前居然没人知道！从医院回来，也只能躺在床上，那时没有康复之类的治疗。在床上躺了两年，终于在一次睡着之后，再也没有醒来。她原来让我给她织一双毛线袜子，我用鲜艳的大红色毛线，织了一双很漂亮的袜子。拿给她时，她把脸转向一边，连看也不看。我才想到，她是再也不会下地走路的了，再也用不到袜子了！我回学校的时候，把口袋里所有的 30 元钱都掏出来给了她。我那时每月工资 50 多元。可是，她再也用不上了，她不可能再上街买东西了，如同她以前天天做的那样。

在后来的岁月中，多次在我的梦里出现同一件事：我回到家里看外婆，想给她做一件衣服，却不知买什么样的布好，不知她喜欢什么样的颜色、什么样的布料，结果总是做不成，以致醒来心里都怅怅的。我仔细想想，我不知外婆喜欢吃什么，不知外婆喜欢穿什么；她给我过过那么多次生日，我不知她的生日是哪天;没有哪一顿饭是专为她做的,没有哪一件礼物是专为她买的。世界那么大,她只围着我们转,而我们什么也没做！等我想起这些时,一切已经太晚了！外婆,你其实等了我那么长的时间,我其实有机会的,但我都没有做。现在,我没有机会了！

心如双丝网,心有千千结。这心结,注定这辈子再也解不开了！

外婆去世以后,我陪妈妈回老家给外婆料理后事。回来身体很不舒服,才知道自己怀孕了。怀儿子的过程很辛苦,因为胎位不正,因为先兆流产,因为剖宫产,受了很多折腾。后来妈妈说,民间有一种说法,孕妇是不能参与丧事的,否则于生产不利。我姐妹个个孩子生得都很顺利,唯独我。我向来是不信这些的,但这件事我愿意相信。如果我的痛苦是来自外婆,我愿意！如果是外婆让我承受痛苦,我愿意！如果可以用品尝痛苦偿还外婆的恩情于万一,我——愿——意！

2015.6.27

奶　娘

（一）我的奶娘

我的奶娘，是个朴实憨厚的乡下女人，因为家里穷，她把刚生下的第四个孩子送给了别人，出来做奶母。我出生刚满月，妈妈要工作，需要奶母给我哺乳，于是她进了我们家。

我的奶娘给我哺乳的情形，我自然是记不得了，但我们家人——主要是我外婆和我妈妈，都说她对我特别好，比对自己亲生的孩子都好。因为我姐姐只比我大一岁，所以我需要吃奶的时候，她还没断奶，这样我们家当时就同时有两个奶娘。我们家人对奶娘的称呼是"大娘"，是谁的奶娘，就称呼某某大娘。我姐姐的大娘据说人很机灵，过于机灵的人心眼就比较多。而我的大娘比较木讷，人长得也不如姐姐的大娘漂亮。当时两位大娘吃饭都是自己做的，每位做饭时，会让对方照看一下自己负责的小孩。姐姐的大娘做饭时，我的大娘会很尽责地照看我姐姐；而轮到姐姐的大娘兼管我时，她就很敷衍。终于有一次，在我的大娘烧饭时，我蹬翻了脚边的烤火盆，火炭把我的脚背烧伤了。我大娘很心疼，自那以后，她都一步不离地看着我，自己吃饭倒潦潦草草的了。

我的奶娘一直把我带到两岁，然后离开我们家。据说走时特别地舍不得我，眼泪汪汪的怎么也擦不干。给她做的饭，一口也吃不下，都拿来喂我。她走的时候我不知道，大约是把我哄睡了以后她走的。我醒了以后不见大娘，就不声不响地自己出去寻找了，据说走出去有一二里路，被认识的人看见，送了回来，家里已是找翻了天。我妈妈后来老是会说，我和我的大娘一样，死心眼，也不哭，也不闹，就自己去找。一个两岁的小人儿，走出去那么远。

我爸爸后来调动工作，阴差阳错，居然到了我大娘家的那个地方。我大娘就会有比较多的机会来看我。可是这时我跟她已经很疏离了，我已经四岁了。她接我到她家里，我在她家里看到一个像老爷爷的人，我长大后猜测那就是我大娘的丈夫。他似乎是常年卧病，我看到的他就一直躺着，没有起来过。房间没有窗户，很暗，几乎看不清人的五官。也没有床，似乎是用什么秸秆扎成床铺的形状，铺上草，有点像榻榻米。早上起来洗脸，不是用脸盆，而是用一只粗瓷陶罐装上水，吊在火上烧热，我大娘把一块不是毛巾的巾帕放在水里沾湿拧干给我擦脸，然后一家人都用这剩水洗脸，因为没有多余的热水。是冬天，比较冷，拿柴火烤火，我大娘用烧火棍挑起一张煎饼，烤热了给我吃。记得煎饼有一种烟熏的特别的味道。尽管大娘家的哥哥们都让着我，对我很亲热，尽管我大娘特别地照顾我，我还是觉得很不自在。我很想回到自己的家，可是自己无能为力。觉得家很遥远，不知怎样才能回家。也不敢跟大娘说，我对她其实也很陌生了。正在绝望的时候，我妈妈到这个大队检查工作，把我带回去了。那以后，别人只要说把我送到我大娘家，我就心里害怕得很，这种阴影直到我比较大了方才散去。

在我五六岁的时候，我大娘近房亲戚家娶了个新媳妇，按当地习俗，大娘家应该“接新娘子”，就是要请新娘子吃饭。这种吃饭，应该有和新娘子年龄相近的女孩子陪客。那年月人人家中都不富裕，可是请客总是要尽力做些像样饭菜，这难得的“好饭菜”，我大娘首先就想到我。我当然不是合适的陪客人选，大娘让我去，其实就是想把好吃的东西留给我。于是专门跑了十几里地，要把我接到她家。我对她的家没有好感，而且还有些惧怕，不愿去。我大娘就动员我二姐和我一起去。我二姐高高兴兴就答应了。然后我们就去大娘家。十几里路对于五六岁的孩子来说有点远，走着走着，我们就走不动了，加上新鲜劲儿也过去了，就要回家。我姐姐的性格和她大娘的一样（我妈会说，吃谁奶，随谁长），又急又躁，就开始哭闹提要求。我大娘不可能背着两个孩子，一路上用尽办法哄我们，艰难地把行程向前推进。依稀还记得她给我们讲故事。大娘没有文化，口才也不好，真难为她了。那个故事是：一个穷小伙，饿得没有饭吃，吃了几颗黄豆，忍不住放了个屁，没想到有一种异香，给一个小姐把绣楼、衣服都熏得很香（堪比熏香的功效了），因此收获了小姐的爱情。另一个富小伙东施效颦，吃了很多黄豆，结果在小姐房间里蹿了很多稀屎，被打了出去。记得最清楚的是小伙子的吆喝："香屁屁，屁香香，哪个大姐香衣裳？"当时就觉得特别滑稽，我和姐姐一起学着吆喝，终于到了大娘家里。为了让我吃点东西，大娘那个劲费的！

（二）我姐姐妹妹的奶娘

我四妹和弟弟的奶娘我没有印象，那时太小了。听家里大人谈论过，知道一点。四妹出生时我爸在北京脱产学习，大约中间有几个月时间没见四妹，回来见四妹晒得很黑，我爸打趣地说："怎么像煤炭公司小老板似的！"四妹腊月里生，能抱起来时当是初夏以后了，据说四妹的奶娘比较懒，整天抱着四妹在树荫底下乘凉。小人儿哪里经得住成天老日地晒？四妹就成了我爸说的"煤炭公司小老板"了。这个调侃我小时候觉得挺有趣，一直记着，连带四妹有个懒大娘的事。弟弟的奶娘只喂养弟弟几个月就辞职了，因为我们家恰逢调动工作需要搬迁，而这个奶娘的婆婆不同意媳妇走远。据说我的奶娘回来带了一阵弟弟，时间不长。但我姐姐的奶娘，我却见过的，见到她时我已十来岁了。这个大娘，黑黑的皮肤，但可以看出年轻时还是长得比较俏的。她和我外婆说话，嘁嘁喳喳的，不停地说，表情很神秘。从她们的谈话里，我知道她有个儿子叫小红，好像小红的爸爸有婚外情。她压低声音告诉我外婆，大约是有“高人”给她支着治疗她丈夫的这种毛病：把一只破旧的鞋子烧成灰粉，放到开水里给那个男人饮用。我听了诧异得很，想鞋子那么脏，这水如何喝得下去？连我外婆也很怀疑，这是“药”吗？问治好了没有，说没有。我只见过姐姐的大娘这一次，留下的印象怪怪的。

我六妹的奶娘其实不是一般意义上的保姆，我们喊她徐大姨。她和我们家关系很好，家境也不错，老公是粮管所所长，两个孩子，一个男孩，我上一年级时在一次早操后的校长训话中听到表扬他爱动脑筋，自己动手装起了矿石收音机。那时他六年级。他的妹妹和我差不多大，但我上一年级时她还没上学。她的第三个孩子早夭，因为悲伤，便把刚出生的我的六妹接到家里去喂养了。上面的两个孩子都大了，她几乎把全部心思都用在我的六妹身上。她酷爱看戏，县里几个剧团的那些年轻女孩子，大都是她的干女儿。一次我们去看戏，见她早早地坐在前排，身边花团锦簇拥着很多已经化好装的女孩，亲亲热热地和她说话，逗着她怀中的六妹。六妹被她打扮得好漂亮啊：水红色绸缎小棉袄，脖子上挂着银锁，头上同色的“兔子”帽子，帽边和“兔子”耳朵上镶着洁白的兔毛，六妹的脸粉嘟嘟的，额头上用胭脂点了一个圆圆的红点，众星捧月中，像个幸福的小公主。六妹在她家中长到总有三四岁的样子才回到我们家，那时徐大姨生病了，后来一直没好。她去世时，来人接了六妹过去，大约是让六妹以女儿的身份参加丧礼的。

小妹没有奶娘，她是我妈妈自己哺乳的。但妈妈很忙，没有时间，就请了人来照顾小妹。第一个是个年轻姑娘，我们喊她金姨，是我妈妈蹲点那个地方的一个孤儿，也许二十岁都不到。虽然小妹还不满周岁时她就出嫁了，但那时的人早婚，所以应该是很年轻的。记得她出嫁那天，我妈妈让公勤员小金叔叔给她送贺礼去，小金叔叔耽搁了，到时花轿已经出发了，追到轿子跟前才把礼物给她。小金叔叔回来告诉妈妈，我们听到了，知道金姨是坐着花轿出嫁的。后来我们看了《孙悟空三打白骨精》的电影，看到猴子变成白骨精的妈妈，坐在轿子里晃晃悠悠的，非常滑稽，回家就夸张地做着那样的动作，并且告诉小妹，她金姨就是这样。于是小妹就大哭。后来这个动作成了我们的撒手锏，只要小妹恃宠生娇，我们就模仿白骨精妈妈坐轿子的模样，然后小妹就照例地哭。

小妹的第二个保姆，就住在我们家附近，是我同学的妈妈。她人很整洁，浑身上下清清爽爽的。有别于一般中年女人的是，她梳着两条长长的辫子。那辫子真长，到屁股下面了，所以她就有了外号，叫“大辫子”。因为住得近，她自己孩子也多，通常我妹妹是送到她家中去的，当然那时小妹已经不需要吃奶，但上幼儿园又太小。小妹后来告诉我，她上一年级的时候，“大辫子”大姨为了补贴家用，自己蒸了些馒头到街上去卖（她身体不好，没法干重活）。每次小妹放学路过时，她就会掀开蒙着白毛巾的篮子，拿出一个馒头，然后向身旁卖驴肉的买两毛钱肉切碎，夹在馒头里给小妹吃。每天如此。她一只馒头只卖一角钱，一天卖不了多少馒头，不过挣块儿八角的。那样的白面馒头，她都舍不得给自己的孩子吃，更不用说花钱买肉。可是每天都给小妹买。小妹也是小孩子心性，怕吃了人家的东西回家挨骂，所以从来没说过，我们家人一直都不知道，也一直没有为此说一声谢谢。但是“大辫子”大姨还是见到小妹就买。

这个世界上，除了妈妈的爱，还有一种爱，是奶娘的，它和母爱一样，深厚无私，只知奉献，不要回报。

2015.7.16

第五辑　想一想是可以的

曹雪芹喜欢林黛玉还是薛宝钗?

一般人见到我这个题目就会嗤之以鼻,觉得我弱智,扬黛抑钗似乎是公论。可是我没事时想想,觉得曹雪芹还真不是那样的,我的看法是,他和宝玉一样,“见了姐姐忘了妹妹”,两个形象他都喜欢,所谓“兼美”是也。

我看《红楼梦》经常怀疑,林黛玉和薛宝钗两人谁漂亮?黛玉美,不消说,作者虽没有一句描写落在实处,但提供了很多可资想象的东西,诸如“两弯似蹙非蹙罥烟眉,一双似喜非喜含情目。态生两靥之愁,娇袭一身之病。泪光点点,娇喘微微。娴静时如娇花照水,行动处似弱柳扶风。心较比干多一窍,病如西子胜三分”(第三回)。具体什么样,不知道,你往好里想就是了,一百个人心里有一百个林黛玉。宝玉一见就有个评价,叫“神仙似的妹妹”,所谓神仙,应该是仙女一样的人物,不可能是凶神恶煞,钟馗一般的。宝钗也漂亮,“生得肌骨莹润,行动娴雅”(第四回),“唇不点而红,眉不画而翠,脸若银盆,眼如水杏”(第八回)。照着曹雪芹描画的,你可以找到宝钗这样的,没准你邻家漂亮的小妹妹就像她。这样,黛玉美得缥缈,宝钗俊得实在,曹雪芹喜欢谁呢?宝玉见到宝钗,感到她与黛玉不同的美,“比林黛玉另具一种妩媚风流,不觉呆了”(第二十八回),这也应该是曹雪芹的感受,“环肥燕瘦”,没法下结论。

黛玉无疑是有才华的,犹擅诗词。这一点曹雪芹明显偏爱,给黛玉很多机会单独表现:《葬花词》《桃花行》《秋窗风雨夕》《五美吟》,还有题写在两条旧手帕上的三首诗等等,林姑娘是时刻离不开诗的。而薛宝钗,除了参加诗社的集体活动,自己似乎从来不写诗,也不从事其他文艺创作,倒是经常做针线。比如周瑞家的到薛家找王夫人,宝钗"坐在炕里边,伏在小炕桌上同丫鬟莺儿正描花样子呢"(第七回);比如她生病宝玉去探望,她正在炕上做针线,这还正在养病呢(第二回);搬到大观园住,也不忘拿点针线去做。但是要真正比起作诗来,似乎倒是宝钗更占上风。曹雪芹写了几次"诗歌比赛"。第一次是探春发起诗社,咏海棠。一共四人参加,探春、宝玉自然落后,就黛玉和宝钗,尽管众人看了,都说黛玉的诗"为上",但李纨是社长,又是公推的"判官",所谓"稻香老农虽不善作却善看",李纨说第一名是宝钗。她的理由是,"若论风流别致,自是这首(指黛玉的诗);若论含蓄浑厚,终让衡稿"。她还说,"到底是衡芜君","这诗有身份"。探春也说,"这评的有理,潇湘妃子当居第二"。不久以后湘云来了兴趣,要自己做东邀一社,宝钗建议她不如把家里人都请上,一起吃螃蟹,等众人散去后再作诗;并且赞助螃蟹、果菜及洒水,帮助她张罗了螃蟹宴。酒足饭饱众人散去之后,诗人们开始作诗,这一次曹雪芹让潇湘子"魁夺菊花诗",在总共十二个题目里,黛玉写了三首(这次增加了个捷才史湘云),且三首质量都超过其他人。因此毫无争议地独占鳌头。这样说来,其实应该是和薛宝钗打了个平手,略占优势。可是曹雪芹紧接着又让宝玉来了首《螃蟹咏》,引起后面的咏蟹诗之争。宝玉的诗黛玉没看上,说"这样的诗,要一百首也有"。然后自己也作了一首,提笔一挥而就。做过以后又撕了,说不及宝玉的。他兄妹俩正说得热闹,旁边宝钗"接着笑道:'我也勉强了一首,未必好,写出来取笑儿罢。'",结果才写出一半,众人就不禁叫绝,"都说这是食螃蟹绝唱,这些小题目,原要寓大意才算是大才",连宝玉也说"写得痛快"。这样,林黛玉刚刚建立起来的一点点优势,又被打压了下去。曹雪芹是什么意思啊?第三次是柳絮词。也是史大姑娘先有了兴趣,自己捉柳花玩呢,玩出兴趣来了就填了一首《如梦令》，自己很得意，拿去给黛玉看，并且鼓动黛玉起社填词，于是一人拈了一个词牌，就填起词来。宝钗说：“我想，柳絮原是一件轻薄无根无绊的东西，然依我的主意，偏要把他说好了，才不落套。”结果是，“众人拍案叫绝，都说：‘果然翻得好气力，自然这首为尊。缠绵悲戚，让潇湘妃子；情致妩媚，却是枕霞……’”（第七十回）。众口一词，还是宝钗胜。

除了在诗词上的较量外，宝钗还有自己的“独门”（相较于黛玉）才艺。《红楼梦》里写四姑娘惜春会画。刘姥姥进大观园，夸奖大观园比画还美，贾母对刘姥姥显摆，指着惜春说：“你瞧我这个小孙女儿，她就会画。”（第四十回）然后命惜春把大观园画下来，还要把大家族中主要人物也画上。惜春就为难了，她的能耐不足以完成这么个大工程。宝钗帮她出主意，从绘画所用材料、工具，到哪样事情找哪样的人帮忙，指导起来从容不迫，头头是道。“非离了肚子里头有几幅丘壑”能说出这样内行话吗？尤其是，她自己画画的工具很齐全，显然不是只说不练的假把式，而是训练有素造诣很高的了。薛宝钗的擅长绘画，从她在“菊花诗”写作中选择“画菊”的题目，也可窥见一斑。

如此说来，宝钗在才华方面，不光不输黛玉，甚至还胜一筹。

《红楼梦》也对比了宝黛二人的理家才能。写宝钗是实写。写她与探春、李纨组成三驾马车，代替王熙凤管理荣国府，成效卓著。但这被人诟病，认为是她企图登上“二奶奶”宝座的热身。关于管理才能，其实宝钗和黛玉都有。在探春欲兴利除弊在大观园推行改革时，王熙凤和平儿有一段对话。凤姐说，“我正愁没个膀臂”，现在有了探春帮助，正好。她在分析了贾府其他人的种种不可能之后，肯定了宝钗和黛玉的能力，“林丫头和宝姑娘他两个倒好”，认为二人都是有能力当好管家奶奶的。所以不做，非不能也，是不为也。因为“都是亲戚，又不好管咱们家务。况且一个是美人灯，风吹吹就坏了；一个是拿定了主意，‘不干己事不张口，一问摇头三不知，’也难十分去问他……”（第五十五回）。这里，凤姐把黛玉与宝钗相提并论，起码透露一点信息，黛玉也并非不食人间烟火。与此可以并证的是，六十二回宝玉同黛玉说起探春的改革，“黛玉道：‘要这样才好，咱们家里也太花费了。我虽不管事，心里每常闲了，替你们一算计，出的多进的少，如今若不省俭，必致后手不接。’”黛玉并非只追求形而上，落到实处过日子，心中是有数的。倒是宝玉，居然说道，“凭他怎么后手不接，也短不了咱们两个的。（这一个才是吃东粮不问西事的！）”，以至于“黛玉听了，转身就往厅上寻宝钗说笑去了”，都没法搭理他！

关于宝黛两个人的性格，是曹雪芹写得较多的。林黛玉小性儿，这是曹雪芹多次说过的，他还借宝玉和湘云的口，说黛玉“是个多心的人”，“小性儿，行动爱恼的人”（第二十二回）；而宝钗呢，“品格端方，容貌丰美”，并且说“人多谓黛玉所不及”。说“宝钗行为豁达，随分从时，不比黛玉孤高自许，目无下尘，故比黛玉大得下人之心。便是那些小丫头子们，亦多喜与宝钗去顽。因此黛玉心中便有些悒郁不忿之意，宝钗却浑然不觉”（第五回）。两个人性格明显有差异，尽管性格形成各有其原因，但曹雪芹的褒贬之意，从文字中还是能看出来的。当然对黛玉没有恶意，但对宝钗无论如何也不能说是讨厌吧？

宝黛两人都爱宝玉，但追求爱情的态度大不相同，黛玉表现得更大胆。除了因为性格直爽，说话可以百无禁忌；除了因为两小无猜、亲密无间，表达可以更加亲热；更因为自幼父母离丧，寄人篱下，凡事无人替自己主张，自己再不这么着，还能怎么样啊？但是这种表露被认为是离经叛道，不淑女，反倒害了自己。宝钗就不同了，有妈妈有哥哥，有人替她出头。何况宝玉的妈妈还是她亲姨妈。家境又好，不像黛玉（我其实想不太明白，黛玉是林如海遗产唯一继承人，她怎么会穷呢?）。听听她们两人对话，挺有意思。黛玉说：“我又不是他们这里正经主子，原是无依无靠投奔了来的……”宝钗说：“这样说，我也和你一样。”“黛玉道：‘你如何比我？你又有母亲，又有哥哥，这里又有买卖土地，家里又仍旧有房有地。你不过是亲戚的情分，白住了这里，一应大小事情，又不沾他们一文半个，要走就走了。我是一无所有，吃穿用度，一草一纸，皆是和他们家的姑娘一样，那起小人岂有不多嫌的？’”“我虽有个哥哥，你也是知道的，只有个母亲比你略强些。咱们也算同病相怜。”（第四十五回）宝钗谦虚了，只这“略强些”，让她占了多少便宜，婚事不用操心，只需做好自己就行了。而这让她在荣国府里赢得了高分。但宝钗这样，让曹雪芹厌恶了吗？可能有一点。毕竟黛玉寄人篱下的处境令人心疼，毕竟一个花季少女的早夭让人心碎，作为悲剧主角，曹雪芹为之洒上一掬同情之泪。而同时，那个似乎既得利益者，就要成为迁怒的对象了，宝钗不幸成了这个尴尬的角色。如果宝黛的结局互换呢？如果得到贾宝玉的不是薛宝钗而是林黛玉呢？还会去恨宝钗吗？

两个好姑娘，都风华绝代，各有各的可爱。只是因为只有一个贾宝玉！我大胆地想，宝钗和黛玉，是不是曹雪芹心中的红玫瑰与白玫瑰？鱼和熊掌不能兼得，要是“兼美”该有多好！

2016.5.16

差了一点

岳云鹏有一段相声《我看不惯》,讽刺社会上不文明现象,很有意思。其中说到公交车上不让座的事。车上已经人满,位置坐完了,上来一老太,踉踉跄跄地站立不稳,没人让座,“我”很气愤,说:“太不像话了,气得我都要坐不住了!”问:“你有座啊?”“嗯!”“你怎么不让?”“我累了!”这时旁边一大姐对我吼:“起来!把座儿给我!”“我”说:“凭什么?”“我是售票员。”原来“我”坐了售票员的座儿。然后售票员把座儿让给了老太太。

让座与不让座的事,在生活中太常见了,一般地铁、公交上都有自动语音提示,每一站起始都会播报:“请给老弱病残孕让个座儿!”公交上还设有老弱病残专座。只是专座上坐的未必全是老弱病残。但是,不是坐在老弱病残专座上的,碰到该让座的,也照样起立,不论在地铁上、公交上,都不少见。当然肯定也有一上车就装睡,雷打不动的。现在更方便了,一只手机在手就可以搞定。看手机自然要集中注意力,但也无须那么的专注。这两种人都常见,有时就不免有范伟那样的疑惑,同样是年轻人,“差距怎么就那么大呢”?

听说俄罗斯的年轻人,在公交车上,有座也不坐。这让我由衷地喜欢,这样的年轻人,真好!也由衷地羡慕,到底年轻!年轻真好!

在韩国乘车,觉得很方便,尤其是火车,三四成旅客,座位很宽松,头等机舱一样的待遇。车厢明亮宽敞，因为路途短，没有那么多行李，不挤。没有那么多人需要在车上吃东西；小孩子的食品都做成宇航员食用的那样，牙膏状的，直接往嘴巴里挤，不会洒落；没有国人一上车便开吃、瓜子花生果皮乱飞的习惯；不脏。觉得在韩国乘火车，幸福感要爆棚！前几天韩国延世大学金教授来宁，我提起这事，他说，老皇历了，现在也不行了，乘火车的人太多！

台湾的大巴、地铁、公交上都有老人专座，数量还不少。在台湾，明显感觉老人出行的多，年纪很大也不需要陪伴，就是因为上车就有座，不需担心，径直往专座跟前走就是了。专座一般都坐不满，不是符合条件的，专座空着，站立的人再多，也不会去坐。

我觉得台湾这种做法很好，以法律制度的形式，确保了弱势群体的利益。可是，同样是在台湾遇到的一件事，又让我对自己这种看法产生了怀疑。

那天是去基隆，从台北出发。上大巴时几乎还没人，满车都是空座，我在前面靠车窗的地方坐了下来，一是怕晕车，二来因为是长途，不担心让座的事。我是到了一个比较尴尬的年龄，就是我站着时，别人对我可让可不让，基本不让；我坐着时，对别人也是可让可不让，一般都让。这次是长途，我来台旅游已经奔波了几天，处于疲惫状态，因此没打算学雷锋，尤其是依据在大陆经验，长途车也不存在让座的事。但是车开出没多久，我就发现我错了，虽是长途车，却是一站站停靠得很频繁。而且立刻就上来一位老者，上来就直奔我的座位，在我旁边站立下来。如果是短途是公交车，如果我不是这么累并且还需要保存体力准备一天消耗，或者如果不是我周围很多年轻人都坐着，让座也轮不到我——我肯定第一时间就把座位让给老先生了。但当时因为有这么多如果，我没有立即这么做。我先礼貌地征询一下老者的意见："我把座位让给你吧?"他没有理睬。我想，也许他的目的地就在附近，很快就下车。我没有马上起来，但是如坐针毡。路很颠簸，老者颤颤巍巍站不稳,可是周围那么多年轻人没有谁让座,视而不见。我心何忍!赶紧起来,让他坐下。老人气愤地坐下,连瞅我一眼都不肯,满脸写满鄙夷,似乎我是那么的没教养。我心里别扭极了。如果是在大陆,你把座位让出来,无论是谁,总会心存感激说一声"谢谢",没有谁会认为理所当然,还甩脸子给你看。这种感觉陪伴我疲惫地站了一路,也陪伴我后面的旅程。当然后来我知道了,都是"专座"惹的祸!

让座与不让座,这实际上是个道德层面上的问题。孟子说:"老吾老,以及人之老;幼吾幼,以及人之幼。"以对待家人的心情态度去对待别人,你就不会恃强凌弱,不会漠不关心,而是会去关心去照顾,施以援手。这是从人情上来说,看到人家有难,不扶持一把,心里过不去,也是孟子说的,"怜悯之心,人皆有之"。这是一种公共道德,是人应该具有的。违反了,会受到社会谴责,自己良心也过不去。但法律奈何不了。所以你让座了,人家会感激你;你没让,也不能拿你怎样。因为,从法律角度,你花钱买了票,你就享有对座位的使用权,放弃不放弃使用权,是你个人的事,与法律无关。

我们提倡公共道德、呼唤社会良心,是为了让社会充满爱。但是如果拿道德去考验人性,人性有时撑不住。所以我们能看到该让座而不让座的事情发生。台湾以制度化强制性解决了这个问题,不失为一种良策。但是以制度作为保障,也有不如人意之处:不在专座上坐着的人就没有让座的义务,即便需要帮助的人就在身旁;接受照顾的人没有感激之心,认为理所应当,受之坦然。依赖人的自觉性也好,使用法律武器强制也好,总觉得这两种情形似乎都差了点什么。我所认为最理想的状态是,所有的座位谁都可以坐,能够物尽其用;所有需要帮助的人,都有人帮助,没人推诿。这样说来,我们差的那一点,是什么呢?其实就是温度,让人人都感到温暖的温度!

2016.5.19

我写完这篇文章,给贝贝看,他说台湾并没有将让座法律制度化,我看到的不是全部。但是道德化高压比较厉害。现在台湾人也在反思,不把让座绝对化。我理解所谓道德高压有两层意思:一是社会公德普遍较好,让人不好意思做不好的事;二是有的极端化变成了道德绑架,成为另一种伤害。不能设身处地,不宽容,也是人性缺陷,距离理想境界,也还是差了一些啊!

5.21 又及

从前,有个范滂……

汉代的公务员不是考试产生的。所谓“学而优则仕”,基本是隋唐科举制实行以后的事。汉代公务员的产生,与我们“文革”中选拔工农兵大学生方法差不多,“推荐与选拔相结合”。一个人被乡里推举为“孝廉”“光禄四行”,就有了做官的资格了,可以顺利成为干部队伍的后备军。当然推荐是有标准的,和现在的道德模范大致相同,要行为高尚、品德优秀。比如“孝廉”,顾名思义,要孝顺老人,行为清廉。“光禄四行”也有具体规定,是为“敦厚”“质朴”“逊让”“节俭”等等。

汉代的孝廉,毫无疑义,很多。其中有一个叫范滂的,是很著名的代表。他就是由孝廉、光禄四行进入仕途的。范晔的《后汉书》专门给他立传,把他狠狠地表扬了一把。我读他的事迹觉得蛮传奇的。说冀州那个地方因灾荒搞得治安很乱,派范滂去调查处理。范滂甫一接到命令,就慷慨激昂放狠话,结果人还没到地方,州里的大小头头把官印一丢,集体逃亡了(原文为:时冀州饥荒,盗贼群起,乃以滂为清诏使案察之。滂登车揽辔,慨然有澄清天下之志。及至州境,守令自知臧污,望风解印绶去)。我由此惊叹于当时道德的威慑力。一州的“守”啊“令”的,应该也算个人物,在仕途上一路摸爬滚打,也经过些风浪,但来了一个范滂,还没照面呢,自动解职了。走的原因是自知品行有亏,在全国闻名的道德模范面前,一是不好意思了,二是担心被严惩，于是逃之夭夭。要是现在，这招就不灵。我们每年都有“感动中国”的好人，可他感动不了贪官，也包括贪民。

范滂后来调到一个新部门工作，顶头上司叫陈蕃。范滂第一次去见陈蕃，按照下级见上级的礼仪很周全地做了一遍，陈蕃没有制止，自然坦然地就接受了。结果，范滂心里那个难受劲！反正，就是官不做了，立马打道回府，直接就把头头给炒了！我觉得这范滂矫情得可以啊！你要觉得该行这个礼，就行；不想行，就不行！这样心不甘情不愿的，等着人半就半推，何必呢！“明明下级见上级该行这个礼，所以不能不行；但自己这个下级名声很大呀，是不是该高看一眼？如果我行这个礼时，你陈蕃适时地拉住了，这样咱们双方不是都有面子了吗？岂不皆大欢喜！”范滂大约是这样想的。偏偏陈蕃不这样认为，觉得你再是个孝廉，也是我下级，这个礼行了就行了呗！我看到这儿会想起《红楼梦》中刘姥姥与王熙凤的第一次见面。刘姥姥给王熙凤磕头，王熙凤很受用，可是一个白发苍苍的老妪跪在自己面前，还是亲戚，有点造孽。凤姐多会来事！先装作没看见，待姥姥跪下了，又跟平儿说：“我年轻，不知辈分，快搀起来。”说着说着，刘姥姥几个头已经磕完了。刘姥姥磕头，也没感到不舒服，虽说辈分长、年纪大，谁让自己穷来着！再说还是来求人的。但是范滂就不行了，范滂是士大夫呀！有一句那什么话，说得挺狠的，“饿死事小，失节事大”，面子比命重要！更奇怪的是，当时一个叫郭林宗的人，听说了这件事，倒去责备陈蕃，他说：“像范滂这样的人，难道应该拿属下参见上司的礼仪来要求他吗？”好像陈蕃有多大的不是。奇怪还奇怪在，陈蕃真觉得自己错大发了，赶紧向范滂道歉，此事才罢休。这是不是说明，当时社会的道德风气、舆论导向，都是偏在范滂这一边的？或者说，一个道德高尚的人，理应格外受到尊重！

范滂一生的事业就是弹劾贪官，与坏人坏事作斗争，得罪人不少。最后的结局就是要被逮捕入狱了。施行捉拿的官员，接到命令后，手捧诏书，把自己关在驿舍里，趴在床上哭，觉得让范滂这样的人进监狱，是罪过呀！范滂听说了,说:“这一定是因为我呀!”于是自己投案自首。县令一看,十分吃惊,心想,你怎么来了!我要是把你给关起来,还不得被人骂死!干脆,官也不做了,拉着范滂,说:“咱们一起逃跑吧!”范滂当然不愿意,跑了和尚跑不了庙!哪能连累朋友连累家人,范滂是出了名的孝廉呀!面临死刑时,范滂的老母亲赶来见儿子最后一面。要说老太太也真够坚强的,她居然对儿子说:“你现在可以和李膺、杜密(当时两个贤者)齐名了,死了又有什么遗憾呢!好名声和长寿,怎么能兼得!”听得周围的人都哭了。

在中国传统文化里,在中华传统道德中,范滂所具备的所体现的这些品质,是被提倡的、鼓励的,即便是封建统治阶级,也是把品德高尚的人作为楷模加以任用的。所以中国士大夫们,把范滂这样的人树为榜样,心向往之。苏轼小时候读了范滂的事迹,就立志要做范滂那样的人,有意思的是,苏轼的妈妈也说:“你能做范滂,我就不能做范滂的妈妈吗!”说来惭愧,我们现在,不光“范滂”太少,范滂妈妈、东坡妈妈那样的妈妈也不多,倒是“老虎”“苍蝇”层出不穷。这使我们怀念起来:从前,有个范滂……

2016.8.20

南宋，想说爱你不容易

文学史上，读到南宋作品，总让人抑制不住地心潮激荡、热血沸腾。

感觉那是个英雄辈出的时代。自古草莽英雄很多，从陈胜、吴广的揭竿而起，到项羽刘邦的楚汉相争；从冲天将军黄巢，到明末的闯王李自成。时势造英雄，英雄造时势，哪一个时代，叱咤风云的人物都不少。但少见南宋时期那样的诗人英雄合体。能于百万军中取敌人上将首级如探囊取物的人，有。若同时文学史上还能自成一派流芳千古的，那就只有一个辛弃疾！南宋的。率一国之兵御敌，让敌人闻风丧胆的人，有。但谁能写出《满江红》那样气壮山河的诗词，岳飞能。南宋的。

感觉那是个铁血男儿快意恩仇的时代。“壮志饥餐胡虏肉，笑谈渴饮匈奴血”，岳飞的《满江红》，每一个字都燃烧着复仇的烈火。“万里腥膻如许，千古英灵安在”（陈亮《水调歌头·不见南师久》），陈亮也是仰天长啸，壮怀激烈！“夜阑卧听风吹雨，铁马冰河入梦来”，六十八岁的陆游，还是满满的保家卫国、建立军功的情怀。就连流连诗酒的弱女子李清照，照样是“生当作人杰，死亦为鬼雄”的铮铮铁骨！

感觉那是个爱国热情空前高涨的时代。在山河破碎民族危亡的时候，在君主被掳国将不国的时候，南宋人的忠君爱国热情被极大地激发出来了，这在文学家的作品里得到了淋漓尽致的体现。“了却君王天下事，赢得生前身后名”（辛弃疾《破阵子·醉里挑灯看剑》）。“嗣当激励士卒，功期再战，北逾沙漠，喋血虏廷，尽屠夷种。迎二圣归京阙，取故地上版图，朝廷无虞，主上奠枕：余之愿也。”（岳飞《五岳祠盟记》）没有哪个朝代，像南宋人那样渴望建功立业，效命疆场，把自己的身家性命、事业前途与国家、君王这样紧密地联系在一起。

感觉那又是一个特别拧巴的时代。明明半壁江山被人占着，明明两个君主在人手里，朝廷就是不着急！主和派就是不让打！气得胡铨指着皇上鼻子骂：“夫天下者，祖宗之天下也；陛下所居之位，祖宗之位也。奈何以祖宗之天下为犬戎之天下，以祖宗之位为犬戎藩臣之位？”（胡铨《戊午上高宗书》）陈亮则拷问士大夫们：“尧之都，舜之壤，禹之封，于中应有一个半个耻臣戎！”（陈亮《水调歌头·不见南师久》）岳飞振臂呐喊：“还我河山！”放翁椎心泣血发问：“王师真个几时回？”但是空有凌云志，难上井冈山！

那真是个令人大失所望的时代。几乎所有主张抗金的仁人志士，下场都一律令人悲哀。一辈子不忘北伐的辛弃疾，“把吴钩看了，栏杆拍遍，无人会登临意！”（辛弃疾《水龙吟·登建康赏心亭》）真是寂寞纠结了一生！盼了一辈子北伐的陆放翁，至死也没看到北伐，“王师北定中原日，家祭无忘告乃翁”（陆游《示儿》），念念不忘一辈子，但他就是失望了一辈子。冒死进谏的胡铨被发配到海南，抗金英雄岳飞，更是直接被整死在风波亭。

当这些熠熠耀眼的英雄人物以这样一种悲剧方式黯然退场时，你对这个时代，除了失望，还有什么呢？

南宋啊南宋，想说爱你真不容易！

2016.8.22

想一想是可以的

很久以前，江北浦口火车站还在，一次出站，遇到一伙小流氓没买车票想混出站，在检票口突然大打出手，然后乘乱跑了出去。当时我们一行人正在检票，有两人遭殃。这种事莫名其妙，白白受辱，连讨说法的地儿都没有，实在是憋屈得很。我很气不过，又无可奈何，就在心里想，自己武功很是了得，对付几个小流氓游刃有余，只消几脚，对手就落花流水，而我呢，大气都不兴喘，两手抄在衣袋里，都用不着拿出来，然后头发一甩，扬长而去。留下几个小坏蛋，面面相觑。这样一想，心里觉得很解气。我把这想法告诉了一个同事，岂知他说："你心理怎么这么灰暗！"

我挺受打击的。因为他说的是实情，我这么想可能真的不太正大光明。问题是，这种不光明的想法还不时会冒出来。刚搬到仙林时，大约因为此地原是山地的缘故，多得不得了的虫子，其中最多的一种是不知名的黑虫，此外是蝗虫，是蚯蚓。一次散步，遇到一条硕大无朋的蚯蚓，在路中间游动，对于这条足有一尺多长的巨无霸，我吓得尖叫一声躲开了，庆幸没有踩上去。一般雨后天晴，路上这东西很多，它们爬到了石头水泥路上，往往回不到泥土里，被晒干蜷曲在路上。我没有很多同情，倒是厌恶其丑陋。蝗虫也很巨大，深秋的晚上常常到路上，大约是趋光吧，被路灯引了过来。路上车来车往，不少毙命轮下，做了枉死鬼。最多的是那种黑虫子，大的寸来许，多足，色黑，爬动起来很快，很像老式火车，我们给它命名“轨道虫”。轨道虫经常光天化日下在路上乱爬，因其数量多，会让人联想起电影里的鬼子下乡扫荡。我极讨厌轨道虫，多，防不胜防，不小心就可能踩到，走路变得小心翼翼很没有意思起来。好多次我骑着单车，就很有碾死几条的冲动。一般离得很远时就在心里说：“弟子今天开杀戒了！”然后猛蹬过去，但在接近的一瞬间，又把车轮偏过去了，至今一条也没有杀过。我其实不是谁的弟子，也不知都有些什么样的师傅，因此祷告的时候也没有明确目标，大概是想要做坏事了，又怕担责任，临时随便拉一个抵挡一下，有点拉大旗作虎皮的味道，不是什么光明的把戏。至于没有实施，不是不想，实乃不敢。如此说来，说我心理灰暗，也不是多冤枉。

但有时又想，我又没有真做，想一想也不可以吗？

想一想是可以的吧。

《红楼梦》第五十四回“史太君破陈腐旧套”，说贾府过元宵节，两个女先儿说书助兴，准备说一个才子佳人的故事《凤求鸾》，被史太君给否了。老太太说编的这些故事都是“诌掉了下巴的话”。而编书的人呢，“有一等妒人家富贵，或有求不遂心，所以编出来污秽人家；再一等，他自己看了这些书看魔了，他也想一个佳人，所以编了出来取乐。”贾母说的有些刻薄了。试想一个“才子”，因为贫因为穷或因为别的什么，总之他得不到“佳人”，他就想想呗！男大当婚，想要婚的那个对象美一点、富一点，想想碍着谁了？

从前的“才子佳人”小说，一般“才子”和“佳人”是一一对应关系，现在不了，现在的人胆儿比较肥，敢想。以前男作家多，三妻四妾的会多安排些女性追求者；现在写作这活儿比较适合女人做，一个女人后面多几个爱慕者也很正常。有一部很热的电视剧（是从网络小说改编），写一女孩穿越到大清，尽管平平常常的，但是打败后宫所有女人，从皇上到王爷七八十来个皇子通吃。有点大发了！要说，还是平民多，有几人是含着金钥匙出生的！没钱没权没家世，也可能也没有色，但这并不妨碍往美好处想想，当然不能太过，差不多得了。我这么说可能太落伍了，因为该电视剧很热，追剧的不少，可见赞同者不鲜其人。

武侠小说也挺受欢迎。从以前的金庸热，到前不久《琅琊榜》的大卖，胡歌的红得发紫，都是铁证。试想，你穷愁潦倒，狼奔豕突也出不了苦海，这时有人劫富济你，是不是也挺好的？你被恶霸欺负了，想报仇，鸡蛋碰不过石头，你是不是也希望有人来除暴安你？可是哪有那么多大侠？但是，想想不行吗？

包公戏也是大家爱看的。比如你有了冤屈，就跟窦娥似的，可是你没遇到清官，就只能像窦娥那样发几桩无头愿罢了。能不能应验，要看老天帮不帮忙。还得是包公，一跺脚，抬口虎头铡过来，连陈世美都敢铡。可是一个包公也忙不过来呀！那你就想，多一些包公，遇事就能还你个公道。即便不是这样，想想不行吗？

人对自己没有的、不能的，总是在想象中给予完善补偿，这很有些阿 Q 精神。有点阿 Q，活得不累。从这个角度来说，想一想是可以的。

2016. 5. 10

隧道里的猫

是去鼓楼校区的时候，坐在校车上，车行驶到玄武湖隧道中，已经快到出口了，前面忽然出现一只猫——一只惊慌失措的狂奔的猫。这只猫可能年龄不大，看身型也就一岁左右吧。不知因为什么，它跑到隧道里了。这实在不是它该来的地方！一辆辆车，风驰电掣，飞奔而来，呼啸而去，就在它的身边。可怜的小家伙，吓坏了。它急切地想逃离这个随时会要了它的性命的是非之地，于是拼命地跑，竭尽全力地狂奔。但它不知往哪儿跑。它不知道往哪个方向才能脱离危险。于是它往前面跑几十米，折回来，再往后跑几十米，又转回来，就这样不停地重复，不停地奔跑！我当时心里担心极了：这无法拯救的灵魂，怕是要万劫不复了！

很多年前，一个大雾的早晨，我走在上班的路上。天上地下，前后左右，哪哪都是雾，我被浓雾围裹起来了。不见一个人影，不见一幢建筑物，甚至看不见自己，也没有任何声音。感觉自己像一个游魂飘荡在混沌未开的世界里，而周遭没有任何生命迹象，一只小虫、一根小草也没有。于是孤独感强烈地袭来，有一种生命走到尽头的恐惧，心里慌张得要窒息了，整个人被巨大的绝望笼罩着、压迫着。那一段路可能就几十米，但时间被无尽地拉长了，长得神经都要绷断了，像是经历了地老天荒、沧海桑田。

我后来每每想起这次体验，都会有一种联想。设如是一只船，在茫茫大海上航行，水天相接，漫无际涯，没有任何标志物，它如何驶出大海，到达彼岸呢？又比如一个行者，走在浩瀚的沙漠里，天地悠悠，四野茫茫，找不到出路，他怎样脱离绝境，停靠绿洲呢？还有，人们在科学探索，在追寻自己的理想时，其实也是这样。没有预设的路径，没有明晰的标志，绝大多数的时候也看不到希望，如同舟行大海、人在沙漠一样。

前不见古人，后不见来者。这是何等的孤独！

上穷碧落下黄泉，两处茫茫皆不见！这是何等的绝望！

衣带渐宽终不悔，为伊消得人憔悴！这得多么的坚忍！

然而，只忍受这些，只做到这些，就可以了吗？

所有这些，隧道里的猫，正在做着。

我后来把猫的故事讲给我的儿子听，他问，结果呢？我没有看到结果，但是我已经知道了结果。我说，它会累死的！

我说出这个结论时，自己的脊背上也冷飕飕的了。

其实，小猫所在之处，离隧道出口并不远，如果它知道方向，跑出去也就是分分钟的事，但是它无法看到，无法判断！只是盲目地跑。又或者，它索性就往一个方向跑，坚持不懈地跑，即便是遥远的那一头，只要坚持，也会走出绝境。但是，它也没有。

这样看来，我们在追寻理想，为理想奋斗时，有一个正确而明晰的方向，是多么重要的事情！而咬定一个目标，执着地坚持，不停息地前行，同样是不可或缺的。否则，就会和隧道里的猫一样了。

2015.3.24

第六辑　豆豆

豆　豆

豆豆是我弟弟的外孙、我侄女毛妹的儿子，是个两岁多的小毛头。豆豆年龄不大，故事很多，我想把它记录下来。

豆豆

起　名

故事还得从取名说起。豆豆还没出生时,就有不少人为他的名字操心了。有一天毛妹打个电话给我,让我给孩子起个名字,我说哪里轮得到我给他取名,人家爷爷舞文弄墨的,好不容易有机会行使爷爷的权力了,舍得把这无上的光荣拱手相让?再说,还有“孩他爹”呢?人家好赖也是一博士,虽说是工科男,要搁在以前,也算个举人、进士什么的了,让别人给自己的娃取名,也不好意思啊!就是你,二十年书白读了?也不能太偷懒!我侄女发愁地说,什么名没有人叫啊!也是哈,也怪咱中国人太多了,恁多方块字,愣是不够用的!又有太多的禁忌,不好听的、不好写的、写出来不好看的、意思不好的、谐音不好的、和姓连起来容易引起歧义的……都不能入名,想一个标新立异高大上的名字,难度还真不小!还是外国好,爷爷奶奶、爸爸妈妈、叔叔大爷、姑姑舅舅,无论是谁的名字都可以借过来用,人家还挺高兴。咱们就不行,用了哪个名人的名字,谁听了谁笑,意思是“你也配”!和自己的家人亲戚重名,人家就不高兴,长辈的名字是要避讳的呀!口不能说,笔不能写,你还天天让人叫着,太不孝了!我的侄女我心疼。我说,你先取个小名吧。侄女困难重重地,“好听的小名都让狗叫了”。我晕!我还没想到,还有这么一支庞大的生力军在跟人类争夺已经稀缺的命名资源!国人才刚刚开放二胎,狗们猫们从来就不是独生子女,得占多少资源哪!那名字取的,千娇百媚的:甜甜、娇娇;田园质朴的:小宝、旺旺;洋气高端的:哈里、森马;寄意殷切的:里根、普京……这就难了!

但是,山穷水尽疑无路,柳暗花明又一村。豆豆出世的那天,大家都拥到医院里,迎接新生命的到来。毛妹先是坚持自然分娩,没有成功,终于还是手术取出。当与等候多时的亲人见面时,尽管豆豆很淡定,但是大家都很激动。这天恰是农历二月初二,民间称“龙抬头”的日子,又是癸巳蛇年,一条小龙诞生了！“二月二，吃糖豆”，有农谚这样说。毛妹的表哥萌萌大叫：“就叫‘豆豆’吧！”于是，这个似乎是天意的名字自然而然产生了，正所谓踏破铁鞋无觅处，得来全不费工夫！几个月的纠结到此打住！

然而，关于名字的“斗争”才刚刚拉开序幕。

比乳名“豆豆”更早问世的是爷爷取的大名：张千一。随着张家小太阳的出世，“张千一”三个字正式亮相。名字的寓意：一、千里挑一，意味此子将来会出乎其类拔乎其萃；二、特殊含义是，孩子的娘亲姓王，“千一”勉强算作是“王”字拆开，算是安慰儿媳及其娘家人。要说，这名字起得也算是用心良苦了！

可是王老太太不满意。王老太太就是我妈，我侄女的亲奶奶。因为王老太太就这一个孙女姓王，她觉得毛妹有义务要生一个姓王的孩子。尽管“千一”已经被赋予“王”的意思，但王老太太对那一撇终究不满意。于是她自说自话地给豆豆命名曰“王康康”。我们姐妹都批评了老太太，可是没用，老太太钢嘴铁牙地说：“不要给我讲大道理！我做了一辈子群众工作，什么我不知道！”这就没办法了，道理她都懂，你还说什么！每次豆豆到了外婆家，王老太太都是自娱自乐地“王康康——”，我们也经常凑趣“王康康——”，豆豆被要求要大声回答，后来就很习惯了，只要有人喊“王康康——”，豆豆不论正在做什么，都会马上放下，然后直起腰来伸长脖子铆足了劲，“哎——”，于是满堂开怀。

豆豆还有个曾祖父，年事已高，身体也不很好，但是曾孙的名字，也让他惦记，他按照自己的意愿，给豆豆取名叫“张国栋”，希望他成为国家的栋梁之材。老人家不光是有家国情怀，更可贵的是放眼未来，具有“可持续发展”战略眼光——他还给“张国梁”留着位子呢。家人多少还是觉得老人有些迂腐了，况且豆豆的名字已经足够了，但又不忍拂老爷子好意，就用上了蒙和骗的法子，好在老爷子在老家，掌握不了现实。话说去年春节，豆豆全家回去省亲，在家宴上，老爷子指着满桌子饭菜，隆重地邀请：“张国栋，你吃呀！”

可是豆豆不知道说的是自己，也不知道张国栋是什么东西，接过老爷爷的话就纠正，“张果老，倒骑驴”，老爷子不明就里，别的人都笑开了，但是不好解释。

豆豆和小宝

小宝是豆豆小姑奶奶的孙子，比豆豆大十个月，就是豆豆的表哥了。但是豆豆并不尊敬哥哥。要说两个人结下“梁子”，还得往前追溯。豆豆不满一岁还不会说话时，到小宝家玩儿。小宝的玩具奇多无比，豆豆就随手拿一个。谁知小宝一点也不像哥哥，伸手就从豆豆手里夺过来了。豆豆太明白了，他知道这是小宝的“主场”，并不坚持，就换了另外一个。可是小宝确实很不绅士，又去夺。如是者几次，豆豆终于忍不住了，刚要发作，又忍下了，识时务者为俊杰！豆豆长叹一声：“唉——！”那神情，我妹妹说，太招人疼了，是那种万般无奈把天大的委屈咽下去的那种感觉。后来再说去小宝家，豆豆一律摇头。小姑奶奶知道了，心里老大不忍，当着豆豆的面，严厉制裁了小宝，给足了豆豆面子，情况才有所好转。当然，如果小宝到了豆豆家，到了豆豆的主场，那就对不起了，君子报仇，甚时都行！那时就该小宝乖了。再到后来，豆豆找到了抵制小宝的有力武器，再到小宝家时，豆豆理直气壮，小宝无奈地喊：“这是我家！”豆豆头一甩，四两拨千斤地说：“我是到我小姑奶奶家的！”直接把小宝的主场优势给否了，噎得小宝说不出话来。这是一件事。还有一次，小宝好心地用自己的车子推豆豆，在院子

豆豆和小宝

里散步，刚笨手笨脚地把车停稳，豆豆迅捷地下了车，拿起小宝车筐里的奶瓶就跑，到十米开外才停下，然后背对着小宝，大口大口地吮着小宝的奶瓶。小宝半天才反应过来，张嘴就哭："啊——我的奶！"我把这件事说给同事听，同事是个青年学者，上纲上线地分析：他拿了奶瓶快速闪开并且背转身去，说明他明白这个东西不是自己的，不是自己的东西自己拿了是不被允许的，说明他已经有了自己和别人的概念。这对于一个不满周岁的孩子而言，是很超常的。

说豆豆超常，倒是不假。我常说，豆豆太早熟了。刚满月时，我抱他，小脖子挺得直直的，我记得小宝四个月了，抱着他要用一只手托着他的大脑袋。半岁时到外婆家，把他放到地上，他突突突就爬起来了，那个快啊！特别像成龙的电影《宝贝计划》里那个满地乱爬的小鬼头。特别让人吃惊的是他居然爬楼梯，左腿先跪上一级楼梯，右腿跟着跪上，左腿随即站直，右腿再跪上上一级，三个动作一级台阶，流畅得一气呵成，速度还快得很。八个月

"爽！"

时能站起来了。毛妹说坏了,才参加过安徽电视台的亲子节目选拔,过几天要去录制,节目里小朋友是比赛爬的,到时他站起来了,不是坏了规矩吗!果然,现场录制时,他就不安分了,开始是一马当先地爬,然后想站起来,但是被自己裤子绊住了,左冲右突不得要领,终于气急败坏地坐在地上哭起来!即便如此,豆豆还是获奖了,只是遗憾地与第一失之交臂了。不过,豆豆的能耐还是突飞猛进地长,到十二月下第一场雪的时候,豆豆已经可以在雪地漫步了!

话说远了,还是回到豆豆和小宝。小宝家有座滑梯,豆豆见了就跃跃欲试,小宝本来没有热情,看到豆豆激情无限的样子,也被鼓舞起来了,两个人争着上滑梯。我说排队吧,小宝就乖乖地站到了豆豆后面。豆豆爬到滑梯顶上,两条腿一前一后地骑在上面,静静的,一动不动。小宝在后面催促:"快点啊,快点啊!"豆豆像没听见一样,装作不懂。看他存心的样子,我妈说,这小东西,蔫坏!看到小宝可以大头冲下滑,豆豆立刻不再循规蹈矩了,马上学样,两手平伸做飞机飞行状,嘴里还不停地喊着:"太爽了,太爽了!"不知哪里学来的词。

豆豆打从会说话开始,就不断地诋毁小宝。比如说,无论什么坏事,地上搞脏了,东西放乱了,等等等等,跟小宝一点关系也没有,他都能赖在小宝身上。他在南京和妈妈坐出租,车上满是瓜子壳,妈妈跟开车师傅说:"谁搞得这么脏啊!"师傅还没来得及答话,他说了:"丁小宝!"他会做的事情,做过之后总忘不了自我表扬,这也罢了,但紧接着一句就是:"丁小宝不会!""丁小宝笨蛋!"知道用反衬手法突出自己。这样说多了,也有利令智昏说穿帮的时候。有一次他小便以后,自自然然地就来一句:"丁小宝不会!"连他外婆也听不下去了,说:"你也太会败坏人了!"我也觉得这是公然诋毁,就我所见,小宝小便还是亲力亲为的,而且小宝会做这事儿还要比他早十个月,怎么能如此肆无忌惮呢!不过要说肆无忌惮,也不完全是,豆豆知道看场合。有一次到了小宝家,当着小宝的爷爷,小姑奶奶故意逗他:"丁小宝是什么来?”要是平时豆豆马上就会说“丁小宝笨蛋!”,但这次豆豆赶紧制止,一脸严肃地告诫小姑奶奶:“这话可不能乱说!”他知道小姑奶奶是自己的小姑奶奶,小宝爷爷可是小宝的爷爷!

南京和徐州

豆豆打从生下来,就是南京和徐州两城生活。爸爸妈妈在南京工作,奶奶会带他在南京;如果奶奶有事情或太累了,就把他送到徐州外婆家。豆豆在徐州的每一天,都是王老太太的节日。我妈妈是舍不得他走的,所以老是会问他:“豆豆,南京好,还是徐州好?”当着太太、外婆外公和外婆家的所有亲戚的面,豆豆一律说:“徐州好!”大家就很开心。而且想当然地认为,豆豆不喜欢南京,南京没人跟他玩儿,太寂寞了,应该多在徐州住住。提到南京、奶奶,豆豆都是很夸张地“嗯!”,还把小脑袋一转,表示很不喜欢。一次又是这样,我正好在家,坐在他旁边,我说:“豆豆,愿意回南京吗?”知道我是从南京来,他悄悄附在我耳边说:“也可以去。”奶奶来接他时,他撒着欢儿跑去给奶奶开门。这时外婆再问他:“南京好?徐州好?”他就王顾左右地打哈哈。被问得急了,他责备地说:“你糊涂!”说得大家一愣。天哪!我们大人竟不如这点小人儿明白!南京和徐州,住的都是他的至亲骨肉,你让他怎么选?平时说的,是让你高兴的,你还当真了!每次离开妈妈久了,问他想妈妈吗,都说不想。妈妈打电话来,也不和妈妈多说话,让他跟妈妈视频,多表现出不耐烦的样子。于是毛妹就很放心:“他离开我无所谓的!”可是妈妈来了,就偎着妈妈不放,问他,他说:“妈妈不在的时候我就不想。”说的毛妹眼泪都要流出来了。

“你们不懂”

有一段时间，豆豆晚上睡觉前老说一句话：“dà—dá—qì。”大人听不懂。本着“疑义相与析”的原则，我弟弟把这句话提交我们大家讨论，于是每个人都开动脑筋，发挥想象力。“是‘打打气’吗?”“不细。”豆豆摇摇头。“是‘大大去’吗?”“不细。”“是打的去吗?”“也不细。”大家问了N多个可能，把沾边的不沾边的都说了，都被豆豆坚决地否掉了。于是大家都无奈地说，听不懂。但从这以后，豆豆自己经常抛出这个问题，“dà—dá—qì”，于是马上有人过来猜。每次猜的人都不由自主的很投入，但最后都以无解告终。豆豆后来就把这个当成游戏玩儿了，当他要别人注意他时，“dà—dá—qì”，冷不丁的就来一句，当别人猜不对时，他有时会很失望：“你们听不懂!”有些落寞，没有知音、弦断无人听的凄凉。但也有时候，“dà—dá—qì”！你还没反应过来，他自己马上就说：“你们不懂!”声音里是嘲笑、揶揄，乌溜溜的眼睛里满满的都是捉弄。每当这时，我就会联想起鲁迅《阿Q正传》里的假洋鬼子：投机辛亥革命的假洋鬼子，在闭塞的未庄人面前吹嘘自己跟当时的大总统黎元洪关系密切，说得云天雾地的：“我是性急的，所以我们见面，我总是说：洪哥！我们动手罢！他却总说道No！——这是洋话，你们不懂的。”在豆豆面前，我们都成了孤陋寡闻的未庄人了。这假洋鬼子!

不过豆豆开始学说话时，确实很多话让人听不懂，说得又急又快，听的人不明白，他自己也着急。一次他哭闹，过后问他原因，他说：“找不到妈妈迷路了。”外婆马上揭发他：“胡说！你就在妈妈怀里，怎么找不到妈妈了?”这个原因是豆豆顺手拉来的，因为书上有小朋友因为迷路找不到妈妈哭了，他把这个悲剧情节套到自己身上了，让自己也当一次悲剧主人公。我问他，“那你干吗发脾气?”他说：“急!”也是，不被理解是很痛苦的！为了他的“急”，外婆曾经认真整治过他。那段时间他经常自省：“你有什么缺点?”

“暴躁！急！”豆豆总是虚心地检讨。然后的结果就是，当他着急地说得又急又快时，外婆只要点一句“又急了”，他立马放缓速度，那节奏是：“不行不行不行不——行——”，后面俩字不仅慢而且声音很轻。

豆豆本色是诗人，也可能是工科男

豆豆早就可以很准确地表达自己的意思了，像可以——必须、将要——已经、可能——肯定，诸如此类的副词细微的区别都可以分辨得清清楚楚，不会表达有误。可以分辨常见的颜色，赤橙黄绿青蓝紫，都是小意思了，他居然指着太太的衣服说：“棕色的。”喜欢用形容词：“好长好长的隧道呀！”“好远好远的路呀！”“好高好高的树呀！”“西瓜甜甜的，凉凉的！”“橘子酸酸的、甜甜的！”描述得很准确。会归纳：在速腾车里，指着多处出现的大众符号说：“一样！”说到奥迪，把所有的圈圈都找出来，说：“一样！”他踩在观赏石上，告诉他不要在石头上玩，他马上走到另一块石头跟前，说：“一样！”这是在他一岁刚说话的时候。会触类旁通：他看外公刮胡子，说：“爷爷是男孩。男孩有胡子。”外婆问：“我呢？”“你是女孩。”然后又补充说，“老女孩！”会观察模仿：他淘气，外婆着急，加上不舒服头疼，便用手撑着头，不理他。他从楼上下来说：“婆婆生气了。”然后用手托着腮，告诉大家外婆是这样生气的。太太的普通话不标准，把汽车说成汽 chēi。豆豆纠正说：“是 qì chē，不是 qì chēi。”会联想：他听到我弟弟妹妹喊我先生“和平哥”，百思不得其解，疑惑地说：“鸟的那个和平鸽有翅膀，会飞；三姑爷爷这个和平鸽没有翅膀，不会飞。”然后又给三姑爷爷找了条优点，“但是三姑爷爷会开车”！会与时俱进地运用新词：带他到饭店吃饭，吃得很开心，问他感觉，他说：“我是真心地满意！”有想象力：清早起来打开门，外面风很大，树枝被刮得不停地摇动。豆豆高兴地感叹：“好大的风呀！树好像很兴奋呀！”我说，真是诗一样的语言！豆豆很有诗人情怀呀！

可是豆豆也可能会是工科男。

豆豆是个小车迷,对各种车一是特别有兴趣,二是非常熟悉,从理论到实践。这个爱好是无意中发现的。一次我妹妹带他(豆豆回到徐州没有专人负责,好在他姑奶奶多,谁有空他就跟谁混,倒也不挑人),黔驴技穷时,给他看了几张小汽车的图片,迅速就记住了,且过目不忘,说出车名就可以指出图形,指给他图片,就可以含混不清地报出车名,屡试不爽。我打趣他:"可以啊! 能上4s店打工啦!"而后毛妹给他买了很多本《小车迷》画册,练习从一本书上把图形揭下来贴在另外一本书的相关位置,做起来兴致盎然,有一段时间成了每天必玩儿的游戏。于是千奇百怪的车名,烂熟于心,张口就来。有一段视频:他站在沙发上,两手扶着靠背,屁股上还戴着尿不湿。毛妹指着书上的图形,问:"这是什么车?""凯迪拉克!""这是什么车?""路虎!""这是什么车?""兰博基尼!"……回答一句跳一下,乐此不疲,几本书上的所有车,无一不知。在院子里,谁家的车,是什么牌子的车,清清爽爽。

工作状态:修车

在路上,每过去一辆车,都可以叫出车名。到能操作车子的时候就身体力行了,现在开车技术,已经娴熟得可以玩儿“花活儿”,规规矩矩地骑车已经不过瘾了。三轮他是倒着骑,正应了他以前说过的话,“张果老倒骑驴”!擦车、修理、保养,也是每天必做功课。最复杂的是修车,锤子、板子、螺丝刀众多工具,摆了一地,这且不说,难做的是要把车悬空,人躺在车身下面修理。豆豆的做法是,把车的前轮架到沙发上,以保证有足够的高度和空间。他一个小人儿,每次都是努力把车子举到沙发上,外婆说他不知哪来的贼劲儿!一次在小宝家,想开小宝的跑车,可是上去以后发动不起来。于是下来仔细地检查,口中还念念有词。他先揿了按钮,看到车灯亮了,说“有电呀!”,又检查了开关,还是动不了,“哪里出了问题了?”“车门可以打开吗?”用手动了动车门,车门是假的,不可以打开。前前后后地转悠了多时,终于没有检查出结果。可是我对他的思路、判断以及对车子的理解很佩服,豆豆是有工科男的潜质的!

豆豆再有两个月就三岁了,我把我知道他的一些故事记下来,当作生日礼物送给他!

2016.1.19,南京今冬最冷的时候

豆豆(外一篇)

今天是豆豆两岁生日。经过连续数天的阴雨之后,天晴得格外爽朗,不只阳光慷慨,气温也很宜人,我们决定给豆豆在户外过个生日,地点选在了绿博园。

春明景和,莺飞草长,绿博园里春意盎然,从冬天里走过来的香樟树,依然绿意融融,已经成熟的种子,坠落在地上,等着鸟儿来啄食。豆豆对这些准备孕育新生命的果实,充满了好奇,猫着腰在地上捡,一边嘴里还感叹:满地都是黑豆豆啊!

豆豆对我和外子非常友爱,赖在我们怀里不愿下来走路。他对我说:“好长时间没抱了!”说得不错,从寒假见到他,到现在开学已经近一个月了,可不是已经“好长时间”了吗！说得我很惭愧。

租了一辆多人脚踏车,我们四人——我、外子、豆豆妈妈、豆豆奶奶——带着他,骑车游园。豆豆把手伸出车篷,阳光洒在小手上。我说:“豆豆捧了一把阳光。”然后每当车子拐到向阳处,豆豆都把手伸出来抓太阳。

到儿童游乐场附近,准备带豆豆去坐小火车。须得有两个人去把脚踏车还掉。我说:“我们在这儿等妈妈。”奶奶在太阳地里坐了下来,招呼豆豆说:“来,晒太阳。”豆豆不动:“不,我们在这儿等妈妈!”

外子买来了雪糕,这是豆豆第一次吃冷饮,开始不太适应,他大概没有经历过这么凉的东西,想吃又不敢,不敢还想吃,那种又怕又爱的神情超逗。经过了最初的不适应,豆豆坚持把一个雪糕都吃完了,然后总结说:“凉凉的,甜甜的!”很准确。

豆豆在南京绿博园:“好长时间没抱了!”

坐小火车，每个孩子都被安全带紧紧绑在座椅上，双手老老实实地紧握方向盘。就数豆豆年纪小，就数他不安分，一手掌握方向，一手不停地揿前面的指示灯，只有他的小火车，前后车灯一闪一闪的。

每去坐一样新的东西之前，豆豆都给自己鼓劲："不害怕！不害怕！"

游乐场里有好多孩子可以玩儿的，豆豆玩儿过一个，又指着另一样："我们再坐这个！"然后再提要求。看到海盗船，豆豆说："再坐这个！"我们说："这个不能坐，要长大一些才可以。"豆豆并不坚持，通情达理地再转向另一处。走到一片沙地，说："玩儿这个！"我说没带工具，玩儿不起来。就再往前走。要回家了，也痛痛快快地离开游乐场，决不哭闹。我说："'识时务者为俊杰'，豆豆就是。"从不为不可能的事浪费心情，影响情绪。

2015.3.24 追记

豆豆下馆子

去饭店吃饭，当然要带上豆豆。豆豆很喜欢吃饭店的东西。两岁时一次感冒比较重，太太说："上医院吧。"豆豆欣然同意，迅速接话说："点菜！"他听成去饭店了。他自诩自己是"小吃货"，说起来丝毫不忸怩，落落大方，像夸奖自己一样。

车少人多，比较挤，好在路近，将就点吧。我妹妹最后上来，关车门，戏谑地说："屁股要关到外面了！"豆豆要坐在太太腿上，让太太搂着他，他搂着太太的拐棍。"一、二、三……八个！"豆豆数人数。"数错了！是七个！""是八个！拐棍也是人呀！"豆豆强调地说。这家伙！不光没把自己落下，连拐棍也算上了，倒是一个不差。"小姑奶奶的屁股关在车外了，怎么办？"车已经开一会了，豆豆忽然想起前面的话。有点晚了，屁股要丢已经丢过了！"三姑爷爷，你的车导航怎么这么小呀？"豆豆的目光又投向了前面。"导航太小，看不清楚，走错路了怎么办？"豆豆属于忧虑深广型，关心和担忧的事情很多。比如，经常一上车，他就会担心，找不到车位停车怎么办？如果是两辆车，他在前面就担心后面的车跟丢了，在后面就生怕赶不上前面的车，有点像北宋名臣范仲淹的"进亦忧，退亦忧"。一次他爸爸的车被堵住开不出来，他悲愤且忧虑，不停地念叨："他们太过分了！我爸爸车出不来怎么办！"

豆豆对于车的很多关注,缘于他对车的热爱和了解。豆豆注重实践,如果不是图书上的,对车的要求是能开。小时外公曾给他买过一辆很精致的玩具汽车,他只看了一眼,就扔了,那时好像还没到一岁,就这么看不上。前些天,我妹妹看他那么喜欢车,要给他买一个,问他要什么样的,他说:"SMART!"我妹妹在商场转来转去很久,就为了给他找那个"SMART"。结果买回来后,他非常生气,大声喊道:"我要的是能开的SMART!"

这次来的饭店是曾经来过的。这家饭店的电梯有些特殊,进去和出来不是一个门。还记得上次来,大家进了电梯后马上习惯性地转过脸,面向进来的门,准备出去。豆豆奇怪地问:"你们为什么转过去?"电梯到了,对面的门开了,大家才会过意来。那是豆豆第二次去这家饭店。

进了饭店,远远见到二姑奶奶,问:"那是谁?""王一梅!"豆豆直呼其名。可是到了跟前,豆豆很绅士地问候:"二姑奶奶,你好!"豆豆才不得罪人呢!这次我从南京把他和他奶奶一起带回来,先送他奶奶回家,快到时,他满脸堆笑细声细气地跟奶奶说:"我可以不上汉泉山庄(奶奶家),先去盛世佳园(外婆家)吗?"那神情好像很对不住奶奶,要求得原谅似的,完全不像任性随意的三岁孩子。

豆豆到了餐桌前,坐到宝宝椅上,立刻吩咐服务员:"上果盘!"告诉他,果盘最后上。可是服务员一个电话把果盘要来了。豆豆一片接一片吃起西瓜来,一盘西瓜,竟被他吃得八九不离十。我说他是"西瓜太郎",他纠正说:"我是水果小王子!"表明他对别的水果也很热爱。我把他抱起来,说:"我还抱了一盘西瓜!"他竟然莞尔一笑。

桌上有一盘凉拌拉皮,对了豆豆的胃口,他把拉皮放到嘴里一吸溜,调料溅到眼睛里了。再吃时,加了防范措施,没吸之前,先把眼睛闭上,眼睛鼻子蹙成一把,实在滑稽,我忍不住用手机拍下,给他看。我指着他嘴里一条长长的拉皮,故作惊讶地说:"长胡子啦!"他认真地说:"这不是胡子。我是小孩。我长大了会长胡子的。我是男孩!"对自己的将来走向,很清楚,也很骄傲。

肚子里有些东西了，豆豆又想起了三姑爷爷车上的导航："三姑爷爷，你的导航太小了，看不清楚怎么办？走错路了怎么办？"然后自己想了个补救办法，"你回去让贝贝舅舅给你买一个大的吧。"至此，这件事有了结尾，可以放下了。豆豆又想起一个老问题："三姑爷爷，你为什么叫一个鸟儿的名字？"他指的是我弟弟妹妹对我先生的称呼"和平哥"，他误会成了"和平鸽"。这是他以前思考的问题。"鸟的那个和平鸽有翅膀，三姑爷爷这个和平鸽没有翅膀，不能飞。但是三姑爷爷这个和平鸽会开车。"大半年过去了，他终于搞明白，三姑爷爷这个"和平鸽"只是个名字。可是，人为什么要叫鸟儿的名字呢？这个问题有待思考了。有人趁势问："豆子有黄豆、绿豆、红豆，你是什么豆？"豆豆拉起自己的蓝T恤，毫不迟疑地答对："我是蓝豆！"又指着身旁的太太说，"太太是'太豆'！"顺手又送了一个名字给太太，表明自己和太太关系密切友好。

然后比较开心地唱起歌来，"好一朵美丽的茉莉花，好一朵美丽的茉莉花……"，一直唱到"茉莉花呀茉莉花"，声情并茂。感叹完茉莉花后，又加以评论："李某某（我没听清是谁）的声音很好听。蔡琴声音有点粗，也很好听。某某的声音不好听！"最近豆豆听了一些磁带，像《茉莉花》还有不同的版本，豆豆有了自己的比较和判断，批评起来直截了当，不留情面，不肯为名人讳。

饭吃完了，我问豆豆，感觉怎么样，豆豆毫不客气地说："不满意！"我问为什么，他耐心地解释："因为我只吃了西瓜，别的没吃。"说得也是。可是去年一次在饭店吃饭，饭后我也问了这个问题，他意气风发地说："我是真心地满意！"而"真心"作为网络语其时才刚刚出来，不知谁说了一次，他就记得了，用得恰如其分。

离开饭店，他在三姑爷爷怀里，四姑爷爷伸手要抱他，他没有过去。婆婆批评他，说："四姑爷爷也是你的亲人，和三姑爷爷一样，你不应该这样！"豆豆委婉地解释说："我刚才困了，要睡着了。"这个狡猾的小狐狸！真实原因是四姑爷爷不太会哄孩子，而三姑爷爷一向惯着他，所以有三姑爷爷时，一般不要别人。这次回来，给他带了一盒巧克力，婆婆怕他吃得太多，送到楼上收了起来。但是被他找到了，找到以后，他对婆婆说："我知道你收起来是怕我吃多。可是被我找到了。你说也没用，这是三姑爷爷送给我的，我是一定要吃的。你就别管了！"义正词严，有理有利有节！

回来车上，我抱起他，忽然想到吃饭时我抱他逗他时他那莞尔一笑，他究竟是无意识，还是听明白了？我于是再问："我抱你，说我还抱了一盘西瓜，是什么意思？"我觉得这话问得有些绕，想再说得简明些，还没想好措辞，他随口就回答说："是我吃了西瓜！"我大吃一惊，他不光听懂了意思，还接受了幽默和调侃！他才三岁零四个月！

2016.7.15 于徐州 竟天大雨

两个小伙伴

艾霞、美玲，是我小时候的玩伴，艾霞似乎我生来就认识，这当然有些夸张，但确实是从我记事起，她就在。我那时一直和我姐姐在一起，因为从二年级起我俩就一个班了。艾霞，还有一个叫苏联的小姑娘，都与我姐同年但大月份，我们四人都是小学腰鼓队的，住得又近，常在一起玩儿，我姐是头。美玲加入得比较晚，到"文革"中"复课闹革命"时才随她爸爸工作调动转学过来。因为住一个院子，她来到就参加了宣传队，所以很快我们就熟起来了。小学以后，我们家调走了，后来的日子里交集不多，我姐姐和她们还有联系，我基本上就是从我姐那里知道一些她们的消息的。再到后来，有过两次见面，却也无话可谈，就像抛物线的两端，我与她们渐行渐远了。

艾　霞

艾霞在家中排行老二。老大是姐姐，老三是弟弟，艾霞的位置比较尴尬，属于被忽略被遗忘的。她姐姐月霞很受宠。也难怪，月霞是比艾霞长得好，连我那时都能看出来。月霞是满月脸，最好看的是皮肤，我想到她脸的肤色，就能联想到少剑波赞白茹的那句诗"颜似露润月季花"。这样说来，说月霞是"花容月貌"可能是恰切的。不像艾霞，瘦瘦黄黄，晒蔫了的胡萝卜似的。月霞能歌善舞，也像白茹，百灵鸟一样。艾霞从小便没嘴葫芦似的，不爱说话，也可能说话也没人注意，没人搭理，便不说了。月霞的受宠还有一个原因，是因为她自小就有哮喘病，时不时地就犯一下，所以气也气不得，累也累不得，所有的气和需要做的事情就由艾霞承包了。艾霞被忽略到什么程度呢？有一件事我记得特别清楚。有一天我在艾霞家玩，艾霞妈看艾霞老是把脑袋往墙上碰，问是怎么回事，艾霞也不说，她妈把她拉过来，拉到太阳底下，扒拉开她的头发一看，惊得叫了起来。我也凑近看看，一看，鸡皮疙瘩都起来了。艾霞的头上长满了疮，又是脓又是血的，疮上还趴满了虱子，爬来爬去的。我从来没见过那种情形，不知艾霞是怎么忍的。痒，又没法抓，她便撞墙。我的天哪！这头发得多长时间没打理，才能成这副样子啊！后来艾霞的头发被剪掉了，因为有疮，不能剪得整齐，一撮一撮豁牙漏齿的，像没有修剪好的草坪，涂满了紫药水。艾霞的被重视是在月霞早夭之后。月霞最终还是死在哮喘病上。月霞的离世，把她妈妈的心都掏空了，这个位置后来给艾霞了。

艾霞其实也挺漂亮的，脸瘦长一些，单眼皮，比姐姐清秀，有点像20世纪80年代红极一时的日本影星山口百惠；也能歌能舞，只是不爱说话，内秀。“文革”开始后，课不上了，但每个学校都成立了“毛泽东思想宣传队”，经常排练经常演出。艾霞在宣传队里也算得上是台柱子。那时虽说老师也被写过大字报什么的，但对小学生来说，就不说什么师道尊严，老师的话还是听的——大人的话不一样也得听吗？但艾霞就与别人不同。常常节目排得好好的，她说生气就生气了，也不说话，老师就得哄，一时半会还哄不好。经常就是排练停下来，大家一起等，一直等到她愿意过来。因为什么生的气，不知道；因为什么又好了，也不知道。我当时只觉得她很怪，小性儿。现在想想，可能连她自己也不清楚，她其实是想寻找一种存在的感觉，被重视的感觉。而这种感觉，她在家里找不到。这和林黛玉的小性儿不一样，和今天的一些明星耍大牌也不一样。但艾霞有些事情做的，连我也不明白为什么。

有一次一个节目需要红绸带作道具,集体节目,一人一条,都是先发给个人自己保管的。我上去报幕下来,我的那条红绸带找不着了。大家都帮着找,就是找不到。节目已经报过,又不能不演,临时拿了条黄色的代替。人人都是红的,只有我的是黄的,太扎眼了,我心里那个别扭啊!觉得太丢人了。演出结束后,后台都收拾清楚了,到底也没有找到我的那条红绸带,简直像出了鬼似的。但次日艾霞悄悄把一根红绸带放回了排练室。原来她自己的那根被她收起来忘记带了,演出时才发现,就把我的那根拿去了。我特别想不通的是,她发觉自己的失误时居然不声张,她把我的拿去时也不吭声,我都急成那样了,后台都找翻天了,她还不动声色!她怎么那么沉得住气!要知道,她这时也只是个孩子啊!这事也只有艾霞做得出来,她是个心里很有主张的人。

宣传队里有个男孩子叫赵杰,后来当兵去了。我们上高中的时候——那时我们家早调走了,有一天艾霞大老远地跑到我们家,说她与赵杰闹别扭了,让我姐帮着劝劝。不知道艾霞是什么时候开始谈恋爱的。好笑的是,我姐自己还没谈过恋爱,就帮别人谈恋爱了。高中毕业后,我下放当知青去了,艾霞则回到我们原来的小学做起了代课教师,教音乐。不久,她有一个推荐上学的机会,但此时她准备结婚,便放弃了。这个机会后来给了我另一个小伙伴,就是苏联,苏联也是和艾霞一起腰鼓队、宣传队过来的,又一起初中、高中毕业。苏联所有条件和艾霞都一样,但艾霞爸爸是干部,这是苏联比不上的。所以推荐上学,艾霞排在前面。艾霞放弃了,苏联等于捡了个漏。苏联也没上什么好学校,就是个中等师范学校。毕业后当教师,赶上粉碎“四人帮”后干部知识化年轻化,又需要女干部,苏联被选拔做了公社妇联主任,也嫁了个公务员,后来在县妇联任上退休。艾霞结婚后等到年限到了“随军”,后来丈夫转业回来,在县城一个小厂做负责人,艾霞便也安排在厂里工作。后来这些厂都不行了,艾霞大约也早早下岗了。听说她后来抱怨过,苏联委屈地说:“我没有跟她抢,她不去我才去的。”苏联指的是那次推荐上学。后来我见过艾霞两次。一次聚会，她带了个五六岁的小女孩，孩子很黏人，是惯着长大的那种。我听说过她的是男孩，怎么变成女孩了？问她，说男孩已经大了，又抱养了这个小的。若干年后，又一次聚会，艾霞又带了个男孩，五六岁的样子，我糊里糊涂的，问："你儿子？""孙子。"艾霞回答。唉！她这辈子都贡献给家庭了！

美　玲

和美玲在一起时间并不长，印象却最深刻，一是因为同住一个院子，最重要的是她身上有种与我们大家都不相同的东西。

美玲也是个漂亮的小姑娘，圆圆的脸，大眼睛，小嘴巴，爱笑，一笑脸上就现出两个圆圆的小酒窝。毽子踢得特别好，每次比赛轮到她时，你就耐着性子等吧，没完没了，你越巴望着她败，她踢得越稳，连点"险情"也不出，让你等得绝望。实在着急了，我们就捣乱，她一边躲闪，一边嘻嘻地笑，一边仍稳稳地踢着，才是急死人不偿命呢！

美玲姐弟四个，她老大。她爸爸要工作，自然是不问家事的。她妈妈倒是没有工作，会做缝纫机，加入了街上一家裁缝铺。我的印象，美玲妈妈也不管家务，不做饭，也不回来吃饭，带着最小的女儿在街上买着吃，家里就扔给几个孩子折腾，准确地说，由美玲管理。美玲刚到我们那儿时就会做饭了，拿手绝活是烙馍。她外婆家是铜山人，徐州烙馍的技术她会。因为是每天都要吃的东西，所以常看到她和妹妹两人做烙馍，一个擀一个挑，有模有样的，配合很默契。但是一个十二三岁的孩子，再有能耐，能把家管成什么样呢？那时又是计划供应，粮食本来就不多，我猜美玲她们可能是经常饿肚子的。我这样说，是因为我看她什么东西都能搞来吃。我们小学对面是中学，中学一到暑假就大门紧闭，有时我们会爬门进去玩。美玲来了，我们带她一起去。校园里有工人种的茄子、辣椒之类的蔬菜，这是我们看都不看的东西。可是美玲来兴趣了，走到菜地里，摘下没长大的小茄子，就往嘴巴里送。这让我很惊讶。在我的常识里，蔬菜类只有萝卜、黄瓜是可以生着吃的，茄子大约连兔子也不会吃的吧！这还没完，接着又发现了一块西瓜地，西瓜大约也没到成熟的时候，可是美玲直奔过去，不由分说就摘了一个。其他人互相看了看，觉得好像也应该有所行动，于是一人也摘了一个。我大约根本就没想到摘瓜是为了什么，懵里懵懂地也摘了一个极小的，就那也费了老鼻子劲。然后美玲又发现一处墙头破损，率先从破墙头处撤退了。大家跟着一个个地也撤了。我抢不过别人，最后一个翻墙，因为还带着"赃物"，极其困难地才撤到安全地带。我运动神经其实还行，所以狼狈，是心理素质不太过硬。别的人已在享受自己的战利品——半生不熟的西瓜，而我手中拿着的西瓜，里面基本没有内容。于是被嘲笑。我心里也不舒服，不是因为没吃到西瓜，也不是因为被嘲笑，而是觉得自己做了不该做的事，有悖我以往所受的教育。

但是美玲就是这样一个充满了活力、不受束缚、生命力极强的孩子。

我们家调走不久，美玲也搬家了。她没有继续上中学，进了一家副食品加工厂。年龄再大些，就正式招工进了电厂。在电厂当学徒时，美玲恋爱了，恋爱对象是她的师傅。师傅肯定是对她很好的，这让从小缺少关爱的她感到温暖。但师傅腿有残疾，年龄又大她许多，所以家里知道后极力反对，好像打也打了，骂也骂了，又让她姨妈给她在徐州介绍了个男朋友。

美玲在电厂这段时间，我已高中毕业下放到果园场，在场里又被抽到县广播站帮忙。一次出去采访，距美玲的电厂很近，就去看她。到厂里问了几个人，有说她回徐州了，也有说她已经回来了，有说她回去休婚假了，也有说她婚假产假一起休了。说得乱七八糟的。我按照别人指给的地点，找到美玲宿舍，刚巧她在，确是从徐州才回来。让我没想到的是，美玲不是一个人，还带了个小娃儿。孩子刚满月，大约奶水不够，美玲用小奶锅煮奶粉给他吃。我去时刚喂完，美玲让我帮她抱一下孩子，她洗奶锅。这么小的婴儿，我都没太注意过，更不用说抱，接过来像抱大孩子那样往肩头一竖，刚喝完奶的小家伙，把才喝进去的全倒在我肩上了，还流了一背。我吓一跳，口不择词地大叫："你怎么弄了这么个东西！"美玲尴尬地赶紧把孩子接过去放在床上，过来帮我收拾。要说我这人呢，说得好听点，是不太食人间烟火，说得不好听的呢，其实就是不懂事、不通人情。我妈常这样说我。我要是能设身处地地为美玲想想，她当时应该是最不容易的时候。眼前这个小东西，如果我没猜错的话，大约是美玲为自己青春买的单，这在当时是大逆不道的。没人祝福，没人帮助，要正常上班，还要带孩子，可怜她自己还是个孩子！这是她生活的一个大的转折点，来不及学习，来不及适应，仓促就上阵了，她都还没有披挂好。可我当时一点都不理解，不仅没有给她安慰，给她帮助，甚至给她增加了羞愧。

后来听说美玲调回徐州，去了肉联厂。再后来肉联厂倒闭她下岗了。再后来听说她自谋职业摆了个小摊儿。再后来，小学同学聚会，听说她来不了了，代表老年大学参赛广场舞，已经进入决赛，实在抽不开身！

美玲就像生在沙漠里的红柳，没有关怀，没有呵护，就自己活，还要活出生机，活出精彩来！

2016.3.17

小电工

装修和园房子开工那天，工头带来的工人是个没长大的孩子，瘦瘦的，眉清目秀。他是水电工，姓陈。熟悉以后，知道小陈是安徽人，和父亲一同在南京打工。一直没问他的年龄，看他没长足的身形，十七八岁吧，正是该上学的时候。一般孩子在这个年龄还被爸爸妈妈呵护照顾，他却早早地放单飞，自己出来觅食了。看着不由得很心疼他。

按照装修的程序，最早就是铺设水电线路，此时别的工种还不能介入，空荡荡的屋子里，就他一个人，小小的人儿形单影只。我怕他寂寞，找话跟他聊天，回答得也不多。他不是饶舌的孩子。干活我既不能替他，事情做不完，工头也不会愿意，我只有在生活上多关照他些。带他去吃饭，给他多加荤菜，吃完了再另买一份让他带回去晚上吃。只要我去，总忘不了给他带些点心零食。他照例不说话，只默默地接受。

他干活手脚很快。一次他指着洗衣机预留水管，告诉我说，这个水管应该是一米二高，高于洗衣机才能进水，设计师写错了。我听着有理，说就按实际需要的高度留吧。话音未落，他一剪刀已经下去了，水管只留了七十多厘米。比洗衣机矮这么多，怎么办呢？他说，图纸上就这么标着的。唉！终是小孩儿心性，图纸错了可以改的呀！何况我就在，也不会让他挨批评。他其实挺聪明的，图纸上的错误，他都能发现。有一个房间，床头插座留的不是地方，他就告诉我，我一看，确实，按图纸上的，插座就被床挡住了，没法使用。我觉得这孩子真灵透，夸他聪明、用心。他照例不吭声。

工程进到下个阶段时，小陈去别的工地干活了。其间有什么需要，我们都是电话联系。一次我们去买插座开关，问他各买多少，他在电话那头报数字，哪样多少，哪样多少，很熟练，我们一一记下。后来说到 T4 灯管若干根，这个我懂，我们家没有这个！告诉他，他说："噢，我记成别人家的了。"唉，到底是孩子！

装修到后期，又需要水电工了，这中间已经很长时间没有见到小陈了。打电话联系他，说很忙，于是再约，还是忙。如是多次，终于说定时间，届时在和园见面。要说和园这次装修真不方便，太远，我住河西，和园在仙林东，穿过整座城市。每次来回一趟，光在路上，就需三个小时。在约定时间我们到了和园，却是等不到小陈的身影，电话好长时间也联系不上，好容易通上话，说来不了了。这孩子，来不了你早说啊，我们跑了这么远！不过想想小孩子也真不容易，肯定有很多家的事情等着他做。而后类似的事情又发生几次，真是让你急不得气不得，小孩子不靠谱，有什么办法呢？

那天，终于等到他来了，虽是晚到了许多，但是装修这事呢，你懂的，再急的脾气都会磨好了，何况这么小的孩子，他睡个懒觉啥的，都在情理之中，来了我们就高兴。可是这天真不巧，小陈来了不久，就来了几个彪形大汉，说给我家装修的这个老板欠了他们材料钱不还，要把工人抓起来，等老板拿钱赎人。我还从没见过这阵势，说我们早交了装修费用，工人只是奉命干活，跟老板的纠纷还是找老板解决。来人说，实在是抓不住老板，才出此下策，让我们配合一下。看着小陈被几个大汉团团围住，很担心他吃亏，于是我们打了 110。110 来了以后，这事很容易就解决了。待大汉们走了以后，小陈镇静地跟我们说："其实没什么事，我跟他们去就是了，他们不会打我的。"我们觉得小陈真勇敢。无端被耽误这么久，我们说干活吧。小陈说："哎呀，工具忘带了。"还不能回去拿，住得太远了，他说今天就算了吧！计算一下回去再回来的时间，确实也只能算了！只是，又白来一趟，尤其是找来小陈是那么不容易！

再见到小陈的时候，又是好久以后了，虽说心里着急，但见了面也就好了。尤其是，这孩子干活还挺快的，半天工夫，就把所有的插座、开关全装好了。扔下满地的包装纸盒、钉子、电线，他说好了。我心里一阵轻松，这么长时间等他这一道工序，我都有筋疲力尽的感觉了。现在终于好了。垃圾没关系，我可以打扫。房间里有两张木工用的简易长凳，挺碍事的，我说帮我抬出去吧。他说行。搬起长凳，推开窗户就要扔，我急忙拦住，这个莽撞的孩子，下面是栏杆围起的灌木丛，哪经得起这么砸！灌木丛很深，园林工人清理起来也难哪！小陈不情愿地跟我把凳子抬了出去，然后拿着我给他多买的晚饭和一盒饼干，离开了。我回去跟先生说，小陈干活很快的。

再到后来该装灯和台盆水龙头什么的了，却是再也联系不上小陈了，整个人像蒸发了似的。催促老板、项目经理，折腾了几个来回，终于有一天来了个工人，老孙。老孙很不满意地说来给小陈擦屁股。问小陈呢，说忒懒！没人看着就不干活，要么不去，要么早跑，还偷东西！不知被多少业主投诉，被老板揍了一顿，赶走了！我唏嘘良久，这么个灵透的孩子，怎么不学好呢！

后面的事情真难为老孙了，浑小子留下个烂摊子。我也不懂，说线路哪哪不对了，需要把卫生间已吊好了的顶拆开重搞。从客厅到走廊到东边阳台，有一组灯，本应分开控制的，他给搞到一起了，只要开一个灯，七八个连成一片辉煌，还没法整治！水龙头少了一副，不消说，是他顺手拿走了。原先他指给我图纸上标得不对的那个开关，仍旧装到了不对的地方，得重新开槽重新接线。最糟糕的是，配电箱的面板，找不到了。我说重买，老孙苦笑着说，没法买。大约面板与线板是一套，不能任意组合。要么换线路板？老孙说，那要找建筑商了。买也没法买，换又不能换，真着急哪！实在无法，我去找了物业电工老李师傅。李师傅看了也直摇头，想了想问，他扔到什么地方了吗？这东西他要也没用。然后李师傅就找，在垃圾里找。院子里堆满了垃圾，要找还真不容易，因为满是深深的野草，垃圾在野草丛中。院子的地面比阳台矮一米多，阶梯还没做，下去也不容易。往外扔垃圾，确是小陈的习惯。后来终于在阳台上预留的装空调室外机的洞里找到了面板。同时找到的，还有对讲机的零件。对讲机在装修之初被我先生收起来了，要不，也是尸骨不全了！真得感谢小陈从不处理垃圾的习惯，否则，去哪儿找啊！但是，那一堆堆垃圾啊！

房子装修终于结束了，我们都长出了一口气。然后是陆陆续续装电器。空调进来了，装好之后开机试验，怎么都不转！安装师傅就纳闷了，没有操作错误啊！机器也不可能坏！找了很久原因，没有结果，师傅用自带电源测试，空调没有问题，然后把我们家插座打开，发现没有接线，以为电工疏忽了，赶忙替我们接好。再试试其他空调，也不转，打开插座，个个线头都没接上，人家都忍不住笑了，问找的什么电工！空调师傅当然不能替我们一个一个地接插座，人家说，这不是我们的问题，你找装修的吧。

我恍惚悟出点什么，我说那天小陈怎么那么快呢！敢情他把最麻烦的工序都省略了！

以后是，电视机来了，插座没有电。

装机顶盒的来了，插座没有电。

要上网，路由器没有电。

……

客厅的空调柜机，刚用就坏了，请人来修，检查了半天，说空调是有专用线的，为什么不接在专用线上呢？我哪知道？问小陈啊！

紧接着电视又坏了，来检查的人说，你这个线路有点乱，厨房没出问题吧？我说没有。他说以后注意点。

……

事情一次次出来，每一次都提醒我，曾经有个小陈。

要说，这么小的孩子，像成年人一样出来讨生活，确实不易。

可是我也有想不通的。说偷懒爱玩,是孩子的天性,我能理解,也能原谅。但如此地不敬业,并且偷拿东西,是不应该的。更让人惊心的是,冷漠,不知感恩。明知道有问题,特意指出给你看,然后故意照错的做,造成损失和损害,那就是心术不正了。一个小孩子,怎么会有那么大的仇恨呢?!

该得到的关爱,没有得到;该接受的教育,没有得到,还没有把他教好,就把他推向了社会,亏欠他的,他都还给社会了,以这种方式。

2016.5.27

诈骗电话

我在玩电脑，听先生接电话的声音忽然提高了，注意听一下，先生说："你到我办公室吧。"对方不知说了什么，先生又说："那我为什么要到你的办公室呢？"哦！又来了！这对话非常熟悉。以前有过一次，就是这样的，是一个诈骗电话。当时电话打进来，是陌生号码。先生因为常有陌生人找，很自然就接了电话。电话那头说："明天你到我办公室来一趟。"鉴于先生的年龄、资历和职业，没太听过这样没礼貌的电话，先生就不太高兴。但先生的修养摆在那，不高兴也不至于就发火。而且先生是孔圣人的弟子，牢记圣人教诲，"知之为知之，不知为不知"，就耐着性子发问："你是谁？""我是你领导。"对方声音压得很低，是福建、广东一带口音很重的普通话。先生的职业一般不跟领导发生联系，是属于领导不直接关怀的那种。且熟悉的人里也没有这样的鸟语，就又问："我为什么去你的办公室呢？"对方大约没准备十万个为什么，终于忍受不了，挂了电话。先生事后意识到遇到的是个骗子。这次遇到故技重演的，先生已经胸有成竹，应对裕如。当电话那头说："明天你到我办公室来一趟。"先生马上说："你到我办公室来吧。""我去你办公室做什么？"骗子有些猝不及防。"那我为什么去你的办公室呢？"先生反问。对话进行不下去了，对方放下电话。

其实先生对于诈骗电话并不是一直明察秋毫从而所向披靡，更多的时候是本能应对。

有一次在外地开会,接到一个陌生电话,还以为是哪个新结识的会友打来的,岂料电话劈头就说:“你妈阑尾炎住院了！赶紧打五千块钱过来!”先生当然是孝子,但第一反应不是妈妈到底身体如何,而是妈妈被人说了坏话,不能容忍。当即勃然大怒,口不择词,顺势就回击过去:“你妈才得阑尾炎呢!”类似小儿斗口,一点学者的风度都没有了。可是这种不按牌理出牌的行为,倒让电话那头的骗子猝不及防,败下阵来。

先生有了这两次堪称辉煌的战果,就谦虚不起来了,说到此类事情时,常面有得色,自己给自己搭个台阶,抢占到制高点上,高屋建瓴地藐视睥睨我的智商。

我一般是不会上当受骗的,主要是我坚信一点,天下没有免费的午餐,即便有,也到不了我这儿。所以我以不变应万变,又省脑子又省力,倒也真没上过当。也曾接过直接“送好处”的电话,说我中了二等奖,奖品是一辆汽车。我说我中奖的理由是什么,对方小姐说我的电话号码好。我是无功不受禄的,电话号码是办公室的,好坏都与我无干。于是我爽快地大方了一把:“我的汽车送你吧!”慷公家之慨,送了人情。

我的这个避免上当法宝是针对利益诱惑的,无往而不胜。但遇到也没按牌理出牌的,我差点也栽了跟头。

那次是周末,我一个人在家,早上八点多了,我还没有起来,躺在床上懒懒地看书,电话铃响了,我顺手摸起床头柜上电话,陌生人。“这位女士,你的电话欠费了。”电信局催费的。我以前也接到过电信局搞错了的电话,回来告诉先生,先生说,我们家水电煤气电视电话,所有交费项目都是代扣,不用上门交,不会存在欠费问题。所以很有底气地说,不可能。但对方说是我济南的座机,欠费三千七百多元。我怎么会有济南的电话？不要说我不在济南住,我家的亲戚也没有在济南的,我跟济南八竿子也打不着的关系,为什么到济南去装电话？我的振振有词,没有把对方驳倒,倒是换来同情和关切。“肯定是有人盗用你的身份证、银行卡之类装的电话！”这可能性太大了！现如今谁还有秘密？你买个东西、办张卡，全世界都跟你是亲戚了，时不时地就关心你、慰问你，一会问你买房吗，一会问你卖房吗，再不然你租房吗，你房出租吗！隔三岔五，节日给你一个祝福，生日送你一声问候。关心那叫一个立体、全方位！我开始还纳闷，我们并不认识呀！后来想通了，信息社会！就是你所有的信息都不属于你个人，属于全社会！我立刻就慌了，不知是哪位不认识的朋友，把我的信息当成他自己的信息用，他享受，我付费！看我很气愤，电话那头友情提醒我，报警！这就对了！有事找警察！可是，该报什么警呢？火警？匪警？110？似乎都不对。“有电信警察。我帮你接通吧！”还是好人多！人家小伙子这忙才帮到点子上了呢！他是电信局的，随手拨个电话很容易。可他这顺手之劳，帮我解决了大问题呀！不一会，电信警察电话打过来了，广东口音。“这位女士，刚才是你报的警？”我说是。“你把具体情况说一遍，我要进行电话录音。”我老老实实陈述一遍。“这位女士，你刚才说的都属实吗？我再跟你核实一遍，没有疑义就立案了。”电信警察很敬业，也很专业。核实之后，让我等电话，等调查结果。我心里惴惴不安，济南哪！这么远的地方发生问题，我鞭长莫及呀！放下电话，我赶紧起床，下面要全力以赴解决这个问题！

我出了卧室，走到客厅，郑重其事地等在电话旁。过一会，电话来了。我伸手接电话时，眼睛瞟过来电显示，没有号码，是一字母“P”。但我没来得及多想。“这位女士——”电话那头熟悉的广东腔又响了起来。“这位女士”，怎么听着有些刺激神经。是了，电信局的小伙子也是这样开的头，倒像一个师傅培训出来的！我觉得有些好笑。这些单位怎么都把自己员工培训得跟骗子似的！我心里这样想，嘴里就说出来了：“我怎么感觉像诈骗电话呀！”电信警察觉得意外：“那你觉得谁像骗子？”是啊，谁像骗子呢？我需要把直觉梳理成证据。哎呀！还真不好意思说，疑点就出在这个电信警察身上。我这人比较面软，不太善于当面指出人缺点，但我也缺乏变通，不知怎么拿话敷衍，只好实事求是地说：“不好意思，我就觉得你像假的。”“为什么？”“你看哦，”我耐心地跟他探讨这个问题，“你是济南警察，可你是广东口音。广东人怎么会到济南就业呢？”“我是考公务员考上的！”小警察有点急。“那也不对！”我还是坚持我的看法，“现在的就业，只有往京上广去，广东人绝不会到济南。”我根据自己多年负责研究生就业的经验，说服他。小伙子大约不高兴了，说“我过一会再给你电话吧”，就把电话挂了。

我一边等电话，一边想，是自己做得不好，争强好胜干什么！好为人师做什么？必得把人驳倒了？人家都懒得管你的事了！耐心等吧！真是自作自受。

可是，电话再也不来了。

济南的事情怎么办呢？

我妹妹是电信局的，我只好向她询问。我妹妹说，现在这样的诈骗电话这么多，你还相信！

啊？我接的是诈骗电话？！

于是我先生有了俯瞰我智商的口实了。

2016.8.17

一张结业证书

那天下午研究生院吴晓曼打电话给我的时候，无论如何我也没想到，证明一张结业证书的真伪，会那么困难！

电话里晓曼告诉我，T市纪委来两个人，调查1997年我们发出的一张研究生班结业证书，是不是真的。我说你查一下档案不就行了吗！晓曼说要是那样就容易了！“问题是它不是毕业证书，不是学位证书，她没有学籍，档案馆里怎么会有档案?”我说你们自己总会有存档的呀！“找不到！你知道人都换了几茬了，我去问谁！”晓曼把球踢给了我，希望院系给他们一个证明。我说这容易，让他们来吧。

我真没有觉得这是个难事。有句那什么话说的，没有金刚钻，不揽瓷器活！我自然是有两把刷子，才敢大包大揽。打从我接管中文系的研究生管理，所有的档案齐齐整整的，我就没有疏漏过。连我来之前的东西，我也搜求备至。这么说吧，中文系自招收研究生开始，所有学生名单，我都有。这个人是不是我们的学生，一查便知。

纪委的两个同志来了，递给我一张结业证书的复印件。我看了一眼证书，倒不假，学校公章、校长签名章，赫然在目。然后看学生姓名、照片：太眼生了！疑点更大的是，证书填写，一般都是教务员做的，我们教务老师的字我很熟悉，尽管她已因病去世几年。这个，断断不是。还有，该生的专业是

"中国现当代文学",我们现当代专业拢共只和山东师大合办过一届研究生班,学员全部来自山东,根本不会有 T 市学生,且入学时间也差了几年。我已经可以证明这张结业证书必假无疑。为了更有说服力,我拿出历届学生的名单,仔细查给纪委的同志看。翻来覆去,也找不到该生尊姓大名。

接下来的事情很简单,我大笔一挥,开具一张证明给他们,这就画句号了。本来事情可以到此结束,可是我多事,又多问了几句。我说,这是什么人哪?怎么想起来查这东西!纪委同志说,某局党委书记,正处级。又说,正处在南京可能不算什么,在他们市里,除了市长书记,就数着他们了。而且一个市里,也没有几个正处。现在被人举报,位子要坐不成了。又说现在对干部做假查得很严,查到一个处理一个。我就笑了,说前些年一窝蜂,只要有点头绪,都弄个硕士博士的,究竟有几个是真把研究生课程读一遍的,鬼才知道!但我觉得,这也不能全怪他们,总是有利益驱使才会这样做,否则费那个劲儿做什么!说到底还是导向问题。纪委同志说是。我就感慨了,一张结业证书,其实对提拔起不了多大作用,因为它掉了乌纱帽也就罢了,反正该同志也到退休年龄了。但是坏了名头,就太丢人了!纪委同志对我的议论不十分赞同,但感慨却是一致的,我就动了恻隐之心了。我说,你给那个书记打个电话问问,我再辨别一下。我希望能找出点对 X 同学有利的证据。电话里,书记胆战心惊小心翼翼的,说:"还没搞清楚?"纪委同志也不予以明确回答,只是态度很温和地问:"还能记得当日同学吗?""不记得了。""哪个老师给你上过课?"说出了两个名字,但其中一人十几年前已经调出。"上了哪些课?""好像有……"她说出两门课程的大概名称。当她说出课程名称时,我脑子里突然灵光乍现:好像是办过这样一个班。一二十年前的往事,一点一点回来了。

那是个办班如火如荼的年代,各个单位都在搞创收。靠山吃山,靠水吃水,学校里就靠办班了。可是中文系的一群秀才,蓝图描绘得都很美好,一落到实处就是不行。真是愧对大时代了!记忆中,跟新加坡合作办班,没成;跟马来西亚南方学院办班,未果;与韩国倒是善终了,可是只来六个学生,还是个暑期短训班。国内的只有一个山东师大找我们合作的研究生班是办成了,但那招生管理都是人家,只是借我们一个名头,我们负责上课而已。所有忽悠人的工作都是人家做的。其实脑筋动了不少,力气花了不少,不知怎么就是成绩不大！也真邪门了。要说硕果仅存的,可能就这个X书记参加的什么也不是的班了。

那次是省出版局主动找我们的,先联系了我们系主管教学的副主任徐有富老师,徐老师向系里做了汇报,具体细节我参加了商讨。研究生班其实没有学历,拿学位也不容易,条件非常苛刻,而且教育部管得很严。因为无利可图或者说是有利难图,所以招生很困难。但出版局说,此次办班,只是为了提高从业人员的业务能力,培养骨干,而且本系统内承认文凭。有领导支持,这个班便顺利办起来了。招生其实也不是我们负责,是单位选派的,我们负责上课就成。这样说来,X同学的结业证书,应该是从这个班拿的了。

这就糟了！说到底,这个班就是培训班而已。因为没有招生过程,所以没有招生档案留下;因为没有学籍,所以没有学籍档案;因为没有学位,所以没有申请学位材料:类似雁过无痕啦！至于排课、登录成绩、最后发放结业证书,则是由教务老师负责(这个班的结业证书填写发放显然是由专业代理的),而其人已乘黄鹤去矣！即便人还在,也不会有片纸留下,研究生院规定,试卷、作业之类保存三年,尔后做保密废纸处理。二十年前的事了,中文系也搬了几次,还能有什么！

我想找出点蛛丝马迹,不为别的,一个人满心高兴地到她憧憬向往的地方经历一番,而这经历最终竟害了她,她对这地方该多么失望啊！我不想我的学校对不起自己的学生。

我拿起电话,拨通了该同学提供唯一证人——任课教师丁帆的手机。丁帆老师说,不记得了。这也正常,一般学生记住老师容易,老师面对众多的学生,记起来就很难。但是我不死心,想到这个班后来有一个学员考了博士,导师正是丁帆老师。我忙说:“你把译林出版社那某某电话告诉我,他们是同学,应该记得。”丁老师说:“号码在手机里。”我说:“那你发给我。”猛然想起自己的手机忘在家里了,忘记带手机,于我是常态,于是急忙说,“等会儿你查出来打座机告诉我。”旁边纪委的同志忙说:“你把我的号码告诉他,发给我吧。”

我照着号码把电话拨给了译林的同学,铃声响了几下,对方挂了。我又拨,他又挂。我无奈地看着纪委同志,纪委同志说:“我用手机打。”拨通,又挂了。我说:“你的T市电话更像诈骗。”纪委同志感慨地说:“诈骗电话、推销电话,生生把电话通讯给毁了!”我给纪委同志出主意说:“发短信吧,解释一下,让他接电话。”于是开始措辞,但是怎么解释都好像有此地无银之嫌。正踌躇呢,电话过来了,我说:“你终于出现了。”译林的同学说:“我很好奇,什么电话反复不停地打!”当问到某学员时,也说不记得了。我说:“你同学你怎么不记得?”他说:“当时大家都很忙,上完课就走,不是本就熟悉的人,也不啰唆的。”说得也是啊。但接下来怎么办呢?

我冷静一下,想想当年负责接洽的是徐老师,他应该熟悉情况吧。徐老师已退休多年,电话也从系里工作电话中消失了,找出多年前电话本,查到家里座机,却是无人接听。又辗转问到手机,也不接。我知道徐老师退休后热心健身,一天要在秦淮河大堤上溜达两趟。可能出去没带手机。我寄托着幻想,隔一会拨一次,千呼万唤不出来!

目前联系上的相关人员,只有译林的同学,我又把他要了出来。我请他回忆当时他们上了哪些课程,我想多知道些任课教师,希望从他们那儿多获得些线索。他分别说出了周宪、王雄、夏文蓉。后面这两位老师是新闻传播学院的。我通过我们系教务员,要到了新传院教务老师的电话,从她那儿问到了王雄和夏文蓉。

先找夏文蓉吧。夏文蓉,一年轻女老师,心细,对同学可能印象深刻点吧。但是,电话无人接听。

王雄也应该可以。王雄当时一单身狗，正是“君子好（hào）逑”时，只怕对女同学会多注意些。也不接电话！

十几年不打交道了，陌生的电话，谁接啊！

打给周宪吧！我本来想不是不得已，这电话就不打了。毕竟周宪太忙，为这点小事琐碎他，也不太恰当。可是已经穷途末路了不是？周宪说：“是有这么个班。至于这个人，没有印象。”我先是启发他，后来也照旧失望了。忽然他说：“你可以找她们班长呀！”“班长就能记得吗？”想起译林同学的话，我也不太有信心。“班长很活跃的！”周宪继续鼓励我。我说：“前面同学也提过他，可是他已退休，跟大家都不联系了！”“我来找他电话，你再试试！”难得周宪如此热心，我又满血复活了！立刻把电话打给班长。我耐住性子，听电话呼叫，一声、两声……就像一粒石子扔到深谷，久久也等不来回声，久久……

窗外暮色渐渐合了上来，同事们已经下班了。我望着纪委的两位同志失望的神情，说不出话来。他们今天必须赶回去，据说是纪律。可我，上穷碧落下黄泉，真是尽力了！半晌，我说：“你们先回去吧，没找到的人我继续找，我会给你们一个说法的！”

回家的路上，脑子盘旋的还是这事。忽然想起，当年是有一个姓 X 的女生，但这个女生似乎不叫这个名字。我之所以知道，是因为她和 Y 市报业老总是兄妹，当时两人同时进的这个班，所以印象深刻。记得她不在 T 市啊。对了，问问赵宪章老师，Y 市报业老总与赵老师是同学，当年我们四处联系办班时，曾到 Y 市找过他，我是和赵老师一起去的。

赵老师也不接电话。赵老师不接电话只有一个可能，就是不在南京，十有八九，和夫人一起出去旅游了。赵老师是个爱动的人。

……

我打了多少电话了？找了多少人了？十几年没见面的，从来不联系的，我都找了！我也是退了休的人了，工作更是早就换了，证不证明的，也不是我的事。这什么书记从未谋面，前世今生，她和我有一毛钱关系吗？

可我还是不想放弃。

我爸在“文革”中的遭遇深深地刻在我心里。当时很多干部已经“站起来”了，我爸还在学习班挂着，说是因为历史问题。我爸有什么历史问题？他十几岁就参加革命了，从学生到战士，解放时他也只二十出头，能有什么历史问题？除非是家庭出身，但那是早就说得明明白白的事情，况且出身也不是自己能选择的。直到爸爸被“解放”出来，才知道真情。那是因为同名引起的误会。最初外调时，有人说他做过伪警察。爸爸说他十分感谢“军宣队”，因为他们没有轻率作结论，而是又进行了细致的外调。爸爸说他更感谢一个不知名的证人，是他实事求是地证明了爸爸的经历，在那个不敢说真话的年代。有时候，一句话，可以置人于水火，也可以解人于倒悬！一句真话，是可以救活一条命的！

后来的结果，如我所承诺的，如许多人所希望的，我完成了证明。确实很难，但我做到了！

2016. 8. 16

博桥，那家毛线店

学校搬到仙林，家也就搬过来了，为的是方便。开始很多人都问，生活方便吗？我说，没什么不方便的啊？问，买菜呢？逛街呢？这两样是简陋了点，但是于我影响都不大，我本来逛街就少，偶尔两次路远点也不算负担，况且有地铁呢。买菜倒是天天离不开的事，不过也没关系，小菜店是有的，虽说品种不很丰富，但复杂的我也弄不来，也算合适，何况还有学校食堂作后盾！可是还是觉得有不方便的地方，不过这不方便很难说出口，说出也没人懂，这是特别小众化的不便，就是——我想念博桥了！

博桥是个低端的百货大市场，大商场不卖的东西她几乎都卖，像毛巾、袜子、针头线脑等等，以前都归百货公司管，现在，你进大商场，晕头转向地转了大半天，上穷碧落下黄泉，仍是两处茫茫皆不见！但博桥全有。而且离我原来的家，那么近！那么近！还有，博桥还有一家我喜欢的毛线店！

卖毛线的都在三楼，不光出售毛线，还代制作，就是加工成衣，说起来也是“私人订制”呢。但这些并不是吸引我的原因。让我感兴趣的，是毛线店教制作方法，包教包会。

开始因为买毛线，会在楼上转来转去，也不固定在哪家，后来有一天在逛时，被一个年轻姑娘喊住了，她说：“阿姨，你是找我们家的吧？”我这人比较粗疏，观察不细，往往走过的地方又重来了也不知道，姑娘大约看我走来走去，以为我在找什么呢！可能她家我也确实去过。我去过的地方自己都不知道，其实也就几家小店。她们家每天顾客来来往往，她倒记住不知什么时候去过的我了。这姑娘好心细。

后来就知道了，姑娘叫赵文，中学毕业帮妈妈看店。妈妈以前是知青，返城后在工厂工作，不知是退休还是下岗，总之在大市场里开了家毛线店，连女儿的工作也一并解决了。母女俩都心灵手巧，都喜欢毛线编织，织了好多花样各异的儿童毛衣，挂在店中，吸引了一些喜欢编织的顾客，不少人都是看到样品，因为喜欢，现场买了毛线，坐下来学习。尽管毛线价格比外面的贵许多，小店还是顾客盈门。

店中逼仄的地方，放了几条小板凳，每天都有人到店中学习编织，一段时间会有一批相对固定的顾客，基本上是学会织成一件衣服，然后离开。也有反复去的，还有比较固定的，这样的人，就不只是单单给子女或第三代打毛衣，而是以“为人民服务”为乐趣了。像我，儿子大了，孙子还没有，编织毛衣，也是属于“为人民服务”，随手做，随手送人，也是一乐。在这里学编织的人，以退休中老年妇女为主，因为闲下来了，有些无聊，找点事情打发时间。又是年轻时就会的手艺，重新拾起来，很容易。很多时候就是爱好，织成一件漂亮的衣服，很有成就感。在这里，没有地位高下贫穷富贵之分，被人尊敬、羡慕、看重的就是你的技术，不管黑猫白猫，织出毛衣才是好猫。这里没有职场烦恼，没有家庭纠葛，到这儿就是为了编织一件好看的毛衣，人与人之间关系便单纯得很，也轻松得很。我去了几次，和几个人也只是面善，大家并不过问彼此职业、收入等等，甚至连姓名也不知晓，见面招呼一声“来了”，坐下便各干各的，交流的只是毛衣编织法。以前因为近，去小店很容易，搬到和园后，太远了，去的就少了。曾经有一次，搭老公顺便车进城，他去办事，我到小店，办完事后看我还不出去，直接找进来了。而我关键的地方没有学会，一时还不能走。他便着急，就催。编织毛衣是细致活，需要耐心，最是急不得的。听见有人催，女人们便烦，跟我说，这老头是谁，叫他走！

我先生大约从没受过如此荼毒，平日被学生捧习惯了，都没反应过来是说谁。怕他难堪，我自己赶紧收拾跟他回去。一起的女人很同情我的让步，我说："没有办法，我要蹭人家顺便车回去呢。"先生则很气愤，觉得我混迹于这样一群人中以这种方式浪费时间是自甘堕落。我说："子非鱼，安知鱼之不乐？"

小店在给别人带来快乐的同时，也解决了店主一家的生计问题。目睹高校学生就业的艰难、职场竞争的繁难，觉得这种自主创业挺好，是自己的爱好，做自己喜欢的事，真的很幸福。小店并不大，事情也不多，母女俩大多数时间都在自己打毛衣，遇到有人需要指导的时候，教一下针法，既有为人师的成就感，又有助人为乐的幸福感。遇有来买毛线的，挑一下花色，包装一下，立马有经济收益。而且一家人待在一起，没有单身在外打拼的孤独，没有对亲人家乡的思念，也没有无法兼顾家庭的纠结。小店是自己的，没有外人管着，一切都很自由方便。一次小店关门了，门口挂着告示："外出旅游，停业三天。"真是任性啊！不年不节也不是周末，说走就走。有时家里忙一些，外面有什么事，就一人忙别的一人照看小店，无须请假。家里没做完的活也可以带到店里做，我甚至看见她们把小狗也带到店里来照料。那次特别好玩，几个人正在低头做事，一只鞋子大小的黑色小狗慌慌张张地跑进店来钻到毛线堆里，赵文说，肯定经理来了。果不其然，一会工夫，一个中年女人带着两个年轻人巡视过来了。大市场肯定有规矩，不许宠物随意出入，小家伙也肯定遭遇过经理且被批评过，"君子不二过"，狗狗记性好着呢。赵文说，有时狗狗任性，只要说一句"经理来了"，立马乖得不得了。小狗并不经常带来，除非家中无人照看。小店的活儿也不重，最需要力气的可能就是进货了。也没有关系，这时会有一个腼腆的小伙子出现。看着熟稔的关系，有人问，是男朋友？姑娘爽快地回答，是。男孩看样子也是大市场中的小老板，大约和赵文一样，家里也给开了个小店。有时我会想，这些孩子都没太读过什么书啊，他们只能在这个层次生活，他们的孩子也会在这个环境里长大。可能他们的孩子也不很喜欢读书,以后还会把父辈的生活继续下去。但随即又笑话自己,真是杞人忧天。即便就一直这样生活下去,又有什么不好呢？还是把惠子那句话拧着说:子非鱼,安知鱼之不乐!

曾听球迷们欢呼:“人生若只如初见,梅西一直这么炫。”我把这句话送给小店:“人生若只如初见,愿小店一直这么炫!”

2016.11.13

病房速写

老妈感到腿脚麻木疼痛，住进了医院神经内科，恰值暑假，我陪护她。

“神内”在医院里应该算是最平静祥和的科室，它不像急诊科那样，老是险象环生，跟死神赛跑；也不像妇产科那样，生孩子之前鬼哭狼嚎，生完以后欣喜若狂，尽处于情绪两极，像坐过山车一样，精神亢奋；它没有内科的因为前途未卜、生死不明而产生的阴郁压抑；也没有外科的惨烈悲壮，不是等着刺刀见红，就是已经受过蹂躏，在舔伤口。神经方面的东西，有点抓不着看不见，雾里看花般的模糊、朦胧，不伤筋动骨，不危及生命，因此不紧张。治疗上一般是治标不治本，即笼统地把“麻”“晕”“痛”用药压下去，然后慢慢地检查：CT 呀、B 超呀、核磁共振呀，再有就是关于“血”的红色系列，等等，有条不紊地进行。主要治疗方法是输液，各人用药大同小异，基本上是营养神经的、扩张血管的，还有就是查出哪儿有炎症，再加些抗生素。因此神内病房气氛比较轻松，管理也相对宽松，病人只要查房、输液时候在，其余时间，好说。

老妈这间病房里三张床，老妈住中间，9 床。南边是 8 床，北边是 10 床。

10 床是位中年妇女，五十岁出头，面色红润，粗粗壮壮的。她是因为头晕痛住院的。但是 10 床很忙，治病只能忙里偷闲，挤出点时间在医院里休息休息。一般上午她没空，查房也不能参加。她是个信誉很好的卖油烫鸡小老板，不能无故缺席迟到，如果她停业了，就会有许多人吃不上油烫鸡。尤其是一些老客户,本是奔着她去的,买不到鸡,吃饭计划就被打乱了。她一般每天很早就得起来,直奔活禽市场,买回来后宰杀、煺毛、加工,然后才有成品出售。“住院”之后,她上午把买卖做完,然后赶到医院输液。一般水挂上后,她就开始睡觉。水挂完后回家。看她一个人来去,我问她,没人陪你?她笑笑:“都忙!”我们就都笑,议论说:现在,如果是孩子生病,那要老少几代都跟着忙;若是老人呢,儿女忙。像我们这样中不间的,就自己溜达吧。一次她没睡着时我跟她聊天,她说自己血压血脂高,我说你吃东西时注点意,少吃些荤东西。她说不行,孩他爸就好买这些,一买买很多,吃不完又糟蹋了,每次她收拾残局,都得勉强吃掉。我就笑了,说,你省的那点钱,又送到医院了,人还受罪。她也笑了,说以后想开点。笑完又睡着了。

10 床出院比较早,接着进来的这个,六十岁多点,精瘦,人很能干,伶牙俐齿的。也是头晕,老公陪她来的。老公人高马大,是家里家外所有活计全包的全能型暖男,说话没有老婆利索,有时就急,一急就被老婆奚落,被奚落就更急。他们俩到病房后,病房里不说是笑语声喧,反正是安静不下来的。女人跟我说:“你瞧他那臭脾气!”我说:“既然人家把什么事情都包了,你就让人多说几句话嘛!”女人也笑,说:“我不是不做,一做他就嫌好道歹,我还怎么做?”我说:“是啊,连进步的机会都不给!”女人说:“你说得太对了！就是这样的。”男人憨憨地说:“她一做,就做得乱七八糟的,你怎么让她做!”女人好动,又活力四射,不停地说不停地笑不停地打手机。护士每天都有常规的询问:发烧了吗？大便了吗？摔倒过吗？一次问 10 床:“摔倒过吗?”10 床没听清,我替她回答:“摔不倒！你推她都不倒!”她把手机里孙子孙女照片拿给我看,好可爱啊！是龙凤胎。她说孩子出生那天正好有两个台风生成,就把台风的名字送给孩子了,早一点生成的台风叫苏拉,成了姐姐的名字;晚一点的叫达维,给了弟弟。姐弟俩今年都上幼儿园了。我说:“你好有福气啊!”女人说:“累死了！累死了!”一边说一边笑!

8 床是比我妈年龄小许多的小老太,七十岁了。进来的原因是背痛。开始两天，不停地呻吟，陪护的老公，便被支使得团团转。因为忙得不得要领，经常被埋怨。老头儿原是公务员，从法院退休。不像是会服侍人的，在病房里也待不住。老头一出去，老太就嘀咕："又去抽烟了！"老头有一次解释说："以前在部队工作，不会抽烟。到法院以后，来人办事就扔根烟，一天下来，桌子上就有不少，好多还是很不错的烟。都是散烟，又不能送人，丢了可惜。一来二去就抽上了，越抽越上瘾，还戒不掉了！"老头挺诙谐的，向我们"控诉"老太说："不让抽！大冬天我把头伸到窗外抽，连顶帽子都不发，也不怕我感冒！"老太先是背痛，后来又转成腹痛，问医生什么原因，医生好脾气地说，一项一项排查呗！于是几乎每天都有检查项目，脑袋四肢、肝肠肚肺，查了一个遍。因为痛，老太不能像别人那样，输完液就回家，老太要在医院过夜，名副其实地住院，老头和女儿轮流值班。女儿中午送饭，陪到晚上；父亲晚饭后来直到次日中午。第一次见到8床女儿，便是中午时分。女儿长得像妈，胖！那天老太做检查需要空腹，不能吃饭，女儿便自己吃将起来。食欲很好，一大碗泡面，呼哧呼哧吃得风生水起满头大汗，走过去把空调开到最低，顿时强烈的泡面味道在病房里弥漫开来。又剥了两只香蕉吃掉。利利落落收拾好碗筷，然后躺到10床空床（10床病人挂完水回家了）上，伸展四肢，开始午睡。一切做起来，都旁若无人。她第一天来病房，像回自己家一样，适应得如此之快，让我很羡慕。老太疼得呻吟了，我说："叫她呀！"看看熟睡的女儿，老太摇摇头："让她睡吧！"后来有一天，老头有事上午要出去，老太这儿来了一个小姑娘临时顶班。女孩眉清目秀的。老太开心地说："这是大孙女，已经上大学了。"又对孙女说，"柜子里有洗好的苹果，拿出来吃吧。"老太眼里满是慈祥。女孩乖乖地拿出苹果，文静地吃了起来。我和我妈说："这老太也奇怪，老头在时，这儿也疼，那儿也酸，一会儿毛巾擦擦，一会儿热水焐焐，一刻儿也不消停。孩子来了，什么事都没有了，还得照顾她们。"妈妈听了，笑笑。

2016. 8. 14

笑 典

2010 年上海世博会,看展览的人山人海,为了有序,采取中国特有的钻栅栏方式排队。栅栏隔成九曲十八弯的回廊,宽度仅容一人通过。上海世博会因为人太多,栅栏也就特别长,拐弯特别多,扑朔迷离。弟妹单位组织参观,在门前排队,已经一两个小时了,好像还遥遥无期,忽然,同事推推弟妹:“快看！你弟弟也来了!”原来也是单位组织,此时两队在某一个点上隔着栅栏交集了。几句话之后,又跟着自己的队伍分开。看展览时,同事说:“怎么没看到你弟弟?”回到家中,弟弟说:“别提了！我嫌队伍太慢,看到一处人少,就跨栏跳了过去,哪知队伍排着排着,转出来了!”

南京鼓楼大圆盘比较复杂,圆圈大,出口多,容易迷失方向。同事 Z 君,方向感不很好。一次骑单车进入大圆盘,走着走着,被一交警拦下,说反方向行驶,罚款。Z 君说真不是有意的,实在是不知怎么走才正确。和交警磨蹭了半日,终获同情,同意放行,被告诫说,下不为例。Z 君感激地说,那是那是！过了一会,Z 君正认真地骑行,又被人拦下。一看,还是那个交警,又站在面前了。交警使劲憋着笑:“今天要不罚你,还真说不过去!”原来骑了一圈,Z 君又转回来了!

一同事在韩国某大学客座，一段时间下来，很把吃饭视为苦事。一日饭时与一弟子同入食堂，以箸击碗，踌躇不前。弟子问何故，答曰："没有菜吃。"弟子大惊："我们光泡菜就有一百多种，怎么还说没有菜呢?!"同事幽幽地说："一百多种，不还是泡菜吗！"

在老家新买了套房子，装修以后准备回去度假，先生有事脱不开身，我和儿子回去。首次入住，搞不清热水器、电磁炉、水电等等开关在哪里，几天以前就开始问先生，没有反应，我以为他没听见。以后每天都问一遍，始终不说。我想等到走的时候他会说，也没着急。临到走时，往车上装东西，我拿着东西到车库，看见先生在车边仔仔细细一五一十地交代儿子，某开关在某地，以及注意事项等等。我问了几天都不说，现在告诉儿子了，什么意思啊！不由得怒火中烧，大声嚷道："什么了不起的！还传男不传女啊?"儿子一脸坏笑，拍拍我的肩说："也不是'传男不传女'，是传聪明人不传笨蛋！"

我以前每次出差、旅游，都会买些小东西回来，买的时候有千般理由万种喜爱，回来便兴味索然，又没有地方放，便束之高阁。一次忽然来了兴致，想到某件东西，找寻，问："我的那些工艺品呢?"儿子过来说："你那不叫工艺品，叫旅游纪念品。"

我和先生在台湾旅游，在某地需要问路，遇一老太，问到某处怎么走。老太比比画画讲解路线，看看还说不明白，就把左臂白上衣的袖子往上捋了捋，右手在左臂上点画起来，她是以臂作纸、手指当笔，画路线图的。画完之后问先生明白了没有，先生像谦恭的小学生，复述一遍，说不明白的地方也想借助"地图"，伸出手来甫一指点，忽然意识到路线图画的不是地方，急忙缩回。老太也赶紧缩回胳膊。我极力忍住不笑，等老太走远了，说："老年妇女也是妇女，胳膊也是碰不得的！"

这是先生上初中时的两件事。体育场秋千架跟前没人,巩同学独自享用。秋千越荡越高,已高过体育场墙头几乎与秋千架持平。巩同学有点肝儿颤,急切中却停不下来。恰在此时,固定秋千架一根缆绳的地桩松动,秋千架于是倾斜,秋千回落最低点时,木板刮擦地面,此时巩同学双手紧抓绳索不敢放松,受阻的木板反弹回来,“啪”,正中巩同学脑袋。

上初中是在“文革”中,经常安排劳动锻炼,有段时间劳动内容是筑墙,学校不知想用一小段墙头挡住什么,于是每个班级都有一次课外活动轮到去操练。墙体采用“万里长城”的修筑方法,就地取材,以土夯筑。方法是用两排竹子固定,往中空处填土,夯实;然后把下面的竹子拿下,放在上层,形成新的空间,再填土,夯实,直到需要的高度。巩同学班级去操练的时候,墙体已有一人多高。巩同学负责在墙头上夯土。小孩子的作品,经不起推敲,墙体一点点倾斜了,巩同学立起身,想做一个漂亮的结束动作,便纵身跃起,在下落的过程中,不幸被歪倒的竹竿绊住,动作变形,身体在空中划了道漂亮的弧线,呈“鱼跃”姿态落地。据说,肚子疼了很久。

侄女的孩子豆豆,两岁有余,聪明异常。一日作怪,哭得鼻涕眼泪的。外婆用纸巾给他擦掉,哪知他发飙了,大声哭喊:“谁让你给我擦掉的,你把我的眼泪粘上去!”外婆说:“你哭,哭也没有用!”这话豆豆爸爸说过,一说,哭声立止。外婆也学样。哪知豆豆看看外公说:“有用!爷爷笑了。”豆豆四岁了,添了个小弟弟,他对月嫂说:“你回去把他带走吧,带到火车站卖了吧。”又体贴地对妈妈说,“把他送人吧,你好少操点心。你现在要多操多少心哪!”妈妈抱弟弟,他跑过来,说:“你看他连话都不会说,真没意思,不管他,我们俩去玩吧。”四姑奶奶去看他,开玩笑说走时把弟弟带走。看到四姑奶奶空着手走了,他忙提醒,说:“四姑奶奶,你忘了东西了。”问:“是什么?”豆豆指了指弟弟。外婆喊他洗澡,正玩得起劲,顺口说:“让‘帕萨特’先洗吧。”“帕萨特”是他送给弟弟的名字。原先他叫弟弟“一汽大众”,大家说也上点档次，便改成“悍马本田”；又被指出不够“洋气”，于是，就成了“帕萨特”。究竟没有人认真叫过，他倒是不忘。

妹妹跟旅行团旅游，早已过了午饭时间，大巴还在路上行驶，路途遥遥，无穷无尽。饥肠辘辘，就盼着快点到达用餐的地方。好不容易导游说：“快了，前面就是。”妹妹伸长了脖子往前看，看到前面貌似饭店的房屋墙上写有大字，隐隐约约看不清楚，只看到“八”什么“八”什么，我妹妹想，“八菜八汤”？又一想，“八菜”可以，“八汤”不太好做啊，再说，八道汤怎么喝啊！想着想着就到了，下车一看，是“八荣八耻”。

妹妹坐在公交车上，路经某园林，老远就见扯着的横幅，大字很醒目：“十一”万人相亲大会。我妹妹就念出来了：“十一万人相亲大会。”接着自言自语：“不尴不尬，搞个十一万人来相亲？”车上有人听不下去了，纠正说：“‘十一’，万人相亲大会！”

姊妹几个建了一个微信群，老大经常转发一些心灵鸡汤、健康保健之类的帖子，帖子除了语重心长、喋喋不休之外，最可厌的是结尾处老是出现“看了之后，就没有几个中国人不转的”“转了你就如何如何，不转你会如何如何”的字样。老三说：“求求你别再转这样的帖子了，我都多少次不是中国人了。你再转，我连国籍也要被你弄没了！”

一个真实的故事，20 世纪的事。当时最快捷的联络方式是电报，但电报是按字付费，所以电报文字最为简练，有简到不知所云的。一单位年终想为职工谋点福利，派工会主席到郯城采买大葱。考察之后，工会主席给单位领导发一封电报，报云：“郯集 510，不车不买，车来秤我。”电报发出如石沉大海，工会主席等得急了，只得赶回单位。见到领导，便兴师问罪，领导丈二和尚摸不着头脑。主席说:“我不是发电报给你了吗?”领导说没见呀。主席眼尖,在领导桌上看到了那封电报,领导说:“这电报是你发的呀！你可把我害苦了！我说我几代贫农,没有海外关系！非得说是特务接头暗号密码,现在还在排查呢！你什么意思啊?”工会主席便解释电报:“‘郯集 510’,郯城 5 号 10 号两天逢集。‘不车不买’,你车不来,我不买货,葱放时间长了会坏掉。‘车来秤’,车来时带杆秤来,这地方人孬,秤不准!”领导说:“那‘我’是什么意思?”工会主席急了:“‘我’,我你不知道吗?!”

也是比较早的事,当时空调还不普及,某单位只在领导办公室装了一台。空调工作的时候,伸在窗外的水管有冷凝水滴出。传达室大爷拿只脸盆接水,一天接了半盆,端到领导跟前,说:“现在有什么不掺假？你看,一度电里掺半盆水!”

2016. 4. 28

那时花开
——代后记

《七八个星天外》出来以后,我以为我不会再写了,我没把写书当事做,也不可能当事做,以我这样懒散对自己没要求的人。

书拿到手时,已是岁末。我想应该送一些给本系的老师,我是常常收到他们的馈赠的。有所谓"宝刀赠英雄,红粉送佳人",文学院里多同好,不给他们给谁?于是放到一些人的信箱里。这是上午的事。下午正好院里有个集体活动,大家一起乘车外出,并要在外住一宿。莫砺锋老师拿到书后向我示意,说带上,正好晚上看。次日一早,我和几位同事出现在餐厅时,莫老师已经吃完早饭,经过我们餐桌,对我说:"我已经看完,连后记也看了,知道为什么叫'七八个星天外'了。"我很诧异,好赖也二十多万字呢,这样快!于是调侃说:"我看书都是先看后记。"莫老师认真地说:"我是从头到尾一页一页看的。"我很感动。

翌年,开学不久,换办公室,收拾旧物,翻到一本近二十年前的暑期值班记录,不由得打开细阅,往事历历眼前。值班记录一般很简单,有事记事,没事报一声平安。可就有不甘寂寞不甘"平庸"一定要与众不同的。看着这些记录,往往会心一笑,寥寥数语,性格毕见,那人就像站到眼前了。实在忍不住,写下了《从前慢》。因是本院人和事,便放到小百合 bbs 上,不意反响强烈,迅速登上当日十大之首,上了“精彩文章推荐”,而且被微信广发出去,这是始料未及的。传播得正热闹的时候,我恰在回徐州老家的车上,接到刘俊短信,亦是祝贺溢美之词。与刘俊极熟,便得意了一把,我说:“被夸奖的感觉真好。”《从前慢》因为写了一些老师的轶事,熟识的人感兴趣者颇多,有些话题便常被提起,以致一年多以后,又被南大微信平台推出,本该是余波,却声势更大。不光传播更广,还引来了媒体的参与,《扬子晚报》、南京电视台《标点》栏目都专门做了节目。

我写东西,都是因为想写就写了,自娱的成分居多。如果也能“娱人”,则是额外的收获。“独乐乐不若与众乐乐”,也是我的想法。

我儿子小时候唱过一首歌,叫“时间像小马车”,儿子是慢性子,我常笑他跟不上“小马车”。研究生毕业以后,看他并没有找工作的意思,我说那就继续读书吧。我知道读书人最纠结的就是时间,做任何工作都有下班的时候,下班后时间就可以随意支配,下班后做什么都心安理得。唯独读书这件事,是全天候的。只要不是在“学习”,似乎就是浪费时间,关键还不是别人怎么看,你自己就很虐心。所以我对儿子说,你就把读书当日子过,该干吗干吗。意思是该玩就玩,该恋爱就恋爱,该结婚就结婚。儿子就慢悠悠地过起了读书的日子。有一次我说,把你从大学到博士的时间挤一挤,起码可以挤出两三年多余的时间。儿子立马说:“你挤掉的可都是我最美好的时光。”我想,可不。这一挤,恰恰把他的“诗和远方”挤掉了。还在他上本科时,一次“三八”节,系里组织我们去溧水摘草莓,回来后我把这事告诉他,他问,有多远?我是没有地理概念的,想也没想,随口就说,三十里路吧。我没想到,他带着几个同学就奔溧水去了,他们是从浦口出发,天黑了才赶到,大棚早就不接待了,只好在路边买了一些。同行一共四人,其中两人是自行车骑行爱好者,自行车也是专业的,速度比较快,把草莓先带回去了,等儿子累了个贼死,半夜三更赶回学校时,草莓早被大家分而食净。儿子打电话过来抱怨,说我“三十里路”的情报绝对有误。我哪里想到他们会自己跑去呢?听到电话那头儿子的气急败坏,我一下子就笑了,我说:“儿子,年轻时要是不做点疯狂事,到老了连回忆的资本都没有。”生活中一般没有我这样教育孩子的,可这就是我的生活态度。如此说来,我感兴趣的东西,我看问题的角度,不言而喻了。这恰恰也是我写作选材的“原则”。

我同学中有人说,现在就写回忆录,太早了吧。回忆录可不是人人都能写的。我的看法是,首要条件,他得是个人物,同样是吃喝拉撒,普通老百姓的,就没有意义啦。其次经历得传奇或者坎坷,一日三餐的日子,干吗非得看你的?这两样我都不沾。可是,我这是回忆录吗?不过你又不能不说确实是回忆。一般说,散文记的事情都是已发生的,再近,它也是过去式了。从这个意义上说,散文就是在回忆。拿花作比喻,发生过的事情就是已经落了的花。但花落定有开花时,那时花开,曾经是多么美妙的事情。那是青春的律动,是生命的过往,是人来世上走一遭的雪泥鸿爪,不论是乐是痛,我的人生就由它们构成,所以,我爱每一朵落花。

“细数落花因坐久。”2015年起,我进入半工作状态,感觉时间一下子就多了许多,尤其是心闲下来了。人在有闲暇、有闲心、有闲情时(我也成了“三闲”人了),会觉得世界很不一样了。我们这代人是跟着“时代的车轮”一起“滚滚向前”的。是的,我们的生活就是列车,呼啸着往前奔,人人都被大时代裹挟着,身不由已地“赶路”。很少有自己下车溜达一小会的时候。而那些行踪匆匆时路过的风景,都没来得及咂摸品味,就已抛在身后被岁月磨蚀被琐事淹没了。现在,我终于有机会检视回味,而我在回眸中,仍旧惊讶于那时花开的明艳、生动,而这生动,仍令我感动,于是我在闲暇中享受这闲情,便觉得无上的快乐,譬如又经历一次花开。“落花不是无情物”,我竟从中得到精神的滋养呢。于是,“闲数落花”,让我乐此不疲。我有一个很好的朋友在图书馆工作,经常给我推荐好书。但一次她找了几本“格言”给我,说是励志得不得了,被我不留任何余地地拒绝了。我狂妄地说,我这个年龄不应该读格言，应该写格言给人读。您瞧，我很多时候，并不是一个谦虚的人。尤其，很不好意思，我不是一个励志的人。也因此，我只能“闲数落花”了。如果因此对不起读者，我只能先道歉，对不起了，您哪。

2016. 11. 18

多说几句

打从本书拟结集时，便有请莫砺锋老师赐序的想法，为的是他对《七八个星天外》的偏爱。去年冬，例行体检，在校医院走廊里百无聊赖排队时，遇到也在排队的莫老师，我说给我写个序吧，莫老师很爽快便答应了。而后联系出版事宜，方知其实有很多琐事，挺麻烦的，这才想起应该感谢徐兴无，上一本书全赖他张罗。这次轮到我自已做，便意兴阑珊起来，于是书稿便束之高阁，自然也不提索序的事。一次闲聊时，说到此事，沈章明非常热心。而我，向来不愿意给学生添麻烦。章明却坚执古训，“有事，弟子服其劳”。他联系了同是毕业于南大中文系现在安徽文艺出版社做编辑的同学胡莉，从此，事无巨细，便全仰仗他们了。书稿发给出版社的同时，我以邮件的方式，发一份电子稿给莫老师。我也是太懒了，连打印一份纸本都不肯，害得莫老师对电子文本一筹莫展。但即便如此，很短时间，莫老师便把序写好了，这让我感激之外，又增加些愧疚。

本书的一些篇章，已经在公众号上发表，刘重喜是极热心的推广者；书中的一些文字，也有应他邀约而写；而他对于本书的出版，更是极为关心。有如此喜欢自己文字的，我很开心。

如今，文字的碎片即将以书的形式面对读者了，我把我的感激、感谢呈现在读者面前，如果这本小书能使您还有一点小小喜欢的话，那是因为，还有他们的贡献。

王一涓 2017. 10. 10 又及